Das Buch

Bei den Proben für ein Theaterstück zum Thema Abtreibung entsteht die Idee: Eine ganz persönliche, authentische Sicht der Abtreibung soll den Schauspielern und dem Publikum den Zugang erleichtern. Die Schauspielerin Martha, die selbst sechs Schwangerschaftsabbrüche hinter sich hat, ist gezwungen, ihr Leben zu überdenken, verdrängte Erinnerungen wieder zuzulassen. Es wird eine schonungslose Auseinandersetzung mit dem Thema und der eigenen Vergangenheit und auch damit, wie dieses Frauenproblem von Männern bestimmt wird. »Als ich mich mit diesem Buch beschäftigte, das mich über Wochen nicht losließ, habe ich mit vielen Frauen über Dreißig darüber gesprochen. Und die Erzählungen über Abbrüche ohne Narkose auf dem Wohnzimmertisch, über die Brutalität und/oder Geldgier von illegalen Abtreibungsärzten, über die Feigheit der Ehemänner oder Freunde sprudelten nur so heraus aus den Frauen. Was Charlotte Worgitzky ihre resolute und warmherzige Romanheldin, die Schauspielerin Martha Trubec, erzählen läßt, das sind die Lebenserfahrungen von Tausenden von Frauen.« (Renate Faerber-Husemann in der ›Frankfurter Rundschau‹)

Die Autorin

Charlotte Worgitzky wurde 1934 in Annaberg/Erzgebirge geboren. Schauspielstudium von 1951–1954; Engagements an verschiedenen Bühnen. Seit 1964 freischaffende Schriftstellerin in Berlin. Weitere Werke: ›Heute sterben immer nur die andern‹ (1986), ›Traum vom Möglichen‹ (1991).

Charlotte Worgitzky:
Meine ungeborenen Kinder
Roman

Deutscher
Taschenbuch
Verlag

dtv

Von Charlotte Worgitzky
ist im Deutschen Taschenbuch Verlag erschienen:
Heute sterben immer nur die andern (11764)

Für meine Kinder

Ungekürzte Ausgabe
März 1995
Deutscher Taschenbuch Verlag GmbH & Co. KG,
München

ISBN 3-371-00349-3
Die Zitate aus Friedrich Wolfs ›Cyankali‹ sind der
Ausgabe des Aufbau-Verlages Berlin und Weimar 1973
entnommen
Umschlagtypographie: Celestino Piatti
Umschlagbild: Evelyn Kuwertz
Gesamtherstellung: C. H. Beck'sche Buchdruckerei,
Nördlingen
Printed in Germany · ISBN 3-423-11983-7

Vorwort

Vor nunmehr beinahe zehn Jahren erschien die erste Auflage von ›Meine ungeborenen Kinder‹; weitere zehn Jahre zurück überließ ein Gesetz zum erstenmal in der Geschichte des Paragraphen 218 den Frauen in der DDR selbst die Entscheidung, ob sie eine Schwangerschaft austragen wollen oder nicht. Diese Freiheit wird nun wieder in Frage gestellt; Jüngeren ist wahrscheinlich gar nicht bewußt, wie einschneidend eine Rücknahme ihr Leben verändern würde.

Die ungewöhnlich heftigen Diskussionen, die der Roman damals auslöste, brachen mit einem Schweigen, das zu diesem Thema trotz des Gesetzes in der Öffentlichkeit der DDR bis dahin herrschte. Auf einmal wurde in den unterschiedlichsten Arbeitsbereichen ebenso wie in den Familien darüber geredet; Jugendliche fragten ihre Mütter und Großmütter nach deren Erfahrungen mit den so lange tabuisierten Leiden; ich bekam Briefe, in denen mir Frauen ihre Erlebnisse schilderten, und in mehr als 200 Veranstaltungen, zu denen man mich einlud, stießen die Meinungen vehement aufeinander. Die Zustimmung zu dem Buch überwog bei weitem – wenngleich eine literaturästhetische Analyse ausblieb. Gewiß würde ich es mittlerweile ganz anders schreiben, ich denke aber, daß gerade die Zuspitzung, die Schonungslosigkeit des Geschilderten diese ebenso streitbare wie notwendige Diskussion befördert hat. Deshalb hoffe ich, daß es auch jetzt wieder beitragen kann, anschaulich und bewußt zu machen, wozu Frauen immer wieder gezwungen werden, weil das die einfachste Art ist, ihre Beteiligung an der geistig-politischen Veränderung der Gesellschaft einzuschränken.

Viel zu lange waren wir in der DDR Gesetzen unterworfen, die unsere Selbstbestimmung unterdrückten; einen wesentlichen Bereich ihres Lebens konnten Frauen seit zwanzig Jahren in eigener Verantwortung gestalten. Das darf ihnen nicht wieder genommen werden.

Berlin,
im November 1991

Charlotte Worgitzky

Vorspruch am Telefon

So was kann sich auch nur ein Mann ausdenken! Ich soll fürs Programmheft etwas über Abtreibung schreiben! Hätte ich bloß auf den Proben meinen Mund gehalten. – »Wir hatten uns gedacht: Die Pape schreibt aus der Sicht der jungen Generation, die diese Probleme nicht mehr kennt – und dich, Martha, bitten wir, von deinen Erfahrungen zu berichten. Ruhig ganz persönlich. So was interessiert das Publikum.« Kann ich mir denken. Nicht genug, daß man Abend für Abend vor den Leuten fremde Seelen bloßlegt – ohne die eigene dabei zu schonen –, jetzt wollen sie auch noch, daß man ihnen sein Privatleben zum Fraß serviert! »Die Trubec hat sechsmal abgetrieben! Hätten Sie das für möglich gehalten?« – »Warum nicht?! Diese Schauspieler habens doch alle faustdick hinter den Ohren!« –

Natürlich, du hast recht, das muß ich denen nicht unbedingt auf die Nase binden. Ich könnte einfach schreiben, daß ich die Zeit noch erlebt habe, in der Frauen diese gräßlichen Dinge tun mußten; irgendeine Bekannte vielleicht, oder eine Nachbarin, oder auch ganz allgemein, ohne eine bestimmte Person zu nennen. Aber nein, so ein abstraktes Zeug liegt mir nicht. Außerdem ist das langweilig. Geibel hat schon recht, wenn er meint, das Publikum interessiert sich für das tatsächlich Erlebte. Die Pape wird es da sogar schwerer haben: Was soll sie schreiben, wenn sie auf die übliche Lobeshymne verzichten will, die ja doch niemand liest, weil das jeder in der Zeitung finden kann.

Ja – sechsmal! Sieben Kinder hätte ich sonst. Kannst du dir das vorstellen? Ich mir auch nicht. Dann würde ich heute jedenfalls nicht mehr Theater spielen. – Nein, Robert war das zweite, und das wollte ich haben. Beim ersten ging ich noch auf die Schauspielschule. Der Arzt, der mir geholfen hat, wurde später zu vier Jahren verurteilt – aber nicht meinetwegen. Gottseidank nicht. Das war eine irre Geschichte. Aber von der Schauspielschule ist bei dem Prozeß kein einziger Fall zur Sprache gekommen.

Es ist mir inzwischen fast unbegreiflich, wie ich das damals überstanden habe. – Nein – das wars ja –, das Kind hat mich völlig kaltgelassen! Jedenfalls schien es mir so. Durch die ›Cyankali‹-Proben kommt das alles wieder in mir hoch. Wie aus Urgründen. Beinahe fremd schon und doch unheimlich bekannt. Solche Erlebnisse schleppt man immer mit sich herum, gerade dann, wenn man nicht darüber nachdenkt.

Ich brauchte wenigstens kein Zyankali zu nehmen, ich wußte, was man tun kann, ohne dabei draufzugehn. Aber wenn ich bedenke, daß zur gleichen Zeit noch Hunderte von Frauen an einer verpfuschten Abtreibung gestorben sind – – Genaugenommen hätte natürlich auch ich hops gehn können.

Entschuldige, daß ich dich so damit überfalle. Wahrscheinlich interessiert dich das gar nicht. – Wirklich? Hoffentlich bereust dus nicht! Das sind nämlich sehr unangenehme Erlebnisse, und wenn ich merke, du hörst nur mit halbem Ohr hin, behalte ich sie lieber für mich. – Nein. Im Gegenteil, soweit ich dich kenne, finde ich, du bist ein sehr guter Zuhörer. Aber hierbei geht es nicht um irgendwelche theoretischen Erörterungen, auch nicht um fremde Geschichten, sondern um – um – –

– Weil ich merke, wie empfindlich ich in diesem Punkt reagiere. Schon die leiseste Ironie – Das weiß ich doch. Und trotzdem. Zu einem, der mit dem selbsterlebten Unglück betteln gehn will, läßt Brecht in der ›Dreigroschenoper‹ Mister Peachum sagen, das ginge nicht, ›*weil einem niemand sein eigenes Elend glaubt, mein Sohn. Wenn du Bauchweh hast und du sagst es, dann berührt das nur widerlich.*‹ Ich merke das auf den Proben, besonders bei Geibel. Aber auch Herrschelmann; sobald ich nicht kühldistanziert darüber rede, wie sie das so schön können, weil sie ja nie direkt davon betroffen waren, werden sie stumm, wie betreten, und sehen mich manchmal an, als gäbe ich irgendwelche Peinlichkeiten von mir. Dann rege ich mich natürlich nur noch mehr auf, weil ich das Gefühl habe, die Demütigungen von damals werden fortgesetzt. – Männer begreifen selten, wodurch sich eine Frau gedemütigt fühlt. Sie suchen dann nach etwas, womit sie das lästige Aufbegehren zu beschwichtigen glauben, so wie man einem Säugling, der schreit, nen Schnuller in den Mund stopft. Ich bin überzeugt, mit diesem Programmheft-Beitrag wollen sie mich auch nur besänftigen – und abschieben. –

Nun verteidige du die Herren noch! Unsereins soll immer Verständnis für die Verständnislosigkeit der anderen haben! Weil sie so hübsch ›sachlich‹ bleiben, wenn Wunden geöffnet werden, die nicht die ihren sind. Ich weiß, ein Arzt kann kein Arzt sein, wenn er ständig mit seinen Patienten leidet. Aber wer selbst gelitten hat, wird sie besser begreifen. Zumindest aber sollte er den Versuch machen, aus einer *bescheidenen* Position zuzuhören, anstatt überlegen zu nicken und Pillen zu verschreiben. Genau darum geht es nämlich: Sowohl Dramaturg als auch Regisseur fordern uns Frauen immer wieder großmütig auf, ihnen das Fell zu waschen, aber sobald sie ein bißchen Wasser abkriegen, weisen sie das als unangemessen zurück. –

Gut, ich erzähle dir. Aber mach dich darauf gefaßt, daß du manches über mich erfährst, was dir vielleicht unangenehm ist. Du kennst mich – ich habe keine Lust, unangenehme Handlungen hübsch zu drapieren. – Da wird dir deine wissenschaftliche Denkweise wenig nützen; mit dem Verstand allein läßt sich das nicht begreifen. Wenn man einem Menschen nahesteht, nimmt man so was doch ganz anders auf als bei einem Fremden. – › – *nicht erjagen.*‹ Mit einem Goethe-Zitat auf den Lippen erträgst du sogar, daß man von Gefühl redet, wie? – Ach, ich kenne das doch auch. Ich war früher so stolz darauf, daß ich –

scheinbar! – alles analysieren, zerpflücken, begründen konnte; dabei ist mir nie aufgefallen, daß ich alles Lebendige zuerst mit den Sinnen aufgenommen und mir die Gründe für Sympathie oder Ablehnung immer erst hinterher zurechtgelegt – und natürlich entsprechend beeinflußt habe. Im Lauf der Jahre habe ich dann mitgekriegt, daß der Mensch mit seinem vielgepriesenen Intellekt allenfalls die Haut des Daseins begreifen kann. Bis jetzt jedenfalls. – Werd nicht albern! Als ob bei uns drei, vier Jahre Unterschied eine Rolle spielten! Du behauptest doch immer, es wäre völlig unwichtig für dich, daß ich älter bin! – Also lassen wir das. Machen wir Schluß für heute, sonst hast du morgen nicht ausgeschlafen. – Bei mir klingelt der Wecker erst, wenn du bereits deine Reagenzgläser kontrollierst. Dafür müssen wir noch schuften, wenn die meisten Leute schon im Bett liegen. Nachtvolk.

Morgen probieren wir die Szene, in der Mutter Fent erfährt, daß ihre Tochter schwanger ist. Die Liebesbeziehung zwischen Hete und Paul hat sie mit einem geschlossenen Auge geduldet, aber ein Kind – das ist der große Schock. –

Wenn du willst. Ich werde ja sehn, wie du es aufnimmst – –

Kommst du am Wochenende? – Schön. – Gute Nacht, mein Lieber.

1

In den Jahren, in denen Martha Trubec brennend gern die Hete gespielt hätte, wagte kein Theater, Friedrich Wolfs ›Cyankali‹ aufzuführen; nun, da ihr eigener Sohn bereits so alt war wie dieses Mädchen im Stück, sollte sie dessen Mutter darstellen.

›*Das ist nicht wahr!!*‹

›*Doch, Mutter.*‹

›*Gelogen!*‹

›*Mutter, Mutter, Angst habe ich, vor dem, was kommt, wenn niemand mir hilft, vor dem Kind, Mutter... Angst!*‹

»Nein!« Walter Herrschelmann, der Regisseur des Stücks, tat sein Mißfallen stets eindeutig kund. Das war trotz oft schmerzender Härte ein Vorzug; es gab Regisseure, die ihre Unzufriedenheit mit einem Schauspieler so umschrieben, daß der Betroffene seine Niederlage erst begriff, wenn er in den nächsten Inszenierungen keine oder nur unbedeutende Rollen bekam.

Emilia Pape war von der Schauspielschule sofort ans Autoren-Theater engagiert worden; ein besonderes Glück, eine begehrte Auszeichnung, nicht in einem kleinstädtischen Ensemble beginnen zu müssen – aber auch ein Risiko, in den Theaterverhältnissen der Hauptstadt zu bestehen. Das war nur möglich mit einem unerhörten Glauben an die eigene Begabung; wer zuviel an sich selbst zweifelt, an dem zweifeln auch die anderen.

Herrschelmann arbeitete zum erstenmal mit Emilia Pape. Der Oberspielleiter des Theaters, dessen Schülerin sie an der Schauspielschule gewesen war, hatte ihm das Mädchen für diese Rolle empfohlen.

»Die Angst nehme ich dir nicht ab. Hier ist keine Zurückhaltung am Platze. Würde deine Mutter die Wahrheit aus dir herausholen wollen, würdest du vielleicht leugnen. Aber sie will es nicht wahrhaben, und das zwingt dich zum Widerspruch. Und der ist heftig! Beim ersten ›*Doch, Mutter*‹ kannst du noch verstockt sein, aber wenn sie daraufhin sagt: ›*Gelogen!*‹ – muß von dir ein richtiger verzweifelter Ausbruch kommen. Verstanden?«

Martha Trubec bemerkte die zunehmende Unsicherheit der jungen Schauspielerin und legte ihr beruhigend die Hand auf die Schulter, bevor sie den Szenenabschnitt erneut zu spielen begannen.

Ihr war die Lage, in der sich das Mädchen befand, durchaus vertraut. Erst jahrelange Anerkennung hatte bei ihr zu einer Sicherheit geführt, die frei war von der Angst, fremden Ansprüchen nicht zu genügen. Nur weniger nachdenkliche Naturen gelangen rasch zu selbstsicherer Ruhe, nicht aber so ein sensibles Mädchen wie diese Emilia Pape, die eine mißtrauisch witternde Neigung besaß, eigenen Unzulänglichkeiten nachzuspüren.

›*Das ist nicht wahr!*‹

›*Doch, Mutter.*‹

Diesmal unterbrach Herrschelmann schon bei ihrem ersten Satz. »Du bist zu laut! Du schämst dich ja noch. Und vergiß nicht, daß dieser geile Bock danebensteht. Dem gegenüber gibst du das auch nicht gern zu.«

Mit dem geilen Bock war der Hausverwalter Prosnick gemeint, der sich die Not Hetes zunutze machen will, um das junge Ding in sein Bett zu kriegen. Aber außer dieser Bemerkung wurde der Darsteller vom Regisseur im Augenblick nicht beachtet. Jetzt war die Pape dran, die Hete; Papes Hete.

»Nein, nein, nein! Versuch mal, dich auf den Stuhl fallen zu lassen – vielleicht gelingt es dir dann besser!«

Allmählich wurde die Angst vor dem Regisseur stärker als die, die sie spielen sollte – die Angst vor dem Kind. Sie war nahe am Weinen. Aber das reizte Herrschelmann nur. »Komm – komm, zeig, was du gelernt hast auf der Schauspielschule!«

Aber nicht, wenn man derart in die Enge getrieben wird; Regisseure können manchmal richtige Sadisten sein, dachte Martha Trubec und sagte: »Können wir nicht mal ne Pause machen?«

Walter Herrschelmann verbarg seinen Unwillen hinter Beflissenheit: »Aber natürlich!«

Die Hand, die die Zigarette hielt, zitterte, das ganze Mädchen zitterte. Wie im Schüttelfrost.

Martha nahm sie in den Arm: »Du mußt dir nicht so viel draus machen. Du wirst sehen, wir kommen alle mal dran.«

Emilia begann zu schluchzen. »Von der Schauspielschule kenne ich sowas auch. Aber da war das nicht so schlimm. Hier denke ich gleich, ich schaff die Rolle nicht – – und dann – –«

Herrschelmann stand mit Peter Keller, dem Regieassistenten, und dem Dramaturgen Detlev Geibel etwas abseits und rauchte ebenfalls. Diesen Zusammenbruch der Pape hätte er gern auf der Bühne gehabt; er hätte doch noch keine Pause machen sollen. Die Kleine war begabt, aber ein bissel dickköpfig; es dauerte eine Weile, ehe sie aus sich herausging. Fast hatte er sie schon soweit – da kam die Martha mit ihrer Pausenforderung. Er kannte sie: Nicht für sich hatte sie um eine Unterbrechung gebeten. Aber warum hatte er sich von ihr ins Bockshorn jagen lassen? Schließlich war er der Regisseur. Die Trubec hatte manchmal eine verblüffend selbstbewußte Art, besonders, wenn sie sich für jemanden einsetzte. Jetzt sofort mit der Pape weiterarbeiten, dann kriegte er sie bestimmt ganz schnell zu dem Ausbruch. Ohne daß sie groß zum Nachdenken käme. Das war nur ein Umweg. Aber da würde die Trubec wieder protestieren: Nicht mal eine halbe Zigarettenlänge! Dieses Weib!

»Kennt man das überhaupt noch: die Angst, ein Kind zu kriegen?« Martha stellte die Frage nicht nur, um Emilia von ihrem Kummer abzulenken; sie wollte wissen, ob junge Menschen heutzutage wirklich so sorglos lieben konnten, wie es im allgemeinen in der Öffentlichkeit dargestellt wurde.

»Ich nehm die Pille«, sagte das Mädchen. »Und wenn doch mal was passiert, möchte ichs haben.«

»Das ist gut«, sagte Martha. »Ich kenne Kolleginnen, die haben es immer wieder hinausgeschoben, weil sie gerade an einer wichtigen Rolle arbeiteten oder auch nur eine erhofften. Bis sie zu alt waren für ein Kind. Sie sind nicht sehr glücklich heute.«

Emilia hatte sich die Augen getrocknet und sah Martha fragend an. »Frau Burg?«

»Auch. Als ich so alt war wie du – wir bleiben beim Du, ja? Nach der Probe trinken wir einen zusammen in der Kantine. Damals sagte mein Schauspiellehrer zu mir: Sie müssen ein Kind haben wollen. Zumindest sich eins wünschen. Sonst fehlt Ihnen etwas, um später einmal Frauen darzustellen. Dabei war ich so stolz auf meine ablehnende Haltung! Aber er hatte recht. Als wir Szenen aus Hebbels ›Maria Magdalena‹ probierten – die Mädchen mußten alle die Klara spielen und die Jungs entweder den Leonhard oder den Karl –, fragte er uns Mädchen, was wir tun würden, wenn wir ein Kind bekämen. Ich weiß noch genau die Antworten: Die Älteste unter uns war bekannt für ihr munteres Liebesleben und meinte, sie würde es wegmachen lassen, aber später eins haben wollen. Die nächste war fest liiert und sagte – wie du –: Nach Möglichkeit jetzt noch nicht, aber wenn es passiert, dann würde ich es kriegen. Ich sagte: Ich will kein Kind! Nie!! Und unser Nesthäkchen hauchte verschämt: Ich weiß nicht. Sie hatte nämlich noch keinen Freund gehabt.«

Emilia lächelte schon wieder. »Und wie viele Kinder haben Sie? Hast du!?« verbesserte sie sich schnell und wurde ein bißchen rot dabei.

»Eins«, sagte Martha. »Einen Sohn. Der ist aber schon erwachsen und studiert.«

»Schauspiel?«

»Nein. Gottseidank nicht. Er will Ingenieur werden.«

»Ich möchte am liebsten zwei Kinder. Ich habe keine Geschwister und fand das nie schön, so allein. Aber ich habe ja noch Zeit damit. Jetzt will ich erst mal Theater spielen.«

»Ja«, sagte Martha langsam und dachte: Laß dir nur nicht zu viel Zeit.

Herrschelmann, sein Regieassistent und der Dramaturg gingen an ihnen vorüber zum Probenraum. »Machen wir weiter.«

»Versuche, locker zu bleiben«, sagte Martha zu dem Mädchen, während sie hinterhergingen. »Herrschelmann will dich weichkriegen, indem er dich fertigmacht. Das ist die Methode vieler Regisseure, wenn sie etwas erreichen wollen. Ich finde das unwürdig. Wenn du es statt dessen schaffst, dich ganz auf die Szene zu konzentrieren, bist du besser.«

Emilia nickte, aber ihr Rücken war schon wieder angespannt.

Ich war einfach leichtsinnig am Anfang. Ich wußte ja noch nicht, wie furchtbar die Folgen sein würden.

Zwischen uns Geschwistern bestand ein Altersunterschied von jeweils fünf Jahren, dabei hätte meine Mutter gern mehr als drei Kinder gehabt. Später erfuhr ich die vermutlich ganz andere Ursache für die großen Abstände – damals, als ich achtzehn, neunzehn war und sehr verliebt und sehr sinnlich, dachte ich, meine Mutter ist schon so degeneriert, daß es deshalb nur selten geklappt hat, da werde ich sicher vollends unfruchtbar sein. Das mit der Degeneration war so eine Lieblingstheorie von mir. Wie du weißt, entstammt meine Mutter einer alten großbürgerlichen Familie, die auf ihren bis ins fünfzehnte Jahrhundert nachgewiesenen Ahnenbaum pochte und von uns Kindern forderte, wir sollten uns sowohl sprachlich als auch in unseren materiellen Ansprüchen durch vornehme Zurückhaltung ihrer würdig erweisen. Wir empfanden derartige Ermahnungen bloß als lästig; ich neigte sowieso wenig zu der besonders den Mädchen zugedachten sittsamen Bescheidenheit. Als ich in das Alter kam, in dem man beginnt, die Eltern kritisch zu betrachten, wurde das Bürgertum auch öffentlich geschmäht. Ich hatte noch keine Ahnung von dem, was man geschichtlichen Fortschritt nennt, wohl aber besaß ich einen deutlichen Sinn für Gerechtigkeit, und so wollte ich mich auf die Seite derer schlagen, die bislang die Zukurzgekommenen waren, indem ich meine Herkunft verachtete. Dabei übersah ich, daß mein Sinn für Gerechtigkeit ebenfalls dieser bürgerlichen Erziehung entsprang; den allgemeinen Sitten folgend, schüttete ich mit dem Wasser auch gleich das gebadete Kind aus der Wanne und verkündete bei jeder sich bietenden Gelegenheit, meine Vorfahren – und damit natürlich auch ich – seien *degeneriert*, also zu nichts Gesundem mehr tauglich. Wozu ich eben auch das Kinderkriegen zählte. Die Natur würde sich zu helfen wissen und mich ohne Nachkommen lassen. Die Natur! Als ob sie sich noch so unmittelbar zur Wehr setzen könnte, nachdem wir Menschen sie so gründlich aus dem Gleichgewicht gebracht haben!

Ich sagte vorhin, ich war sehr verliebt damals. Das könnte so klingen, als wollte ich eine zu ihrer Zeit überschätzte jugendliche Leidenschaft belächeln. Das ist nicht so. Nicht vorher und niemals danach habe ich so geliebt.

Heinrich und ich lernten uns bei den allwöchentlichen Motetten in der Leipziger Thomaskirche kennen. Ich war fünfzehn Jahre alt, er »schon« sechzehn und im stolzen Stimmbruch; statt mitzusingen, verkaufte er Programme. Wahrscheinlich haben die durch den Krieg verwahrlosten Familienverhältnisse, das Gefühl, verlassen zu sein, uns so stark aneinander gebunden. Meine Neigung zur Musik hing auch eng damit zusammen: Damals wollte ich noch Komponistin werden. Derart heftige musikalische Erlebnisse habe ich später nie mehr gehabt. Ich weiß nicht, ob ich einfach verblaßt bin oder ob es dem natürlichen Verlauf des Lebens entspricht, daß die Kraft, aber auch die Egozentrik des Gefühls allmählich einem ruhigeren Denken und – ich möchte nicht sagen abgeschwächten, wohl aber milderen Empfindungen weicht. Ich meine damit vor allem, daß man andere Menschen so wichtig nimmt wie sich selbst. Als ich fünfzehn und auch noch als ich achtzehn war, gebärdeten sich diese Gefühle so stürmisch, daß ich manchmal, besonders bei Höhepunkten in der Musik – ich erinnere mich vor allem an eine Bruckner-Motette und an Bachs ›Matthäus-Passion‹ –, glaubte, jetzt zerberste ich gleich, wenn ich nicht schreie. Ich habe natürlich nicht geschrieen, und ich bin auch nicht zerborsten, wie du siehst.

Die Sehnsucht, einem anderen Menschen ganz nahe zu sein – bei Heinrich und mir war sie so stark, daß wir einander wirklich zuweilen ganz nahe kommen konnten.

Dabei waren wir anfangs sehr schüchtern. Nachdem wir uns etwa ein halbes Jahr lang wortlos von weitem – oder im besonderen Glücksfall auch etwas näher – angestarrt hatten oder Heinrich es allenfalls gewagt hatte, mit einem Freund zusammen mir und meiner Freundin hinterherzugehen und mir und sich selbst weh zu tun, indem er etwa über meine schiefgelaufenen Absätze spottete (ich habe die Schuhe – es waren meine einzigen aus Leder – daraufhin sofort zum Schuster gebracht!), wagte er endlich, mir ein Briefchen zu schreiben. Genau gesagt, sein Freund hat es getan, weil der eine leserliche Schrift besaß und auch seinen Namen mit daruntersetzte. Ich besitze es noch:

»Liebe Martha! Wir würden uns sehr freuen, mit Dir in ein vernünftiges Verhältnis zu kommen, und bitten Dich deshalb, am Sonnabend, falls Du auch Deinerseits zu unserem Wunsch gewillt bist, Dich nach der Kirchenmusik an der Clara-Zetkin-Brücke einzufinden. Wir würden uns sehr freuen, wenn Du uns diesen Gefallen tun würdest, und versprechen, daß wir nicht die Absicht haben, Dich in irgendeiner Weise zu veralbern.« Ich habe ihn nie gefragt, wie lange sie zur Formulierung dieses Dokuments gebraucht haben. Vermutlich hat es Heinrich einige schlaflose Nächte gekostet.

Sie kamen tatsächlich zu zweit zu diesem Rendezvous, aber sein Freund brachte irgendeinen gewichtigen Grund vor, warum er leider nicht mitgehen könne. Ich hatte das nicht anders erwartet. Meine Freundin Jonnie hielt sich sicherheitshalber etwas versteckt im Hintergrund und verschwand ebenfalls diskret und beruhigt, als sie uns zu zweit abziehen sah.

Ich weiß nicht, ob wir damals so viel anders waren als jugendliche Verliebte heute. Ich kann nur von dem ausgehen, was ich beobachte, und das ist eigentlich zuwenig, um so etwas zu beurteilen. Meine Mutter hat es sich da leicht gemacht: Sie las heimlich meine Tagebücher. Als ich das mitbekam, fühlte ich mich schrecklich gedemütigt, und ich haßte meine Mutter dafür, obwohl sie es wahrscheinlich mehr aus Sorge als aus Neugier gemacht hat; sie wollte wissen, wie *unschuldig* ich noch war. Sie konnte beruhigt sein. Eins habe ich aber daraus gelernt: Ich habe nie irgendwelche an ihn gerichtete Briefe oder Aufzeichnungen meines Sohnes ohne sein ausdrückliches Einverständnis gelesen. Ich finde, jeder muß das Recht haben, etwas für sich zu behalten oder nur mit jemandem zu teilen, den er sich dafür ausgesucht hat. Ich habe aber auch nie bemerkt, daß Robert etwas vor mir verschlossen hätte – wahrscheinlich, weil er weiß, ich stöbere nicht in seinen Sachen herum. Natürlich wüßte ich gern genauer, was in ihm vorgeht, aber ich kann nur versuchen, aus seinen Handlungen und dem, was er sagt, auf Gedanken und Gefühle zu schließen – und das wiederum nur aufgrund eigener Erfahrungen. Ich weiß doch auch nicht genau, was du denkst, während ich dir erzähle; ich bemerke zwar, daß du mir offenbar aufmerksam zuhörst und daß sogar dein Mund nicht ironisch verspannt ist, und auch deinen gelegentlichen Zwischenfragen entnehme ich, daß du mir durchaus folgst – siehst du, jetzt grinst du schon wieder! –; letzten Endes bin ich eben auch bei dir nur auf Vermutungen angewiesen.

Auf jeden Fall, ob »die Jugend von heute« nun so viel anders ist als wir seinerzeit, oder ob zumindest ihre Liebes-Gefühle den unsrigen ähnlich sind; Heinrich und ich haben einander sehr ernst genommen und hatten wohl deshalb bei aller Sehnsucht auch so viel Scheu voreinander. Es hat nach diesem ersten Rendezvous mehrere Monate gedauert, ehe wir uns zum erstenmal geküßt haben. Wir sahen uns allerdings auch ziemlich selten. Die Thomaner lebten alle in einem Internat, in dem die jüngeren außer von erwachsenen Erziehern von älteren Choristen, sogenannten Präfekten, beaufsichtigt wurden. Und die wandten das auch in den Schulen und Armeen so beliebte Tritt-weil-du-getreten-wirst an; manchen Präfekten machte es eben Spaß, einem »Untergebenen« das Rendezvous zu vermasseln, indem er ihm bei der geringsten Verfehlung den Ausgang untersagte.

An den gewöhnlichen Wochentagen war es sowieso nur ausnahmsweise möglich, sich kurz zu treffen, weil Schule, Chorproben und Hausaufgaben den Choristen kaum freie Zeit ließen und sie spätestens bis zwanzig Uhr wieder im Alumnat sein mußten. In den Ferien fuhr Heinrich nach Hause, mit dem Chor zu Konzerten ins Ausland (er sang inzwischen Tenor!); uns blieben nur die wenigen Wochenenden, an denen er »Ausgang« bekam. Wenn ich das heute bedenke, bin ich froh, daß mein Junge anders aufwachsen konnte. So ein Chorknaben-Leben ist ja wie eine Gefängnis-Kindheit. Entschädigt wurden die Jungen nur durch die sehr schönen Reisen, zu denen sie andernfalls keine Gelegenheit gehabt hätten. Den Weltruhm des Chores, durch den sich natürlich auch jeder einzelne geschmeichelt fühlte, halte ich für ein sehr unkindliches Vergnügen.

Sehnsucht war das mich beherrschende Gefühl in dieser Zeit. Vielleicht rührt von daher auch meine Unfähigkeit, jemanden gelassen erwarten zu können. Du verstehst immer nicht, warum ich so unruhig werde, wenn du dich verspätest, lachst mich aus, wenn ich erleichtert bin, daß dir unterwegs nichts zugestoßen ist. Heinrich konnte mich nicht benachrichtigen, wenn ihm plötzlich verboten wurde, das Internat zu verlassen, und ich wartete, wartete, dachte, er wäre tot oder – schlimmer! – ich wäre ihm gleichgültig geworden; wenn ich mir Qualen ausdenken müßte, mit denen ein Sündiger in der Hölle bestraft werden soll – diese wären nicht wirkungsloser als das berühmte Sieden im heißen Öl.

Dafür war unser erster Kuß ein so erstaunliches Ereignis, daß ich gar nicht weiß, wie ich es dir beschreiben soll, damit die gerührte Herablassung aus deinem Lächeln verschwindet. Danke.

Den Gepflogenheiten nach verlebten die Thomaner Heiligabend im Internat (sie mußten zu den Christmetten singen) und fuhren am ersten Weihnachtsfeiertag nach Hause. Heinrich fuhr einen Tag später, meinetwegen. An diesem Tag kam es übrigens nicht zu dem ersehnten Kuß-Erlebnis. Die Küsserei war daran sowieso nicht das Entscheidende, sondern vielmehr die Umarmung, das Geständnis. Es heißt: Das Herz auf der Zunge tragen; wir trugen lange, lange unsere Zunge gewissermaßen im Herzen.

Trotzdem war dieser Weihnachtstag wunderbar. Meine Mutter störte uns natürlich, aber Heinrich mußte erst um zweiundzwanzig Uhr im Internat sein, und er fuhr nicht mit der Straßenbahn, sondern ging zu Fuß, und ich begleitete ihn.

Wir ließen uns Zeit für den Weg. Wir sahen Kerzen leuchten in den Wohnungen und sahen sie auch nicht, weil wir beklemmend glücklich auf einer Straße gingen, die breit, vielgeteilt, im Sommer begrünt und nun beschneit war, auf der keine Häuser standen, sondern die auf der einen Seite von einem großen Park begrenzt wurde.

Ich kann diesen Zustand nicht anders benennen: beklemmend glücklich. Und voller Erwartung. Das Herz, das Blut behindert den Atem, man bemüht sich, es den andern nicht merken zu lassen, sachlich, ruhig zu reden; bemüht sich allmählich nicht mehr, weil man möchte, es wird bemerkt, es ist doch egal, die Maske unwichtig, gleich werden wir uns sowieso umarmen und alles gestehen.

Wie ich dir schon sagte: Es geschah nicht an diesem ersten Weihnachtsfeiertag. Ich war damals noch darauf fixiert, daß »ein Mädchen nicht damit anfängt«, und Heinrich wagte es auch nicht. Wir gingen und gingen, Heinrich wohl immer mit seinem Mut kämpfend – bis wir im Hellen anlangten, unter Laternen, einer Brücke; der Park war vorüber. Ich kann nicht einmal sagen, daß es eine besondere Enttäuschung gewesen wäre. Wir hatten den Tag in einem so ungewöhnlichen Zustand verbracht – wie wennste schwebst; kennst du diesen Ausdruck? –, hatten vieles so gesagt, daß der andere die Liebeserklärung dahinter vermuten und oft und lange darüber nachdenken konnte. Die Sehnsuchts-Phantasie hatte üppige Speise bekommen für die Trennung; immer wieder konnte das Geschehene durchdacht und ausgelegt werden, da trat keine Ermüdung ein.

Später, unsere ersten sexuellen Begegnungen waren vergleichsweise nüchtern, hatten eher einen unangenehmen Beigeschmack; ich würde darüber nie wie von einem großen Erlebnis sprechen. Was in uns und mit uns vorging, als wir zum erstenmal die milliardenfach benutzten, immer wieder einmaligen drei Worte aussprachen, wiederholt sich nicht in einem Leben.

Wem nie durch Liebe Leid geschah,
dem ward auch Lieb durch Lieb nie nah.
Leid kommt auch ohne Lieb, allein –
die Lieb kann ohne Leid nit sein.

Diese alte Strophe finde ich immer wieder in meinen Tagebüchern. Sie hat mich so oft trösten müssen. Auch als die Ferien unvorhergesehen verlängert, unser Wiedersehen grausam hinausgezögert wurde. Offenbar um zwei Tage, denn ich habe an diesen beiden Tagen mehrmals etwas eingeschrieben, stets mit der verzweifelten Frage: Warum bist du nicht gekommen?! Krankheit, Tod, Vergessen, alles habe ich durchphantasiert – die wirkliche Ursache von Heinrichs Nichtkommen weiß ich nicht mehr und kann es auch nicht nachlesen. Denn meine Eintragungen brechen nach diesen beiden Tagen ab; der Beweis, daß sie nur Ersatz waren für das bis dahin fehlende lebendige Du, dem ich meine Gedanken und Gefühle unverhüllt mitteilen konnte.

Aber das Ereignis des dritten Tags kann ich von meinem Gedächtnis ablesen. Meine Mutter muß Spätdienst gehabt haben, sonst hätten wir nicht so lange im Dunkeln sitzen können. Wenn sie in der Wohnung war, kam sie nämlich öfters ins Zimmer; ich nehme an, sie tat es, um uns vor »Dummheiten« zu bewahren. Im Januar geht die Sonne zeitig unter, das war unserem sehnsüchtigen Verlangen ebenfalls günstig. Heinrich saß auf dem Sofa, ich an der Schmalseite des Tisches. Wir haben geredet, gewiß über seine Verspätung, über die Ferien, sein Zuhause. Ich machte kein Licht, zündete auch nicht, wie sonst gern, eine Kerze an, sondern wir genossen es, wie die Dämmerung sich verdichtete und allmählich zur Dunkelheit wurde. Unsere Gesichter konnten wir noch erkennen, als die Köpfe dann seitlich einander zugeneigt auf dem Tisch lagen. Die Hände folgten, die weiche Berührung und endlich, endlich das Geständnis. Glaub mir, wir konnten in diesen Augenblicken Himmel und Erde nicht auseinanderhalten. Heinrich sagte: »Ich glaube, wir könnens noch nicht richtig.« Was mich erstaunte, weil ich nicht begriff, was es beim Küssen zu können geben sollte.

An diesem Tag, in dieser Stunde waren wir einander so nahe, daß alles Fremde zwischen uns ausgelöscht schien. Nur eine wunderbare, uns einhüllende Wärme war da, ein tiefes Vertrauen zueinander und das Gefühl, allen Bedrohungen der Welt standhalten zu können.

Zwischen diesem Ereignis und dem Tag, an dem ich »meine Unschuld verlor« – eine alberne Bezeichnung, die Sexualität, vor allem für ein Mädchen, so verhängnisvoll negativ einordnet –, vergingen zweieinhalb Jahre. Inzwischen studierte ich bereits, und Heinrich machte sein Abitur. Erst jetzt, da ich dir das erzähle, fällt mir auf: Heinrich ist ein knappes Jahr älter als ich, aber er konnte erst zwei Jahre nach mir mit dem Studium beginnen, und dann auch nicht mit Medizin, was er eigentlich wollte. Wahrscheinlich rührte auch daher sein Hang, mich öfters mit herablassender Ironie zu kränken, mir zu zeigen, daß ich ihm geistig nicht das Wasser reichen könne. Auf jeden Fall hing es mit seiner eigenen Unsicherheit zusammen, was mir damals aber nicht bewußt wurde. Ich denke noch an Heinrichs ungläubiges, respektvolles Staunen, als ich ihm sagte, ich hätte die Aufnahmeprüfung für die Schauspielschule bestanden; trotz meiner sonstigen Offenheit hatte ich ihm nämlich bezeichnenderweise vorher nichts davon erzählt. Also muß er mich schon vor diesem Erfolg damit gequält haben, daß aus mir »nichts wird«. Ich glaube heute, es war seine Angst, daß es tatsächlich so sein könnte, die er mit diesen ironischen Bemerkungen bannen wollte. Und vor allem die Furcht, selbst nichts zu können, zu versagen. Aber woher sollte ich damals wissen, daß nur ein Mensch, der unsicher ist, das Bedürfnis hat, einen anderen zu demütigen. Man ist doch in diesem Alter viel zu sehr mit sich selbst beschäftigt, um zu begreifen, was andere Menschen bewegt.

Ich habe dir schon erzählt, daß ich eigentlich Komponistin werden wollte. Als ich zwölf war, fing ich an, neben den Musikstücken, die ich für den Unterricht üben mußte, auf dem Klavier herumzuphantasieren, einfach so, gewissermaßen formlos, wie mir gerade zumute war, schwelgerisch melodiös und natürlich fast immer in traurigem Moll. Da mein Klavierlehrer Wert darauf legte, daß seine Schüler nicht nur fingertechnische Fähigkeiten bei ihm erlernten, sondern auch wissen sollten, was sie da spielten, wie ein Walzer, ein Menuett, eine Sonate gebaut ist, benutzte ich bald diese Musikanalysen, um mir danach selbst Stücke auszudenken. In Gedanken sah ich mich bereits als eine Art weiblicher Beethoven: tragischverkannt – aber dennoch ab und zu weltberühmt – und mit nie endendem Nachruhm bedacht.

Trotzdem hätte ich nicht gewagt, mich am Konservatorium für ein Kompositionsstudium zu bewerben. Ich hatte vor, Pianistin zu werden und von da aus die erträumte Komponistenlaufbahn einzuschlagen. Aber bevor ich eine Aufnahmeprüfung für Klavier hätte wagen können, wäre ein großer Übe-Fleiß vonnöten gewesen – und Geld. Meine Mutter, die nach dem Krieg angefangen hatte, als Hilfsschwester zu arbeiten, verdiente sehr wenig und verlangte von mir, daß ich die Schule verließ (für die ich ja doch nichts tat!) und selbst zum Unterhalt beitrug. Zuerst habe ich Briefbögen bemalt, dann für eine Kunstgewerblerin Schuhe genäht, später in einer Fabrik Löhne berechnet und schließlich in Heimarbeit lederne Schlüsseltaschen genäht und bestickt. Auf die Idee, Schauspielerin zu werden, kam ich nur deshalb, weil ich erfuhr, daß für dieses Studium keine spezielle Vorbildung verlangt wurde.

Kannst du dir vorstellen, wie befreit, glücklich und stolz ich war, als sie mich aufnahmen? Nach all den ungewissen Jahren wurde mir gesagt, ich wäre künstlerisch begabt, ich könnte mit dieser Begabung einen Beruf erlernen und 125 Mark Stipendium im Monat kriegen! Heinrich mußte ja eifersüchtig auf mich werden, besonders als man seine Bewerbung für ein Medizinstudium ablehnte und ihm empfahl, Lehrer zu werden. Dazu fühlte er sich nämlich überhaupt nicht geeignet.

Ich vergaß allmählich meine Kompositionsträume und identifizierte mich immer mehr mit der Schauspielerei. Während meines ersten Studienjahrs ging Heinrich noch zur Schule, wir sahen uns nicht oft, unsere Begegnungen verliefen lyrisch oder dramatisch und nur selten heiter; erst im nachhinein möchte ich manches, was uns damals bitterernst war, als Komödie bezeichnen.

Heinrich quälte mich mit seinen sexuellen Wünschen. Irgendwie hatte ich die Vorstellung, wenn ich jetzt zu schnell nachgebe – nicht so sehr Heinrich, sondern mir, meinem eigenen Verlangen –, werde ich mich später auch nicht beherrschen können und womöglich einer unersättlichen Gier verfallen. Womit ich nicht ganz unrecht hatte; aber ist es nicht bezeichnend und traurig, daß mir Sexualität sofort mit Beherrschung gekoppelt erschien? Zumal es die Angst vor einem Kind noch nicht war. Zumindest war mir eine solche Angst zu diesem Zeitpunkt nicht bewußt. Ich hatte so meine Vorstellung von Einmal-in-der-Woche, ahnte wohl, daß das nicht einzuhalten wäre, und meinte, ein Mehr würde unsere Verderbtheit entblößen. Was man als junger Mensch doch für verworrene Begriffe vom Liebesleben haben kann, besonders wenn die Erziehung so prüde war wie die meine! Hatte ich meine Mutter als Kind nach irgendeiner Bezeichnung, die das Geschlechtsleben anging, gefragt – oftmals ohne zu ahnen, in welch heikle Bezirke ich mich damit begab –, hatte sie mir, stets verlegen beiseitesehend, geantwortet, da solle ich im Lexikon nachschauen. Das Lexikon wurde auf diese Weise zu meiner bevorzugten Lektüre. In der Schule nannten sie mich deshalb eine Zeitlang Lexikon-Martha.

Heinrich war oft wütend auf mich, wenn ich den begehrten Akt wieder einmal verweigert hatte. Der arme Kerl war mir gegenüber in einem großen Nachteil: Während meine sinnliche Phantasie sich eher entfaltete, wenn ich allein war, und desto mehr erstarrte, je näher ich der Wirklichkeit kam, regte ihn gerade diese am meisten auf; während ich dann etwas von Liebe hören wollte, versuchte er, seine Erregung durch Bemerkungen loszuwerden, die mich verletzten. So antwortete er mir auf meine kaum rhetorisch gemeinte Frage, ob er mich liebe, etwa: Was ich denn meine, warum ein Löwe einer Löwin hinterherliefe. Schöner Vergleich – heute kann ich darüber lachen, aber damals empfand ich ihn als zynisch, und das verstärkte wiederum meine Ablehnung.

Ich glaube übrigens nicht, daß eine unterschiedliche Stärke im körperlichen Begehren bei Jungen und Mädchen biologisch bedingt ist. Ich halte das eher für ein Ergebnis der gängigen Erziehung. Und der anfängliche Schmerz ist auch nicht so groß, daß er diese Angst begründen könnte; später hindern Schmerzen dieser Stärke die Sinnlichkeit auch nicht, es sei denn, sie treten ständig auf oder werden als Vorwand benutzt.

Hätte ich zuerst ein schlechtes Gewissen bekommen, wenn ich nachgegeben hätte, so bekam ich es allmählich, weil ich mich verweigerte; das erste entstammte der eingebleuten »Moral«, das spätere meinem Mitgefühl für Heinrichs Qualen, hinter denen für mich auch die unausgesprochene Drohung steckte, daß er mich verlassen könnte, wenn ich nicht endlich mitmachte. Dazu kam die indirekte Ermunterung durch die vielen Studienkollegen, die das alles schon hinter sich hatten und mehr oder minder reiche Erfahrung darin besaßen. (Vielleicht waren es auch gar nicht so viele, wie ich annahm!)

Bezeichnenderweise erinnere ich mich nicht mehr an Einzelheiten dieses trüben Frühsommernachmittags. Heinrich hatte sein Abitur bestanden (wenn auch nicht mit Glanz; schulischer Ehrgeiz lag ihm fern); ich mußte noch einige Jahresprüfungen ablegen, vor denen ich mich aber nicht zu fürchten brauchte. Heinrichs Mutter hatte mich eingeladen, mit ihrem Sohn zusammen nach Greifswald zu kommen, ich wurde also, wenn auch mit Skepsis, als mögliche Schwiegertochter betrachtet.

Es war gewissermaßen überfällig. Ein Ereignis ohne besondere Gefühlsbeteiligung, erster technischer Versuch sozusagen. Heinrich war so rücksichtsvoll, daß wir die Arbeit in mehreren Raten, an mehreren Tagen erledigen mußten. Ich drücke mich absichtlich so nüchtern aus, weil es auch eine ziemlich nüchterne Angelegenheit war. Mit dem Erlebnis der Zusammengehörigkeit und mit Genuß verband es sich erst nach den Ferien, in denen wir uns ständig von Heinrichs Mutter bewacht wähnten, was einer Gefühlsentfaltung kräftig im Wege stand.

Es tat halt ein bissel weh, und Heinrich wollte mir nicht weh tun. Immerhin waren wir so vertraut miteinander, daß nichts völlig Fremdes mich erschrecken konnte. Es kommt sicher selten vor, daß ein Mädchen beim erstenmal Vergnügen daran hat, und der Gedanke, daß nur einer von beiden, also der Mann, Genuß empfindet, während das Mädchen mehr oder weniger darunter leidet, hat mich stets unwillig gemacht, und die Meinung, einer von beiden müsse »Erfahrung besitzen«, flößte mir eher Ekel als Zustimmung ein. Ich halte nun mal nichts von Ungleichheit in der Liebe. Letzten Endes läuft sie nämlich darauf hinaus, dem Mann die Überlegenheit zu sichern. Maupassant beschreibt die möglichen Auswirkungen auf eine solche Defloration in ihrer ganzen brutalen Widerwärtigkeit; die *Hochzeitsnacht* ist für die junge Frau ein entsetzlicher Schock, der ihr weiteres Leben zerstört. Übrigens einer der wenigen Schriftsteller, der Einfühlungsvermögen und Realitätssinn auch in diesem Punkt besaß; die meisten literarischen Beischlafschilderungen sind von den Wunschvorstellungen ihrer Erzeuger geprägt. Warum soll man nicht auch die Liebes-Erfahrungen gemeinsam sammeln, gemeinsam Phantasie entwikkeln, so daß sich die Genüsse für beide zusammen steigern. Wir wußten nur nicht, wie wir uns vor einem Kind schützen konnten. Da gab es bloß das »Aufpassen«, die unter den Jungs weitergeflüsterte Technik des vorzeitigen Auseinandergehens, Auseinanderreißens, das ein Zerreißen der Spannung bedeutete, einen nervös machte und doch ständig die Furcht hinterließ, »nicht richtig aufgepaßt« zu haben. Ganz so überzeugt war ich nämlich nun doch nicht mehr von meiner Unfruchtbarkeit.

Wir hatten beschlossen, daß Heinrich nach den Ferien zu mir ziehen sollte. In der ehemaligen Wohnung meiner Großeltern, in der ich neben anderen Mietern mit meiner Mutter lebte, konnten wir zwei kleine Zimmer bewohnen. Meine Mutter war unsicher, wie sie es beurteilen sollte, daß ihre Tochter unverheiratet mit einem jungen Mann zusammenlebte. Wir haben uns doch ziemlich rücksichtslos über ihre Ansichten und Empfindungen hinweggesetzt. Erst viel später habe ich begriffen, wie schwierig es für meine Mutter gewesen sein muß, all ihre bisherigen Welt- und Wertvorstellungen von ihren eigenen Kindern derart mißachtet zu sehen, und das in einem Alter – sie war damals Anfang Fünfzig –, in dem Menschen sich für gewöhnlich nur noch schwer zu ändern vermögen. Sie war immerhin mit dem Grundsatz aufgewachsen, daß ein Mädchen erst dann heiratet, wenn ihr

Auserkorener »eine Familie ernähren« kann, und bis dahin müsse sie selbstverständlich unberührt sein; Grundsätze, die zwar oft nicht eingehalten wurden, die man aber nicht so offen und unverblümt verletzte, wie wir es taten. Sie duldete Heinrichs Einzug wohl auch deshalb, weil sie wußte, ich würde mich eher von ihr abwenden als von ihm. Die Mütter. Auch Heinrichs Vater war »für Führer, Volk und Vaterland« gefallen, und seine bewundernswert resolute Frau versuchte ihre vier Kinder mit einem in den Nachkriegsjahren eröffneten kleinen Kunstgewerbeladen zu ernähren. Das heißt, eigentlich nur drei Kinder, denn Heinrich wurde jahrelang durch den Chor versorgt. Vielleicht regte sich auch ihr Gewissen, weil sie ihren Ältesten so lange weggegeben hatte, und sie war deshalb bereit, ihm monatlich Geld zu schicken, bis er studieren und ein Stipendium bekommen würde. Heinrich wollte sich im Jahr darauf noch einmal für Medizin bewerben und bei einer erneuten Ablehnung eben Pädagogik studieren. Er wäre nicht auf die Idee gekommen, etwa als Krankenpfleger zu arbeiten, und auch ich hätte das als Zumutung für ihn empfunden. Trotz finanzieller Nöte saßen wir doch ganz schön auf dem hohen Roß; schließlich waren wir prädestiniert für intellektuelle Berufe und hatten es nicht nötig, Dreckarbeit zu machen. Wie anders denkt da mein Sohn, und wohl die meisten Jugendlichen heute. Robert war immer froh, wenn er sich Geld verdienen konnte, und je härter und unangenehmer die Arbeit war, desto mehr Lohn bekam er. Heinrich schrieb nur ab und zu für ein auflagenschwaches Blättchen eine Theaterkritik (bei der auch mein Urteil mit einfloß); ansonsten las er eine Menge, vor allem medizinische Fachliteratur.

Er hat oft gewartet auf mich. Manchmal holte er mich von der Schauspielschule ab, und meine Kommilitonen nannten uns Romeo und Julia, weil wir für sie Das Klassische Liebespaar darstellten; wir wunderten uns nicht darüber, aber wir waren stolz darauf. Wir stritten uns viel, verletzten einander oft bitter dabei und waren doch auf eine unglaubliche Weise miteinander verbunden. Wie stark, zeigte sich später, als wir uns trennten – oder trennen wollten, was uns aber für lange Zeit nur räumlich gelang. Damals, in diesen ersten Jahren unseres Zusammenlebens, war ich durch meinen beruflichen Vorsprung, durch die Freude an meinem Studium souveräner als Heinrich, aber auch leichtsinniger und eher bereit, unsere Beziehung aufs Spiel zu setzen; Heinrich war stärker auf mich angewiesen und versuchte sich gegen diese Abhängigkeit zu wehren, wenn er mich bei unseren Auseinandersetzungen herabwürdigte. Das tat er übrigens nie vor anderen; wenn Fremde oder auch Freunde mich kritisierten, verteidigte er mich, als hätte er nie an meiner Vollkommenheit gezweifelt.

Manchmal konnte man den Eindruck haben, wir stritten uns nur um der Versöhnung willen: Reue, der eindringliche Wunsch, die eben erst geschlagenen Wunden zu heilen, gut zueinander zu sein, lieb, zärtlich, ach – in solchen Momenten glaubten wir, nie mehr zu einer Gemeinheit fähig und ewig ungetrennt zu bleiben. *Wem nie durch Liebe Leid geschah* – – Nach dem Schmerz die Wonne, nach den Wonnen der Schmerz.

Im vielbesungenen Monat Mai haben wir diese Wonnen wohl zuviel genossen – und der Schmerz folgt auf dem Fuße: Ich wartete vergeblich auf meine Regelblutung. Besser gesagt, wir warteten, denn Heinrich war meist mit mir zusammen und hatte wenig Ablenkung von außerhalb, in die er sich hätte zurückziehen können. Mir ist so der Kummer vieler Mädchen und Frauen erspart geblieben, die Ängste der kommenden Tage, Wochen, ja, in diesem Fall Monate, allein durchstehen zu müssen.

3

Trübfarbene Hinterhofwände, dichtgedrängt auf einem Rundhorizont, darüber, statt eines Himmels, kitschig-glitzernde Reklamebilder und -texte. Vor den Fassaden, auf einer Drehscheibe, die Interieurs: eine Küche mit abgewetztem Mobiliar, die Wände gedunkelt vom alltäglichen Gerauch und Gedampf, unterm hohen, schmalen Fenster eine Schwammrinne – umseitig eine Stube mit Plüschsofa, Porzellanhundchen und Häkeldeckchen, die der Armut entkommene Sehnsucht nach Fein-sein; hier die Wohnküche der Arbeiterwitwe Fent, in der auch Hete aufwuchs, dort die gute Stube der Madame Heye, die sich die Angst der Armen mit dem Hinweis auf die eigene vor der Polizei bezahlen läßt. Das alles vorerst als Modell, im Maßstab 1:20, den Schauspielern zum Beschauen aufgestellt; es war die erste Zusammenkunft aller, die an der Inszenierung von ›Cyankali‹ mitwirken sollten.

– *Wie oft kamen gerade … Fabrikarbeiterinnen, Sechzehn- und Siebzehnjährige, in meine Sprechstunde und flehten unter Tränen: ›Herr Doktor, es ist bestimmt keine Sünde, nehmen Sie mir's doch weg! Ich kann nicht mehr in die Fabrik! Der Vater schlägt mich tot!‹ … Jeder Arzt wird sich bemühen, diese Hilflosen über die erste Verzweiflung hinwegzubringen. Doch da es dem Arzt laut § 218 des StGB bei Zuchthausstrafe verboten ist, hier zu helfen, gehen diese Verzweifelten zu einer anderen,* sachunkundigen *Person, die ihnen hilft. In den schmutzigen Hinterstuben der Abtreiber geschieht zu Hunderttausenden diese Selbsthilfe.*

Auf dem 45. Deutschen Ärztetag in Eisenach 1926 wurde die Zahl der jährlichen verbotenen Abtreibungen in Deutschland auf eine halbe Million bis 800000 (!) ge-

schätzt, trotz der hohen Strafen, die darauf stehen! Jährlich sterben in Deutschland 10000 junge Mütter an unsachgemäßen Abtreibungen durch Nichtärzte! 50000 schwere Erkrankungsfälle nach solchen ›Fehlgeburten‹ kommen jährlich zur Kenntnis! Das sind aber nur die bekannten Fälle.

Wenn jährlich eine Million Mütter sich in unserem Land in so schwerer Weise gegen das Gesetz vergehen muß, da wird auch der Härteste sich sagen, daß hier ein riesiger Notstand vorliegt, daß in irgendeiner Einrichtung etwas nicht stimmt.

Erfahrungen des Arztes Friedrich Wolf, festgehalten in einem Buch, das er zur Aufklärung der Unwissenden schrieb, ein halbes Jahrhundert später vorgetragen von Detlev Geibel, Dramaturg am Autoren-Theater, einem Mann Anfang Vierzig, Vater zweier halbwüchsiger Kinder, vertraut also, darf man annehmen, mit den Freuden und Nöten der menschlichen Fortpflanzung. Belesen aber auch in ihrer Geschichte:

»Bis zu Beginn des sechzehnten Jahrhunderts kannte man kein Verbot der Abtreibung. Im Germanischen Recht zum Beispiel wurde nur die Fremdabtreibung mit einer Geldstrafe belegt. Erst im Spätmittelalter setzte sich das kanonische, das heißt kirchliche, Recht vollends durch. Es stellte den Embryo mit dem geborenen Leben gleich, unterschied allerdings zwischen belebter und unbelebter Frucht: Die ›Beseelung‹ der männlichen Frucht wurde auf den 40., die der weiblichen auf den 80. Tag festgelegt. Abtreibung zählte von nun an wie Kindstötung und wurde in den einzelnen deutschen Staaten unterschiedlich bestraft: mit Gefängnis oder Zuchthaus, mit Folter oder sogar mit dem Tod.

Nach dem Zusammenschluß der deutschen Kleinstaaten wurde 1871 der § 218 des Deutschen Reichsstrafgesetzbuches verkündet. Ich zitiere daraus:

Eine Schwangere, welche ihre Frucht vorsätzlich ab-

treibt oder im Mutterleib tödtet, wird mit Zuchthaus bis zu fünf Jahren bestraft...

Trotzdem stieg die Zahl der illegalen Abtreibungen von Jahr zu Jahr. In einer Statistik von 1906 werden allein die zur Verurteilung gekommenen Fälle im Zeitraum 1882 bis 1886 mit 839 angegeben, in den nächsten vier Jahren war es bereits mehr als das Doppelte, und 1902 bis 1906 fast das Dreifache, nämlich 2236. Erst nach dem Ersten Weltkrieg konnte der § 218 überhaupt öffentlich diskutiert werden; mit dem Hinweis auf den starken Geburtenausfall während des Krieges kam es allerdings lediglich dazu, daß ab 1919 die gesetzlich vorgesehenen mildernden Umstände zur Regelstrafe gemacht wurden, das heißt, die Abtreiber wurden im allgemeinen mit Gefängnis statt Zuchthaus bestraft.« Schauspieler sind selten durch Theorie zu fesseln, Zahlen beeindrucken sie im allgemeinen nur, wenn sie in emotional berührende Beispiele gekleidet sind. Der Dramaturg hatte es da nicht leicht, ihre Aufmerksamkeit zu halten, auch als er auf die Gegenwart zu sprechen kam, darauf, daß dieses Stück in der DDR seine aufklärende kämpferische Funktion verloren habe, weil hier durch Gesetz den Frauen die Möglichkeit gegeben sei, Anzahl und Zeitpunkt von Geburten selbst zu bestimmen. Es sei aber als gewissermaßen historisches Drama interessant, könne neben der individuellen Tragödie den Abstand deutlich machen, der sie von den gesellschaftlichen Zuständen der zwanziger Jahre und denen im Kapitalismus heute trenne. Das war niemandem an dem langen Tisch neu, und Evelin Burg, die künftige Darstellerin der Madame Heye, flüsterte Martha Trubec zu:

»– *Und wie wir's dann zuletzt so herrlich weit gebracht* –«, was diese mit einem nachdenklichen Lächeln beantwortete.

Martha Trubec war gewähltes Mitglied eines beratenden Gremiums, in dem – zusammen mit der Theaterleitung – sowohl ökonomische wie künstlerische Probleme verhandelt wurden. Als es um die Frage gegangen war, ob man ›Cyankali‹ in den Spielplan aufnehmen sollte, hatte sie sich sofort dafür eingesetzt, weil sie der Meinung war, nicht nur junge Menschen sollten erfahren, worunter ihre Großmütter und auch noch ihre Mütter leiden mußten, sondern vor allem diese Mütter selbst brauchten endlich eine Auseinandersetzung mit den furchtbaren Erlebnissen, über die sie früher allenfalls mit der besten Freundin hatten flüstern dürfen. Deshalb achtete sie auch aufmerksamer als die meisten darauf, wenn von der künftigen Wirkung aufs Publikum die Rede war.

Herrschelmann betonte in seiner Konzeption, daß das Drama der Kindsabtreibung im Mittelpunkt der Handlung stehen müsse. Da dieses aber ein aus den gesellschaftlichen Umständen hervorgehendes sei, hätte Friedrich Wolf dem »Milljöh«, in dem Hete lebt, nämlich einer Berliner Mietskaserne der zwanziger Jahre, breiten Raum gegeben. Wichtig sei es, die Solidarität unter den Proletariern deutlich zu machen: »Ob politisch organisiert und klassenbewußt wie Hetes Geliebter Paul und sein Genosse Max, ob mütterlich gütig wie die Proletarierwitwe Fent, lebensgierig und spontan handelnd wie Minna Klee oder auch Kompromisse schließend wie der Zeitungsverkäufer Kuckuck – sie alle sind in der Not bereit, einander zu helfen. Daneben hat Friedrich Wolf – und das ist ein großer Vorzug des Stücks – eine Reihe von Figuren geschaffen, die zwar in unterschiedlichem Maße noch menschliches Mitgefühl zeigen, im Falle einer Entscheidung aber stets dawider handeln, weil ihre kleinbürgerliche Position sie dazu zwingt. Sie würden, perspektivisch gesehen, nach 1933 in den Reihen der NSDAP zu finden sein oder doch ihr zuarbeiten. So der Hausverwalter Prosnick, selbst ein Ausgebeuteter, der, um seine Stellung zu halten, unerbittlich gegen die Mieter vorgeht; der Arzt Dr. Möller, der, so möchte ich es dargestellt sehen, ebensogern der Hete wie der Dame aus ›besseren Kreisen‹ helfen würde, der aber weiß, daß ihm ein Attest für diese keine Strafe, wohl aber einen Geldschein einbringen wird, während er sich Hete gegenüber ans Gesetz klammert, um seine Ablehnung zu begründen. Und so schließlich auch Madame Heye, die durchaus ›ein Herz‹ für das Mädchen hat, aber von den Groschen, die ihr die Unterprivilegierten bringen, ganz gut lebt.«

In der Pause unterhielt sich Martha mit Evelin Burg über eigene Erlebnisse mit der Abtreibung. Fünfmal, sagte die Burg, habe sie das mitgemacht, und nur einmal davon unter einigermaßen menschenwürdigen Umständen. »Das letztemal habe ich mit über vierzig Fieber gelegen – aber mein Mann war zu feige, einen Arzt zu holen.« Evelin Burg war längst geschieden von ihm. »Der hätte mich hops gehn lassen aus Angst vor der Kripo. Aber vorher aufpassen – davon hätte er ja impotent werden können!«

Hans Heiner, der Schauspieler, der mit dem Dr. Möller besetzt war, stand bei ihnen. Martha hatte sich mit Heiner schon mehrmals über die Problematik von ›Cyankali‹ unterhalten. Aber die derbe Redeweise der Kollegin Burg ließ ihn jetzt schweigen; dieses Thema durfte man seiner Meinung nach nur mit Takt und Zurückhaltung behandeln.

»Ich habe den Eindruck, die –« Martha machte eine leichte Kopfbewegung zum Regieteam hin, das vor dem Bühnenbildmodell beieinanderstand – »die wollen die Inszenierung schön brav in der Historie belassen, damit ja keiner Parallelen zur unmittelbaren Vergangenheit zieht.«

»Sag doch was!« schlug Evelin Burg vor. »Wenn ich davon anfange, denken sie bloß, sie brauchens nicht für voll zu nehmen.«

»Glaubst du, bei dem Thema nehmen sie mich für voll?«

»Jedenfalls eher als mich«, behauptete die Burg.

»Warum sollen sie euch hierbei nicht ernst nehmen?« fragte Hans Heiner. »Ihr seid doch in dem Fall quasi die Experten.«

»Hast du ne Ahnung!« meinte Evelin Burg ironisch, und Martha erwiderte ihm: »Du gehst wieder mal wohlmeinend von dir aus, Hans. Wenn es um Kunst und Theorie geht, meinen immer die Männer, sie wären die Experten.«

Seit einer Weile beobachtete sie, wie der Darsteller des Paul, Heinz von Genske, seine künftige Partnerin fixierte, die als einzige am Tisch sitzen geblieben war. Die Anfängerin von der Schauspielschule (die Herrschelmann zu Beginn der Probe mit einem wohlwollenden Lächeln noch einmal allen vorgestellt und ihrer Kollegialität empfohlen hatte) fühlte sich noch fremd inmitten all der so viel erfahreneren Kollegen, und da sie nicht bemerkte, wie Heinz von Genske sich ihr langsam näherte, stand sie schließlich auch auf und wandte sich mit einer Frage an ihren Regisseur. Zögernd gab es Heinz von Genske auf und zog sich wieder zurück.

Schauspieler haben bei solchen Konzeptionsbesprechungen immer Fragen zum Stück, vor allem zu ihren jeweiligen Rollen, auch zu den Kostümentwürfen; oft möchten sie einfach wissen, in welche Richtung sie ihre Phantasie lenken sollen. In dieser Diskussion meldete sich auch Martha und sagte, an Herrschelmann und Geibel gewand, sie hätten zwar ausführlich über die gesellschaftliche Situation Ende der zwanziger Jahre gesprochen, auch über die historische Entwicklung bis dahin, aber »– schließlich spielen wir das Stück heute, fünfzig Jahre später, und da ist es nicht damit getan, daß wir sagen: Seit 1972 ist der Schwangerschaftsabbruch bei uns erlaubt, also brauchen wir darüber niemanden mehr aufzuklären. Ich glaube, der Kunstwert eines Theaterstücks liegt auch darin, daß seine Aussage über die Zeit, in der es spielt, hinausgeht. Ihr habt zwar über Figurenperspektiven gesprochen – aber was in der Nazizeit in puncto Abtreibung los war, daß die Todesstrafe dafür wieder eingeführt wurde und wie das unter Umständen die Zeit nach fünfundvierzig beeinflußt haben könnte – darüber zu sprechen wäre meiner Meinung nach auch ganz wichtig. Wer weiß schon noch, daß es in der damaligen sowjetischen Besatzungszone sogenannte Indikationsregelungen gab, nach Vergewaltigungen zum Beispiel oder in sozialen Notfällen. Und daß 1950 das ›Gesetz über Mutter- und Kinderschutz und die Rechte der Frau‹ diese Indikationen wieder strich, daß nur noch bei schweren Erbkrankheiten und schweren gesundheitlichen Gefahren für die Mutter eine Schwangerschaft abgebrochen werden durfte. Ich weiß das auch nur, weil ich mich in den letzten Wochen mit dieser Thematik eingehend befaßt habe. Denn ich gehöre zu denen, die unter dem Verbot des Schwangerschaftsabbruchs nicht wenig zu leiden hatten, und deshalb wünsche ich mir eine ›Cyankali‹-Inszenierung, die zum Nachdenken und zur Diskussion über die selbsterlebte Vergangenheit anregt. Und natürlich auch über alle Probleme, die wir heute noch damit haben.«

Herrschelmann und Geibel hatten sich, während Martha redete, verständigend angesehen, und Herrschelmann meinte nun: »Konzeptionell ist selbstverständlich vorgesehen, die Geschehnisse im Stück so nahe wie möglich an den heutigen Zuschauer zu rücken. Aber die Handlung spielt nun mal eindeutig in den zwanziger Jahren, und wir können sie nicht in die fünfziger verlegen. – Das hast du auch nicht gemeint – ist mir schon klar«, setzte er dazu, als er sah, daß Martha etwas einwenden wollte. »Ich möchte damit nur sagen, daß wir durchaus gewillt sind, die Probleme unserer Generation zur Sprache zu bringen, daß dieser Absicht aber Grenzen gesetzt sind.«

»Als rein historisches Stück hätten wir es niemals in den Spielplan aufgenommen«, meinte Detlev Geibel.

»Ich kann mir nicht helfen«, mischte sich Evelin Burg nun doch ein, »wenn ich euch höre, kommts mir vor, als würden wir ein Stück über australische Farmer oder über den Turmbau zu Babel spielen. Wenn ihr den ganzen Mist selber durchgemacht hättet, würdet ihr bestimmt anders drüber reden!«

Herrschelmann war bemüht, diesen impulsiv saloppen Einwurf mit der Ruhe dessen zu beantworten, der den größeren Überblick hat und auch behalten muß: »Bei aller Achtung vor euren Erlebnissen darf man doch eins nicht vergessen: Eine Theaterinszenierung ist kein Aufklärungsforum, und natürlich muß ich versuchen, einem Stück über Farmer in Australien – um dein Beispiel aufzugreifen – ebenso engagiert gerecht zu werden wie ›Cyankali‹. Und wenn – angenommen – mein Onkel Farmer in Australien wäre, wüßte ich vielleicht Intimeres darüber, müßte aber trotzdem meine persönliche Empörung oder was auch immer den Gegebenheiten des zu inszenierenden Stücks unterordnen. Was nicht heißt, daß wir nicht für Hinweise von erfahrener Seite dankbar wären.«

Wie gnädig, dachte Martha, aber sie bezwang sich. »Ich weiß nicht, ob ihr immer so objektiv seid, wie ihr vorgebt«, sagte sie. »Als wir Peter Weiss' ›Ermittlung‹ gespielt haben, konntet ihr nicht nur eine Menge Wissen im Ensemble voraussetzen, sondern wir bekamen bereits vorher Lektüre über die KZ empfohlen. Außerdem kriegte jeder abgezogenes Material in die Hand, und – ich erinnere mich genau – sowohl zur Konzeptionsbesprechung als auch zu den Proben hattet ihr Genossen eingeladen, die ehemals KZ-Häftlinge waren. Meines Wissens sind alle, die die Konzeption für ›Cyankali‹ erarbeitet haben, Männer; habt ihr mal betroffene Frauen dazu befragt?«

Auch der Dramaturg machte den Eindruck, als hielte er Marthas Angriff für unangemessen, als er antwortete: »Es gibt eine Menge Material zu diesem Thema, nicht zuletzt von Friedrich Wolf selbst. Wer sich dafür interessiert, dem kann ich eine Liste darüber abtippen lassen, man kann das in den entsprechenden Bibliotheken ausleihen. Mit einem Arzt haben wir ebenfalls darüber gesprochen, und wenn es sich als nötig erweisen sollte, werden wir ihn auch zu Proben einladen. Im übrigen – entschuldige, wenn ich das sage – kann man die gesellschaftliche Bedeutung der ›Cyankali‹-Problematik mit der von ›Ermittlung‹ wohl nicht vergleichen.«

»Nee«, murmelte die Burg trocken vor sich hin, »hier gehts ja bloß um Weiber.«

»Wie bitte?« fragte Geibel, der am anderen Ende des Tisches saß, aber Evelin Burg antwortete ihm nicht. Martha war so wütend, daß sie es am liebsten statt ihrer wiederholt hätte, aber sie wußte, daß eine weitere Zuspitzung des Gesprächs auf den Punkt Männer – Frauen dem Anliegen der letzteren nur schaden würde. Auch war ihr die Spannung, mit der die übrigen Ensemblemitglieder zuhörten, unangenehm, und so sagte sie: »Ich habe die Dissertation einer Ärztin über Frauen gelesen, die nach unsachgemäßen Eingriffen gestorben sind. Da werden die medizinischen Folgen ziemlich detailliert beschrieben. Um zu begreifen, was so ein Mädchen wie Hete durchstehen mußte, wäre es vielleicht ganz nützlich, einmal zu lesen, wie der Uterus solcher Frauen oft ausgesehen hat, wenn sie in ihrer Verzweiflung nicht nur Stricknadeln, sondern ebenso Blechstücke und sogar Glasscherben benutzt haben, manchmal noch im fünften oder sechsten Monat. Da werden Föten mit zerschnittenem Hals und zertrümmertem Schädel beschrieben, alles nicht sehr angenehm –«

Martha brach ab, als sie hörte, daß jemand wie im Schmerz Luft durch die zusammengebissenen Zähne zog; es war Heinz von Genske, der sie dabei ganz entsetzt ansah. Herrschelmann und Geibel dagegen blieben kühl beherrscht; sie verständigten sich wieder durch Blicke. Geibel bekundete sein Interesse an der Dissertation, ernst notierte er sich Marthas Angaben, und Herrschelmann versicherte, daß er ihre Hinweise als sehr wichtig ansähe, selbstverständlich wolle er auch ihre Erfahrungen und die der anderen Kolleginnen für die Inszenierung nutzen, er bitte, wenn sie derartige Vorschläge oder Einwände hätten, sie jederzeit unverzüglich vorzubringen.

Martha kam sich vor wie eine Spinne, die einem zwar unangenehm ist, die man aber nicht verjagt, weil sie die noch lästigeren Fliegen fängt. Oder war sie zu empfindlich? Wie sollte sie es nicht sein, nach allem, was sie erlebt hatte. Doch hier wurde Objektivität verlangt, bitte sachlich bleiben, denn es soll Kunst gemacht und nicht in irgendwelchen zweifelhaften privaten Erinnerungen herumgefischt werden. Kunst. Der schmale Grat zwischen Noch-Betroffensein und Schon-Abstand-Haben. Wehe, das Betroffensein überwog, das wurde einem kaum verziehen; lieber auf dem Abhang der Distanz jonglieren, formschön, genießbar, das wurde bewundert. Sie mußte sich klug verhalten, wenn sie etwas erreichen wollte, auch wenn es ihr schwerfiel, den Zorn niederzuhalten, der sie ob des überlegenen Lächelns Außenstehender ankam.

Mehrere Wochen später wurde sie von Detlev Geibel gebeten, den Artikel für das ›Cyankali‹-Programmheft zu schreiben.

4

Wenn du die Zweige abbrichst, bleiben die Blätter nicht mehr so wundervoll farbig. Als ob sie sich weigern, Wasser aus der Vase anzunehmen. Sie werden rasch trocken, gleichförmig braun und brüchig. Fallen sie auf den Waldboden, bleiben sie feucht und vermodern. – Nahrung für neues Grün, jawohl. –

Na, na – am Vermodern sind wir noch nicht! Wir fangen höchstens an, schön bunt zu werden. – Tatsächlich – in ein paar Jahren bist du ein interessanter Herr mit grauen Schläfen. – Ich weiß nicht, welcher Mann eine Frau interessant fände, weil sie graue Haare kriegt! Mich stören sie nicht. Ich bin lange genug jung gewesen; jetzt heiratet mein Sohn vielleicht bald, da kann ich mir auch graue Haare leisten. In meinem Beruf muß ich mich genug bemalen, ich habe keine Lust, auch noch privat immerzu an mir herumzufärben. Ich mache keinen Hehl daraus, daß ich fünfundvierzig bin. Warum auch? Bin ich weniger wert als mit zwanzig? Hübscher war ich damals, das ist sicher. Aber was meinst du, warum mir die Kollegen heute mit Achtung begegnen? Nicht nur, weil ich auf der Bühne etwas leiste. Das auch. Aber vor allem, weil ich gelernt habe, mich durchzusetzen, nachdem ich meine Ansichten zu einer Sache in Ruhe überdacht habe und sie begründen kann. Früher war ich nur aufsässig. Einfach dagegen. Und das habe ich jedem hemmungslos ins Gesicht posaunt, ob ders nun wissen wollte oder nicht. Ich wäre dir ganz schön auf die Nerven gegangen, mein Lieber.

Weißt du, ich möchte einmal ganz weiße Haare haben, so mit sechzig vielleicht. Ich finde, das sieht großartig aus. Aber meistens bekommen das Leute, die vorher dunkelhaarig waren. Ich habe die ordinäre Farbe dieses Landstrichs: mittelblond. Und werde wohl auch ganz ordinär grau werden. Aber wer mich nur deshalb nicht mag, von dem will ich auch nichts wissen. Ich hoffe, daß ich mir diesen Standpunkt bis an mein Lebensende erhalten – und leisten kann. –

Als das mit dem ersten Kind – der ersten Schwangerschaft – passierte, war ich noch nicht mal zwanzig. Knapp neunzehn. Zuerst hat man natürlich immer noch Hoffnung, der Kelch könne ungeleert an einem vorübergehn, zumal die Regel bei mir durchaus nicht so regelmäßig kam. Zeitweilig – im Schlaf oder während eines Aufmerksamkeit fordernden Unterrichts; die meisten Vorlesungen vermochten mich nicht abzulenken – vergaß ich meinen Körper und meine Angst. Ansonsten lebst du in ständiger Spannung, horchst sozusagen auf jedes Ziepen im Bauch, auf jedes Tröpfchen, das ja aus dem ersehnten Blut bestehen könnte. Du läufst zur Toilette – wieder nichts. Wenn ich nach Hause kam oder Heinrich mich vor der Schauspielschule erwartete, fand ich die Frage, wenn er sie nicht aussprach, in seinen Augen: Was ist? Tag für Tag. Die Angst verdichtet sich immer mehr, zermürbt, lähmt dich, bis du entweder, wie viele Mädchen in solch einer Lage, völlig erstarrst und, unfähig zur Abwehr, dein »Schicksal«, das Kind, erwartest oder bis die Verzweiflung umschlägt in Handeln. So ist es mir immer ergangen. Angst lähmt mich anfänglich auch; ich möchte mich verkriechen, mich nicht rühren, in einem Maulwurfsbau überwintern, bis die Welt wieder heil ist – aber ich weiß zu gut, daß diese Welt ohne mein Zutun nicht heilt, und dieses Wissen arbeitet so lange in mir, bis ich anfange zu überlegen, was ich tun kann, um mich aus der qualvollen Enge zu befreien.

Ich weiß nicht mehr, von wem ich den Rat bekommen habe, heiße Fußbäder zu machen und ebenso heißen Rotwein mit Nelken zu trinken; dieser allererste Abtreibungsversuch war so bekannt wie der Hausfrauen-Tip, Fleisch in bereits heißem Fett anzubraten, damit die Poren sich rasch schließen. Die Studentinnen flüsterten da viel, denn die meisten wurden in mehr oder minder großen Abständen von der Furcht heimgesucht, schwanger zu sein.

Heinrich mußte immer kochendheißes Wasser nachgießen, wenn die Temperatur des bisherigen zu sehr abgesunken war oder ich mich daran gewöhnt hatte. Ich benutzte einen Eimer, weil darin nicht nur die Füße, sondern auch die Waden »gebrüht« werden konnten. Es war ungeheuer schmerzhaft, aber manchmal ist es vielleicht noch leichter, Schmerzen zu erdulden, als sie einem anderen zufügen zu müssen: Heinrich goß ganz vorsichtig, ängstlich achtete er darauf, daß der dünne dampfende Strahl mir nicht zu nahe ans Bein käme, und gleichzeitig beobachtete er mein Gesicht, um nach Möglichkeit mit dem Nachgießen aufzuhören, bevor ich ein Genug! durch die zusammengebissenen Zähne stieß. Manchmal klammerte ich mich an Heinrich, um die wie mit Tausenden von Nadeln stechende Hitze besser ertragen zu können. Wenn ich dann noch den heißen Rotwein getrunken hatte (warum mit Nelken, weiß ich bis heute nicht!), war auch mein Gesicht so rot, daß man denken konnte, es platzt gleich. Die Füße und Waden nahmen die Farbe von rohem Fleisch an.

Anschließend ging es ab ins Bett, wo wir uns um Brutalität mühten, weil uns jemand gesagt hatte, ein heftiger Beischlaf könne ebenfalls gute Wirkung tun. Dieses Dreiphasenverfahren praktizierten wir eine Woche lang jeden Abend. Obendrein sprang ich tagsüber zehn-, zwanzigmal von einem Stuhl oder Tisch, wenn ich annehmen konnte, daß die Mieter darunter nicht zu Hause waren. Ein homöopathisches Mittelchen, das wir, um nicht aufzufallen, einzeln in den verschiedenen Apotheken kauften, empfahl uns später, als wir nur noch sarkastisch darüber lachen konnten, hinter vorgehaltener Hand auch Heinrichs Mutter.

Frag nicht, wie ich tagsüber Vorlesungen und Unterricht durchgestanden habe. In diesem Alter ist man ja noch ziemlich robust, aber morgens fiel es mir derart schwer aufzustehen, daß ich fast jeden Tag zu spät kam. Nach den Ferien brachte mir das sogar einen Verweis ein.

Mir war nun auch ständig übel, und Fächer wie Gymnastik oder Fechten wurden zur Qual. Ich mußte nie erbrechen, aber das hätte mich vielleicht erleichtert. Statt dessen vom Magen her ein Druck, der sich nach oben mit einem Brennen bis ins Gehirn fortsetzte. Das ist mir bei jeder Schwangerschaft so ergangen und war neben der Angst wohl das gräßlichste, weil du unter solch einem Übelkeits-Netz nicht in der Lage bist, in Ruhe zu denken, dich auf eine Arbeit zu konzentrieren.

Die Dozenten wunderten sich natürlich, und die Einfühlsamen unter ihnen, besonders die Frauen, ahnten wohl, was mich so veränderte. Ich war ja nicht die erste und nicht die einzige Studentin, der derlei Unerwünscht-Natürliches geschah.

Meine Mutter stellte sich, als merke sie nichts. Sicher verbrachte sie viele Nächte ohne Schlaf deswegen. Uns kümmerte das wenig, obwohl wir das Wasser für die abendlichen Beinbäder erst auf den Gasherd setzten, wenn sie die Küche verlassen hatte. Nur unsere hektischen Aktivitäten hielten uns davor zurück, nach der täglich enttäuschten Hoffnung völlig zu verzweifeln. Allmählich gerieten wir nämlich auch in Geldschwierigkeiten, weil der Rotwein und das homöopathische Mittelchen unseren Etat weit überstiegen. Die Studenten hatten nichts zu verleihen; ich pumpte unsere Gymnastikdozentin an, eine im Unterricht unerbittliche, ansonsten aber verständnisvolle und manchmal geradezu kumpelhaft-kameradschaftliche Frau. Ich hatte so viel Vertrauen zu ihr, daß ich sogar den wahren Grund für meine Bitte um Geld beichtete. Sie schwieg künftighin, wenn ich mich zur ersten Stunde verspätete, und sie traktierte mich auch nicht mehr, wenn mir eine Übung mißlang. Du glaubst gar nicht, wie wohl solches Verständnis tut. Unerträglich werden die Nöte erst, wenn du sie niemandem anvertrauen kannst. Deshalb fällt es mir auch als Mutter Fent so schwer, die Hete zurückzustoßen, wenn sie zugibt, sie bekommt ein Kind. Ich empfinde das als unglaubliche Härte und versuche mir immer wieder mit aller Kraft vorzustellen, was für diese Frau das Spießrutenlaufen bedeutet, um ihre Reaktion zu begreifen.

Daß alle bisher geschilderten Bemühungen erfolglos blieben, ist dir sicher klar. So etwas hilft vielleicht bei Frauen, die ohnehin zu Fehlgeburten neigen. Mein Körper dachte nicht im mindesten daran, sich nach meiner Degenerationstheorie zu richten; er war, wie sich im weiteren immer wieder zeigte, nicht nur äußerst produktionsbereit für Nachkommenschaft, sondern hielt das einmal Entstandene auch stets mit zäher Hartnäckigkeit fest.

Ich weiß nicht, ob du meine heftige Abneigung gegen das Kinderkriegen verstehen kannst. – Jedenfalls bin ich überzeugt, daß es eine ganze Menge Leute gibt, die überhaupt nicht begreifen würden, warum ich mich so dagegen gewehrt habe. Vor allem wahrscheinlich Frauen, die sich vergeblich Kinder wünschen. Sicher wird jedem einleuchten, daß ich keine sieben haben wollte; warum aber, könnten sie sagen, dieses erste nicht? Heinrich liebte mich und ich ihn, zwei – wenn auch kleine – Zimmer hatten wir, und wir kannten viele, die auch nicht reicher waren als wir, was sie aber nicht daran hinderte, ein Kind zu bekommen. Man brauchte doch auch nicht mehr, wie noch einige Jahre davor, zu befürchten, man könnte es nicht ausreichend ernähren.

Aber ich wollte ja überhaupt kein Kind, nie, niemals, unter keinen Umständen. Heinrich teilte meine Ablehnung durchaus nicht – zumindest später hätte er gern eins oder auch zwei gehabt –, aber er beugte sich meinem Nein, weil er es auch verfrüht fand, vor allem aber wohl, weil er ahnte, ich würde ihm eher adieu sagen als das Kind kriegen. Es sträubte sich eben alles in mir gegen die Mutterrolle, und ich überlegte mir eifrig Gründe dafür, nicht nur für andere, sondern vor allem wohl für mich selbst. Jeder Mensch verteidigt auf irgendeine Weise das, was er tut, und es ist erstaunlich, was er dabei für Phantasie aufwendet und noch erstaunlicher, wie groß oft die Diskrepanz ist zwischen den wirklichen Ursachen und den Begründungen, die er sich zurechtlegt. Leute, die gegen Abtreibung sind, argumentieren ja oft nicht weniger unsachlich als diejenigen, die Kinder ablehnen; gemeinsam ist leider den meisten, daß sie ihre Meinung nicht nur für sich selbst vertreten, sondern als einzig wahre für alle verkünden wollen.

Ich hatte damals nur die Emanzipation auf mein Banner geschrieben – vor allem natürlich meine eigene. Doch auch, wenn man es übertrieben, unsympathisch oder gar verwerflich findet – ich bin heute noch froh, daß ich mich derart zäh um diese Abtreibung bemüht habe. Hätte ichs zur Welt gebracht, das Kind hätte wahrscheinlich zu den ungezählten bedauernswerten Geschöpfen gehört, die mit der mehr oder weniger verhohlenen Abneigung ihrer Mütter aufwachsen müssen.

Es stellte sich nun heraus, daß die mit so viel Ausdauer angewandten Hausmittelchen versagt hatten und wir uns um einen Arzt bemühen mußten. Wir überlegten, wer von denen, die Bescheid wußten, uns eine Adresse verraten könnte und wen wir noch, um an eine solche zu gelangen, gefahrlos einweihen konnten. Die Furcht vor Entdeckung verringerte sich allerdings, je mehr wir feststellten, wie viele sich bereits in einer derartigen Lage befunden hatten, und ich habe auch vergessen, wer uns schließlich die beiden Ärzte genannt hat, zu denen ich nacheinander ging.

Allein. Voller Angst und Unsicherheit, etwas falsch zu machen. Und ich beging auch prompt den Fehler, beim ersten mit dem Versicherungsausweis in der regulären Sprechstunde zu erscheinen. Zitternd und wegen der Schwester ziemlich leise trug ich dem Manne mein Ansinnen vor – aber die Sprechstundenhilfe gehörte offenbar nicht zu den Mitwissern seines illegalen Tuns. Und so erklärte er mir in streng moralisierendem Ton, daß er »so etwas« nicht tun würde (ich wußte genau, bei wem er es unter anderem schon getan hatte!) und ich das Kind doch austragen solle, ich würde mich allmählich schon mit dem Gedanken befreunden und das Kind später nicht missen wollen – globale Verheißungen, mit denen viele Ärzte ihr Gewissen zu beschwichtigen suchten. Aber frag nicht, wie entwürdigt ich mir vorkam, als ich die Praxis verließ; völlig wehrlos mußt du dir anhören, was dich eigentlich zornig macht. Das ist wie in der Kindheit, wenn man von dir verlangt, du sollst deinen Hintern entblößen, damit man dich darauf schlagen kann, ohne daß du zurückschlagen darfst. Und dann wieder diese Aussichtslosigkeit, diese Angst, nun niemanden mehr zu finden, der dir hilft.

Zum nächsten Arzt ging ich am Ende der Sprechstunde, ausdrücklich als Privatpatientin, obwohl die Schwester hier Bescheid zu wissen schien. Der Arzt, ich glaube, es war ein Chirurg, redete freundlich und verständnisvoll mit mir, stellte aber bei der Untersuchung fest, daß es schon zu weit sei, in diesem Stadium könne er es nicht mehr machen, leider, da müsse ich mich nun doch mit dem Kind abfinden. Er nahm mir kein Geld ab für diese Privatkonsultation.

Wir beschlossen, ich muß nach Westberlin fahren. Dreihundert Westmark kostet es, sagte man uns. Heinrich beichtete seiner Mutter. Ich war nicht dabei, als er mit ihr telefonierte; es war für ihn gewiß nicht weniger schlimm als für mich so ein Gang zum Doktor, vielleicht sogar schlimmer, denn die eigene Mutter löst viel eher Schuldgefühle in einem aus als der fremde Arzt. Aber Heinrichs Mutter wollte verhindern, daß ihr Sohn wegen eines Kindes zu früh heiratete; sie hatte inzwischen wohl herausgefunden, daß ich nicht so ganz ihren Vorstellungen entsprach. Und so schickte sie das Geld eigentlich, um mich loszuwerden. Telegraphisch sogar.

Ich bin nach Berlin getrampt, um das Fahrgeld zu sparen. Das war nicht ganz ungefährlich, aber ich hatte mir bereits früher mit meiner Freundin eine Methode ausgedacht, verdächtig scheinende Fahrer abzuwimmeln: Wenn einer auch nur annähernd den Eindruck machte, als könnte er zudringlich werden, gab ich einfach einen Zielort in der entgegengesetzten Fahrtrichtung an, ließ mich belehren und wartete auf den nächsten. Personenwagen hielten sowieso kaum, während Fernlastfahrer oft froh waren über eine Abwechslung. Ich habe auf solchen Fahrten ausgesprochen kumpelhaft-nette Leute kennengelernt, die manchmal sogar ihr Frühstücksbrot mit mir geteilt haben.

Unangenehm wurde es erst, als ich ankam. Wenn man sehr früh aufgestanden und lange unterwegs ist, fühlt man sich immer so ungewaschen, und die Reinigung in einer nach Desinfektionsmitteln riechenden Waschkabine im Bahnhof Friedrichstraße konnte dem auch kaum abhelfen. Überhaupt diese Gerüche! Bei mir gehörte die besondere Geruchsempfindlichkeit stets zu den ersten sicheren Anzeichen, wenn es wieder einmal passiert war. Und so ein urinübertünchender Desinfektionsgeruch beschränkt normalerweise schon die Aufenthaltsdauer in derartigen Räumen auf das Unumgängliche; an diesem Tag wurde er mir zum Ekel und stimmte mich deprimierend auf das Bevorstehende ein. Das konnte nicht einmal der von keiner Wolke getrübte Sonnenschein ausgleichen, der mich draußen erwartete.

Das Einsteigen in die S-Bahn und die Fahrt bis zur ersten Station im anderen Sektor war immer mit der Furcht verbunden, herausgebeten und kontrolliert zu werden: Was wollen Sie dort? Wozu tragen Sie soviel Geld bei sich? Es ging glatt, ich ging zu einer der damals üblichen Wechselstuben, tauschte mein Geld zum Tageskurs in westliche Währung ein und ging zu dem Arzt, dessen Adresse ich mir zu Hause fest eingeprägt hatte, um mich bei einer möglichen Kontrolle nicht durch einen entsprechenden Zettel zu verraten.

Die Eleganz des Wartezimmers schüchterte mich ein; obwohl ich meinen besten Sommerrock angezogen hatte, dachte ich, jeder sähe mir an, daß ich aus dem »Osten« käme, und bedauerte mich deswegen.

Der Arzt war freundlich, sachlich, aber schon seinem Gesichtsausdruck während der Untersuchung konnte ich entnehmen, daß ihn das Ergebnis nicht günstig stimmte: Seiner Meinung nach müsse es schon der vierte Monat sein, ganz auf der Kippe zumindest, unter allen Umständen zu spät für eine Curettage. Es täte ihm leid. Auch er ließ sich die Konsultation nicht bezahlen. Mitleidigen Blicks entließ mich die Schwester in die immer noch strahlende Mittagssonne.

Ich hatte nun noch eine Adresse: die eines Urologen. Wie gern wäre ich wieder nach Hause gefahren, zumal ich annehmen mußte, daß auch er sagen würde, es ist zu spät. Hätte ichs nur getan! Aber mein Gewissen trieb mich in das Haus, das bereits im Treppenflur verriet, daß hier an Eleganz nicht zu denken war. Das machte mir Mut – bis ich ins Behandlungszimmer kam.

Ich bin überzeugt, so etwas hast du bei einem Arzt noch nicht gesehen. Während die bei anderen vorherrschende kahle Sauberkeit einem manchmal das Gefühl von unpersönlicher Wissenschaft einflößt, sah es hier aus wie in der ungepflegten Küche eines schmuddeligen alten Mannes. Die Leere im Wartezimmer fiel mir erst hinterher auf, weil ich viel zu aufgeregt war, um klar zu beobachten und zu denken. Aber irgendwelche Patienten muß er ja gehabt haben. Mir wurde jedenfalls himmelangst in dieser Umgebung, und ich dachte, wenn du dich auf diesen Arzt einläßt, stirbst du bestimmt an einer Sepsis.

Er betonte natürlich auch, daß es schon reichlich spät sei, und ich wußte nicht recht, ob er damit nur den Preis hochtreiben wollte. Aber er sagte, er würde es trotzdem machen, allerdings erst am nächsten Tag. Und er verlangte für die Untersuchung und quasi als erpresserische Anzahlung einhundert Mark, also ein Drittel meines Besitzes! Es ist schwer zu begreifen, warum ich sie ihm auch tatsächlich gab; vielleicht war ich mir in dem Augenblick nicht so klar, ob ich am nächsten Tag hingehen würde oder nicht, es kann aber auch sein, meine Erziehung hat mir einen Streich gespielt: Man verlangt nichts, was man nicht rechtmäßig zu bekommen hat, und gibt demzufolge ohne Feilschen, wenn jemand eine Bezahlung fordert. Aber vielleicht war es auch nur die Verzweiflung, die mich unfähig machte zu einem Protest.

Ich fuhr schnurstracks nach Hause, diesmal mit der Eisenbahn, um mich mit niemandem unterhalten zu müssen. Ich hätte sonst meinen Zorn nicht bei mir behalten können; ich hatte genug damit zu tun, die immer wiederkehrenden Tränen abzuwürgen.

Heinrich war zu Bekannten gegangen, weil er mich so früh nicht erwartete, hatte aber meiner Mutter nicht gesagt, zu wem, so daß ich ihm nicht nachgehen konnte. Es wäre mir ein solcher Trost gewesen, ihm alles zu erzählen und mich dabei gründlich auszuweinen. Statt dessen sammelte ich in der Zeit des Wartens nun noch Wut auf ihn, der es ja so gut hatte, bummeln gehn konnte, während ich mich quälen mußte. Heute besäße ich in einer solchen Situation sicher mehr Vernunft, um meine Gefühle zu steuern, aber früher habe ich mich da voll hineingesteigert. Als Heinrich schließlich nach Hause kam – Alkohol hatte er auch noch getrunken, der Rücksichtslose! –, erzählte ich ihm als erstes nicht von meinen schlimmen Reiseerlebnissen, sondern beschimpfte ihn, und er, angegriffen, konnte kein Mitleid für mich aufbringen, sondern war verärgert wegen der ungerechtfertigten Vorwürfe. Statt Erleichterung hatten wir den schönsten Krach, an dem für jeden der andere die Schuld trug. Auch die spätere Versöhnung bot keine rechte Erlösung mehr; ich war viel zu erschöpft, um sie genießen zu können. Ich bin überzeugt, daß derart aufgebauschte Konflikte in vielen jungen Ehen die Regel sind und entweder zur Gewohnheit werden und zum Dauerhaß führen – oder zur Scheidung.

Meinen Mißerfolg verbreitete ich auch unter den Schauspielstudenten, und ein paar Tage später bat mich Ilona Saum, eine ansonsten ziemlich zurückhaltende Kommilitonin, beiseite: Ihr Vater sei Gynäkologe und unter Umständen bereit, mir zu helfen. Bei einem Mädchen ihres Studienjahres hätte er es auch getan, eine Curettage im dritten Monat, wie ich später erfuhr, 50 Mark hatte er dafür genommen. Ilona bat mich ihres Vaters wegen um Stillschweigen, und nur, um nicht aufzufallen, unterließ ich es, sie zu umarmen. Sie nannte mir einen Termin, abends, an dem ich zu einer Untersuchung zu ihrem Vater kommen könnte.

Es ist alles so lange her, und vieles vergißt man, während sich anderes fest einprägt, manchmal scheinbar Nebensächliches, ein allgemeines Stimmungsbild, ein bestimmtes Gefühl, dessen man erst gewahr wird, wenn man eine analoge Düsternis, ein entsprechendes Geräusch, eine Farbzusammenstellung, einen ähnlichen Geruch abermals erlebt.

Die Untersuchung, wie auch später die Behandlung sind in meinem Gedächtnis verbunden mit einem durch Nesselvorhänge nach außen völlig abgeschirmten Raum, angenehmer Helligkeit, ja warmem Sonnenlicht (das muß das zweitemal gewesen sein, zur ersten Untersuchung war es zwar Sommer, aber, wie schon gesagt, Abend); Ilonas Vater ist mir deutlich in Erinnerung als ein intelligenter, ruhiger, sich aufs Sachliche beschränkender schlanker Mensch mit glattem Haar; ob er eine Brille trug, weiß ich nicht mehr, aber ich bin ganz sicher, er hatte einen braungrauen Anzug an, über den er in meiner Gegenwart den weißen Arztkittel zog.

Für eine Curettage war es zu spät, das sagte auch er, aber es gäbe noch eine andere Möglichkeit, für die es wiederum noch zu früh sei; der günstigste Zeitpunkt hierfür wäre die Grenze zwischen fünftem und sechstem Monat. Er vereinbarte mit mir einen Sonntag, etwa sechs Wochen danach.

Das Gefühl der Erleichterung hielt nicht lange vor. Es waren Studienferien, ich konnte mit niemandem außer Heinrich darüber sprechen, und er war nicht in der Lage, mir die Ängste und Zweifel zu nehmen. Ich fürchtete nämlich, da es nun einmal zu spät war für die übliche Methode, könnte mich Ilonas Vater mit einem Trick von anderen Manipulationen abhalten wollen, und wenn ich nach den sechs Wochen wiederkäme, würde er mir sagen: Nun ist es wirklich zu spät, liebes Mädchen, nun krieg mal dein Kind. Und in diesem Stadium hätte ich tatsächlich nicht mehr gewagt, etwas zu unternehmen. Auch könnte es ja sein, er hoffte, ich überlegte es mir in der Zeit anders, wollte das Kind doch austragen und käme womöglich gar nicht erst wieder.

Sechs Wochen sind jedenfalls für derart unbeschwichtigte Angstphantasien eine ungeheuer lange Zeit. Bei einer anderen Frau sind sie Dr. Saum später zum Verhängnis geworden: Um sich Gewißheit zu verschaffen über diese Methode des Schwangerschaftsabbruchs, ist sie zu einem anderen Arzt gegangen (Dr. Saum war in dieser Zeit verreist), und der war so freundlich, seinen Kollegen anzuzeigen. Zu vier Jahren Zuchthaus wurde Dr. Saum verurteilt, und diese vergleichsweise geringe Strafdauer hatte er dem Umstand zu verdanken, daß er sich in keinem der zum Beweis gekommenen Fälle finanziell bereichert hatte; Frauen, die schon mehrere Kinder besaßen und in bescheidenen materiellen Verhältnissen lebten, hatte er geholfen, ohne einen Pfennig dafür zu nehmen.

Vielleicht hätte er Patientinnen gegenüber, bei denen er die Frucht erst auf der Schwelle zum sechsten Monat abtöten konnte – mit Formalin übrigens, das weiß ich aber erst seit kurzem –, seine Zurückhaltung aufgeben und sie genauer über den Hergang dieser Art des Schwangerschaftsabbruchs aufklären sollen. Patienten haben oftmals das Gefühl, den Medizinern ausgeliefert zu sein, weil diese es lieben, ihr Tun in Schweigen oder Latein zu hüllen; die Illegalität einer Abtreibung verschloß Dr. Saum den Mund vermutlich noch fester. Ich glaube jedenfalls, mir hätte er die Furcht, in eine Falle gegangen zu sein, nehmen können, und wahrscheinlich wäre auch diese Frau nicht auf den vermeintlichen Ausweg verfallen, es einem anderen Arzt zu erzählen, wenn sie genauer Bescheid gewußt hätte. Es gab ja eine Menge Personen, die illegale Abtreibungen hauptsächlich gemacht haben, um – zwar gefahrvoll, aber ziemlich rasch – Geld zu verdienen. Doch das hat Dr. Saum nicht getan.

In den Ferien fuhr ich mit Heinrich erst einmal nach Greifswald. Seine Mutter besaß ein Bootshäuschen am Bodden, in dem wir uns die meiste Zeit aufhalten konnten. Heinrich und seine Geschwister behandelten mich manchmal mit einer geradezu kindischen Rücksichtslosigkeit; sie vergaßen einfach, daß mir immerzu schlecht war, daß ich keinen passenden Badeanzug besaß und es auch schon unvorsichtig gewesen wäre, mich so unverhüllt zu zeigen. Denn allmählich rundete sich mein Bauch, ich nähte mir einen weiten, in der Taille angeriehenen Rock, um das zu verbergen. Ich bin beinahe sicher, Heinrich und seine Geschwister wären anders mit mir umgegangen, wenn wir – ehelich verbunden – das Kind hätten haben wollen. Ich glaube zwar nicht, daß sie sich über die Ursachen ihres Verhaltens Gedanken gemacht haben, aber während in einem Falle ein künftiger Mensch im Spiel gewesen wäre, den man mit Neugier und auch mit einer gewissen Ehrfurcht erwartet, war es so nur ich selbst in einem für mich und andere lästigen Zustand. Sie hatten ja durchaus recht mit ihrer Einstellung, nur litt ich eben darunter, wenn sie vergaßen, daß ich nicht mit schwimmen gehen konnte oder keine Lust zu irgendwelchen in meinen Augen albernen Spielen hatte, weil mir so übel war, daß ich am liebsten in tiefen Schlaf gesunken wäre, um alles zu vergessen.

Heinrichs Mutter ließ mich bei aller höflichen Freundlichkeit ihre Verachtung spüren; sie hoffte gewiß, mich bald loszuwerden. Auf jeden Fall fand sie, ich wäre nicht die geeignete Frau für ihren Sohn. Das wagte sie zwar nicht pur zu äußern, weil sie fürchtete, er könnte sich von ihr abwenden, aber in kleinen, scheinbar nebensächlichen Bemerkungen gab sie ihr Mißfallen immer wieder kund, und sei es nur, indem sie sagte, sie hätte es auch bereut, so früh geheiratet zu haben; man »verpaßte« dadurch so viel, und für einen Mann wäre dieses Versäumnis noch einschneidender als für ein Mädchen. Diese Unterscheidung brachte mich besonders in Rage: Warum sollten Männer durch eine frühe Bindung mehr »verpassen« als Frauen?!

Meine Lage wurde immer quälender: Der Fötus in meinem Leib beherrschte mein Leben, und mit seinem Wachsen wuchs auch meine Abwehr gegen ihn. Andere Studentinnen erzählten mir, wie schwer es ihnen gefallen sei, sich zu einer Abtreibung zu entschließen; je weiter die Schwangerschaft fortschritt, desto stärker sei ihr Verlangen geworden, das Kind zu bekommen. Nur die Umstände – das Studium, die Ablehnung des Partners – hätten sie davon abgehalten. Solche Gefühlskonflikte sind mir erspart geblieben: Entweder ich wollte das Kind und habe es bekommen, oder ich wollte es nicht, und dann habe ich die Schwangerschaft abgebrochen. Allerdings haben die demütigenden Begleitumstände mein Leben wahrscheinlich nicht weniger einschneidend beeinflußt als Depressionen, von denen Frauen heimgesucht werden, die nur aus äußeren Zwängen eine Schwangerschaft vorzeitig beenden.

Wissend um das Wissen der Studenten und Dozenten, glaubte ich allmählich, alle müßten Verständnis dafür aufbringen, wenn ich morgens zu spät kam oder einfach die erste Vorlesung verschlief. Ein gewisser bockiger Gerechtigkeitssinn spielte da eine Rolle und die Gewißheit, daß niemand in diesem Institut daran interessiert war, eine Studentin wegen einer Abtreibung zu verpfeifen.

Darin täuschte ich mich ja auch nicht, wohl aber, wenn ich meinte, ich könnte aus meiner ständigen Müdigkeit das Recht ableiten, es mit dem Studium nicht so genau zu nehmen. Unser Prorektor war da anderer Meinung. Ich wurde zur »Aussprache« vor ein Dozentengremium geladen, und er fragte streng, warum ich mich wiederholt solcher Nachlässigkeit schuldig gemacht hätte. Da sich die anwesenden Dozenten über meinen Zustand ausschwiegen, fiel meine Verteidigung ziemlich kläglich aus. Ein schwerer Verweis war die Folge meiner Versäumnisse. Die meisten Studenten fanden die Strenge nicht gerechtfertigt und den Mann, der den Verweis ausgesprochen hatte, unsympathisch; Trost für mich in leidvollen Tagen. Ich riß mich jedenfalls künftig zusammen und war pünktlich.

Pünktlich erschien ich auch nach den sechs Wochen bei Dr. Saum, und siehe: Er hatte mich nicht an der Nase herumgeführt. Nach einer abermaligen Untersuchung gab er mir zwei Spritzen in die Bauchdecke, die erste offenbar zur lokalen Betäubung, und die zweite, mit einer sehr starken Kanüle, enthielt wohl das Formalin, das die Frucht abtöten sollte. Er gab mir genaue Anweisungen, wie ich mich zu verhalten hätte: Die Wehen würden in etwa zwölf bis achtundvierzig Stunden einsetzen; wenn der Fötus abgegangen sei, ihn abnabeln, auf die Nachgeburt warten, soundso viele Stunden, wenn sie bis dahin nicht käme, ins Krankenhaus gehen, ebenso, wenn die Placenta nicht vollständig wäre, was man durch Druck auf die Außenhaut feststellen könne. Und: Sollte ich ins Krankenhaus müssen, natürlich Stillschweigen, Stillschweigen; ich habe nichts gemacht, niemand hat etwas gemacht, es ist ganz von allein gekommen. So etwas glaubt dir natürlich kein Arzt, aber sie glauben es auch dann nicht, wenn es stimmt. Ich verstehe durchaus den Ärger der Ärzte, die mit einem Abort konfrontiert und über die Ursachen belogen wurden, weil sie oft nicht wußten, was sie unternehmen sollten, ob Sepsisgefahr bestand, zum Beispiel. Aber leider lag es oft an ihrem furchteinflößenden Verhalten, wenn Frauen ihnen die Wahrheit nicht sagten.

Ich wagte nicht, das Haus zu verlassen, ich wartete, und mit mir wartete – so er keine Vorlesung hatte, denn er studierte seit ein paar Wochen – Heinrich. Am zweiten Tag sagte er, das könne ja noch ewig dauern, er wolle jetzt ein Bier trinken gehen. Meine Empörung werde ich nie vergessen: Jetzt, kurz bevor es geschehen mußte, wollte er mich allein lassen! Ich habe ihn fürchterlich beschimpft, und er blieb bei mir. Erst später habe ich begriffen, wie aufgeregt er gewesen sein muß, so aufgeregt, daß er die Spannung einfach nicht mehr ertrug und sein Biertrinkenwollen wohl eher Furcht als Gleichgültigkeit gewesen ist.

Kurz nach der Auseinandersetzung begannen die Wehen. Sie dauerten immerhin einige Stunden, bevor das Kind herauskam. Tot.

Ich muß dir noch etwas über den Namen sagen, den wir schon lange vorher dieser gegen unseren Wunsch entstandenen Frucht gegeben hatten: Willens, sie zu beseitigen, verglichen wir in jugendlich intellektueller Lust an makabren Wortspielen den Ausdruck Abort für Schwangerschaftsabbruch mit der Bezeichnung Abort für Toilette, Closett, Clo. Und so beschlossen wir, ein Mädchen Chlothilde, einen Jungen Chlodwig zu nennen. Ich bin übrigens sicher, daß in vielen Partnerschaften, in der sogenannten Familiensprache, unzählige Namen und Bezeichnungen für alles mögliche erfunden und gebraucht werden, die ihre Entstehung durchaus keiner wohlanständigeren Assoziationskette verdanken und nur Außenstehenden obszön vorkommen.

Es war ein Chlodwig. Ich sagte dir schon, daß ich nicht in der Lage war, dem Kind gegenüber irgendwelche Muttergefühle aufzubringen; ich war ungeheuer erleichtert und habe es eher mit einer Art wissenschaftlicher Neugier betrachtet. Ich habe es jedenfalls weder durch augenblickliche noch durch spätere Verklärung beschönigt. Und auch nicht jetzt, da ich dir das erzähle, kann ich für dieses Wesen irgendwelche Gefühle aufbringen. Ich wundere mich nur über meine damalige Kaltblütigkeit und frage mich, wie echt sie eigentlich war; kaltblütig bedeutet ja nicht gleichgültig, sondern gewissermaßen die Umkehr eines positiven Gefühls.

Das Kind war ziemlich groß – etwa das Doppelte meiner Handlänge könnte es durchaus gehabt haben –, es war blaß, weißlichrosa, glatt und ohne die Oberhauptverformung, die man oft auf Abbildungen von Föten dieses Alters sieht; es war schon ein richtiges, ansehnliches Kind.

Das Abnabeln brauchten wir im Gegensatz zu einer normalen Geburt nur an einer Stelle vorzunehmen; es konnte ja nicht mehr verbluten. An Blut, außer der dunkelbraunroten Farbe der Placenta, kann ich mich in diesem Zusammenhang überhaupt nicht erinnern. Ich sehe vor mir nur Blässe; das blutlos blasse Kind, und ich spüre Erleichterung, die ich auch damals empfand, zumal bald darauf der unversehrte Mutterkuchen herausflutschte.

Soweit war alles in Ordnung, ich brauchte nicht ins Krankenhaus – aber sowohl unser Chlodwig als auch die Placenta mußten ja nun möglichst spurenlos beseitigt werden. Wir hatten uns vorgenommen, beides in Zeitungspapier gewickelt zu verbrennen. Ich überließ das Heinrich; ich berief mich auf die mir zustehende Schonung, und ich gestehe, daß es meiner Einstellung durchaus entsprach, dem Miterzeuger des Unglücks einen möglichst großen Anteil des Unangenehmen zuzuschieben.

Was die Geburt des toten Kindes und seine Vernichtung für Heinrich bedeutete, habe ich erst später verstanden. Wenn ich von den Monaten davor absehe, hat er wohl weitaus mehr darunter gelitten als ich. Vom Tag danach kann ich allerdings einen grauenvollen Moment nicht vergessen:

Da ich nach Anordnung von Dr. Saum im Bett bleiben sollte und Heinrich zur Vorlesung mußte, wollte meine Mutter bei mir heizen. Als sie die Asche durch den Rost scharrte, stieß sie auf etwas Festes: das verkohlte Kind. Sie hielt nur inne in ihrer Bewegung, sie sagte nichts, aber die Erinnerung daran ruft noch heute eine Gänsehaut bei mir hervor, weil ich ahne, wie entsetzlich dieses Begreifen für meine Mutter gewesen sein muß. Sie wußte zwar durchaus Bescheid über das, was vorgegangen war, hatte es aber vermieden, sich nach Einzelheiten zu erkundigen. Wenn es möglich wäre, würde ich sie heute noch um Verzeihung bitten für diesen schrecklichen Augenblick.

Ich stelle fest, ich habe dich die ganze Zeit über nicht angesehen. Bin ich zu weit gegangen? –

Was mich beschäftigt, ist meine damals scheinbar totale Ablehnung. Ich vermute nämlich einen Zusammenhang mit meiner späteren Aufmerksamkeit für fremde Kinder. Dabei fühle ich mich nicht etwa schuldig – weder damals noch heute, weil ich überzeugt bin, daß ich es nicht hätte lieben können, jedenfalls nicht als Säugling, der doch die Mutterliebe am stärksten braucht. Mit späterer Zuwendung kann man ja kaum nachholen, was an einem Neugeborenen versäumt wurde. Ich halte deshalb auch das Argument *Wenns einmal da ist, werden Sies schon mögen* für ausgesprochen leichtfertig; ein Kind ist kein Experimentiergegenstand, und meiner Meinung nach wird oft für Muttergefühl gehalten, was in Wirklichkeit nur Ausdruck des schlechten Gewissens ist, das den Frauen eingeredet wird, wenn ihre Empfindungen nicht den geltenden Normen entsprechen.

Schuldgefühle – wenn auch erst nachträglich – habe ich viel eher denen gegenüber, die ich zu Mittätern gemacht habe. Besonders Dr. Saum, wenn ich mich auch damit zu beschwichtigen suche, daß mein Name bei seiner Verurteilung keine Rolle gespielt hat. Er war jedenfalls – im Gegensatz zu Heinrich und in gewisser Weise durch ihre

Schamhaftigkeit auch meine Mutter – nicht im mindesten an der Entstehung des Kindes beteiligt. Dafür, daß er vielen Frauen uneigennützig geholfen hat, mußte er nicht nur für Jahre ins Gefängnis, sondern sicher hat sich auch sein Leben danach völlig verändert – obwohl ihn die spätere Gesetzgebung gewissermaßen rehabilitiert hat. Und ob nun beim Prozeß erwähnt oder nicht – irgendwie habe ich doch zu seiner Verurteilung beigetragen; eine gegenteilige Behauptung wäre Augenwischerei.

Wenn ich nur von mir ausgehe, könnte ich die Schuld ausschließlich auf das damals geltende Gesetz schieben, aber ich weiß, daß viele Frauen auch heute noch unter Schuldgefühlen leiden, wenn sie ein Kind abtreiben, abtreiben lassen. Das zeigt doch, daß es noch ganz andere Ursachen als einen drohenden Paragraphen dafür gibt, daß diese Schuldgefühle heute unter Umständen sogar stärker sind, weil sich die Frauen für ihren Entschluß allein verantwortlich fühlen. Aber ich glaube, daß die Verantwortung letztlich doch wieder eine gesellschaftliche ist, wie man überhaupt die Frage einer Schuld nicht auf eine quasi biologisch bedingte reduzieren kann; sie hängt mit einer langen geschichtlichen Entwicklung zusammen, mit religiösen Gesetzen, der Unterdrückung der Frauen und natürlich auch mit der Angst vorm Aussterben. Aber merkwürdigerweise ist um all diese komplizierten Vorgänge noch immer der dunkle Mantel des Tabus gehüllt, und ich finde, es wird Zeit, ihn endlich abzunehmen. Deshalb möchte ich doch auch, daß wir mit unserer ›Cyankali‹-Inszenierung nicht in den zwanziger Jahren steckenbleiben, sondern damit aufstören helfen, was davon noch heute unklar in uns allen verborgen ist und in der Dunkelheit verhängnisvoll weiterwirken kann.

5

Walter Herrschelmann hatte nur selten etwas dagegen, wenn jemand bei einer Probe zusehen wollte. Die Schauspieler strengten sich durch den Reiz fremder Zuschauer besonders an, und Herrschelmann benutzte die Situation, um Fragen zu stellen nach der Wirkung seiner Arbeit. Als Martha ihn fragte, ob ihr Sohn mit seiner Freundin die erste Bühnenprobe besuchen dürfte, war Herrschelmann daher ohne weiteres einverstanden, zumal er Robert kannte und ihn interessierte, wie die künftige Schwiegertochter der Trubec aussah.

Robert, der den Familiennamen seines Vaters, Hasenhauer, trug, studierte im zweiten Jahr Informationstechnik. Er hatte sich noch auf der Schule ausdrücklich für ein Universitätsstudium außerhalb Berlins beworben, um auf diese Weise leichter einen Abstand zu seiner Mutter herzustellen. Während der Armeezeit hätte er seinen Entschluß beinahe bereut, aber als er an der Uni Stefanie Cortus kennenlernte, war er wieder froh darüber. Obwohl er mit der Theaterwelt aufgewachsen war – sein Vater, den er trotz der geschiedenen Ehe seiner Eltern oft besuchte, arbeitete als Dramaturg an einer anderen Berliner Bühne –, empfand er sie nicht als seine Welt. Vielleicht setzte er unbewußt die Tätigkeit seiner Eltern mit ihrer Trennung gleich, unter der er als Kind gelitten hatte, und er brauchte diese Distanz als eine Art Schutzschild: Außer in früher Kindheit hatte sich jedenfalls nie der Wunsch in ihm gerührt, selbst in irgendeinem Beruf am Theater zu arbeiten; er fühlte sich dort wie bei Freunden, die man gern besucht, mit denen man aber nicht ständig zusammenleben möchte. Martha Trubec wiederum hatte die mathematisch-technischen Neigungen ihres Sohns stets begünstigt, weil sie zu oft gesehen hatte, wie Anspruch und Anerkennung bei künstlerisch ambitionierten Leuten auseinanderklafften, und sie hoffte, daß Robert in einem anderen Beruf derartige Enttäuschungen erspart bleiben würden, zumal er keinerlei selbstzerstörenden Ehrgeiz zeigte, sondern seit der Pubertät eher ausgleichende Neigungen entwickelt hatte.

An seiner Freundin Stefanie liebte Robert nicht zuletzt ihren selbstverständlichen Familiensinn. Während er durch die wechselnden Partner seiner Mutter frühzeitig das Unverläßliche an menschlichen Bindungen erfahren hatte, war Steffi mit dem bedingungslosen Vertrauen in die Zusammengehörigkeit ihrer Eltern aufgewachsen. Trotzdem besaß sie ein kritisch prüfendes Verhältnis zu ihrer Umgebung, was sie in den Augen vieler anfangs kühl erscheinen ließ. Sie war im selben Alter wie Robert, studierte aber schon ein Jahr länger, weil sie als Mädchen von der Schule direkt zur Universität hatte wechseln können.

Stefanie hatte ein Theater noch nie vom Bühneneingang her betreten. Robert bemühte sich, ihr alles als etwas völlig Selbstverständliches zu erklären, wohl wissend, daß sie nicht ganz frei war von der Bewunderung, die herkömmliche Künstlerdarstellungen in den öffentlichen Medien beim Publikum hervorrufen. Obwohl auch Steffi bestrebt war, die ihr fremde Umgebung als durchaus normale, kritisierbare zu betrachten, sozusagen nach dem Motto: Hier wird auch nur mit Wasser gekocht.

Robert grüßte und wurde gegrüßt, er registrierte aufmerksam Blicke, die seiner Freundin galten, und stellte sie denen, die ihm die Hand gaben, mit vollem Namen vor.

Ein kurzer Gang in die wie stets verrauchte Kantine: Seine Mutter saß nicht dort. Sie gingen zurück zu den verglasten Mitteilungskästen, in denen Proben- und Besetzungspläne hingen.

Stefanie wunderte sich, als sie die Besetzungen für Stücke sah, die noch gar nicht gespielt wurden. Es war schon eigenartig: Da standen Namen, die sie mit bestimmten Filmrollen verband, und sie begegnete diesen Leuten plötzlich privat – und doch wieder nicht ganz privat; Frauen liefen mit schlampigen langen Röcken an ihnen vorbei, Männer trugen speckige Mützen, und einer, der eben aus der Bühnentür kam, hatte ein Stethoskop auf der Brust hängen. »Probenkleidung«, sagte Robert. Damit sie sich an die Sachen gewöhnten, die den späteren Rollenkostümen ähnlich wären.

Er machte Steffi mit Hans Heiner, dem Darsteller des Dr. Möller, bekannt.

»Herrschelmann will das fünfte Bild durchlaufen lassen. Wenn ihr euch beeilt, kommt ihr noch zurecht.«

Robert nahm Stefanie an die Hand, und sie staunte, wie er sich in diesen verwirrenden Gängen zurechtfand: vorbei an dicken Heizungsrohren, an Kulissenteilen (wie grob die von nahem aussahen!), und schließlich das leere Seitenfoyer.

Der Zuschauerraum war nur von der Bühne her beleuchtet; lediglich ein schwaches Lämpchen am Regiepult brannte noch. Auf der ansonsten leeren Bühne war links vorn an der Rampe ein Kiosk mit einem winzigen Seitengelaß aufgebaut. Daneben stand eine Gruppe von Leuten, diskutierend, lebhaft und Robert vertraut. Im Augenblick sprach seine Mutter auf Herrschelmann ein, Robert konnte nicht verstehen, was sie sagte, aber ihr war anzumerken, daß sie eindringlich versuchte, ihn von etwas zu überzeugen. Herrschelmann hatte seine Arme verschränkt und hörte ihr, den Oberkörper leicht nach rückwärts gebogen, offenbar aufmerksam, aber skeptisch zu.

Eine Frau im Arbeitskittel kam mit verschnürten Zeitungsbündeln über die Bühne gelaufen und legte sie im Kiosk ab. »Die Requisiteuse«, flüsterte Robert seiner Freundin zu.

Martha hatte Herrschelmann vorgeschlagen, die Szene, in der Hete mit Pauls Hilfe versucht, das Kind abzutreiben, nicht hinter einen Wandschirm zu verlegen, also fürs Publikum unsichtbar zu machen (aus dem übrigen ging ja hervor, was da in etwa passierte), sondern deutlich, wenn auch rücksichtslos zu zeigen, wie so etwas vor sich ging. »Und wenn sie schockiert sind – ich finde, man muß einmal vorführen, wie grausam das war. Wenn wir es nur ihrer Phantasie überlassen, werden sie ausweichen und sich nicht getroffen fühlen.«

»Das ist doch Naturalismus«, meinte Detlev Geibel kopfschüttelnd.

»Wieso ist das mehr Naturalismus als die Freßorgie im ersten Bild?« erwiderte Martha, die sich aufzuregen begann, was von Herrschelmann und Geibel sofort registriert wurde, weshalb sie sich ansahen, was wiederum Martha bemerkte und noch mehr aufregte. Peter Keller, der Regieassistent, stand ungeduldig daneben, als wollte er sagen: Müssen wir mit diesem Emanzengeschwafel die Zeit vertrödeln? Die anderen hörten interessiert zu, Emilia etwas unruhig, weil eine Änderung dieser Szene sie am stärksten betraf.

»Bei anderen Vorgängen findet ihr immer selbstverständlich«, redete Martha weiter, »was ihr, geht es ums Wesentliche, nämlich die Abtreibung, plötzlich als zu kraß, unästhetisch oder als naturalistisch hinstellt. In jedem Film, ob notwendig oder nicht, müssen die jungen Schauspielerinnen wenigstens einmal ihren nackten Busen zeigen – hier, wo es nichts mit Sex und erotischem Reiz, sondern mit der schonungslosen Darstellung von Wirklichkeit zu tun hat, kommt ihr mit ›objektiven‹ künstlerischen Einwänden. Fühlt ihr euch vielleicht selbst getroffen, oder wollt euch nicht treffen lassen und weist es deshalb vorher schon zurück?« Den letzten Satz bereute Martha sofort; es wäre klüger gewesen, die Männer nicht persönlich anzugreifen.

Peter Keller sah sie spöttisch an, Geibel wollte etwas erwidern, wurde aber mit einer Handbewegung von Herrschelmann aufgefordert zu schweigen.

Der Regisseur wandte sich an Emilia und Heinz; Hete

und Paul. Was sie von diesem Vorschlag hielten, fragte er, sie müßten es schließlich spielen.

»Warum nicht«, meinte Heinz von Genske, und Emilia, die zuerst mit den Schultern zuckte, sagte, sie hätte da keine Ahnung, weder vom Erlebnis her noch künstlerisch, sie müsse sich nach dem richten, was die Erfahreneren meinten. »Vielleicht einfach mal ausprobieren?«

»Gut«, sagte Herrschelmann, »probieren wirs aus.« Und er ging mit den beiden jungen Darstellern in das Seitengelaß vom Kiosk, um Einzelheiten zu besprechen.

Inzwischen entdeckte Martha ihren Sohn mit seiner Freundin im Zuschauerraum. Freudig stieg sie die kleine Seitentreppe hinunter, um sie zu begrüßen.

Aber schon rief Herrschelmann sie auf die Bühne zurück. Ob sie wisse, wie dieses Instrument funktioniere, das Hete im Stück dem Hausverwalter Prosnick entwendet hat; es bestand aus einem gebogenen Metallrohr und einem Gummiball.

»Da von Seifenwasser die Rede ist, wird Paul den Ball damit füllen müssen«, meinte Martha.

»Alles klar?« fragte der Regisseur schließlich. Die Darsteller bejahten. Herrschelmann, Keller und Geibel stiegen in den Zuschauerraum und setzten sich hinter das Regiepult.

Das Mittelteil des Bühnenbodens begann sich dumpf rollend zu drehen. Die Kleindarsteller, die bislang im Bühnenhintergrund oder an den Seiten gestanden hatten, flanieren, hasten, laufen nun auf eben dieser Drehscheibe am Zeitungsverkäufer Kuckuck vorbei, der die journalistischen Produkte unterschiedlichster politischer Richtungen anpreist und verkauft. Im Seitengelaß, den Augen der Käufer entzogen, liegt auf einer Pritsche Paul, der seit Tagen von der Polizei gesucht wird.

Von rechts hinten kommt jetzt unsicher spähend Hetes Mutter auf den Kiosk zu. Sie schwankt leicht, wenn sie die Drehscheibe betritt, zieht ihr Umschlagtuch fester zusammen, versucht an den anderen Fußgängern vorbeizukommen, ohne sie zu behelligen, aber gerade durch ihr Bemühen und weil sie sozusagen schräg durch den Strom läuft, stößt sie einen eleganten Herrn an. Devot entschuldigt sie sich, läuft weiter bis zum Kiosk, wartet zwei Zeitungskäufer ab, will herantreten, läßt noch einen dritten vor. Dann endlich wagt sie, den Zeitungsverkäufer anzusprechen: *»Ich sah dich laufen, Kuckuck, kann ich mal rein?«*

Während Kuckuck mit Redensarten ihren Eintritt hinauszögert, macht er hinter seinem Rücken Zeichen: Blitzschnell zieht Paul den Wandschirm vor die Pritsche und eine Zeltplane über seinen Kopf.

Robert hatte seine Mutter nun schon in so vielen Rollen gesehen, aber hier wie jedesmal fühlte er im ersten Augenblick einen unangenehmen Schauer, wenn er sie in abermaliger Verwandlung auftreten sah. Er wußte nicht recht, ob es ihn genierte, sie so verändert zu sehen, er dachte überhaupt nicht gern darüber nach und würde diesen kurzen Moment anderen gegenüber kaum eingestehen. Er hatte sich daran gewöhnt, schnell sein durch viele Proben- und Aufführungsbesuche erworbenes Kunstverständnis einzusetzen, und wenn er damit bejahen konnte, wie seine Mutter spielte, wich das unerquickliche Gefühl rasch wieder, manchmal war er dann sogar stolz auf sie.

Stefanie fühlte sich ähnlich verwirrt wie vor einem Dreivierteljahr, als Robert sie zum erstenmal mit nach Hause genommen hatte. Nach seinen Erzählungen von ihr und der Versicherung, daß sich seine Mutter auf die Bekanntschaft freue, »– echt, nicht nur als Redensart!«, war keine Furcht vor der Begegnung mit Martha Trubec in Stefanie aufgekommen, wohl aber so etwas wie Ehrfurcht, und dagegen hatte sie sich innerlich gewehrt und sich vorgenommen, der Schauspielerin durchaus selbstbewußt gegenüberzutreten. Aber sehr schnell hatte sie gemerkt, daß bei dieser Frau weder Furcht noch Ehrfurcht, noch das Aufbegehren dagegen angebracht war, und das hatte Steffi erst einmal wieder irritiert, bis sie nach einigen Gesprächen mit Roberts Mutter ihre Selbstsicherheit wiedergewann und sich so ungezwungen benahm wie vordem. Martha Trubec als Witwe Knobbe in Hauptmanns ›Ratten‹ oder als Elisabeth in Schillers ›Maria Stuart‹ ließ sich leicht trennen von der Person ›Roberts Mutter‹, und Steffi glaubte schon, sich daran gewöhnt zu haben, mit Leuten, deren Namen man an den Litfaßsäulen finden konnte, umzugehen wie mit anderen auch. Doch dieses unbestimmbare Zwischenmilieu – weder privater Umgang noch als geschminkte und kostümierte Bühnenfigur deutlich vom Publikum getrennt, sondern beides gewissermaßen ineinandergemischt – war Stefanie neu und fremd, und da sich Robert offenbar darin zu Hause fühlte, fürchtete sie, auch er könnte ihr wieder fremd werden. Sie war froh, als er ihre Hand nahm.

Mutter Fent macht sich Vorwürfe, weil sie ihre Tochter aus dem Haus gejagt hat, als sie von ihrer Schwangerschaft erfuhr, und nun sucht sie das Mädchen überall. *»Ich glaube, du, ich hab sie vorhin gesehn, da an der Haltestelle; schon war sie weg... dann kamst du gelaufen, und ich dacht, auch du rennst hinter ihr her... wir liefen alle umeinander rum in dem Karussell... sie muß noch draußen sein, Kuckuck...«*

Und sie läuft wieder hinaus, ins »Karussell«, auf die kreisende Drehbühne – –

Die Kiosktür wird erneut geöffnet, vorsichtig, nur wenig: Hete schiebt ihren Kopf hindurch. *»Ist die Mutter fort?«* Die Männer ziehen sie herein, schließen von innen ab. Paul und Hete umarmen sich heftig. Der Junge reicht frische Zeitungspacken durchs Fenster, und Kuckuck verkauft, verkauft – –

Seit seiner Verfolgung hat Paul sich bei verschiedenen Genossen aufgehalten, unter Brücken geschlafen, *» – auch mal auf nem Dach.«* – *»Haste auch gehungert?«* fragt Hete mitleidig. *»Und ob.«* Sie streicheln einander, unruhig, glücklich über das Wiedersehen, unglücklich über ihre Lage. *»Nein, Paul! Keiner hat mir geholfen, keiner! Aber du mußt mir helfen, jetzt sind wir noch beisammen; Paul, ich kann's nicht allein, ich tu mir was... Du mußt's tun, gleich hier...«*

Paul ist erschrocken. In dieser Enge, unter so vielen Menschen? Doch Hete hat das genau bedacht: *»Jetzt ist Hochbetrieb da vorn, keiner merkt's jetzt, keiner hört's in dem Lärm, wenn ich stöhne...«*

Paul wirkt hilflos. Während Hete hastig den alten Wandschirm derart vor die Pritsche zieht, daß sie zwar vom Publikum, nicht aber von Max und Kuckuck gesehen werden kann, nimmt er das gefährliche Instrument aus der Schachtel. *»Muß ich's nicht saubermachen?«* – *»Ja, ja, da ist Seife und Wasser... die brauchst du ja sowieso...«* Zögernd tritt Paul neben sie.

Hete legt sich so auf die Pritsche, daß ihr Kopf zum Zuschauerraum zeigt, ihre Beine, die sie jetzt aufstellt, zum Bühnenhintergrund. Mit einer verzweifelten Bewegung fordert sie Paul auf zu handeln. Der steht noch immer unschlüssig, beinahe ängstlich da, wie ein Kind, das man anstacheln will, ein Feuer zu legen. In der Hand hält er das bedrohliche Werkzeug. Kaum wagt er, dorthin zu sehen, wohin er doch sehr genau sehen muß, will er nicht blindlings ein Unheil anrichten. Schließlich überwindet er sich – –

Stefanie hatte ihre Hände um Roberts Knie geklammert, Robert seinen Arm fest um ihre Schulter gelegt. Während er sein Erschrecken zu verdrängen suchte, starrte seine Freundin mit zusammengekrümmtem Körper entsetzt auf die Bühne. Beinahe hätte sie aufgeschrien, als dieser junge Mann da vorn seiner Liebsten dieses metallisch glänzende Gerät scheinbar tief in den Leib schob – –

»›Die elegante Welt‹! ›Sport und Sonne‹! ›Der Junggeselle‹, selbstverständlich! Eine Mark, bitte! Die ›Abendausgabe‹...«

Der Schrei kommt von Hete. Völlig verstört erhebt sich

Paul, das Instrument wie eine giftige Schlange von sich haltend. *»Nee, du... Blut!«* Hete springt auf, klammert sich an ihn. *»Ekelt's dich?«* Paul will es nicht wahrhaben. Sosehr Hete auch auf seine Hilfe angewiesen ist, erträgt sie doch nicht, daß ihm vor ihr schaudert. Wenn Paul entschlossen ist weiterzumachen, schiebt sie ihn energisch von sich, nimmt ihm das Instrument aus der Hand und geht damit hinter den Wandschirm, den sie jetzt vor die Pritsche zieht, so daß sie auch von den Zuschauern nicht mehr gesehen wird.

Der Bühnenboden drehte sich schneller. Offenbar ist überall Dienstschluß, Schichtwechsel, die Leute hasten nach Hause, erstehen unterwegs noch rasch eine Zeitung mit den neuesten Nachrichten – –

Auf einmal hörte das die ganze Szene begleitende Grollen der Maschinerie auf. Die Drehbühne stand still, mit ihr die Darsteller. Langsam lösten sie sich aus ihrer Haltung, drehten sie sich nach vorn, zur Rampe und sahen erwartungsvoll in den Zuschauerraum. Die drei Männer besprachen sich leise, bevor sie zu den Schauspielern hinaufgingen.

Wie sie sich bei der Szene gefühlt habe, fragte Herrschelmann Emilia.

»Ich muß mich erst daran gewöhnen«, sagte sie.

»Wenn wir es so lassen, mußt du dieses Widerstrebend-Schamhafte unbedingt beibehalten. Es paßt genau zur Situation«, meinte Herrschelmann.

»Ich weiß nicht – ich empfinde es als unnötig peinlich«, sagte Geibel, unbehaglich zu Boden sehend, und Keller pflichtete ihm bei.

Martha holte tief Luft.

»Hast du dirs angesehen?« fragte Herrschelmann.

»Nur von der Seite«, antwortete sie. »Trotzdem glaube ich, es ist viel besser als vorher.«

»Wir haben doch Publikum!« rief Herrschelmann aus und sah in den Zuschauerraum. »Wie hat denn die Szene mit der Abtreibung auf euch gewirkt?«

Robert und Stefanie sahen sich an.

»Kommt doch nach vorn!« bat Herrschelmann. Zögernd folgten die beiden seiner Aufforderung.

Martha schwieg, um sich nicht vorwerfen zu lassen, sie beeinflusse ihren Sohn.

»Ziemlich aufregend«, bekannte Robert. »Aber es geht ja auch um Aufregendes.«

»Und Sie?« Herrschelmann wandte sich neugierig an Stefanie, die neben Robert unten an der Rampe stand. Er reichte ihr die Hand hinunter und stellte sich vor. Errötend nannte auch Steffi ihren Namen. Sie sei ganz schön erschrocken gewesen, sagte sie dann. »Aber wenn ich mirs recht überlege – der Schreck ist vielleicht ganz gut.«

»Und peinlich? War euch die Szene irgendwie peinlich?«

Die beiden überlegten. Verneinend bewegte Robert seinen Kopf hin und her. »Keinesfalls im Sinne von: danebengegriffen. Es wirkt schockierend, weil man es nicht erwartet, und man fragt sich erst einmal: Muß das so drastisch gezeigt werden? Aber gleich darauf habe ich gedacht: Ja. Sonst würde man es nicht für so schlimm halten. Jedenfalls mir ist es so gegangen«, sagte er zu Stefanie gewandt.

»Ich war richtig froh, daß mir so was erspart bleibt«, sagte sie.

Herrschelmann nickte nachdenklich. »Wir lassen die Szene erst mal so«, entschied er.

Martha versuchte, sich ihren Triumph nicht anmerken zu lassen.

In der Kantine mochte sie heute nicht essen, zu verraucht, zu alltäglich, gab Martha ihren Kindern als Begründung an. Sie wollte ihnen etwas bieten, was sich die Studenten sonst nicht leisten konnten, außerdem ließ sich in der anonymen Öffentlichkeit besser mit ihnen reden als in Nachbarschaft neugieriger Kollegen; an die prüfenden Blicke von Leuten, die sie von Bühne oder Bildschirm her zu kennen glaubten, hatte sie sich gewöhnt.

Manchmal brachte dieses Gekanntwerden auch Vorteile: Die Serviererin, an die sich Martha wegen eines freien Tisches wandte, sagte zuerst routinemäßig, sobald etwas frei sei, würden sie placiert, aber nach einem genaueren Blick bat sie Martha, sich einen Augenblick zu gedulden, sie glaube, sie hätte doch etwas für sie. Martha sah, wie die junge Frau das Schildchen ›Reserviert‹ von einem gemütlich gelegenen Ecktisch nahm, dann wurden sie gebeten, Platz zu nehmen.

Nach dem Wählen in Speise- und Getränkekarte fragte Martha, was das Studium mache, ob Prüfungen bevorstünden; die Antworten waren zufriedenstellend, beruhigend, »es läuft«, sagte Robert, und so konnte sich Martha ohne Skrupel »ihrem« Thema zuwenden: ›Cyankali‹. Sie merkte zwar, mit wieviel rücksichtslos drängender Egozentrik sie in letzter Zeit bei allen Gesprächen darauf zusteuerte, aber sie stellte immer wieder fest, daß alle, mit denen sie darüber redete, daran interessiert waren, eigene Erfahrungen beisteuerten, manchmal, besonders Frauen ihrer Generation, offenbar froh, sie aussprechen zu können. Dann zeigte sich, daß sie mit dem, was sie bewegte, nur den Anstoß gegeben hatte für die Bewegungen anderer; sie konnte zuhören, erhielt »Material« für ihre Arbeit und kam sich auf einmal gar nicht mehr so egozentrisch vor.

»Weißt du eigentlich, wie oft ich so etwas gemacht habe?« fragte sie ihren Sohn.

Er schüttelte den Kopf. »Öfter als die beiden Male, von denen du mir erzählt hast?«

Mutter und Sohn. Wie wenig wußten sie voneinander, und wieviel leichter war es jetzt, im Gespräch einander näherzukommen, als noch vor Jahren, da der Wille, sich seiner Mutter gegenüber zu behaupten, Robert den Mund verschlossen hatte.

»Eigentlich schade«, sagte er. »Ich hab alle beneidet, die Geschwister haben.«

Martha schwieg. Sie wollte sich nicht verteidigen, zumal sie annehmen konnte, daß Robert sie mit seiner Bemerkung nicht verurteilen wollte. Aber es tat weh, erkennen zu müssen, was sie ihm mit ihrer Verweigerung angetan hatte.

»Das sollte kein Vorwurf sein«, sagte er.

»Hab ich auch nicht so aufgefaßt.«

Die Vorsuppe wurde gebracht. Nach einer Weile scheinbar genüßlichen Löffelns fragte Robert wie nebenbei: »Hast du mich eigentlich gewollt?«

Martha atmete erleichtert auf. »Nur in den ersten Wochen der Schwangerschaft nicht. Dann aber unbedingt.«

Steffi, die bis dahin aufmerksam zugehört hatte, meinte jetzt: »Ich weiß nicht, ob ich das könnte – ein Kind abtreiben.«

Nun fühlte sich Martha doch angegriffen. Es war so schwer, jemandem, der anders dachte und empfand, der aber auch unter ganz anderen Bedingungen lebte, verständlich zu machen, warum man selbst so oft das Verabscheute getan hatte und warum man auch heute noch überzeugt war, richtig gehandelt zu haben. Verständlich zu machen, ohne lehrhaft zu werden. Und auch ohne Aggression. Denn Martha mochte Stefanie sehr, ihre Ehrlichkeit, ihren Willen, niemandem zu schmeicheln, auch auf die Gefahr hin, sich unbeliebt zu machen.

»Sei froh, wenn du dir das leisten kannst«, sagte sie leise, und das klang doch etwas lehrhaft und war auch nicht ganz frei von Ärger.

»Darf ich abräumen?« fragte die Serviererin nach einem Blick in Marthas halbgeleerte Suppentasse.

»Ja, bitte.«

Robert war die Spannung, die entstanden war, unangenehm. Er beugte sich zu Stefanie, legte seine Hand auf ihre und fragte: »Soll ich es sagen?«

Steffi nickte sofort.

Robert sah seine Mutter gespielt-feierlich an: »Du wirst Großmutter.«

Martha versuchte, die Tränen, die sie augenblicklich spürte, zurückzuhalten. Am liebsten hätte sie gar nichts gesagt, so überwältigte sie diese einfache Mitteilung: Wir leben weiter. Aber sie fürchtete, mißverstanden zu werden, jedenfalls von ihrer Schwiegertochter, die sie erwartungsvoll ansah. Robert dagegen hatte ihre Rührung gleich bemerkt und bedrängte sie nicht mit seinen Blikken. »Da biste baff«, sagte er burschikos.

Martha war ihm dankbar für diese Hilfe. »Kannste annehmen«, erwiderte sie und lächelte Steffi zu. »Das müssen wir feiern«, sagte sie und bat die Serviererin, die das Hauptgericht auf einem Wägelchen heranrollte, um die Weinkarte.

6

In fünf Wochen heiraten sie. Gefeiert wird bei Steffis Eltern; ich bin ganz froh darüber, weil ich wenig Talent habe, so etwas zu arrangieren. Außerdem meinen Robert und Steffi, es sei üblich, daß die Brauteltern die Hochzeit ausrichten.

»Brauteltern« – schon das Wort kommt mir komisch vor. Mein Vater war bereits zehn Jahre tot, als ich das erstemal heiratete; bei mir gab es beide Male nur eine Brautmutter. Aber auch die gab es im üblichen Sinne nicht: Als Heinrich und ich heirateten, hatten wir außer den beiden Trauzeugen – meiner Freundin Jonnie und ihrem späteren Mann – noch einen gemeinsamen Freund zu Gast. Meine Mutter haben wir zum Essen ein Weilchen geduldet. Eigentlich waren wir ganz schön rabiat in dieser Beziehung. Wir wollten eben alles neu machen; Tradition fanden wir lächerlich. Geld besaß auch niemand von uns, damals gab es noch Lebensmittelkarten – wovon hätten wir eine große Hochzeit ausrichten sollen? Wir verspürten aber auch keine Lust zu solchem Brimborium, wir meinten, die ganze Verwandtschaft könnte uns gestohlen bleiben. Ich habe Robert und Steffi gestern die Fotos von meiner ersten Hochzeit gezeigt. Sie waren ganz erstaunt, daß ich »nicht mal ein richtiges Kleid« anhatte! Ich trug ein sehr schönes zartgelbes Wolljäckchen, das mir Heinrich von einer Konzertreise des Thomanerchors mitgebracht hatte, und einen engen dunkelbraunen Nadelcordrock in normaler Länge. Nicht sehr hochzeitlich, seh ich ja ein. Jonnie hatte ein zartrosa Kleid mit so einem gesteiften Unterrock – Petticoat – an; sie sah viel eher wie eine Braut aus. Aber geheiratet habe ich! Der Standesbeamte redete für unsere Begriffe höchst albernes Zeug – »Auf Regen folgt Sonne, wie in der Natur, so auch im Leben«! Werd ich nie vergessen! Jonnies Mann war der einzige, der ernst blieb – und fotografierte.

Hier kannst du sehen, wie wir uns das Lachen verbeißen. Immerhin haben wir uns Mühe gegeben, es zu verbergen.

Als ich Roberts Vater heiratete, war ich bereits im neunten Monat. Eher wurde ich nicht geschieden, weil Heinrich doch inzwischen drüben war, das erschwerte die Formalitäten. Bis dahin hatte Heinrich immer noch gehofft, wir fänden wieder zusammen. Aber meine Schwangerschaft hat ihn wohl überzeugt, daß daraus nichts mehr würde.

Und jetzt werde ich bald Großmutter – – Ich finde das schön! Als Robert noch klein war, hielt ich es für selbstverständlich, daß er mein Kind ist, aber jetzt wundere ich mich manchmal darüber. Gestern habe ich ihn und Stefanie beobachtet, und ich sah ihn auf einmal wie von weitem, wie verfremdet. Das ist nun mein Sohn, dachte ich, dieser große Junge, ein Mann schon, den habe ich geboren, »großgezogen« – eigentlich ein merkwürdiger Ausdruck: Als ob man die Kinder nähme und langzöge! *Dein eigen Fleisch und Blut* heißt es ja auch. Gegen diesen Satz habe ich etwas, weil das *eigen* darin so betont wird; man beruft sich darauf, daß Kinder Eigentum sind, weil wir ihnen unser genetisches Material vererben. Das mag Gültigkeit gehabt haben, als die Söhne noch ohne das Bedürfnis nach Änderung und Auflehnung das Handwerk ihrer Väter erlernten, die Jungen also nicht nur indirekt – durch die Sozialversicherung –, sondern direkt den Lebensunterhalt für die Alten miterwerben mußten.

Warum habe ich mich von Heinrich getrennt, obwohl wir noch vor meinem ersten Theaterengagement heirateten? Eigentlich aus Unwissenheit. Mangel an Liebe war es jedenfalls nicht. Ich mochte, seit ich von ihm schwanger war, nicht mehr mit Heinrich schlafen. Anfangs dachte ich, jetzt ist der Körper eben mit anderem beschäftigt, hielt es sozusagen für natürlich. DIE NATUR mal wieder, ja! Aber nach dem Schwangerschaftsabbruch hätte sie sich ja umstellen und meine sexuellen Wünsche wieder auf Heinrich richten müssen. Jedoch die gute Natur dachte gar nicht daran. Nach wie vor ließ ich mich durchaus noch gern von ihm küssen, wenn der Kuß nur zärtlich war und nicht die Vorstufe zu sexuellen Handlungen sein sollte. Aber bereits wenn Heinrich meine Brüste berührte, zog ich mich zusammen, verkrampfte mich, wehrte ihn ab. Durch ihn war ich schwanger geworden, und ich wollte kein Kind haben, also lehnte ich das, was zur Schwangerschaft geführt hatte, mit Heinrich ab. Nur mit Heinrich, wie sich herausstellte. Und das wurde uns zum Verhängnis. Wäre ich generell frigid geworden, wären wir vielleicht eher einmal auf den Gedanken gekommen, uns an einen Arzt oder Psychologen zu wenden. Obwohl sich die Psychologie damals bei uns noch keiner öffentlich geförderten Wertschätzung erfreute und dadurch noch arg in den Kinderschuhen steckte, sozusagen noch in gestrickten Babyschuhchen. Als ich zum erstenmal mit einem anderen Mann schlief, geschah das nicht ohne Verliebtsein, und ich dachte nun gleich, das sei die neue große Liebe und mit der alten müsse es vorbei sein. Ich glaube, an diesem Irrtum gehen viele Beziehungen zugrunde. Ich habe beobachtet, daß gerade Ehen, in denen jahrelang beide einander *treu* waren, beim ersten *Seitensprung* zerbrachen. Man empfindet dann diesen Treuebruch als etwas so Ungeheuerliches; ich begehrte den anderen Mann, hatte ein schlechtes Gewissen vor Heinrich, und weil die Begegnungen mit dem Neuen so angenehm waren, wollte ich sie erhalten und verteidigen; ich wehrte mich gegen das schlechte Gewissen und damit auch gegen den Menschen, der es auslöste, und meinte am aufrichtigsten zu handeln, wenn ich mich von ihm trennte. Es war eine meiner großen Dummheiten im Leben. In einem Brief schrieb mir Heinrich, ich würde es einmal bereuen, sobald ich erkannt hätte, was für einem Unwürdigen – »Fatzke« schrieb er; in Verbindung mit dem Namen des Mannes »Monzfatzke« – ich da aufgesessen wäre. Er hatte natürlich recht, wenngleich der Schmerz Heinrichs Erkennungsvermögen ebenso trübte wie das meinige durch Verliebtsein und Trotz verfärbt war. Wenn ich heute an diesen Mann denke, nimmt er sich einfach gering aus gegen Heinrich. Und wenn er gleich ein bedeutender Mensch gewesen wäre, so war doch unsere Liebe geradezu lächerlich gegen die tiefgehende und schon in so vielen Schwierigkeiten erprobte Bindung zwischen Heinrich und mir. Wahrscheinlich hätten wir auch wieder zueinandergefunden, wenn Heinrich nicht eine Reise des Chores benutzt hätte, um im westlichen Teil des Landes zu bleiben. Das war natürlich keine spleenige Augenblicks-Idee; er hatte absolut keine Neigung für Pädagogik, und das Studium ödete ihn an. Er wollte Medizin studieren, das interessierte ihn, und ich glaube, er ist ein recht guter Arzt geworden. Trotzdem wäre er hier geblieben, wenn ich mich nicht rigoros von ihm gelöst hätte. Für Heinrich war unsere Beziehung wichtiger als sein Beruf, und er wäre auch Lehrer geworden, nur um mit mir zusammenzubleiben. Ich dagegen war ziemlich ehrgeizig; vielleicht wollte ich auch einfach unabhängiger sein, und der andere Mann war nur ein Vorwand, vor allem für mich selbst. Heinrich war nachgiebiger, auch weniger energisch als ich. Wahrscheinlich habe ich ihn oftmals mit meinem lauten Tatendrang einfach überrannt. Es ist ja so schwierig, die wirklichen Beweggründe für das, was man tut, herauszufinden, weil man stets geneigt ist, es zu verschleiern. Das ist übrigens für mich eins der größten Phänomene menschlichen Verhaltens. Ich habe beobachtet, je gebildeter jemand ist, desto besser versteht er sich darauf, die Ursachen für seine Handlungen – besonders vor sich selbst – zuzudecken und mit scheinbar sehr plausiblen Gründen zu beschönigen. Ganze philosophische Systeme sind auf diese Weise entstanden. – Es geht mir doch nicht darum, allen Theoretikern unedle Motive zu unterstellen; entscheidend sind natürlich die Auswirkungen. Wenn sie menschenfreundlich sind, lebensfördernd, dann spielt es doch keine Rolle, ob ein Schöpfer großer Kunstwerke oder gesellschaftlicher Theorien mit seinen Erfindungen irgendwelche frühkindlichen Kacktopfzwänge sublimiert. –

Du bist ein kluger Kopf – ich weiß darauf auch keine Antwort: Warum bin ich gerade an dieser Stelle so von meiner Erzählung abgewichen? Wollte ich damit auch etwas zudecken? Ich bilde mir doch ein, meine Vergangenheit so schonungslos wie möglich vor dir zu enthüllen. Aber eben nur: wie möglich. Bei allem guten Willen habe auch ich meine Schranken. Und vielleicht sind sie, weil ich mir Mühe gebe, sie zu überwinden, desto schwerer zu erkennen? Vielleicht wachsen, wo bei andern deutliche Mauern gezogen sind, bei mir an entfernterer Stelle freundliche, aber nichtsdestoweniger hohe und dichte Buchsbaumhecken? Wirklich – nichts fällt dem Menschen schwerer, als sich selbst zu erkennen.

Ich glaube jedenfalls, daß ich mich hauptsächlich deshalb in einen anderen Mann verliebte, weil meine sexuellen Bedürfnisse bei Heinrich schon so lange unerfüllt blieben; auf die Dauer hielt ich das einfach nicht aus. An den Wochentagen waren wir nun auch getrennt; wenn ich weder Vorstellung noch Probe hatte, fuhr ich nach Leipzig, ansonsten kam Heinrich an den Wochenenden zu mir. Das Theaterensemble war klein, entsprechend klein die Auswahl unter den Männern, mit denen ich es zu tun hatte. Ich sehe das heute ganz nüchtern: Auf der imaginären einsamen Insel würde man sich auch in einen Menschen verlieben, den man unter anderen Umständen gar nicht beachtete; mir blieb Dieter Monz, ein recht begabter Schauspieler und Regisseur, der ein zwar keineswegs unintelligenter Mensch, im Vergleich zu Heinrich aber eher ein naiver Naturbursche war. Außerdem verheiratet – auch darauf hätte ich mich nachher nie eingelassen, denn weder macht es mir Vergnügen, einer anderen Frau den Mann »auszuspannen«, noch ertrage ich

Heimlichkeiten, die nach einer gewissen Zeit unweigerlich mit Lügen verbunden sind. Seine Ehe war – nun, er sagte: nicht glücklich. Was auch stimmte.

Wir entwarfen gemeinsame Zukunftspläne, er wollte sich scheiden lassen, ich natürlich auch – es war die übliche Geschichte, die sicher viel öfter mit ehrlichen Absichten verbunden ist, als man gemeinhin annimmt. Aber die jahrelange eheliche Bindung erweist sich letzten Endes zumeist doch als die stärkere. Er verschob es auch immer wieder, seiner Frau unsere Beziehung einzugestehen, sie vermutete es, machte ihm Vorwürfe, er aber stritt es ab.

In der Spielzeit darauf wechselte ich das Theaterengagement, und ich bat ihn, in den Ferien, in denen er mit seiner Frau verreiste, alles zu klären, sich zu entscheiden. Als wir uns wiedersahen, kam heraus, daß er statt dessen wieder mit ihr geschlafen hatte (»Wenn man ständig so dicht beieinander ist!«). Ich empfand allmählich das Gewöhnliche, Banale unseres Verhältnisses, und nach ein paar weiteren Begegnungen löste ich es gänzlich. Trotzdem bin ich überzeugt, daß weder seine Gefühle noch seine Worte berechnete Vorspiegelungen gewesen sind; er hat ebenso daran geglaubt wie ich an meine – und sich ebenso getäuscht. Er wich nur – wie die meisten Männer – voller Furcht einer klärenden Auseinandersetzung aus.

Aber Heinrich war inzwischen weit weg – viel, viel weiter, als in Kilometern zu messen war –, und mir wurde immer stärker bewußt, was ich da angerichtet und verloren hatte. Nachdem er wußte, ich hatte mich von dem »Monzfatzke« wieder getrennt, schrieb Heinrich mir Briefe – – Jeder von ihnen verstärkte meine Sehnsucht nach ihm und stürzte mich in tieferen Jammer. Denn er wollte nicht wieder zurückkommen, weil er endlich studieren konnte, was er begehrte, und weil er das Vertrauen zur Beständigkeit meiner Gefühle verloren hatte. Und ich wäre ihm nicht nachgereist, weil ich viel zu sehr an meinem Beruf hing, den weiter auszuüben ich damals in Westdeutschland kaum Chancen gehabt hätte. Blieb also die ständig zunehmende Sehnsucht und Verzweiflung. Nach einem von Heinrichs Briefen habe ich mich schrecklich betrunken, übrigens das einzige Mal in meinem Leben. Sonst höre ich immer auf zu trinken, sobald ich merke, ich verändere mich durch den Alkohol.

Ich kaufte mir eine Flasche Weinbrandverschnitt und soff sie hintereinander weg leer. Ein lieber Freund, der bei mir war und mich anfangs zum Trinken ermunterte, mir auch immer fleißig nachgoß, weil er meinem Kummer abhelfen wollte, hockte dann mit Eimer und Scheuerlappen vor meiner Couch und wischte auf, was mein Magen erbarmungslos wieder herausstieß. Noch Jahre danach wurde mir schlecht, wenn ich Weinbrand nur unter die Nase bekam.

Diese Briefe von Heinrich! In ihnen steht, wie ich ihn – und mich! – gequält habe. Einmal muß ich ihm angeboten haben, ihn zu besuchen; er lud mich für die Ferien ein, aber ich hatte bereits wieder einen neuen Liebhaber, den ich um »Einverständnis« fragen wollte! Den Liebhaber hätte mir Heinrich sicher verziehen, nicht aber, daß ich mich mit einem Mann so weit einließ, daß ich ihn fragen mußte, ob er damit einverstanden sei, wenn ich ihn, Heinrich, besuchte. Dabei schrieb er mir einmal selbst, ich wäre schließlich keine Hure und könnte daher sicher nur mit einem Mann ins Bett gehen, der mir auch innerlich etwas bedeutet. Aber das bedeutete eben noch lange nicht, daß es ihn gleichgültig ließ. Ich lese dir einmal vor, wie er unsere Lage in einem dieser Briefe zusammenfaßte: »Unsere Situation ist hoffnungslos. Ich liebe dich noch, und du liebst mich noch. Ich bin im Westen, Du im Osten. Du wirst niemals den Osten verlassen, genausowenig, wie ich jemals wieder dorthin kommen werde. Wir entfremden uns immer mehr, und ich sehe unsere Liebe (Liebe ist ja ein viel zu banales Wort, aber Du verstehst schon) als schmerzlich süße Erinnerung enden, die ab und zu ausbricht.« Genau so ist es gekommen.

Ich habe mich übrigens – bei aller Neugier – überwinden müssen, die Briefe wieder zu lesen. Ein paarmal habe ich auch damit aufhören wollen, weil es ziemlich weh tut, eigene Rücksichtslosigkeiten so dokumentiert zu finden und ohne die Möglichkeit einer Korrektur die Schmerzen, die man zugefügt hat, nachvollziehen zu müssen. Ich empfand deshalb beim Lesen jedesmal Genugtuung (trotz eines gewissen Gekränktseins, auch heute noch!), wenn nach längerem Schweigen eine recht kühle Nachricht von ihm kam, die Mitteilung etwa, ich solle ihn in den Ferien doch lieber nicht besuchen, weil er augenblicklich mal wieder kein Geld habe und – warum solle ers verhehlen – auch kein besonderes Interesse mehr an mir. In den nächsten Briefen wurde das dann prompt widerrufen, und so ging es bis zu unserer gerichtlichen Scheidung, zweieinhalb Jahre lang.

Roberts Vater kannte ich bereits vom Studium her, aber damals hatten wir einander nicht weiter beachtet, und das sicher nicht bloß, weil wir unterschiedlichen Fakultäten angehörten. Ich weiß nicht, was alles zusammentreffen muß, damit zwischen zwei Menschen der einende Funke aufspringt und die Gefühle wie eine Öllache zum Lodern bringt.

Martin kam ein Jahr nach mir ans Dessauer Theater, als Dramaturg schon damals; er hatte nie etwas anderes werden wollen. Aber auch dort dauerte es noch ein paar Monate, ehe wir das erstemal über freundlich-neutrales Grüßen und berufliche Gespräche in Kollegenkreisen hinaus uns unterhielten. Es war nach der Premiere von Gorkis ›Wassa Schelesnowa‹, worin ich die Natalja spielte. Eine meiner liebsten Rollen übrigens. Die Premierenfeiern waren an diesem Haus immer ziemlich trist, was sicher nicht nur an der Kantine, einem ekelhaft nüchternen Raum, lag.

Wir trafen an der Theke zusammen, um uns Getränke zu holen, und Martin gratulierte mir, wie es üblich ist, und setzte gleich darauf hinzu: »Aber zur Hauptprobe warst du noch besser!«

Wer mit der Gefühlsverfassung eines Schauspielers nicht vertraut ist – und Martin war damals erst das zweite Jahr an einem Theater –, kann sich schwer vorstellen, wie empfindlich einer wird, der sein Inneres buchstäblich aufreißen muß, um Emotionen und Gedanken des Menschen, den er darstellen will, auf die Spur zu kommen. Das ist in der bildenden Kunst und in der Literatur sicher nicht anders. Du beschäftigst dich allmählich immer mehr mit der Welt des Dargestellten, Darzustellenden und lebst immer stärker in ihr, ob du als Schauspieler nun der Identifikationsmethode Stanislawskis oder der distanzierenden Brechts anhängst. Das ist einfach eine Frage der Konzentration, mit der du eigene Erfahrungen und Beobachtungen nutzt, um einem anderen, dir anfänglich fremden Wesen in der Einbildung näher und näher zu kommen, bis du es gleichsam mit seinem Körper und seinem Geist erfaßt und dir somit zu eigen gemacht hast. Das ist ein manchmal sehr schmerzhafter Prozeß, mit Rückschlägen, Zweifeln ebenso wie Freuden und Gewißheiten. Du lebst mit deiner Arbeit – das müßtest du ja auch kennen –, und wenn sie an ein Ende gekommen ist, auch an ein gutes, wie bei der Natalja, verspürt man nicht, wie man meinen sollte, Erleichterung, keine Lust zu Freudensprüngen etwa, sondern das Gefühl der Leere breitet sich aus, weil mit dieser Arbeit auch ein Stück erfüllten Lebens zu Ende gegangen ist. In den Vorstellungen wiederholt der Schauspieler nur das Ergebnis, nicht aber den Prozeß, der dahin geführt hat. Aber der Prozeß ist das eigentlich Beglückende. Zu einer Premierenfeier wirst du mich jedenfalls nur ungezwungen fröhlich erleben, wenn ich in dem Stück nichts zu spielen habe; ansonsten bin ich immer mehr oder weniger verhohlen deprimiert, ob ich nun erfolgreich war oder nicht.

Und in dieser Verfassung traf mich Martins Satz: »Aber in der Hauptprobe warst du noch besser!« Ich hörte nicht das *noch* und *besser* (also doch auf jeden Fall gut), sondern nur, ich bin nicht so gut gewesen, wie es mir doch offenbar in dieser Rolle möglich war. Ich sagte nichts darauf, versuchte mein Betroffensein nicht zu zeigen, aber ich nehme an, meine Mundwinkel sind auch ohne meinen Willen merkbar abwärts gerutscht.

Martin spürte jedenfalls, daß er etwas falsch gemacht hatte, und als wir wieder an unseren Tischen saßen – getrennt, jeder zwischen anderen Kollegen –, beobachtete er mich. Und nach einer ganzen Weile stand er auf, kam er auf mich zu – ich sah, wie er aufstand, sah ihn auf mich zukommen und ahnte, daß damit etwas Außergewöhnliches kam –, er stellte sich hinter meinen Stuhl, dessen Lehne er mit beiden Händen umfaßte, mein Herz schlug bereits deutlich, er beugte sich zu mir herunter und sagte: »Ich möchte mich mit dir unterhalten. Läßt du dich zu einem Glas Wein einladen?« Als er mir so nahe kam, roch ich seine Haut; seine Worte waren unwichtig, aber sein Kommen, sein Geruch und die unterschwellige Bitte um Verzeihung verwirrten mich glücklich: Der Funke war aufgesprungen.

Wir unterhielten uns lange an diesem Abend, in dieser Nacht. Zuerst an der Theke, beim Wein, wo er seine Bemerkung vom *Noch-besser* aufgriff, dann setzten wir uns etwas abseits an einen Tisch, merkten auf einmal, daß die Theke geschlossen und die Kantine sich fast geleert hatte, und gingen in eine Bar, bis auch die ihren Feiermorgen verkündete. Martin begleitete mich bis vors Haus, in dem ich zur Untermiete wohnte, wir standen ein Weilchen vor der Tür, ich ging mit ihm bis zu seinem Quartier, er brachte mich wieder zurück, wo wir uns mit einem Händedruck verabschiedeten. Es war keine Hemmung, die uns davon abhielt, uns bereits in dieser Nacht ins selbe Bett zu legen, eher die Gewißheit, daß viel gemeinsame Zeit vor uns lag und es noch schöner sein würde, wenn wir nichts überstürzten.

In diesen Tagen gastierte an zwei Abenden die Peking-Oper in unserem Theater. Noch vorm öffentlichen Verkauf hatte jeder Mitarbeiter ein bis zwei Karten dafür bestellen können. Martin und ich besaßen eine für den jeweils anderen Abend. Am ersten mußte ich mit einem Molière-Stück auf Abstecher fahren, und so versuchten wir, Martins Karte mit einer für den zweiten Abend zu tauschen, damit wir zusammen gehen konnten. Wir haben die halbe Belegschaft gefragt, ehe uns der Tausch gelang, und mit unserer Fragerei verbreitete sich die in allen Gemeinschaften beliebte Sensationsnachricht von der neuen Paar-Bildung. Das störte uns aber nicht; dabei hatten wir uns bis dahin nicht einmal geküßt.

Martin holte mich vor der Aufführung von zu Hause ab, und wir gingen gemeinsam zum Theater. Aber schon an der Garderobe wollten sie unsere Mäntel nur an getrennten Stellen abnehmen, und bloß der Umstand, daß ich einer Garderobenfrau als Natalja so gut gefallen hatte, verschaffte uns die Genugtuung, daß wenigstens unsere Kleidung beieinander sein konnte. Denn beim letzten Klingelzeichen mußten wir uns trennen: Martins neuer Platz war auf dem Rang, der meinige im Parkett.

Neben mir saßen nur Paare, keiner also, den ich hätte fragen können, ob er nicht vielleicht lieber auf dem Rang sitzen möchte, von wo aus man doch so einen schönen Blick auf die Bühne hat. Gäbe es Methoden, die Spannung zwischen zwei Menschen sichtbar zu machen, ich glaube, ein hell erleuchtetes Band wäre zwischen Parkett und Rang zu sehen gewesen. Ich war so aufnahme- und aussendungsbereit, daß auch die an sich schon großartigen Vorgänge auf der Bühne eine Dimension erhielten, die sie zum unauslöschbaren Erlebnis für mich machten.

In der Pause trafen wir uns, wie verabredet, im Foyer. Martin brachte einen jungen Mann mit, der bereit war, seinen Platz mit dem meinigen zu tauschen. Damit hätten wir zwar in derselben Reihe, aber immer noch mehrere Sitzplätze voneinander entfernt gesessen; wir mußten also am Ende der Pause die uns trennenden Leute auch noch bitten, einen Platz weiterzurücken.

Wieviel Aufwand für eine oder anderthalb Stunden Nahesein in der Öffentlichkeit! Ich glaube aber, so etwas kann nur unbegreiflich finden, wer noch nie verliebt war. Solche Wünsche haben doch auch einen magischen Zug: Wir haben, was uns trennen wollte, überwunden. Zur Bekräftigung nahmen wir uns bei der Hand und verharrten so bis zum Ende der Vorstellung.

Ohne ein Wort darüber zu sprechen, kam Martin an diesem Abend mit zu mir. Es mußte einfach so sein.

Ist es dir eigentlich unangenehm, wenn ich dir so ausführlich von vergangenen Liebschaften erzähle? – Du bist da wirklich eine Ausnahme. Neugierig sind sie alle, aber wenn man ihnen die Wahrheit erzählt und nicht – was sie vielleicht erwartet haben –, daß alles vorher in irgendeiner Weise minder gut war, werden die meisten Männer ärgerlich. Das geben sie zwar nur ungern zu, aber es ist offensichtlich. Deshalb schweige ich sonst lieber oder gebe auf die unausbleibliche Frage nach der Anzahl der Vorangegangenen eine nüchterne Ziffer an (die natürlich auch Säuernis auslösen kann). Bist du bereits so abgeklärt, oder hat dir Eifersucht schon immer ferngelegen? – Das geht mir auch so: Eifersüchtig war ich nur in ungewissen Beziehungen, eigentlich dann, wenn ich ahnte, ich würde sie ohne bedeutsame Skrupel fahrenlassen. Und wenn ich von Vergangenem erfahre, lerne ich denjenigen doch besser kennen!

Martin wohnte bei einer Wirtin, die man als Extrakt aller Wirtinnen-Glossen bezeichnen könnte: Sie war neugierig, dick, raffgierig, schwatzhaft und aufdringlich. Was sie von den üblichen Wirtinnen unterschied, war: Sie wollte Sängerin sein. Heroine; Wagner. Stell dir eine dikke, vollbusige Mittfünfzigerin vor, mit dunkelgefärbtem, frisörgelocktem Haar, schwarzbraunen Augen, lebhaft (sie selbst nannte sich »temperamentvoll«), das dicke Gesicht hing in Falten, die in einem Dreifachkinn mündeten und am Hals sich fortsetzten (weiter unten bekamen wir sie gottlob nicht zu sehen) – und das »sang« dann täglich ein paar Stunden! Volumen besaß ihre Stimme, aber das jaulende Tremolo verjagte jedes auch nur annähernd feinhörige Lebewesen. Martin hielt es aus, weil sie hauptsächlich vormittags »übte«, wenn er im Theater war. Die Dame hatte noch mehr Untermieter, alle vom Theater, an das es sie, ach, so heftig zog. Ihren Reden zufolge wurde sie nur wegen ungeheuerlicher Intrigen nicht engagiert.

Mich begrüßte sie anfangs mit zwitschernder Höflichkeit, bei der der Haß gewissermaßen noch in der Pupille hockte. Aber bald schlug er mir aus der vollen dunkelbraunen Iris entgegen, und ich weigerte mich schließlich, noch mit zu Martin zu gehen.

Meine Wirtin war freundlich, nachsichtig, sie beschwerte sich kein einziges Mal darüber, daß Martin fast schon bei mir wohnte. Allerdings hatte ich nur ein kleines, vor allem sehr schmales Zimmer (wer vermietet schon die vorteilhaftesten Räume seiner Wohnung!), und so liefen wir rasch zu einer Besichtigung, als uns die Intendanzsekretärin steckte, eine teilmöblierte Zweizimmerwohnung mit Küche und Bad in einem Privathaus wäre ab der neuen Spielzeit frei.

Besser hätten wir es nicht treffen können. Die Besitzer waren eine berufstätige Frau, die ihren Mann im Krieg verloren hatte, und ihre Mutter, zwei zurückhaltende, aber hilfsbereite Damen, die selbst so wenig gestört werden wollten, wie sie anderen nicht auf die Nerven zu gehen wünschten.

Unsere Wohnung lag unterm Dach. Die Zimmer waren nicht groß, aber fast quadratisch und mit teilweise schrägen Wänden; über die Möbel, die darin standen, freuten wir uns, weil wir beide noch sehr wenig verdienten und an staatliche Kredite damals nicht zu denken war.

Aber noch bevor wir einzogen, wußte ich: Mich hats erwischt. Ich war wieder schwanger. Das brauchte ich mir von keinem Arzt bestätigen zu lassen; nicht nur meine Regel blieb aus, sondern mir wurde wieder so mordsmäßig übel, wie ich das nur allzu gut kannte.

Nun war meine Abneigung gegen ein eigenes Kind

nicht mehr so standhaft, seit ich Martin kannte, und jetzt, da ich von ihm schwanger war, konnte ich mir durchaus vorstellen, eins zur Welt zu bringen. Ich empfand es jedenfalls nicht mehr, wie beim erstenmal, als prinzipiell lästig – wohl aber als unangebracht zu diesem Zeitpunkt. Wir probierten nämlich seit einigen Wochen ›Das Tagebuch der Anne Frank‹, worin ich die Anne spielte. Premiere sollte Ende September sein. Die Anne Frank – wann wird einem eine solche Rolle schon geboten!

Martin schien mit dem Abbruch der Schwangerschaft ohne weiteres einverstanden zu sein; er begriff wohl auch zu gut, wieviel mir diese Rolle bedeutete. Mir wird übrigens erst jetzt richtig klar, daß ich nie den Vater eines Kindes – besser sage ich wohl, den Miterzeuger einer Schwangerschaft – danach gefragt habe, ob er es lieber sähe, wenn ich das Kind austrüge. Das war für mich stets selbstverständlich *meine* Entscheidung; von einem Mann, der das nicht akzeptiert hätte, hätte ich mich eher getrennt, als daß ich ihm zuliebe Mutter geworden wäre.

Also begann ich wieder mit heißen Fußbädern und ebenso heißem Rotwein, all den Mittelchen, die schon bei Chlodwig versagt hatten. Im Urlaub fuhren wir mit Martins Zelt an die Ostsee. Dort erhitzten wir salziges Meerwasser mühselig auf unserem Spirituskocher, und ich saß Abend für Abend im Zelt und ließ mir die Beinhaut brühen. Vergebens. Robert – denn um den handelte es sich – hielt sich kräftig in mir fest.

Bei einem Rotwein-Einkauf im Nachbarort trafen wir einen ehemaligen Schulfreund Martins. Trotz zweijährigen Alters- und damit Klassenunterschieds hatten sich die beiden in den Schulpausen oft über Kunst und Medizin unterhalten, sich aber nie außerhalb der Schule getroffen. Nach dem Abitur begann Martins Disput-Freund Kurt ein Medizinstudium, und sie hörten nichts mehr voneinander.

Auf die Weinflaschen deutend, fragte der junge Doktor, ob wir eine Fete vorhätten. Martin sah mich an und verneinte. Ihm kam aber gleichzeitig der Gedanke, daß Kurt uns vielleicht helfen könnte, und sei es mit einem Tip, einem Hinweis, einer Adresse.

Kurt verschaffte mir Chinin, das ich in ganz geringen Dosen nahm – und das keine Wirkung zeigte. Ich habe gehört, in größeren Mengen und zu einer bestimmten Zeit in den ersten Monaten der Schwangerschaft eingenommen, kann Chinin bei einem dennoch ausgetragenen Kind Blindheit hervorrufen. Robert hat den gleichen Augenfehler wie ich und mein Vater, der deswegen sogar eine Brille trug. Ich darf also annehmen, daß ich Robert nicht mit dem Chinin das rechte Auge verdorben habe. Mir wurde allerdings von dem Zeug noch übler, als mir ohnehin schon war. Ein paar Oestrasid-Spritzen, die mir der künftige Internist zusätzlich verabreichte – alles in einem engen, niedrigen Zelt, mußt du dir vorstellen! –, riefen nicht mal ein zierliches Murren in meinem Unterbauch hervor.

Um uns, vor allem wohl Martin, zu helfen, bot Kurt uns schließlich an, nach Dessau zu kommen und dort eine Interruptio einzuleiten, wonach ich allerdings mit einem Krankenhausaufenthalt rechnen müßte.

Mir lag daran, möglichst keine ›Anne Frank‹-Proben zu versäumen. So kürzten wir unseren See-Aufenthalt und fuhren, als Kurts Urlaub zu Ende ging, mit ihm zusammen nach Dessau. Für ihn war das kein bedeutender Umweg, und er konnte in unserer neuen Wohnung über Nacht bleiben.

Während der gemeinsamen Eisenbahnfahrt war ich sehr still, so still, daß es eigentlich hätte auffallen müssen. Ich beteiligte mich für gewöhnlich lebhaft an allen Unterhaltungen, riß sie sogar des öfteren ziemlich rücksichtslos mit einem mir genehmen Thema an mich, wofür ich stets bereitwillige Zuhörer und Mitdiskutierer fand. Bei Martin und Kurt habe ich das allerdings gar nicht versucht, weil die beiden so aufeinander eingespielt – eingesprochen – waren, daß der Eindruck entstand, sie setzten ihre

Schulpausengespräche fort, ohne sie für etliche Jahre unterbrochen zu haben. Ich wußte mich in ihre friedlichen Dispute über Kunst, Philosophie und Medizin, über philosophisch-moralische Aspekte in der Medizin und in der Kunst einzufügen und wurde als gleichberechtigter Gesprächsgast angenommen. Aber auf der Fahrt nach Dessau – sie saßen bezeichnenderweise nebeneinander, ich Martin gegenüber – waren sie wieder einmal so vertieft, so konzentriert, daß ihnen meine Zurückhaltung gar nicht auffiel. Martin fragte mich zwischendurch mal, ob es mir schlecht ginge, was ich verneinen konnte; er tätschelte freundlich, aber ohne besondere Aufmerksamkeit meine Hand, behielt sie ein Weilchen in der seinen, bis ich sie ihm entzog, was er gar nicht zu bemerken schien. Wäre ich nicht mit so umwälzenden Gedanken beschäftigt gewesen, ich hätte wohl gekränkt auf solche Behandlung reagiert und es durchaus verstanden, mir mit einem körperlichen Mißbehagen oder ein paar demonstrativ gewichtigen Sätzen die fehlende Aufmerksamkeit zu verschaffen. Aber ich wollte sie gar nicht. Ich wollte mit dem, was mich bewegte, erst einmal selbst ins reine kommen.

Ich fühlte mich auf einmal so weise, so erhaben über die, wie es mir nun vorkam, jugendlichen Gedankenspielereien; war ich doch dabei, mich zur Schaffung eines neuen Menschen, der nachfolgenden Generation, zu entschließen. Ob mir diese Eingebung bereits am Morgen, während wir unser Zelt abbauten, gekommen war oder erst auf der Fahrt, als mein Kopf Ruhe hatte und mir noch einmal ganz klar wurde, was am Abend geschehen sollte – ich weiß es nicht mehr. Fest steht, daß ich vor diesem Tag unerschütterlich der Meinung war, wegen der Anne Frank könnte ich mir dieses Kind keinesfalls leisten. Was mich eigentlich zum Umdenken bewogen hat, kann ich dir auch nicht genau sagen. – Die Natur wird sich da gewißlich durchgesetzt haben, jawohl! Ich wollte eben ein Kind, seit ich Martin liebte, ob das nun an ihm lag oder einfach daran, daß ich reifer geworden war. Und auf einmal erschienen mir alle Hindernisse überwindbar: Ich würde die Anne Frank auch nach der Premiere noch etliche Male spielen, und wenn ich zu rund sein würde, um glaubhaft einen schlecht ernährten Backfisch darzustellen, mußte die Rolle eben eine andere Schauspielerin übernehmen, ob nun eine aus unserem Ensemble oder ein Gast, darüber sollten sich andere ihre Köpfe zerbrechen. Mich konnte schließlich keiner daran hindern, ein Kind zu kriegen!

Ich dachte auch an Heinrich und nahm mit meinem Entschluß endgültig von ihm Abschied. Denn ich wußte, daß ich ihn mit dieser Nachricht hart treffen würde, weil auch ihm klarwerden mußte, daß dieses Kind die nunmehr unumstößliche Trennung bedeutete. Martin hatte er, wenn auch schmerzlich empört, hingenommen als eine vielleicht vergängliche Erscheinung in meinem Leben, wenngleich er ihn nicht als einen Menschen abtun konnte, der kaum wert war, ihm das Wasser zu reichen. Aber Heinrich wußte zu gut, daß ich ein Kind nie bekommen würde, ohne es mir zu wünschen. Das von ihm hatte ich abgelehnt, und wenn ich jetzt ein anderes zur Welt brachte, mußte ich mich so entscheidend verändert haben, daß unsere Bindung, zumindest in der alten Weise, nicht mehr bestehen konnte.

Ob ich auf dieser Fahrt an eine Heirat mit Martin dachte, kann ich dir nicht sagen. Es war auf jeden Fall nicht ausschlaggebend für meine Entscheidung. Wenn ich das Kind austragen wollte, dann wollte ich es austragen – mit Mann oder ohne Mann. Mit Mann war mir natürlich lieber, denn ich hing an Martin. Aber dazu hätten wir nicht heiraten müssen. Ich habe mehr darüber nachgedacht, wie er es wohl aufnehmen würde, wie ich es ihm überhaupt erst einmal beibringen könnte. Doch im Gegensatz zu meiner sonstigen Art, bei Entschlüssen, die auch andere betreffen, zwar rigoros zu sein, aber mit schlechtem Gewissen, war ich hierbei völlig ruhig, weil ich mich nicht nur nach zeitlich begrenzten Abmachungen, sondern sozusagen menschheitlich im Recht fühlte. Darüber kannst du ruhig lächeln; ich kann es auch. Trotzdem muß ich diese damals sehr starke Empfindung ernst nehmen, denn sie entstand innerhalb des psychischen Walls, der mich von da an bis zur Geburt schützte: Was außerhalb des Kindes lag oder gar gegen es gerichtet war, ließ ich gar nicht nahe an mich herankommen, und ich wurde dadurch vor mancher gefährdenden Aufregung bewahrt.

Als wir in Dessau zusammen aus dem Zug stiegen, dachte ich kurz: Eigentlich eine Gemeinheit, die beiden Männer noch immer in dem Glauben zu lassen, Kurts Zwischenaufenthalt sei notwendig. Aber ich wischte es gleich wieder mit der Entschuldigung weg, daß er sich doch gern noch einen Abend lang mit Martin unterhielte. Außerdem: Hätte ich etwa im Zug, in Gegenwart Fremder, davon anfangen oder, was völlig unverständlich gewesen wäre, kurz vorm Aussteigen sagen sollen, Kurt könne getrost weiterfahren, ich benötige seine Hilfe nicht mehr?

Nein, meine Mitteilung war zu wichtig, als daß ich sie in würdeloser Eile anbringen durfte.

Zu Hause nahmen wir jeder ein Bad. Ich zuerst, dann Kurt, der Gast, Martin als letzter. Während Kurt badete, war ich mit Martin allein und hätte ihm sagen können, daß nach dem gemeinsamen Abendbrot keine Abtreibung stattfinden würde. Aber ich wollte, daß wir alle drei friedlich zusammen am Tisch säßen, gereinigt, gesättigt, ohne Hast. Vor Kurt hatte ich keine Hemmungen, er gehörte nach den Bemühungen der letzten Zeit zu uns. Oh – aufgeregt war ich schon, aber nicht in einem aufreibenden, selbstzweiflerischen Sinne. Mir war eher feierlich zumute.

Während des Essens sah mich Martin häufig an, nun doch etwas nervös, auch mitleidend, wie er glaubte sein zu müssen. Ob ihn meine Gelassenheit verwunderte oder er sie als Tapferkeit gedeutet hat, womöglich auch als

Beruhigung darüber, daß Kurt mir zu helfen bereit war, darüber habe ich mit Martin später nicht mehr gesprochen.

Wir hatten gegessen, das Geschirr stand noch auf dem Tisch, ab und zu tranken wir einen Schluck Tee. Wir schwiegen alle drei. Kurt und wohl auch Martin warteten wahrscheinlich darauf, daß ich das Zeichen zum Beginn der vereinbarten Operation geben sollte, vielleicht sagen würde: »Ich gehe jetzt nach nebenan und ziehe mich aus.« Oder einfach burschikos: »Na, dann wolln wir mal!« Martin hätte inzwischen abräumen und abwaschen können, denn auch, wenn Kurt mir Spritzen gegeben hatte, war er aus dem Zelt gegangen, da allerdings der Enge wegen.

Statt dessen sagte ich – nicht ohne gehöriges Herzklopfen: »Ich hab mirs anders überlegt. Ich möchte das Kind haben.«

Stille, natürlich.

Ich wagte Martin noch nicht anzusehen. Ich sah Kurt an. Er war, wie hätte es anders sein können, überrascht, forschte einen Augenblick in meinem Gesicht, wie ernst ich das wohl meinte, und sah dann zu Martin.

Ich nun auch.

Wahrscheinlich hatte mich Martin im ersten Augenblick auch angesehen; jetzt waren seine Augen auf die gefalteten Hände gerichtet. Die Daumen preßte er derart aneinander, daß die Kuppen blutlos weiß wurden. Er spürte sicher, daß wir ihn beide erwartungsvoll anblickten, ließ sich aber Zeit, bevor er sagte: »Entschuldigt. Das kommt so überraschend. Das muß ich erst mal verdauen.«

Kurt hielt es für angebracht, uns allein zu lassen, und tat so, als müsse er zur Toilette. Ich sah wieder Martin an, sah seine Betroffenheit, wie es in ihm arbeitete. Er tat mir leid. Ich griff nach seinen Daumen, die er noch immer aneinander rieb. Als hätte ich damit eine Explosion ausgelöst, umarmte mich Martin, so gut das von Sessel zu

Sessel möglich war. »Sei nicht böse. Ich habe mich bis heute mit dem Gedanken nicht beschäftigt. Daß ich Vater werden könnte.« Ich spürte seine Tränen in meinem Gesicht.

Kurt öffnete die Tür und wollte sich sofort wieder zurückziehen, aber Martin winkte ihn energisch herein. Irgendwie müssen wir uns aneinandergeklammert erhoben haben, denn wir nahmen Kurt in unsere Umarmung auf und standen zu dritt so eine Weile, heulend, auch Kurt. Ein komisches Bild, gewiß. Bis Martin sagte: »Das muß begossen werden.« Und er holte die Flasche Rotwein, die wir noch von der See zurückgebracht hatten.

Als er eingießen wollte, hielt ich die Hand über mein Glas und sagte: »Aber mir nur einen Schluck. Ich darf jetzt keinen Alkohol mehr trinken.« Kurt versicherte mir, ein Glas Wein – »zur Feier des Tages« – würde bestimmt nicht schaden. Aber ich bestand darauf, von diesem Tag an so zu leben, wie es für mein Kind am besten wäre.

7

Martha Trubec hatte Abendproben gern. Sie konnten nur mit Schauspielern stattfinden, die in der gleichzeitig laufenden Vorstellung nicht spielen mußten, und das schränkte den Kreis der Probierenden ein; es war ruhiger, vertraulicher, weniger Ablenkung ermöglichte oft eine stärkere Konzentration auf die Arbeit, und manche Szenen, zu deren Kern man in den spektakuläreren Vormittagsproben nicht vorgedrungen war, erschlossen sich an solchen Abenden; so mancher Knopf ging da auf, und mancher Knoten riß, wie man sagte.

Das wußte natürlich auch Herrschelmann, und er probierte vornehmlich mit Emilia Pape. Sie hatte bis dahin nämlich nur teilweise erreicht, was Herrschelmann sich vorstellte: Ein anfangs frisches, selbstbewußtes Proletariermädchen (mit einer gewissen Neigung zur Kleinbürgerlichkeit: Hete war durchaus stolz auf ihre Ausnahmestellung in der Firma), das im Verlauf der Handlung reifer wird, fraulicher, in der Szene im Kiosk Paul überlegen ist und schließlich in Todesangst wieder zum Kind wird, das bei der Mutter Schutz sucht. Aber merkwürdig, gerade das, was Herrschelmann bewogen hatte, sie mit der Rolle zu besetzen, Emilias offene, natürliche und auch durchaus kräftige Ausstrahlung, die sich beim Probespiel in der Schauspielschule gezeigt hatte, schien jetzt verschüttet. Die Szenen, in denen sie geduckt war, litt, flehte, sich krümmte vor Schmerz, also der ganze zweite Teil der Rolle, gelang ihr wesentlich überzeugender als das Unbeschwertsein des Anfangs. Doch auf diesen Gegensatz, diese Entwicklung legte Herrschelmann großen Wert, weil die Wirkung der Geschichte viel stärker wurde, wenn ein gesundes, fröhliches Menschenkind durch die gesellschaftlichen Umstände kaputtging, als wenn da ein von Anfang an leidendes, tragikumwittertes Ding in den Tod getrieben wurde. Das mußte doch herzustellen sein, er hatte es doch gesehen bei ihr! So arbeitete er Abend für Abend mit dem Mädchen, mit Partnern, die jeweils frei waren, heute alle Szenen zwischen Hete und Paul und Hete mit ihrer Mutter.

Es gab noch einen anderen Grund, der den abendlichen Proben eine besondere, manchmal so förderliche Atmosphäre verlieh: Die größere Ruhe, die in der Stadt eintrat, wenn die Geschäfte geschlossen, die Autos vorm Haus abgestellt waren, Dämmerung und Dunkelheit die beleuchteten Innenräume voneinander trennten, sie einhüllten und schützten. So empfand es Martha jedenfalls wieder, als sie von der Straßenbahn zur Probebühne ging, die außerhalb des Theaters lag, in einem anderen Stadtteil sogar. Es war ein kühler Oktoberabend, ein kräftiger Wind trieb die trockenen Blätter von den Bäumen und ihr um die Füße; es rauschte oben, raschelte unten, und Martha genoß diese Geräusche, die zur Tagzeit vom permanenten Brummen, Dröhnen, Hupen, Schreien und Quietschen übertönt wurden.

Sie war eine Stunde später bestellt als die beiden jungen Darsteller, aber sie kam etwas zeitiger, weil sie der Arbeit der anderen gern ein Weilchen zusah und sich in dieser Weise auf die eigene einstimmte. Hektik war ihr zuwider, sie übernahm deshalb auch nur selten Rollen beim Fernsehen oder Film. Sie fand es unerträglich, früh eine Rolle fürs Theater und nachmittags eine andere beim Fernsehen zu probieren und eine dritte dann wieder am Abend im Theater zu spielen, zwischendurch hastig irgendwelches Essen und viel Kaffee in sich hineinzuschlingen und zu -schlürfen, für die Wege blieb nur ein Taxi oder das eigene Auto, immer in der Furcht, zu spät zu kommen; sie meinte, unter solchen Bedingungen könnte sie auf die Dauer nichts Brauchbares zuwege bringen.

Im Probenhaus brannte zwar Licht, aber es war so still, als ob sich kein Mensch darin befände; die Mäntel und Jacken hingen leer und verlassen am Garderobenständer.

Und doch war schon der Vorraum mit einer ruhigen Spannung erfüllt – Martha empfand es jedenfalls so, und das konnte natürlich damit zusammenhängen, daß sie wußte, da drinnen wurde gearbeitet. Sie trat leise auf und horchte an der Tür zum Probenraum, bis sie Herrschelmanns Stimme vernahm, bevor sie hineinging und sich wortlos grüßend auf das alte Sofa setzte, das derzeit im Hintergrund des Raums stand.

Emilia brachte Gründe vor für Hetes gedrückte Haltung in der ersten Szene mit Paul: Sie hat doch schon Angst, daß sie ein Kind kriegt, es sind bereits vierzehn Tage darüber, und das will sie Paul beibringen. Herrschelmann erklärte ihr geduldig, daß es eintönig sei, diese Angst-Linie durchzuspielen, es sei künstlerisch interessanter und dramatischer, wenn Hete in der ersten Szene die Frische, Aufmunternde sei, während in der zweiten, nach Kuckucks Abgang, Paul der Aktive, zur Ablenkung Geneigte wäre. »Dir darf nicht von Anfang an der Tod im Nacken hocken, sonst bleibt dir keine Steigerung im Stück!« Kunst sei nun mal kein Abklatsch der Wirklichkeit, sie solle lieber nach Gründen suchen, warum Hete in der ersten Szene fröhlich ist. »Paul ist da, und er hat Kaffee, Milch, Wurst, Eier, Zucker mitgebracht – das ist doch wie im Schlaraffenland! Jetzt will ich mal keine drohende Schwangerschaft sehen, sondern Begeisterung über das Freßparadies!« Und zu Heinz von Genske sagte er: »Hau das ganze Zeug noch mal auf den Tisch – spiel Weihnachtsmann, Geburtstag, Krösus, was weiß ich – aber zeig ihr, was für Schätze du bringst!«

Heinz von Genske nahm die Tüten, Dosen und Machéwürste vom Tisch, verstaute sie in Hosentaschen und vernutzter Ledermappe und stellte sich damit hinter die Tür, durch die er auftreten mußte. Martha sah, wie er Emilia aufmunternd zuzwinkerte, bevor er die Tür aufriß, mit zwei kräftigen Schritten am Tisch war und humorvollgroßsprecherisch ein Stück nach dem anderen vor Hetes Staunaugen auspackte. Genske begriff, worum es Herrschelmann ging; er wußte, Einzelheiten, die nicht in den Gesamtablauf paßten, konnten verworfen und wieder geändert werden, sobald der Grundgestus einer Szene stimmte, und er übertrieb bewußt, um Emilia die Freudenstimmung zu erleichtern. Aber statt sich anstecken zu lassen von seinem pfiffigen Überschwang, sah sie nur die Übertreibung, und das hemmte sie. Ihr *»Das bringt Muttern wieder auf die Beine«* fiel daher ziemlich schwunglos aus. Herrschelmann unterbrach die Szene auch prompt und meinte sarkastisch: »Das sind aber wacklige Beine!«

Emilia biß sich auf die Lippen.

Herrschelmann spielte selten etwas vor, aber jetzt sah er keine bessere Möglichkeit. »Guck dirs von unten an!« gebot er dem Mädchen. Unten, das hieß einfach: aus der anderen Hälfte des Raums; der Bühnenteil lag nicht etwa erhöht, sondern war nur durch eine Holzleiste (»Stolperleiste« sagten die Schauspieler) vom übrigen getrennt.

Regisseure führen im allgemeinen präzise und deutlich vor, was sie sehen wollen, und es ist für sie manchmal nicht leicht zu begreifen, warum einem Schauspieler eine bestimmte Haltung, eine Szene, ein Aufschrei oder – wie hier – unbeschwerte Freude Schwierigkeiten bereitet. Aber so, wie Emilia von Herrschelmanns vehementen Forderungen eher gehemmt als gelöst wurde, so förderte seine Ungeduld die Lebhaftigkeit der eigenen Darstellung (was ihm wieder nicht bewußt wurde). Er klatschte in die Hände, hüpfte um den Tisch, setzte ein kräftiges »Ooah!« vor den Satz: *»Das bringt Muttern wieder auf die Beine!«*, bei dem er Paul umarmte.

Emilia mußte unwillkürlich lachen über ihn, fand aber, so wäre die Szene nicht richtig gespielt, ohne zu sehen, daß Herrschelmann die Übertreibung nur als Herausforderung benutzte, um später, in abgeschwächter Form, das zu haben, was er wollte. Aber ein Schauspieler kann nicht überzeugen, wenn er selbst nicht überzeugt ist von dem, was er tut, und als Herrschelmann forderte: »Das möchte ich jetzt von dir sehen!«, wußte Emilia, daß ihr das nicht gelingen würde, und ging schon mit eingeklemmtem Gefühl zu ihrem Auftritt.

Herrschelmann trat zu Martha und fragte murmelnd, während die Szene bereits wieder lief, ob sie meine, er sei ungerecht zu dem Mädchen, und ob sie einen Weg sähe, die Pape von ihrer Dickköpfigkeit, wie er es nannte, zu befreien.

Martha antwortete zögernd und nur für ihn verständlich: »Ich würde sie mal ein bißchen in Ruhe lassen.«

Herrschelmann sah sie aufmerksam und nachdenklich an, ließ die Szene ohne Unterbrechung bis zu Ende durchspielen und sagte: »Wir machen jetzt eine kleine Pause und probieren dann erst mal das siebte Bild, Hete – Mutter Fent.« Und Heinz von Genske fragte er: »Du bleibst?«, was bedeutete, daß er die Anfangsszene später noch einmal vornehmen wollte.

Heinz von Genske war, wie Emilia, direkt von der Schauspielschule an dieses Theater engagiert worden. Das lag aber schon mehrere Jahre zurück, und er war durch verschiedene glückliche Umstände nie in die Zwangslage geraten, in der sich Emilia jetzt befand: Als Sohn eines bekannten Schauspielers war ihm Theater von klein auf vertraut, konnte also keinerlei einschüchternde Wirkung auf ihn ausüben, und da er zu den Studenten gehört hatte, die als über den Durchschnitt begabt galten, waren ihm bereits auf der Schauspielschule Demütigungen erspart geblieben. Er war außerdem das, was man als »guten Typ« bezeichnet; früher hätte er in der Fachsprache als Jugendlicher Held gegolten: kraftvoll, klar in der Ausstrahlung, gut gewachsen dazu – dies alles beisammen war selten. Beim Engagementsvorspiel im letzten Studienjahr hatten sich gleich mehrere Theater um ihn beworben.

Emilia hatte ihm von der ersten Begegnung an gefallen, und die Annäherung, die auf der Konzeptionsprobe mißlungen war, hatte er schon am nächsten Tag nachgeholt. Die beiden waren seither ein Paar, als Emilia und

Heinz ebenso wie als Hete und Paul, eins förderte das andere, was Herrschelmann nicht ungern sah.

Heinz setzte sich an Marthas Stelle aufs bequeme Zuschauersofa, als die beiden Frauen ihre große Wiedersehenszene begannen. Er hatte seine Freundin nicht beruhigen können, die ihm sofort nach Herrschelmanns Abbruch zugeflüstert hatte: »Er gibt es auf!« Auch Martha hatte gemerkt, daß die abrupte Beendigung der Szene mit Paul Emilia irritierte. Es ist immer schwierig, wenn zwei Menschen zusammenarbeiten, von denen der eine zu Unsicherheit neigt und der andere aus dem eigenen Selbstbewußtsein heraus diese Zweifel und Ängste mißdeutet. Dabei ist gerade in der Schauspielerei die innere Ruhe so nötig, weil ihr Fehlen jene Ausstrahlung, die das Publikum zu fesseln vermag, behindert.

Martha legte ihre Arme von der Seite her um Emilias Schultern und wiegte sie beruhigend hin und her, eine Geste, die sie innerhalb der Szene wiederholte; sie benutzte die Haltung der Mutter Fent gegenüber Hete, um ihr Mitgefühl für Emilia auszudrücken. So vermischte sich oft während der Proben das, was privat genannt wird, mit dem Verhalten in der Rolle; je mehr man sich die Figur zu eigen macht, desto öfter geschieht es, daß Bewegungen und Ausdrucksweise ein Stück mit hinübergenommen werden.

Mutter Fent, die zuvor schon gezeigt hat, wie sehr sie nach ihrer Tochter sucht, sie liebt und bereut, sie so unbarmherzig von sich gestoßen zu haben, ist, da Hete überraschend zu Hause erscheint, erschrocken, verwirrt, weiß nicht, wie sie sich ihr gegenüber verhalten soll, die ihr doch so viel Kummer und Schande macht.

Es ist Abend, die flüchtigen Besucher sind gegangen, die Küche muß aufgeräumt werden. Um das Vorhandensein der jüngeren Geschwister Hetes anzudeuten, nahm Herrschelmann jede Gelegenheit wahr, Mutter Fent für sie arbeiten zu lassen. So räumt sie hier den Abendbrottisch ab, vier Teller, vier angeschlagene Emailletrinktöpfchen; sie steckt sich ein paar übriggebliebene Krümel in den Mund und wischt den Tisch sauber.

Hetes Stimme trifft sie im Rücken. Der strafft sich, wie von einem Stein getroffen. Einen Moment hält Mutter Fent inne im Wischen, schließt die Augen, schluckt, um dann den schon gereinigten Tisch erneut zu säubern. Nicht nachgeben, nicht weich werden, standhaft bleiben, fest, starr, streng, rauh, unerbittlich. (Martha hatte sich die Wörter zu Hause zusammengesucht.) Hete erniedrigt sich, bettelt um Zuneigung; die Mutter schweigt, schiebt ihr einen Stuhl hin, gießt ihr Kaffee ein, aber schweigt, immer darauf bedacht, das Mädchen im Rücken zu behalten, sie jedenfalls nicht anzusehen, und wenn sie auf die Frage, wie es den Kindern geht, endlich redet, kommt die Antwort kurz und barsch: *»Gut!«*

Hete gibt es auf, und dieses Aufgeben ist – wie stets, wenn alle Bemühungen fruchtlos bleiben – von der Hoffnung getragen, der andere möge sich davon endlich rühren lassen. Und nicht umsonst hofft sie: Kaum hat sie sich mit einem Abschiedswort zum Gehen gewandt, packt Mutter Fent die Angst, ihre Tochter wieder zu verlieren, nun womöglich endgültig, und sie umarmt Hete so wild, daß Emilia unwillkürlich ein »Au!« entfuhr.

Martha ließ sie los, entschuldigte sich.

Die Szene war unterbrochen, Herrschelmann nutzte es, um etwas zu tun, was selten vorkam bei ihm: Er lobte. Lobte Emilia Pape: Der Gestus dieser Szene stimme vollkommen, die Unterwürfigkeit, das ängstliche Lauern, das Betteln um Liebe, man spüre, das Mädchen sei fertig, körperlich schlapp, unternehme ihren letzten Versuch zur Rettung. »Wenn du die ganze Rolle so gut spielst, ist dir der Erfolg sicher!«

Seine Kritik galt Martha: Ihre Ablehnung sei noch zu verbissen, fast verkrampft an manchen Stellen, daher sei ihr wahrscheinlich auch passiert, daß sie die Pape zu derb angefaßt hätte bei der Umarmung.

»Diese Leute sind Härte gewöhnt, da brauchst du dich gar nicht so anzustrengen.«

Martha zwinkerte Emilia zu und murmelte im Vorbeigehen: »Heute bin ich dran.«

»Der will mich doch nur trösten«, erwiderte Emilia ebenso leise, ließ den Satz aber widerspruchерwartend hängen und sah Martha unsicher an. Als Antwort holte Martha mit dem rechten Arm kräftig aus, schlug aber nicht zu. Du albernes Mädchen, hieß das, nun sei nicht bei allem und jedem so mißtrauisch, sondern freu dich gefälligst mal über die Anerkennung! Und Emilia verstand: Glucksend unterdrückte sie ein Lachen, als sie hinter die Tür ging, um sich wieder auf die kranke, verzweifelte Hete Fent einzustellen. Gottseidank, dachte Martha, sie scheint es begriffen zu haben.

Herrschelmann beobachtete, wie beschwingt Emilia jetzt probierte, auch das bedrückend Demütige des Szenenbeginns erreichte sie wieder, durch die innere Gelöstheit gelang es ihr eher noch zwingender als zuvor. Er meinte dann, diese Szene könnten sie für ein, zwei Wochen beiseite legen, jetzt wolle er noch einmal die aus dem ersten Bild, zwischen Hete und Paul, vornehmen.

Martha hätte nach Hause gehen können, aber sie blieb, weil sie neugierig war, ob sich Herrschelmanns Lob für Emilia günstig auch auf diese Szene auswirkte. Aber so einfach war das nicht. Herrschelmann hatte Emilia dickköpfig genannt; darunter stellt man sich gemeinhin eine Art Bockigkeit vor und meint damit, daß es nur vom sogenannten guten Willen des Dickkopfes abhängt, sich zu ändern, es also in seinem Belieben stünde und nur Böswilligkeit sei, wenn er es nicht tut. Als Martha sah, wie Emilia sich jetzt um die Darstellung von *Heiterkeit* und lebhafter *Freude* bemühte, erkannte sie, daß Herrschelmann recht hatte mit seiner Bezeichnung, wenn man darin einschloß, daß der Dickköpfige sich selbst am meisten quält: Es war, wie der »Bock« bei Kindern, die verzweifelte Wehr gegen Zwänge, die man als entwürdigend empfindet. *Freiheit ist Einsicht in die Notwendigkeit.* Das heißt, dachte Martha, ich bin frei, wenn ich aus eigener Einsicht und Überzeugung das tun kann, was für alle Beteiligten das beste ist. Aber wer ist schon so frei, so überlegen, sich ohne weiteres zu einem Irrtum zu bekennen! Emilia kämpfte mit sich, sie wollte jetzt heiter und unbeschwert sein, weil sie abhängig war vom Willen des Regisseurs, aber gerade diese Abhängigkeit erschwerte es ihr, mit Leichtigkeit, ohne das Gefühl der Demütigung zu sagen: Ja, Sie haben recht, ich habe mich geirrt, die Rolle wird vielschichtiger, lebendiger, wenn ich sie am Anfang frisch, unbeschwert und manchmal ein bißchen keß spiele. Nicht der ist der Stärkste, dem keine Widerstände geboten werden, sondern derjenige, der sie überwindet. Aber wie viele zerbrechen daran, weil sie zu schwach oder die Widerstände zu mächtig sind; was sich in jedermanns Kindheit vollzieht, wiederholt sich in der Schauspielerei. Im Grunde mochte Martha diese Emilia gerade, weil sie nicht bereit war, gedanken- und widerspruchslos zu tun, was man von ihr verlangte. Ihr fehlte nur die Erfahrung, mit der sie hätte beurteilen können, wann sie im Recht war, und abschätzen, wann es sich lohnte, eine andere Ansicht durchzusetzen.

Schließlich blieb noch Zeit für die Szene, in der Hete ihrem Liebsten die Befürchtung gesteht, schwanger zu sein, und die Hoffnung ausspricht, das Kind austragen zu können, *»– wo wir zwei beide jetzt verdienen«*, ein Glücksumstand, der nicht lange anhält. *»Kommt heute niemand mehr?«* fragt Paul. *»Nee.«* – *»Schlafen die Würmer schon?«* – *»Schon längst.«* – *»Schön stille ists jetzt hier...«*

Es war wirklich ganz stille in der Probebühne. Mit flach gehaltenem Atem sahen alle einer sich ins Sinnlich-Begehrliche steigernden Umarmung zu. Hete bittet Paul, das Licht auszuschalten, er aber fürchtet, der Hausverwalter könnte das mitbekommen. Ihre Umarmung ist halb gelöst, und diese Situation benutzt Hete, ihre Besorgnis loszuwerden: *»Paul, ich bin in letzter Zeit so müde, so kaputt ... du – es ist nicht mehr gekommen.«*

»Warum so ängstlich?« unterbrach Herrschelmann. »Er ist an der Entstehung des Kindes doch ebenso beteiligt wie du!« Auch in der Sprache des Regisseurs vermengten sich Schauspielerperson und Stückfigur.

Emilia wollte etwas erwidern, druckste ein wenig herum, offenbar in der Hoffnung, Herrschelmann möge sie auffordern, ihren Einwand auszusprechen, aber da das nicht geschah – Martha hatte den Eindruck, er übersah das Zögern absichtlich –, fügte sie sich und brachte den Satz bei der Wiederholung forscher heraus.

Friedrich Wolf hatte die Situation gut beobachtet: Paul nimmt mit Selbstverständlichkeit an, daß Hete ebenso entsetzt ist wie er, und wundert sich, als sie sich gegen die Bezeichnung *»verfluchter Balg«* auflehnt: *»Heiliges Kanonenrohr, du hast's wohl schon gerne?« – »Frag nicht so blöde! Hör mal, Paul, ich glaube, wir können's doch behalten, wo wir zwei beide jetzt verdienen.«*

Wieder fand Herrschelmann Emilia zu zach, aber jetzt glaubte Martha, ihr beistehen zu müssen: »Entschuldigt, daß ich mich einmische, aber ich meine, hier kann man nicht mit der schlichten Logik rangehn, daß beide gleichermaßen beteiligt sind an dem Kind, Hete also ohne Schuldgefühle darüber reden kann. Das mag heutzutage unter den jungen Leuten so sein – aber es ist nun mal eine Tatsache, daß eine Frau sich früher dem Mann gegenüber schuldig fühlte, wenn sie annehmen mußte, daß er nicht begeistert war, Vater zu werden. Das mag widersinnig klingen, aber so wurden unsere Mütter und zum Teil auch noch wir eben erzogen: Ein Mädchen, das sich vor der Ehe dem Mann nicht verweigerte, war selbst schuld, wenn sie ein Kind kriegte. Und Hete will Paul ja auch noch beibringen, daß sie das Kind behalten möchte! Darüber kann sie nicht reden wie über neue Filzlatschen. Ich fand Emilias Zögern, bevor sie mit dem

Thema beginnt, ihre Ängstlichkeit, wie du es nennst, genau richtig.«

Herrschelmann hörte, wie bei dieser Inszenierung häufig, Martha aufmerksam zu. Ihre eben gegebene Begründung leuchtete ihm ein, er fragte Emilia, ob sie damit einverstanden sei, und als sie das dankbar bejahte, forderte er sie auf, die Szene so zu spielen.

Die späte intensive Arbeit brachte es mit sich, daß die Schauspieler nach einer Abendvorstellung oder -probe nicht etwa schleunigst nach Hause gingen und sich schlafen legten, sondern das Bedürfnis hatten, noch eine Weile in Gesellschaft der Kollegen zu verbringen. »Wer kommt noch mit zu ›Pfeiffers‹?« lautete die stereotype Frage nach einer Abendprobe, diesmal vom Regieassistenten gestellt. Mit »Pfeiffers« waren »Pfeiffers Gaststuben« gemeint, ein gemütliches Restaurant, das zwei Straßenecken weiter lag.

Bis auf den Bühnentechniker gingen heute alle mit. Er mußte noch die Dekoration für die Vormittagsprobe umbauen, und auch danach schloß er sich den anderen nicht an. Wie in den meisten Theatern bestand eine Trennung zwischen dem künstlerischen und dem technischen Personal, daran änderten auch ein freundschaftlicher Umgangston, gemeinsame Premierenfeiern (zu denen sie doch wieder an getrennten Tischen saßen) und die Würdigung der Techniker durch einen Beifallsvorhang am Schluß der Vorstellung nichts.

Aber auch Herrschelmann schloß sich meist aus; er müsse noch die Probe für den nächsten Tag vorbereiten, sagte er, oder er gab gar keinen Grund an. Seinen Fleiß bezweifelte niemand, trotzdem ahnten die meisten, daß die Ursache in einer gewissen Distanz zu den Schauspielern lag, die er offenbar ganz gern gewahrt sah. Denn wenn Detlev Geibel an der Abendprobe teilnahm, gingen sie stets hinterher noch »ein Bierchen« trinken, setzten sich aber meist, zusammen mit dem Regieassistenten, an einen Extratisch und besprachen Inszenierungsprobleme.

Der Wirt begrüßte sie; ein Ecktisch war um diese Zeit mit einem Schildchen für die Theaterleute reserviert.

Martha setzte sich absichtlich neben Herrschelmann; sein Verhalten während der Probe, der Umstand, daß er mit ihnen zu »Pfeiffers« ging – Martha fand, eine günstigere Gelegenheit würde sich nicht bieten, mit ihm noch einmal über Emilia zu sprechen. Die Schwierigkeit bestand darin, daß es zwar zu den selbstverständlichen Aufgaben eines Regisseurs gehörte, andere, vor allem Schauspieler, zu kritisieren, sie selbst aber keineswegs gewöhnt waren, von den Schauspielern getadelt zu werden. Vorschläge waren den Mimen gestattet, aber etwa zu sagen, mein Lieber, was du da machst, ist großer Mist – was umgekehrt gar nicht so selten vorkam –, war nicht üblich. Was wollte ein Schauspieler auch dagegen tun, wenn er in den nächsten Inszenierungen nicht oder nur mit einer undankbaren Rolle besetzt wurde; der Regisseur würde immer Gründe finden, warum er mit einem bestimmten Darsteller seine Konzeption nicht umsetzen könnte. Martha war in diesem Punkt nicht auf Herrschelmann angewiesen; sie brauchte ihre Begabung nicht mehr unter Beweis zu stellen.

Das Liebespaar saß, bereits wieder eng verschlungen, auf der Längsseite der Eckbank, Herrschelmann nahm die Schmalseite dieser Bank ein, den Stuhl neben ihm hatte Martha mit einem winzigen Vorsprung Peter Keller, dem Assistenten, streitig gemacht, der nun neben ihr saß; an der anderen Schmalseite des Tisches, mit dem Rücken zum übrigen Lokal, hatte Frau Weber, die Souffleuse, Platz gefunden.

Herrschelmann ahnte wahrscheinlich, daß Martha etwas von ihm wollte; er lächelte ihr ironisch aus dem Mundwinkel zu, was sie ebenso erwiderte, eine Geste, die sie nicht das erstemal tauschten und die das besondere Verhältnis zwischen ihnen andeutete: Distanz, eine gewisse Achtung, aber auch ein wenig Verachtung, das Wissen, daß sie durch die Arbeit zeitweilig miteinander auskommen mußten und auch miteinander auskamen. Es lag aber auch eine bestimmte Art von Sympathie darin, die gerade auf dieser Distanz beruhte: Sie stritten während der Arbeit oft miteinander, blieben aber stets höflich; Herrschelmann wäre Martha gegenüber nie ausfallend geworden. Eigentlich war es auch nur ein Zufall, daß sie sich duzten. Sie verdankten das einer allgemeinen Verbrüderungs-Euphorie während einer Premierenfeier, und es wäre lächerlich gewesen, es danach wieder rückgängig zu machen.

»Du hast meine Bemerkung vorhin hoffentlich nicht übelgenommen?«

»Welche?« Herrschelmann tat erstaunt, ohne sein Lächeln zurückzunehmen.

Martha machte eine kleine Kopfbewegung zu Emilia. »Sie mal ein bißchen in Ruhe zu lassen.«

»Aber nein! Ganz im Gegenteil. Du hattest sicher recht.«

Sicher. Dieses Sicher bedeutete natürlich, es war nicht sicher, ob sie recht hatte. Aber Martha ließ sich nicht irritieren. »Du mußt nicht denken, ich rede aus purem Mitleid. Dazu ist sie viel zu begabt.« Martha vermied den Namen, um das Mädchen nicht aufmerksam zu machen. Erst später wollte sie Emilia in das Gespräch einbeziehen.

»Das habe ich nie bestritten«, sagte Herrschelmann ernst.

»Noch nicht«, sagte Martha. »Aber der Argwohn beginnt spätestens, wenn sie bis zum Ende dieser Arbeit nicht erreicht haben sollte, was du von ihr erwartet hast.«

Bier wurde gebracht, alle prosteten einander zu, tranken. Herrschelmann sah in sein Glas. »Das ist nicht so sicher«, meinte er.

»Aber doch möglich. Und der nächste besetzt sie dann vorsichtshalber gar nicht erst, und wenn es ein dritter ›noch mal versucht‹, steht sie von vornherein unter dem Zwang, etwas beweisen zu müssen, und ist dadurch vielleicht gar nicht in der Lage auszudrücken, was sie möchte.« Herrschelmann wollte etwas einwenden, aber Martha kam ihm mit erhobener Hand zuvor. »Es muß nicht – aber es kann so sein.«

»Du redest, als käme das dauernd vor. Fandest du zum Beispiel auch ungerecht, daß wir uns von der Lippke getrennt haben?«

»Die Lippke habe ich nie für eine bedeutende Schauspielerin gehalten. Sie wurde als Typ für eine bestimmte Rolle engagiert, und die hat sie auch ausgefüllt. Aber weiter kam nichts von ihr. Und das hätte man vorher sehen und sie vielleicht nur gastweise engagieren können. Man hätte ihr damit mancherlei Enttäuschung erspart. Im übrigen hat sie es, glaube ich, ganz gut verkraftet. Vielleicht gerade, weil sie nicht so begabt ist. Ich meine aber die anderen, die kaputtgehen. Hessel zum Beispiel.«

»Mit dem haben wir uns weißgott allesamt Mühe gegeben!« protestierte Herrschelmann. »Der hat es eben nicht geschafft. Das Theater ist schließlich auch kein Ort, um Mimosen zu züchten.«

Martha schluckte. Jetzt war sie an die gepanzerte Stelle geraten. Heinz von Genske hatte Buletten bekommen, und Emilia begann sich für das Gespräch zu interessieren. Alle am Tisch hörten zu. »Hessel war, bevor er zu uns kam, ein anerkannter Schauspieler. Als er zurückging, war er gebrochen. Da muß man sich doch fragen, wie es dazu kommen konnte.«

»Du willst die Schuld natürlich allein den Regisseuren zuschieben!« meinte Herrschelmann.

»An Hessel war zum Schluß überhaupt nicht mehr ranzukommen«, unterstützte ihn Keller. »Der war regelrecht verbohrt. Ich habs doch oft genug miterlebt.«

Unter dir wird später auch noch mancher Schauspieler zu leiden haben, dachte Martha und sagte: »Aber wodurch ist er so verkrampft geworden?«

»Das ging schon bei seiner ersten Rolle los«, sagte Herrschelmann.

»Eben.« Martha sah ihn bedeutungsvoll an; nur sie beide wußten, daß sie damit auf die Parallele zu Emilia Pape zielte. »Genau diesen verhängnisvollen Ausgangspunkt meinte ich. Hessel spielte als erstes den Pjotr in den ›Kleinbürgern‹. Aber die neue Umgebung, die anderen Arbeitsbedingungen, das großspurige Gehabe mancher Kollegen machten ihn unsicher. Und das findet keine Gnade. Du kannst mit einer Rolle – wenn auch nicht gerade mit der ersten – völlig danebentreten, das wird dir eher verziehen als Unsicherheit. Du entsinnst dich: Steinhoff lebte damals noch, er spielte den Bessemjonow. Hessel hat vor ihm gezittert. Die Szene zwischen Bessemjonow und seinen Kindern im zweiten Akt war eine Tortur für ihn: Immer, wenn mit Hessel gearbeitet wurde, benahm sich Steinhoff gelangweilt, markierte nur, ließ Hessel spüren, daß er als junger Spund aus der Provinz einem Star-Schauspieler die Zeit stiehlt mit seinem Gestammel. Ich habe es erlebt, wie Hessel beinahe geheult hat deswegen. Er konnte einfach nicht mehr frei über seine Mittel verfügen! Und diesen Zusammenhang hätte der Regisseur begreifen und Hessel Steinhoff gegenüber verteidigen müssen. Aber Schwierigkeiten mit einer Rolle werden nur akzeptiert, solange ein Schauspieler sein Selbstbewußtsein behält. Oder wenigstens so tut, als sei es nicht zu erschüttern. Zweifel sind notwendig, um produktiv zu werden: Jeder von uns muß ständig bereit sein, seine Arbeit in Frage zu stellen. Aber wenn einer dabei so weit geht, an seinen eigenen Fähigkeiten zu zweifeln, lähmt ihn das und macht ihn auf die Dauer unproduktiv. Das bedeutet aber noch lange nicht, daß er unbegabt ist. Und deshalb muß man ihm helfen, damit er sein Selbstbewußtsein wiedererlangt. Beziehungsweise dafür sorgen, daß er es gar nicht erst verliert.«

Herrschelmann bestellte sich noch ein Bier. »Das sagt sich so einfach. Was soll denn ein Regisseur noch alles machen? Schließlich ist er kein Psychiater. Und dann darfst du eins nicht vergessen: Wenn der Chef eine Schwerpunktinszenierung macht, hat er dafür ein halbes

Jahr Probenzeit. Ich muß mit der Hälfte auskommen. Danach fragen hinterher weder Kritiker noch Publikum. Verschwende ich zuviel Zeit mit einem problematischen Schauspieler, fehlt mir das an der übrigen Inszenierungsarbeit –«

»– und das wird dir angekreidet, während eine schlecht gespielte Rolle auf den jeweiligen Schauspieler zurückfällt. Ich meine das gar nicht boshaft«, sagte Martha, »ich kann das durchaus verstehen. Nur geht auf diese Weise manchmal nicht nur eine Karriere flöten, sondern ein Mensch zerbricht, obwohl man es hätte verhindern können.«

»Was zu beweisen wäre«, sagte Herrschelmann.

»Das ist doch nicht nur eine Frage der Zeit, sondern viel mehr eine des Einfühlungsvermögens. Deshalb mußt du noch lange kein Psychiater sein. So, wie es Schauspieler gibt, aus denen man nur etwas herausholt, wenn man sie ordentlich triezt (mit denen ein sanfter Regisseur meist nichts anfangen kann), gibt es welche, denen man immer wieder den Rücken stärken muß, damit sie ihre Fähigkeiten entfalten. Und das erreicht man oftmals schon, wenn man sich nicht von ihren Selbstzweifeln anstecken läßt, sondern Vertrauen zu ihnen behält und das auch zeigt. Und manchmal muß man diese Schauspieler eben auch eher in Ruhe lassen, als sie dauernd bearbeiten, weil sie sich sonst zu etwas gezwungen fühlen, was sie besser selbst finden.«

Emilia hatte natürlich längst begriffen, daß sich Martha ihretwegen so engagierte, und als Herrschelmann fragte: »Sagen Sie mal, Pape, fühlen Sie sich von mir gezwungen?«, überwand sie sich und sagte, während sie verlegen einen Rest Bier im Glas herumschwenkte: »Manchmal schon.«

Martha war dem Mädchen dankbar für diese Unterstützung; oft genug hatte sie erlebt, daß jemand, dem sie helfen wollte, ihr aus Angst vor dem Beschuldigten in den Rücken gefallen war und die Schwierigkeiten, über die er sich vorher beklagt, im gegebenen Augenblick geleugnet oder doch entschärft hatte.

Herrschelmann wollte es nun genauer von der jungen Schauspielerin wissen: Wann, wodurch, bei welcher Gelegenheit sie sich genötigt fühle.

Es kostete Emilia Überwindung, ihren Regisseur, vor dem sie als Anfängerin noch so viel Respekt hatte, vor Zuhörern zu kritisieren, aber es erleichterte sie auch, endlich einmal loszuwerden, was sie bedrückte. »Manchmal möchte ich etwas ausprobieren, was ich mir zu Hause überlegt habe oder was mir auf den Proben einfällt, aber Sie lassen das nicht zu oder überhören es einfach und verlangen, daß ich mache, was Sie wollen. Dann bin ich irgendwie unzufrieden, möchte meins doch noch durchsetzen und versuche so eine Art Mittelding zwischen beidem. Meistens merke ich aber, daß das nicht geht. Sie merken das wahrscheinlich auch, unterbrechen mich – und sagen manchmal Sachen, da denke ich, ich bin total unbegabt.«

Herrschelmann fragte verwundert: »Was denn zum Beispiel?«

»Na, zum Beispiel das mit den wackligen Beinen heute.«

»Was für wackligen Beinen?« Herrschelmann schien sich tatsächlich nicht zu erinnern.

»Ich muß doch sagen: ›*Das bringt Muttern wieder auf die Beine!*‹ Und da haben Sie gesagt: ›Das sind aber wacklige Beine!‹«

»Na und? Die waren auch wirklich ganz schön wacklig, wie Sie das gespielt haben!« Herrschelmann meinte das scherzhaft, aber Emilia schwieg.

Martha wollte ihr zu Hilfe kommen: »Sie ist den Ton, der am Theater herrscht, noch nicht gewöhnt, und dann denkt sie, du willst sie madig machen.«

»Ach«, meinte Emilia, »die Dozenten haben so was auch gesagt. Aber an der Schauspielschule waren alle, die mit mir spielten, Studenten, und ich war eigentlich nie die

Schlechteste, da macht einem das nicht so viel aus. Aber hier – – ich möchte manchmal davonlaufen, und wenn Sie dann sagen: ›Noch mal von vorn!‹ ist alles wie zu. Dann habe ich Mühe, überhaupt einen Ton rauszukriegen.«

Herrschelmann schüttelte sorgenvoll den Kopf. »Tja«, sagte er, »mit Samthandschuhen wird am Theater keiner angefaßt. Daran müssen Sie sich gewöhnen, je eher, desto besser.«

So ist das immer, dachte Martha: Der Schwache muß sich den Stärkeren anpassen, wenn er nicht untergehen will. Dabei müßte es doch den Starken viel leichter fallen, Schwächeren zu helfen. Oder sind sie gar nicht so stark?

8

Heute muß ich dir von einer Zeit erzählen, an die ich mich gar nicht gern erinnere. Nur beruflich war sie sehr produktiv, sehr förderlich. Ansonsten Tristesse. Obwohl, wenn ich darüber nachdenke, sie war nicht weniger mit Erlebnissen gefüllt als andere. Aber meine Ehe mit Martin zerfiel allmählich, und das ohne dramatisches Fortissimo, eher schleichend, zermürbend, enttäuschend für beide. Vielleicht erscheint mir deshalb diese Phase in so unwirtlichem Grau. Alle Erlebnisse, ob einzelne oder ganze Lebensabschnitte, haben für mich Farben, entweder düstere oder zarte oder kräftige. Es ist auch nicht immer nur eine Farbe, sondern oft mehrere, gemischt oder nebeneinandergesetzt.

Je genauer ich überlege, warum mir diese Zeit so grau erscheint, desto deutlicher erweist sich ein Ereignis als bestimmend, das nämlich, weswegen ich dir überhaupt so viel von mir erzähle: eine Abtreibung. Meine zweite. Der größte Teil spielte sich in einem Ort ab, in dem ich mit einer wichtigen Rolle gastierte, einer Stadt im Braunkohlenrevier. Und dort bekommt das Grau in meiner Erinnerung einen bedrohlich gelben Unterton, wie eine staubverdunkelte Sonne.

Es ging mir mit Martin ebenso wie mit Heinrich, obwohl ich diesmal das Kind nach einiger Zeit haben wollte: Auch nach Roberts Geburt mochte ich keine Berührung mehr, die über Zärtlichkeiten hinausging. Ich würde gern wissen, wie viele Frauen aus solchen Gründen frigid wurden, vielleicht aber auch von Anfang an waren, weil sie selbst nichts darüber wußten oder von groben Männern verschreckt wurden. Darüber spricht ja gemeinhin niemand. Ich sage frigid, das bedeutet frostig, kalt, gefühllos. Das Frostige stimmt insofern, als man in diesem Moment keine Wärme aussenden kann, aber wer meint, das sei Gefühllosigkeit, der irrt. Ich kann es nur als Krampf beschreiben, als Verspannung. Wenn du einen Igel berührst, rollt er sich zusammen, um die empfindlichen weichen Teile vor Verletzung zu schützen. Aber als Frau bist du nicht fähig, dich ständig vor Verwundung zu bewahren. Ich will gar nicht von der körperlichen Gewalt reden, die manche Männer gebrauchen, und auch nicht vom Gehorsam, der so vielen Frauen anerzogen wurde. Ich rede von der sanften Gewalt des eigenen schlechten Gewissens. Ich hatte Mitleid mit Martin und hatte auch Angst, ihn zu verlieren. So entwickelte sich ein empfindungstötender Mechanismus: Hatte ich ihn drei- oder gar viermal abgewiesen – ich zählte das und errechnete auch den Abstand zwischen den einzelnen Versuchen; Martin wird das ebenso getan haben –, fühlte ich mich verpflichtet, nachzugeben, »mitzumachen«, damit ich für eine Weile wieder Ruhe hätte. Ohne große Einleitungsspiele bitte (die mich nur länger gequält hätten), und während Martin sich abrackerte – anders kann ichs nicht nennen –, bemühte ich mich um Lustgefühle, die sich nicht einstellten, und täuschte schließlich, um Martin zu trösten und für mich einen kläglichen Rest Würde zu bewahren, ein wenig davon vor; aus besseren Zeiten wußte ich ja, wie sich so etwas äußert. Ein rücksichtsloser Mann hätte sich nun wahrscheinlich gesagt: In je kürzeren Abständen ich angreife, desto öfter komme ich insgesamt zum Ziel. (Ganz zu schweigen von den Männern, denen es erst richtig Spaß macht, wenn eine Frau sich wehrt.) Aber Martin war nicht rücksichtslos, er litt unter meiner Abwehr, schämte sich wohl auch, wenn er mich trotzdem dazu verleitete, und fühlte sich letztlich gedemütigt. Und so vergrößerten sich die Zeiträume zwischen diesen Ritualen noch, verstärkte sich die ständig im Alltag mitlaufende Furcht davor, die gleichzeitig die Furcht vor der Gewißheit war, daß es nicht unendlich so weitergehen konnte. Dazu trotzdem das allmonatliche Zittern, ob der peinvolle Akt nicht womöglich noch schlimme

Folgen zeigte; was vormals durch mannigfache Wonnen gerechtfertigt schien, konnte nun ja auch noch die Quälerei bestrafen. Es klingt wie Übertreibung, aber es ist keine: Es war wie ein Leben in der Druckkammer; nur zeitweilig ein freieres Atmen, wenn ich mich über Robert freute oder berufliche Erfolge alles andere vergessen ließen. Doch auch Martin saß in dieser Kammer. Obwohl wir uns nie wirklich darüber ausgesprochen haben – nur Scheindiskussionen gab es, in denen das meiste ungesagt blieb –, bin ich sicher, daß es ihn nicht weniger bedrückt hat als mich. Frustriert ist das Modewort – ich kann es schon nicht mehr hören.

Martin und ich unterschieden uns aber folgenschwer in dem Wunsch, unserer Misere zu entrinnen: Martin hoffte, daß sich ohne äußeren Eingriff, nur zwischen uns beiden etwas ändern und zum Glücklichen wenden ließe, während in mir wieder das Bedürfnis aufkam auszubrechen. Auf den ersten Blick mag das so aussehen, als wäre Martin der wohlwollend gütige Behüter unserer Gemeinschaft gewesen und ich die exzentrische Person, die nur auf ihren Lustgewinn bedacht war. Ich muß aber der Gerechtigkeit halber sagen, daß ich nicht einfach leichtfertig etwas zerstört habe, das bei einigem Bemühen gut und gern noch heute Bestand haben könnte, sondern es zeigte sich auch, daß Martin unsere Ehe nicht zuletzt deshalb erhalten wollte, weil ihm eine Trennung als Versagen, als seine eigene Niederlage erschien, über die er obendrein seine Mutter triumphieren sah. Denn er hatte mich trotz ihrer Warnungen geheiratet. Das stellte sich natürlich nicht von heute auf morgen heraus, sondern ganz allmählich – ich glaube, ich habe es schon einmal als schleichend bezeichnet. Zwischen uns erstarb, anders als bei Heinrich, durch die körperliche Abneigung ganz langsam auch die Liebe, und Martin war nicht in der Lage, sich das einzugestehen. Solange nicht ein neues Verliebtsein diese Erkenntnis fördert, ja wünschbar macht, ist es ja auch nicht leicht, sich zu diesem Schwinden, diesem Nicht-mehr-Vorhandensein zu bekennen, weil man sich vor der Leere fürchtet. Wenn du dich aber zu dieser Klarheit durcharbeitest, kannst du deine innere Würde bewahren, während Martin sich an die äußere klammerte: den Bestand unserer Ehe in den Augen der anderen. Martin gehört zu den Menschen, die immer alles richtig machen wollen. Das scheint im Widerspruch zu seiner philosophischen Weltbetrachtung zu stehen, und er leidet wohl auch darunter. Seine Welt-Weisheit erstreckt sich auf alles außer ihm; sobald er an den Punkt kam, an dem er sich selbst hätte betrachten müssen, verschloß er sich, schwieg, und das offenbar nicht nur vor anderen Menschen, auch vertrauten, wie mir, sondern wahrscheinlich sogar vor sich selbst. Es ist gar nicht so einfach, mit einem Menschen zusammenzuleben, der sich dir nur mitteilt, wenn er sich wohl fühlt. Streit gehört in den ersten Ehejahren zum notwendigen Aufeinander-Zugehen, weil er Standpunkte zeigen, Wünsche offenbaren, Herrschaftsansprüche klären kann. Streit beschleunigt das Kennenlernen. Aber mit Martin konnte ich mich nicht streiten. Ausgerechnet ich, die ich stets das Bedürfnis hatte, Wohl- wie Mißbehagen auch zu äußern, Unstimmigkeiten ohne großen Aufschub zu klären, war bei Martin an einen Menschen geraten, der gleichsam mit geschlossenem Mund stillhielt, wenn ich ihm eine Nuß an den Kopf warf. Und das reizte mich, als nächstes mit einem Stein nach ihm zu zielen, erst mit einem kleinen runden, später mit großen, spitzigen Brocken. Aber ich erreichte damit nicht etwa, daß er endlich schrie und zurückwarf, sondern allenfalls, daß er sich ins andere Zimmer zurückzog oder das Haus verließ, ohne mir zu sagen, wohin er ging. Dann hätte ich mir die Kleider zerreißen können vor Wut und Verzweiflung. Ich erinnere mich an einen tschechischen Film, der damals in unseren Kinos lief, ›Der Kaiser und sein Bäcker‹. Wenn darin der Kaiser einen Wutanfall bekam, reichten ihm Bedienstete eilends ein möglichst großes, kostbares Porzellangefäß, das der

Monarch mit Wollust zerschmetterte, um daraufhin wieder in Heiterkeit zu strahlen. Das machte großen Eindruck auf mich, aber ich hatte mich wenigstens so weit in der Gewalt, daß ich immer nach einem Gegenstand griff, der ersetzbar oder unzerbrechlich war. Wenn du willst, zeige ich dir zu Hause einen großen Silberlöffel, den ich vorzeiten in voller Jugendkraft auf den Fußboden geschlagen habe; die Beulen sind nie wieder richtig geglättet worden, obwohl sich Martin darum bemüht hat.

Wenn ich an solche Anfälle zurückdenke, merke ich erst, wie sehr ich mich verändert habe, wieviel ruhiger ich geworden bin. Du hast nämlich in diesem Punkt eine Menge Ähnlichkeit mit Martin; man kann sich mit dir über die scheinbar entlegensten Dinge unterhalten, ohne auf besondere Vorurteile zu treffen – aber wehe, man macht eine Bemerkung über dein Innenleben oder fordert dich gar heraus, selbst etwas darüber zu sagen: Schweigen. Du zeigst dich nicht einmal verunsichert – obwohl ich es für eine gut vermauerte Unsicherheit halte –, sondern tust einfach, als hättest du nicht verstanden, lächelst manchmal sogar, wie ein Mensch, der schwerhörig ist und wirklich nicht verstanden hat, das aber verbergen möchte. Früher hätte mich das verrückt gemacht; heute weiß ich einfach, daß es dir viel schwerer fiele als mir, über dich selbst zu reden, und das kann ich akzeptieren, zumal ich gelernt habe, auch auf winzige Zeichen zu achten, in denen du dich offenbarst, manchmal ohne es zu wollen, oft aber mit dem deutlichen Wunsch, mir auf diese indirekte Weise verständlich zu machen, was du fühlst und denkst.

Ich weiß – ich habe eben viel zuviel über dich gesprochen; du sendest schon wieder deine Stacheln aus. Das ist nämlich ganz ähnlich der körperlichen Frigidität: Leicht verwundbar im Innern, zeigt man der Außenwelt den kühlen Panzer. Du handhabst dich aber mit einer erwachsenen Souveränität, die mir Respekt abnötigt, während Martin damals noch deutlich abhängig war, und zwar von seiner Mutter.

Martin ist der jüngste von drei Geschwistern, und sein Vater starb kurz nach dem Krieg an Tuberkulose. Sein älterer Bruder und die Schwester waren zu dieser Zeit schon beinahe erwachsen, seine Schwester arbeitete bereits als Krankenpflegerin. Der Mutter blieb nur der Jüngste, an den sie sich klammern konnte: Martin. Sie machte das Kind, das er noch war, zu ihrem Vertrauten; sie sprach mit ihm über Dinge, für die eigentlich der Vater zuständig gewesen wäre. Martin mußte sich dadurch einerseits mit Problemen befassen, die seinem Alter nicht gemäß waren; seine Mutter erhob ihn damit aber gleichzeitig, weshalb er sich wie ein Schuft vorgekommen wäre, hätte er ihr zuwider gehandelt. Die Ehe mit mir war eigentlich der erste große Akt gegen ihren Willen; damit leitete er gewissermaßen den verspäteten Prozeß des natürlichen Loslösens von seiner Mutter ein, der ihn aber noch nicht so selbständig machte, daß er ein Scheitern dieses dreisten Unternehmens unabhängig von ihr verarbeiten konnte.

Ich finde es immer wieder traurig zu sehen, wie viele Menschen im eigentlichen Sinne nicht erwachsen werden, ihre Maßstäbe sich nicht selber setzen können, sondern anderen etwas beweisen möchten mit ihrem Tun, sich ihnen gewissermaßen rapportpflichtig fühlen, sei es den eigenen Eltern, einem Gott oder Ab-Gott. Das macht sie nicht nur abhängig, sondern auch so verführbar. Und: Sie geben die mehr oder minder starken Fesseln oftmals weiter an ihre Kinder. Ich glaube, viele meiner früheren, oft so egozentrischen Handlungen entsprangen dem starken Bedürfnis und Willen, mich aus fremder Verantwortlichkeit zu befreien, nicht so zu werden, wie meine Mutter war; ich wollte eben ich sein. Aber der Ehrgeiz, den ich dabei entwickelte, machte mich ja auch abhängig. Zwar trachtete ich nicht danach, meiner Mutter etwas zu beweisen (von der ich mich nicht unterdrückt fühlte; ich wollte nur nicht so schwach sein wie sie), wohl aber anderen Leuten, die mich gedemütigt hatten, mich nicht genügend achteten. Ich wollte, daß diese Leute sagten: Ei, wie haben wir doch die Martha unterschätzt, seht nur, wie begabt sie ist! Ich wollte Achtung, Aufmerksamkeit, Bestätigung. Eigentlich wollte ich Liebe. Aber das wußte ich nicht. Und so strebte ich nach Ruhm, dem vermeintlichen Geliebt-Werden.

Das Dessauer Theater war für Martin und mich, was man bei der Eisenbahn eine Fahrtunterbrechung nennt: Wir wollten weiter. Das war von Engagementsbeginn an so gedacht, das ist üblich am Theater, zumindest für Leute, die noch nicht an Altersversorgung denken. Wir bemühten uns, nach Berlin zu kommen, auch das ist üblich. Martin hätte durch Rundfunk und Fernsehen noch mehr Möglichkeiten gehabt als ich, er verzichtete aber darauf, als mein erstes Vorsprechen im Mekka der Theaterkunst mißlang: Der Intendant wollte mehr Ur- und Aufschrei von mir hören, als es meiner Auffassung von Theaterspiel entsprach. Ich saß aber schon ein Jahr länger in Dessau als Martin, auch war er in seiner Arbeit selbständiger als ein Schauspieler, konnte es also länger aushalten.

Kennst du dieses Geschicklichkeits- oder Geduldsspiel, in dem innerhalb eines quadratischen Rähmchens lauter kleine Quadrate vermittels einer Aussparung so lange hin und her, auf und ab geschoben werden, bis entweder eine Zahlenreihe oder – auf der anderen Seite – das Alphabet in der richtigen Reihenfolge stehen? – Aus Plaste meist und nicht größer als mein Handteller. Mit so einem Spielchen erwischte ich unseren Oberspielleiter eines Tages in der Probe (zu einer eigenen Inszenierung!). Es wäre doch langweilig, immer wieder das gleiche auf der Bühne zu sehen, erklärte er, als er meinen verständnislosen Blick sah. Das nur als Muster, damit du verstehst, warum ich nicht länger an diesem Haus bleiben mochte. Als ich daher von jungen Leuten hörte, die in Greifswald ein neues Schauspielensemble aufbauen wollten, sprach ich bei ihnen vor. Und wurde angenommen. Die Dramaturgenstelle war bereits besetzt, Martin blieb also noch in Dessau, als ich zum Beginn der neuen Spielzeit mit Robert nach Norden zog.

Ich fürchtete mich ein bißchen vor einer Begegnung mit meiner ehemaligen Schwiegermutter. Erst als sie mir eine Gratulation zu einer Premiere schickte, wagte ich, sie in ihrem Kunstgewerbeladen aufzusuchen – und wurde von da ab ihre ebenso treue wie bevorzugte Kundin. Nun, da ich nichts mehr mit ihrem Sohn im Sinn hatte, war sie ausgesprochen freundlich zu mir. Sie ließ mich auch immer wissen, was sie von meinen Rollendarstellungen hielt; sie war nämlich eine ebenso treue Theater-»Kundin«.

Im ersten Jahr spielte ich die Amalia in den ›Räubern‹, eine gemeinhin nicht gerade ergiebige Rolle, aber in dieser Inszenierung wurde sie zu einer reizvollen Aufgabe. Für die Räuberbande hatte der Regisseur neben den von Schiller mit Text bedachten Schauspielern siebzehn-, achtzehnjährige Schüler als Statisten engagiert. Ich muß damals vierundzwanzig oder fünfundzwanzig gewesen sein, jedenfalls ungefähr sieben Jahre älter als diese Jünglinge.

Wenn ich ihn vor mir sehe – einen von ihnen, Ingo –, sitzt er auf den Treppenstufen, die zu den Garderoben führen, hinter der Bühne, zwischen Auftritten der Räuberbande. Der Ausdruck, mit dem er mich ansieht, ist kaum mißdeutbar: Sein rosiges, wenig geschminktes Gesicht ist traurig flehend mir zugewandt; die Augen, die er sonst mit einer Brille bedeckte, ebenso fiebrig dem Gefühl verfallen wie der Mund; er wollte nicht mehr verbergen, daß ich seine Träume beherrschte.

Solch ein Ausdruck war stets die gefährlichste Verführung für mich; weder flottes Flirten oder gar irgendwelche Komplimente, die mich zwar angenehm ölten, die ich aber sofort relativierte, konnten auch nur annähernd starke Wirkung auf mich haben.

Du weißt, daß ich in Liebesdingen nicht so passiv bin, wie man es den Frauen nachsagt oder wie man es von ihnen erwartet; wenn ich annehmen konnte, wiedergeliebt zu werden, habe ich mich auch nicht gescheut, als erste meine Zuneigung zu bekennen. Reaktiv bin ich aber stets in einem Punkt gewesen: Ich verliebte mich nie, ohne zumindest zu glauben, ich würde geliebt, und wenn sich herausstellte, ich habe mich geirrt, da war gar kein Verliebtsein, wo ich es vermutete, verflüchtigten sich auch meine Gefühle rasch wieder ins Unverbindliche. Liebe muß für mich hin und wider gehen, sonst ist sie in meinen Augen ein Phantom.

Es könnte nun so scheinen, als hätte es mir einfach Spaß gemacht, ein unschuldiges Bürschchen zu verführen, aber das war nicht der Grund für mein Schwachwerden.

Jetzt bin ich in einem Alter, in dem manche Frauen (die übrigens in ihrer Jugend oft in die Generation ihrer Väter vernarrt waren!) ein Liebesverhältnis mit einem ganz jungen Mann beginnen, und das nicht nur, weil die älteren meist verheiratet sind, sondern, wie ich vermute, weil sie sich selbst noch einmal so jung fühlen und nachholen möchten, was sie damals nicht auskosten konnten. Mir käme es befremdlich, ja auch lächerlich vor, mit einem Menschen ins Bett zu gehen, der so alt ist wie mein Sohn; wegen des unterschiedlichen Erfahrungsreichtums, der auf jeden Fall auch etwas mit der Anzahl der Lebensjahre zu tun hat, spricht er doch eine ganz andere Sprache als ich. Ich würde mich ihm gegenüber unwillkürlich überlegen fühlen, und das mag ich in der Liebe genausowenig wie Unterlegensein.

Die Sehnsucht nach dem, was ich mit Heinrich nicht zu Ende gelebt hatte, war die Schwelle, über die ich zu Ingo stolperte. Also doch auch das Bedürfnis, noch einmal jünger zu sein, als ich es war, der trügerische Wunsch, noch einmal in aller Unschuld Erste und Einzige Große Liebe zu empfinden. Denn ich habe mich Ingo gegenüber nicht wie eine in Liebesdingen immerhin geübte Frau verhalten, sondern mich noch einmal als Mädchen gefühlt, das so alt war wie er: siebzehn. Aber ich wollte mit dieser Rolle nicht ihn, sondern mich selbst täuschen.

Den ersten Schritt ins lockende Verhängnis ging ich mit einem Gespräch, das ich vor der großen Schlußszene, in der Amalia von ihrem geliebten Karl erstochen wird, mit Ingo begann. Ich setzte mich neben ihn auf die Treppenstufen und fragte – sicher etwas ganz Belangloses, Banales, ob ihm das Theaterspielen Spaß macht oder ob er am nächsten Morgen schon zur ersten Stunde Unterricht hat, vielleicht. Er antwoatete im noaddeutschen Dialekt, den ich so mag und der mich in diesem Moment besonders entzückte. Ich wußte natürlich, daß seine Gedanken nicht nur in der kommenden Nacht mit diesem Wortwechsel beschäftigt sein würden, mit der Frage, warum ich mich neben ihn gesetzt und mit ihm gesprochen hatte, der Hoffnung, ich möge mich in ihn verliebt haben, und dem nun noch sehnsüchtigeren Warten auf die nächste ›Räuber‹-Vorstellung. Man weiß ja so viel mehr, als man wahrhaben will, wenn man ein schlechtes Gewissen hat. Ich wußte, daß ich zumindest einen großen Zeh in den saugenden Strudel hielt, als ich mich Ingo näherte. Aber einmal ist keinmal, und gewärmt ist noch lange nicht verbrüht. Auch ich wartete nun immer auf die nächste Vorstellung, in der wir uns sehen und miteinander sprechen würden.

Einmal begegnete ich ihm in der Stadt, als er mit Klassenkameraden aus der Schule kam. Ich sah noch, wie er rot wurde bis unters hellblonde Haar, aber statt gerührt darüber lächeln zu können, verfärbte ich mich ebenso.

Wie zufällig stand er nach einer Vorstellung vorm Bühneneingang, als ich herauskam. Ich machte ihm die Frage leicht, ob er mich ein Stück begleiten dürfe. Bis vor die Haustür, nicht weiter. Das nächstemal ebenso, und dann verabredeten wir uns bereits während der Vorstellung für den gemeinsamen Weg. Immer bis vor die Haustür. Er hatte mich für jünger gehalten, ich ihn für älter –

Wunschperspektive, wie immer, wenn der Altersunterschied gegen die Gepflogenheiten verstößt; mich störte nicht, daß er erst siebzehn, ihn nicht, daß ich schon vierundzwanzig war und ein Kind hatte (meine Ehe schmerzte ihn sicher); er erzählte mir von seiner seit Jahren gelähmten Mutter, mit der er über vieles, und von seinem strengen Vater, mit dem er über nichts reden könne; er würde Robert gern kennenlernen, seine bereits verheiratete Schwester hatte einen Jungen im selben Alter.

Eines Abends führten wir dann die Gespräche im Hausflur weiter, weil wir uns noch so viel zu erzählen hatten und es kalt war draußen; wenn das Flurlicht ausging, drückten wir erneut auf den Lichtknopf, aber die Pausen zwischen Dunkelwerden und Wiederanmachen wurden immer länger; ich merkte, wie mein Widerstandswille schwand, wie ich ihn schwinden ließ, alles, was dagegen sprach, willig entkräftete; die Hormone überschwemmten gierig den schwach gewordenen Verstand. Ich habe immer die Mädchen und Frauen bestaunt, die erzählten, daß sie sich mit einem Jungen oder Mann geküßt und ihn dann weggeschickt hatten. Ich wußte: Wenn ich mit einem Mann nicht schlafen will, darf ich ihn auch nicht küssen, sonst ists vorbei mit der Beherrschung.

Ich küßte Ingo, oder, richtiger ausgedrückt, als erstes ließ ich mich von ihm küssen. Denn ich war ja erst siebzehn. Und erlebte das alles zum ersten-, na, vielleicht nicht gerade zum erstenmal, aber doch als etwas, bei dem ich alles Bisherige beiseite lassen wollte. Denn der andere Teil in mir, der den Abstand, den Unterschied zwischen uns beiden spürte, war immer vorhanden, ich stampfte ihn nur mit aller Kraft in die hinterste Hirnecke, von wo aus er sich nur allmählich wieder Geltung verschaffte, als der erste Rausch vorüber war.

Wir gingen zu mir hinauf. Ich sah nach Robert, der ruhig schlief, als stünde ich nicht mit einem Fremden vor seinem Bett, der den Arm um meine Schulter gelegt hatte (das war so ein Augenblick, in dem ich das Unangemessene deutlich spürte, aber sofort wieder wegdrängte). Ingo sah den Jungen lange an, und ich war ihm dankbar, daß er nicht so etwas Dummes wie »niedlich«, »süß« oder die Feststellung großer Ähnlichkeit mit mir von sich gab. Wir verließen Roberts Zimmer, beruhigt, unruhig, erregt.

Alles andere ging dann ziemlich schnell, viel zu schnell. Da ich es ablehnte, Ingo etwas »beizubringen«, war es wenig befriedigend für mich, und ich unternahm auch nichts, um mich vor etwaigen Folgen zu schützen. Einmal ist keinmal. Wer kriegt denn schon ein Kind von einem einzigen Beischlaf. So etwas hatten nur wissenschaftlich unaufgeklärte Dichter des 19. Jahrhunderts erfunden (zum Beispiel Hebbel in seiner ›Maria Magdalena‹); wir, die wir um die lediglich zwo gefährlichen Tage pro Monat wußten, lachten darüber. Das Lachen sollte mir in der Gurgel steckenbleiben, denn ich hatte bei aller Wahrscheinlichkeitsrechnung eines nicht bedacht: Die liebe NATUR hat es so eingerichtet, daß ich in diesen beiden Tagen besonders geneigt war, ›den Verstand zu verlieren‹. Die Zeit danach, die als wenig gefährlich gepriesene, in die man laut Knaus und anderen sein Liebesleben verlegen sollte, um die Zeugung eines Kindes zu vermeiden, ließ mich meist wesentlich kühler als die empfängnisbereite davor; ein paar Tage später wäre ich mit Ingo vielleicht vorsichtshalber gar nicht erst in den Hausflur gegangen.

Womöglich verkneifst du dir nur aus Höflichkeit zu sagen: Meingott, warst du aber leichtsinnig früher! Aber was heißt: leichtsinnig? Leichten Sinnes sein, sich keine Gedanken machen, in den Tag hineinleben. Und dem möchte ich doch entgegnen, daß es weit schwieriger ist, sich in der Wüste vor wilden Tieren zu schützen als in der Großstadt, wo sie in Käfige gesperrt sind. Damit will ich sagen, wenn meine Sinnlichkeit nicht sonderlich stark ausgeprägt ist oder wenn sie, aus welchen Gründen auch immer, verdrängt und verkümmert ist, kann ich leicht mit meiner Mäßigung prahlen, von der ich ja nicht sonderlich viel aufwenden muß, um mich vor verhängnisvollem Tun zu schützen. Einem Mann billigt man allemal zu, daß er im entscheidenden Augenblick die Übersicht verliert, während eine Frau, bittschön, immer hübsch den »Kopf oben« behalten möchte.

Wäre nicht mein Sexualleben mit Martin seit langem so – milde gesagt – ungenügend gewesen, hätte mich Ingos schwärmerisches Verliebtsein auch nicht zu solcher Verblendung hinreißen können. Zeitweilig bildete ich mir doch tatsächlich ein, ich könnte für dauernd mit Ingo zusammenbleiben. Ich will das jetzt nicht weiter ausmalen, aber damals habe ich es getan, und ich kann nur wieder sagen, es ist einfach erstaunlich, in welchem Maße man sich in Wunschbilder hineinreden und dabei alles, was stört, beiseitelassen kann. Ingo hat sicher auch daran geglaubt oder es zumindest eine Zeitlang erhofft, wahrscheinlich ungebrochener als ich. Denn mir war es manchmal geradezu peinlich, wenn er mich beispielsweise »meine Süße« nannte, ein Ausdruck, der mir nicht nur fremd war, sondern auch deshalb so unangemessen vorkam, weil ich keineswegs so unumschränkt an die Festigkeit und Dauer unserer Beziehung glaubte, wie ich mir weismachen wollte. Wenn zwei wirklich tief und leidenschaftlich ineinander verliebt sind, ist es doch egal, ob einer »mein Schneckchen« oder auch »mein Honigkuchenpferdchen« sagt oder ob die Zärtlichkeit kaum mit Worten ausgedrückt wird. (Wenn man gar nichts gesagt bekommt, hat man das ja auch nicht so gern. Ich weiß nicht, ob ich deine Redekargheit in diesen Dingen früher richtig verstanden und hingenommen hätte.)

Die weiteren Ereignisse kann ich gar nicht mehr genau in ihrer Reihenfolge bestimmen, weil alles ziemlich rasch und fast gleichzeitig geschah. Meine Beziehung zu Ingo war sowieso viel kurzlebiger als die Folgen. Ich schlief zwar noch ein weiteres Mal mit ihm, aber da konnte es nicht passiert sein. Ich denke noch heute mit Schaudern an dieses zweite Mal. Als wir so kurz davor waren – das Zimmer in Schummerbeleuchtung –, nestelte Ingo aus seiner Hosentasche hastig etwas, das sich als Präservativ herausstellte; lieb und rücksichtsvoll gemeint von ihm, aber für mich war es ein regelrechter Schock. Ich glaube, ich habe sogar geheult deswegen, was den armen Jungen ganz hilflos machte.

Für manche ist dieses Verhütungsmittel wahrscheinlich so alltäglich wie die Pille oder eine Spülung hinterher. Ich habe nie wieder mit einem Mann zu tun gehabt, der so etwas benutzte. Sicher ist diese Ablehnung nicht immer vernünftig gewesen. Aber für mich war dieses Gebilde mit der Aura schmutziger Witze besetzt, die ich zwar selbst auch weitergab (an der Schauspielschule galt ich sogar als Meister im kühl-delikaten Erzählen solcher Witze), das aber mehr zum Angeben, zum Nicht-als-prüde-Geltenwollen. Das Erzählen und Lachen war nur eine Sache des Kopfes – von der Wirklichkeit wollte ich es getrennt wissen. Auch spielte in diesem speziellen Fall wohl ein Erlebnis aus meiner Kindheit eine Rolle: Auf dem Weg zur Schule entdeckte ich so einen Gummi im Rinnstein, hielt ihn für einen Luftballon und wollte ihn aufheben; das Mädchen, das mit mir ging – es stammte aus Verhältnissen, die mich sehr anzogen, meinen Eltern aber anrüchig erschienen –, schrie und lachte so laut, daß ich erschrocken davon abließ. Ob ich denn nicht wüßte, wozu man das benutzt, sagte sie, und ich konnte nach meinem offensichtlichen Vorhaben nicht mehr so tun, als wüßte ich es. In der Schulpause klärte sie mich und ein paar andere Mädchen über Sinn und Gebrauch dieses vermeintlichen Luftballons auf, was mich nun nicht etwa abstieß, sondern höchst kitzlig interessierte. Es blieb aber verbunden mit dem Gefühl der Blamage (weil ich es nicht gewußt hatte) und dem tiefen Schlamm, in dem die Erwachsenen verschwiegen wühlten und der so verlockend und schmutzig zugleich war. Meine Eltern hatten allerdings nicht viel damit zu tun; ich hätte geschworen, daß sie sich nur, um Kinder zu bekommen, in diesen Sumpf begeben hatten.

Einmal, an einem Sonntagnachmittag, nahm mich Ingo mit zu seinen Eltern. Mit Robert. Mir gefiel sein Mut, und ich war voller Überschwang bereit, die ganze Familie mit Ingo mitzulieben. Auch aus der nunmehr großen Entfernung muß ich sagen, daß es sehr angenehme Menschen waren, besonders die Mutter. Der Vater, ein in meiner damaligen Sicht schon sehr alter Mann – er wird fünfzig gewesen sein, hatte aber bereits weißes Haar –, strahlte die Solidität eines deutschen Handwerkers aus; er war Dachdeckermeister. Außer der kurzen Begrüßung sprach er kein Wort mit mir, beobachtete mich allerdings des öfteren aufmerksam und streng. Nach dem Kaffeetrinken – alle, auch der Vater, waren besorgt, daß Roberts Milch richtig temperiert wäre und ihm die Kekse schmeckten – ließ sich Ingos Mutter in ihrem Rollstuhl ins Nebenzimmer schieben und bat mich zu sich. Sie sah mich lange an (während ich weidlich zitterte) und sagte dann, daß sie ihren Ingo schon verstehen könne, ich sei eine hübsche, sympathische junge Frau, und auch, was ich so gesagt hätte beim Essen, hätte ihr gefallen. Aber – ich sei eben schon eine Frau, durch meinen Beruf sogar ziemlich bekannt in der Stadt – sie läse immer alle Theaterrezensionen –, und ihr Sohn sei noch ein Kind. Oder beinahe noch ein Kind, jedenfalls ginge er noch zur Schule, und er wüßte doch gar nicht, was er alles noch vor sich hätte. Ob ich das nicht auch ein bißchen unpassend fände. Sie lehne es ab, Ingo etwas zu verbieten, und mich könne sie auch zu nichts zwingen, aber ich wäre doch schon in einem Alter, in dem man in der Lage sei, die Dinge mit Vernunft zu regeln. Wir könnten ja weiterhin freundschaftlich miteinander verkehren – das Theaterspielen mache ihrem Sohn auch viel Spaß –, aber »das andere« sollten wir lieber sein lassen, es sei viel zu gefährlich, schließlich könnte ja auch etwas passieren, und was dann. (Eine Woche später wußte ich, daß es bereits passiert war.) Ob mein Mann denn davon wisse? Ich sagte ja, aber das stimmte nicht; als ich Martin das letztemal gesehen hatte, war mir die Beichte als noch nicht so dringlich, als aufschiebbar erschienen, und ich hatte vor, ihm beim nächsten Wiedersehen alles zu sagen. Sie wolle ja auch gar nicht wissen, wie er dazu stünde, das sei unsere Sache. Wohl aber halte sie es für ihre Pflicht, mich vor Unbedachtsamkeit zu warnen. Denn ich glaubte doch nicht im Ernst, daß die Beziehung zwischen Ingo und mir von Dauer sein könnte.

Ich nehme an, sie wußte, daß man durch Milde stärkeren Druck ausüben kann als mit harten Forderungen und Verboten; gegen diese kann man sich nämlich besser zur Wehr setzen, weil sie einem die Möglichkeit geben, den Forderer zu hassen und damit das eigene Gewissen zu entlasten.

Ich hätte heulen, mich reuig in ihre Arme werfen mögen, aber ein vertrackter Mechanismus, mein schlechtes Gewissen und wahrscheinlich auch meine Sympathie für diese Familie, die ich nicht enttäuschen wollte, ließ mich voll momentaner Überzeugung versichern, daß ich Ingo liebe, es sehr ernst nähme, abwarten wolle, was daraus würde, schließlich sei der Altersunterschied doch nicht das Entscheidende.

Das klingt jetzt alles so verlogen, dabei meine ich, immer ein ziemlich ehrlicher Mensch gewesen zu sein. Aber Lügen sind ja eine bewußte Verfälschung der Wirklichkeit, während wir die meisten Unwahrheiten sagen, ohne es zu wissen, oder – wie in diesem Fall – die Vorstellungskraft so lange ohne bewußte Absicht beeinflussen, bis wir von der Aufrichtigkeit des Gesagten überzeugt sind.

Kurz nach diesem Sonntag geschahen zwei für mich einschneidende Dinge: Ich bekam das Angebot, an einem anderen Theater gastweise die weibliche Hauptrolle in einer Uraufführung zu spielen – und ich merkte, daß ich schwanger war.

Mein Entsetzen war diesmal so viel größer, weil ich keinerlei Beistand erwarten konnte; Ingo durfte ich nicht verantwortlich machen, von ihm konnte ich mich nur zurückziehen, um ihn gar nicht erst damit zu belasten. Mein Gastspiel im Braunkohlenrevier erleichterte diesen Bruch. Und Martin mußte ich nun weit Schlimmeres beichten als ein kurzes Abgleiten in fremde Arme. Wenn es mir schnell gelungen wäre, das Unglück zu beseitigen, hätte ich es ihm vielleicht sogar verschwiegen; daß ich mit Ingo geschlafen hatte, mußte ich ihm allerdings gestehen, weil ich sonst eine wichtige Abmachung zwischen uns verletzt hätte. Aber ich merkte sehr rasch, daß die diesmal sofort angewandten Hausmittelchen nur den Effekt hatten, meine Ängste zu bestätigen.

Das Grau. Je näher ich dem Braunkohlenstädtchen komme, desto vordergründiger wird diese Farbe; aber es ist nicht das sanfte, weiche Grau, das ich sogar liebe, sondern ein dunkles, schleichend-aggressives Gelbgrau.

Ich nahm das Gastangebot wahr (der Regisseur hatte mich in Greifswald in einer Vorstellung gesehen), weil ich mir von einer Uraufführung, zu der gewöhnlich eine Menge Theaterleute anreisten, ein größeres Bekanntwerden und in der Folge ein Engagement in Berlin erhoffte. Denn die Hauptstadt, die eben auch die Hauptstadt des Theaters ist, blieb mein Ziel, trotz aller Arbeitsbegeisterung für Greifswald. Ich war in der nächsten Inszenierung nicht besetzt, brauchte also nur zu den Vorstellungen von ›Ratten‹, worin ich die Piperkarcka spielte, und noch ein paar ›Räuber‹-Aufführungen nach Greifswald zu fahren. Robert blieb während dieser Zeit in Dessau bei seinem Vater. Wenn ich am Wochenende keine Vorstellung hatte, konnte ich sie dort besuchen.

Mein Hotelzimmer war der Gipfel der Tristesse, sofern Tristesse überhaupt einen Gipfel haben kann: eine geblümte Tapete, verblichen und angeschmutzt, in den oberen Ecken war sie bereits dunkel; ein etwa zwanzig Jahre altes Bett, einen ebensolchen Nachttisch, zwei Stühle, die billige Tischdecke war zur Schonung mit einer durchsichtigen Igelitdecke belegt; das Waschbecken hatte schon einen Sprung, schien aber trotzdem ziemlich neu zu sein, die großen Zementflecken um die Halterung herum sahen noch recht frisch aus. An der Decke hing eine flache rosafarbene Glasschale, braun marmoriert, unter einer Glühbirne von allenfalls vierzig Watt. Die Nachttischlampe war, wie sich herausstellte, kaputt, und bis man sie ersetzte, war ich auf das trübe Deckenlicht angewiesen. Später bekam ich ein Zimmer bei einer privaten Vermieterin, das war billiger fürs Theater, das die Übernachtungskosten trug. Es sah dem Hotelzimmer ziemlich ähnlich, ich konnte mir allerdings ein paar eigene Sachen mitbringen, um es ein wenig anheimelnder zu machen. Ich erzähle dir so ausführlich von meiner Unterbringung, weil sie die verzweifelte Trübnis dieser Wochen so übel unterstützte. Es gibt eine Menge Leute, die sich von solchen Räumlichkeiten überhaupt nicht beeindrucken lassen, sie ärgern sich allenfalls über ein unbequemes Bett oder darüber, daß sie kein warmes Wasser zur Verfügung haben. Ich kann ohne Übertreibung von mir sagen, daß mich lieblos eingerichtete Räume und eine kalte Deckenbeleuchtung trübsinnig, auf die Dauer sogar krank machen können.

Ingo hat von mir nie erfahren, was wir gemeinsam angerichtet hatten. Ich war zur Besinnung gekommen und wußte: Dafür muß ich die Verantwortung allein tragen. Ich habe es deshalb auch zu keinem Gespräch über die Gründe für meinen Rückzug kommen lassen. Wahrscheinlich spürte er auch den Abstand, der sich wieder zwischen uns herstellte, und wagte nicht mehr, nach den Ursachen zu fragen oder gar, mich zur Rede zu stellen, wie es oft geschieht, wenn jemand einen Anspruch auf einen anderen Menschen zu haben glaubt. Ich hoffe, er ist unbeschädigt daraus hervorgegangen und kann es als belächelnswerte Story seiner ersten Sexual-Erlebnisse behalten – oder auch erzählen. Manchmal wüßte ich allerdings gern, wie so etwas in der Erinnerung des anderen aussieht. Dann erführe man nicht nur etwas über die Wirkung, die ein Vorgang auf andere gehabt hat, sondern auch ein wenig von der eigenen Vergeßlichkeit und vielleicht auch von der Veränderung, die die Phantasie im Lauf der Jahre vornimmt. Womöglich erzählt er, wenn er mich in irgendeinem Film sieht: »Möönsch – die habe ich mal umgelegt, als ich noch in die Penne ging!« Allerdings müßte er sich dann sehr verändert haben; ich halte ihn nicht für einen Kerl, der bramarbasiert.

Mein Geständnis für Martin schob ich nun noch weiter hinaus. Ich wußte, es wird schlimm werden, denn wie er es auch aufnehmen würde, ob großmütig oder empört – ich konnte mein Gewissen nicht mehr entlasten. Ich mußte jede Demütigung hinnehmen, ohne mich wehren zu können. Ein paarmal nahm ich es mir vor; stumm, mit immer aufdringlicher werdendem Herzgeklopfe formulierte ich den entscheidenden Anfangssatz – aber ein Weinen Roberts aus dem Nebenzimmer oder Martins Frage, ob mir nicht wohl sei, ließ meinen schwächlichen Mut bereitwillig wieder absinken. Und ich fuhr ab, ohne etwas gesagt zu haben, probierte ein- oder zweimal am Tag mit dieser migräneartigen Übelkeit die Rolle eines selbstbewußten Arbeitermädchens, überlegte zwischendurch, ob ich Martin nicht lieber alles schreiben sollte, dann könnte ich es in Ruhe ausformulieren und bekäme den Rückstoß nicht so unmittelbar – –

Die Kollegen, die mich aus anderer Zeit nicht kannten, müssen mich für eine griesgrämige Person gehalten haben. Zum Lachen konnte mich kaum etwas verführen, und abends nach der Probe war ich abgespannt, ging nie mit in ein Restaurant, um noch ein bißchen zu schwatzen, sondern zog mich in meine Kemenate zurück, versuchte, mich noch etwas mit meiner Rolle zu beschäftigen, und schlief ein. Ich war eigentlich ständig müde und froh, wenn ich schlafen konnte. Daß ich schlafen konnte. Aber auch meine Träume waren trübnisbeschwert.

Schließlich mußte ich es Martin sagen; meine gesundheitliche Verfassung konnte ich ein Wochenende lang verbergen, am zweiten Kopfschmerzen vorschieben, aber bei der dritten Begegnung wäre es ihm wahrscheinlich aufgefallen, und nichts fürchtete ich mehr, als daß er mir mit einem Verdacht zuvorkäme.

Ich hatte lange überlegt, womit ich anfangen sollte: Ob ich ihm besser zuerst sagte, daß ich ein Kind bekomme und danach, daß es nicht von ihm stammt – oder ob es besser wäre, ihm zuvörderst meine körperliche Untreue zu gestehen und dann, was für ein Unglück daraus hervorgegangen war. In jedem Fall würde Martin erst einmal Harmloseres annehmen als in Wirklichkeit auf ihn zukam, und das hatte für mich etwas beängstigend Hinterhältiges.

Ich entschied mich dafür, mit der Treulosigkeit zu beginnen, weil sie für Martin sicher schlimmer war als eine Schwangerschaft, von der er erst einmal annehmen mußte, er hätte sie verursacht.

Ich war so aufgeregt und fürchtete so sehr, daß er den halben Schlag als ganzen nähme und ich genötigt wäre, auf die einmal geschlagene Wunde erneut – und härter – zu schlagen, daß ich nach dem knappen Bekenntnis, mit einem »Anderen« geschlafen zu haben, Martin gar keine Zeit zum Begreifen ließ, sondern sofort hastig hinterherwarf: »Und nun bekomme ich ein Kind.«

Martin saß neben mir, ich sah ihn nicht an, aber ich merkte, wie er Mühe hatte, Luft in seine Lungen zu kriegen. Sicher dauerte es gar nicht so lange, wie es mir vorkam, bis er sagte: »Und was willst du jetzt tun?«

Unsicher hob ich die Schultern: »Ich weiß nicht.« Was nicht stimmte. Ich hatte mir wohl überlegt, wer mir helfen könnte, aber das wagte ich Martin jetzt noch nicht zu sagen: Ich wollte, daß sein Freund Kurt diesmal ausführte, was ich bei Robert im letzten Moment abgelehnt hatte.

Ich fürchtete mich vor Fragen und sehnte mich gleichzeitig danach; ich hätte Martin doch gar nicht begreiflich machen können, wieso ich mir ausgerechnet einen Schuljungen ausgesucht hatte. All diese Gefühle, die mich selbst noch verwirrten, konnte ich ihm am wenigsten verständlich machen. Aber ich hätte so gern mit jemandem darüber gesprochen, ich wußte nur nicht, mit wem. Jonnie war zu weit entfernt, außerdem erwartete ich von ihr kein Verstehen; sie kannte nur den einen Mann, den, mit dem sie auch verheiratet war, und als ich begonnen hatte, mich von Heinrich zu lösen, war ich bei ihnen auf Ablehnung gestoßen. Martins Fragen wünschte ich nur, weil ich eine Auseinandersetzung mit ihm wollte, und die wiederum wollte ich, weil ich ahnte, daß er sich abermals verschließen würde und mir diesmal jegliches Recht fehlte, ihn dafür zu schelten. Inbrünstig zitternd wartete ich auf einen Satz, ein Wort – ich wartete, bis Martin aufstand und ich zusammenzuckte, als hätte er mich geohrfeigt. Ich blieb sitzen, Martin ging aus dem Zimmer, und nach kurzer Zeit hörte ich die Geräusche unserer Wohnungstür. Robert schlief nebenan; ich war allein und durfte gegen niemanden außer mich selbst wüten.

Nach einiger Zeit richtete ich mir das Bett für die Nacht her; ich las, merkte, daß ich nicht verstand, was ich las, las von neuem, gab es auf. Auch als ich das Licht ausgemacht hatte, blieb ich wach und wartete auf Martins Rückkehr. Selten in meinem Leben habe ich mich so verlassen gefühlt.

Das änderte sich auch nicht, als Martin endlich kam und sich sein Nachtlager auf der Couch, die noch im Zimmer stand, zurechtmachte. Darauf hatte er nur in den letzten Monaten vor Roberts Geburt geschlafen, als mein Bauch schon so viel Raum beanspruchte, daß wir zu zweit nicht mehr genügend Platz auf unserer Liege fanden.

Ich verhielt mich still, während Martin im Dunkeln ein frisches Laken über die Couch breitete, Kissen und Dekke darauflegte, sich auszog; eigentlich konnte er nicht wissen, ob ich wach war. Er konnte es allenfalls, nachdem er sich hingelegt hatte, an der Art meines Atems erkannt haben. Aber ich nehme an, er wußte einfach, daß ich nicht schlafen konnte.

»Kenne ich denjenigen?« fragte er plötzlich.

»Nein«, sagte ich. Und nach einer Weile fragte Martin dennoch:

»Wer war es dann?«

Ich wünschte mir so sehr, ich hätte ihm eine Antwort darauf geben können, ein Opfer, auf das er sich stürzen konnte.

»Das möchte ich nicht sagen.«

Schweigen. Das Dunkel vibrierte geradezu. Nach einer Weile hörte ich, wie Martin sich herumdrehte; er wandte mir seinen Rücken zu.

Einen großen Aufschub konnte ich mir nicht mehr leisten: Am nächsten Tag, einem Sonntag – Montag vormittag hatte ich wieder Probe –, sagte ich Martin, auf wessen Hilfe ich rechnete.

Seine Mundwinkel zuckten bitter, aber er erklärte sich schließlich bereit, Kurt zu schreiben. Ich wußte nicht, ob er ihm mitteilen würde, was wirklich vorgefallen war, ich getraute mich auch nicht, nach seiner Absicht zu fragen. Er war überhaupt den ganzen Sonntag über sehr schweigsam, drückte nur manchmal unseren Jungen besonders liebevoll an sich. Oder kam mir das nur so vor?

Kurt schickte mir per Eilboten Chinintabletten, mit einer genauen Angabe, wie ich sie einzunehmen hätte. Andernfalls – – Ich war wieder auf das Andernfalls angewiesen; das Chinin verstärkte nur meine Beschwerden. Aber ein Treffen in Dessau konnten wir erst für nach der Premiere vereinbaren, weil ich weder den Verlust der Rolle riskieren, noch das Ensemble so kurz vor Arbeitsende im Stich lassen wollte.

Martin holte Kurt vom Bahnhof ab, und schon an der Art seiner Begrüßung merkte ich, daß er über meinen »Fehltritt« Bescheid wußte. Ich zähle Martins

Freund zu den zurückhaltenden Menschen, aber seit meinem Entschluß, Robert zu bekommen, hatten wir ein geradezu herzliches Verhältnis zueinander. Nach Roberts Geburt war er extra gekommen, um mich in der Klinik zu besuchen, und ein paar Tage seines Urlaubs verbrachte er immer bei uns. Er betrachtete Robert als eine Art Patenkind; nie vergaß er seinen Geburtstag, zur Jugendweihe schenkte er dem Jungen einen Fotoapparat, und als Robert bei der Armee war, bekam er regelmäßig Briefe von Kurt, weil der wußte, wie sehr man in dieser Zeit auf Post wartet.

Kurt verhielt sich nicht direkt abweisend; er war höflich, auch freundlich, und da er sowieso nicht zu überschwenglichen Äußerungen neigt, hätte ein Außenstehender den Unterschied wahrscheinlich gar nicht wahrgenommen. Aber auch da möchte ich wieder sagen: Wenn er mich beschimpft hätte, wäre mir wohler gewesen, weil ich mich dann hätte verteidigen können. So blieb mir nur die Demütigung, das Alleinsein, in das mich die beiden Männer verbannten, weil sie eine Einmütigkeit demonstrierten, die mich als Fremdkörper ausschloß. Ich konnte mir ja nicht leisten, das zu tun, wonach mir zumute war: zu protestieren, meinen Jungen zu nehmen und türeschlagend mit ihm das Haus zu verlassen. Ich war gezwungen, brav zu sein, still; dankbar das gnädige Almosen einer schmerzhaften Hilfe entgegenzunehmen. Jedenfalls empfand ich es so; wer weiß, ob Kurt mich so demütigen wollte. Martin litt, ihm konnte ich nicht verübeln, daß er sich der Solidarität seines Freundes versicherte. Daß ich nicht minder litt, sah Kurt wohl auch, aber in seinen Augen hatte ich mich eben schuldig gemacht und mußte dafür büßen. Er wußte ja nicht, wie alles zustande gekommen war, das wußte ja nicht einmal Martin.

Der Eingriff selbst war weder kompliziert, noch tat er sonderlich weh; Kurt spritzte mir destilliertes Wasser in die Gebärmutter. Ich müsse mich unter Umständen ein paar Tage gedulden, ehe die Frucht sich löse, danach solle ich sofort in ein Krankenhaus gehen.

Ich war froh, daß Kurt noch am selben Abend wieder abfahren mußte.

Es gibt nur wenige Berufe, in denen man so bemüht ist, nicht krank zu werden, wie als Schauspieler. Da ist die Angst, die Rolle könnte umbesetzt, man selbst also *ersetzbar* werden, aber auch das Verantwortungsgefühl für das Ensemble, das mit einem neuen, unsicheren Partner spielen muß, oder für den Spielplan, der nicht eingehalten werden kann. Ich hatte genau berechnet, wie viele Vorstellungen im Höchstfall verschoben werden mußten, und wurde deshalb sehr unruhig, als trotz der empfohlenen eifrigen Gymnastik auch am zweiten Tag sich noch nichts rührte. Ich entschloß mich, den Eingriff selbst zu wiederholen, und besorgte mir – wieder in verschiedenen Apotheken – einen Gallenschlauch, eine Klistierspritze und destilliertes Wasser. Da ich es keinesfalls abends machen wollte, wenn Martin zu Hause war, blieb mir nur die Zeit während Roberts Mittagsschlaf. Aber wie stets und nicht zufällig, wenn ich auf sein Stillhalten angewiesen war, dachte Robert gar nicht daran einzuschlafen, sondern rief immer wieder nach mir, stieg aus seinem Bettchen und kam angelaufen. Ich inszenierte einen der Verfehlung nicht angemessenen Krach, der Robert sicher sehr erschreckt hat – wenn ich an derartige »Erziehungsmaßnahmen« zurückdenke, bekomme ich noch heute eine Gänsehaut –, sperrte ihn im Zimmer ein, ließ ihn schreien und an die verschlossene Tür wummern, bis er endlich still wurde. Auch damals hat mich so etwas natürlich sehr aufgeregt, und eigentlich hätte der durch die Erregung arg beschleunigte Blutkreislauf bereits die Fehlgeburt in Gang bringen und meine Manipulationen überflüssig machen müssen.

Am Abend, als Martin zu Hause war, bekam ich heftige Schmerzen, und nach einer Weile ging auf der Toilette eine blutig-schleimige Masse ab, aus der ich nicht erkennen konnte, ob sie die Frucht enthielt.

Martin benahm sich geradezu fürsorglich. Das Trennende ging an diesem Abend wahrscheinlich mehr von mir aus; sein bisheriges Verhalten hatte mich verängstigt, und ich wagte kein Vertrauen mehr.

Er telefonierte bei der Hausbesitzerin nach einem Krankenwagen, und ich wurde in die Klinik gefahren. Da ich weder stark blutete, noch Fieber hatte, wurde ich erst am anderen Morgen curettiert. Ich lag das erstemal wegen einer Fehlgeburt im Krankenhaus und begriff deshalb gar nicht, wie glücklich ich es getroffen hatte: Der Chefarzt bejahte Schwangerschaftsabbrüche und war deshalb nicht nur freundlich zu mir, die er noch als Schauspielerin von der Dessauer Bühne her kannte, sondern ebenso zu der Frau, die mit mir im Zimmer lag. Sie hatte bereits vier Kinder geboren und das fünfte nun mit Hilfe eines Stifts, wie sie mir ausführlich erzählte, abgetrieben. Ebenso wie der Chefarzt war auch das übrige Stationspersonal verständnisvoll-freundlich und hilfsbereit. *Wie der Herre, so's Gescherre.*

Ich lernte jedenfalls erst bei meinem nächsten Schwangerschaftsabbruch kennen, worunter so viele Frauen leiden mußten – und manchmal auch heute noch leiden müssen: die Verachtung mancher Ärzte und Schwestern Abortierenden gegenüber.

Gestern ist übrigens ein Brief von Robert und Stefanie gekommen: Sie laden dich zu ihrer Hochzeit ein. – Schade. – Ich nehme es dir nicht übel. Ich hätte mich natürlich gefreut, wenn du mitgekommen wärst. Einfach meinetwegen. Aber ich respektiere das. Außer mir kennst du nur Robert, du säßest wahrscheinlich die meiste Zeit höflich herum und sehntest dich nach deiner Arbeit oder wenigstens einem Buch. Ich werde ihnen das plausibel machen.

9

Beinahe hätten sie das Trauungszeremoniell verpaßt. Martin Hasenhauer hatte sich nach der Autokarte gerichtet, auf der eine neue Abzweigung noch nicht verzeichnet war. Als sie zum drittenmal am Rathaus der kleinen mecklenburgischen Stadt vorbeifuhren, sagte Martha lachend: »Du hast wohl etwas gegen die Hochzeit?«

Martins Frau antwortete an seiner Stelle: »Das wußtest du nicht?«

Martha war verblüfft. Sie hatte es scherzhaft gemeint, allenfalls auf unbewußte Vorgänge anspielend, und nun stellte sich heraus, daß Roberts Vater offenbar gegen die Heirat war. »Warum denn das?«

Entgegen seiner sonstigen Autofahrerhaltung, gelassen im Sitz lehnend, suchte Martin vorgebeugt nach der richtigen Straßeneinfahrt, die seine Frau von einem Passanten erfragt hatte. Ein wenig mürrisch sagte er: »Ich hatte mir zwar vorgenommen, heute nicht darüber zu sprechen, aber wenn ihr mich herausfordert: Ich bin der Meinung, Robert hätte damit ruhig noch ein paar Jahre warten können.«

Martha war betroffen. Sie hatte wie selbstverständlich angenommen, Roberts Vater freute sich genauso wie sie über Roberts Heirat. Sie hätte gern gewußt, was Martin zu seiner Ansicht gebracht hatte, aber sie bedachte, was vor ihnen lag und daß sie überhaupt erst einmal bei Steffis Eltern ankommen mußten. »Dann bleib lieber dabei, und sprich heute nicht darüber.«

Sie saß mit Martins Tochter auf den hinteren Wagenpolstern, während Edith, Martins zweite Frau, vorn neben ihrem Mann saß. Barbara, die Tochter, war kürzlich zehn Jahre alt geworden. Als sie noch kleiner war, hatte Robert öfter auf sie achtgegeben, wenn ihre Eltern abends weggingen, hatte mit der Kleinen gespielt, ihr vorgelesen, sie hatten Ferien zusammen verlebt; die beiden Halbgeschwister hingen aneinander. Barbara freute sich auf die Hochzeit und war neugierig darauf. Martha fragte, wie sie es fände, wenn sie demnächst Tante würde.

Das Mädchen sah Martha einen Augenblick erstaunt an. »Toll!« sagte sie dann. Barbara sah, im Gegensatz zu Robert, ihrem Vater sehr ähnlich: groß für ihr Alter, schmal, ihre Haut blieb auch im Winter dunkel, die Augen und das kräftige Haar waren schwarzbraun. Sie galt schon jetzt als ein hübsches Mädchen. Ihre Eltern beklagten sich manchmal über ihre Altklugheit, aber Martha meinte, das sei doch kein Wunder; in der Schule übertraf Barbara die meisten ihrer Mitschüler an Intelligenz, sie las viel und gern und manchmal Bücher, in die andere nicht einmal hineinsehen, wenn sie erwachsen sind (zum Beispiel Homers ›Odyssee‹ oder Heinrich Manns ›Henri Quatre‹). Zu Hause traf man Barbara kaum mit anderen Kindern an, sie war fast immer mit ihren Eltern zusammen, wurde auch seit langem regelmäßig mit in die Theaterpremieren genommen. Ihre Mutter war Regisseurin für dokumentarische Sendungen beim Rundfunk; die Gespräche mit ihrem Mann drehten sich hauptsächlich um Politik, Theater, Literatur. Edith hatte in früher Jugend sportliche Erfolge als Schwimmerin gehabt; sie spottete gern über ihres Mannes diesbezügliche Trägheit und sorgte dafür, daß die Tochter ihren Körper durch Schwimmen und Handball trainierte.

Martha fand manchmal, Edith wäre zu ehrgeizig mit dem Mädchen, das Kind hätte zu wenig Freizeit, aber Barbara machte bis jetzt nicht den Eindruck, als wäre sie in irgendeiner Weise überfordert, sie wirkte nur manchmal ein wenig unkindlich.

Stefanies Eltern waren ruhige Menschen, jedenfalls gaben sie sich gelassen, als Roberts Angehörige nicht zur vorgegebenen Zeit eintrafen. Auch Robert versuchte, sich nicht aufzuregen. »Mein Vater ist sonst immer pünktlich«, meinte er.

»Um so eher kannst du annehmen, daß was passiert ist«, sagte Stefanie, die bereits im zartgrauen knöchellangen Seidenkleid am Fenster stand.

»Vielleicht liegt er unterm Auto und repariert«, sagte lässig Anna, Steffis jüngere Schwester, die, noch müde vom Polterabend, tief im Sessel hing. »Dann kommt er völlig verdreckt hier an, und Papa kann ihm nen Anzug pumpen!«

»Der dürfte meinem Vater zu kurz sein«, meinte Robert.

Anna lachte. Offenbar stellte sie sich vor, wie Roberts Vater mit einem Anzug zur Trauung erschien, aus dem Handgelenke und Fußknöchel sahen. Und nach einer Weile allgemeinen Stillschweigens sagte sie genüßlich: »Oder sie liegen allesamt schon im Krankenhaus.« Sie wußte, daß sie damit etwas aussprach, was alle in der Runde schon einmal gedacht hatten, und dagegen verwahrte man sich.

»Anna!« sagte ihre Tante Erika tadelnd. Sie war eine ältere Schwester des Vaters, Stefanies Patentante, kinderlos, verwitwet und die einzige, die außer Roberts Verwandten zur Feier geladen war. Die jüngeren Leute, Vettern, eine Cousine, Freundinnen und ein paar Studienkollegen, hatten ausgiebig und lange den Polterabend gefeiert.

Stefanies Mutter war Bulgarin. Der Vater hatte sie während einer Urlaubsreise kennengelernt, und als sie ihr medizinisches Staatsexamen bestanden und alle konsularischen Genehmigungen eingeholt hatte, konnten sie beide in der DDR heiraten. Seitdem arbeitete Frau Dr. Cortus als Augenärztin, während ihr Mann, der von Beruf Polsterer – Tapeziermeister – war, seit einigen Jahren eine Handwerksgenossenschaft leitete. Das zeigte sich auch in der Wohnungseinrichtung: Mit wundervollem Stoff bezogene Sessel, Liegen und transportable Polsterteile, die man nach Belieben zusammenstellen konnte, bildeten das hauptsächliche Mobiliar. Robert und Stefanie bekamen zur Hochzeit eine breite Liege geschenkt, die sie aber vorläufig nicht aufstellen konnten, weil sie noch keine eigene Wohnung besaßen.

Der Kaffee, den Frau Cortus zur Erfrischung der Ankommenden gebrüht hatte, war lau geworden, und sie entschloß sich, nun ebenfalls ihr langes Kleid anzuziehen. Als sie ihren Mann bat, den Reißverschluß im Rücken hochzuziehen, klingelte es endlich.

Die Cortus' hatten ihren Wartburg mit Blumen und weißer Spitze geschmückt. Sie baten Martha, neben dem Brautpaar darin Platz zu nehmen; Anna und Tante Erika fuhren in Hasenhauers Wagen mit.

Martha mußte lachen, als sie das Rathaus erkannte. »Jaa«, sagte Martin ironisch gedehnt, »ich glaube, hier sind wir heute schon mal vorbeigekommen.«

Eine etwa vierzigjährige Frau mit wasserstoffgebleichtem Haar, rosa Bluse und dunkelgrünem langem Samtrock begrüßte sie.

In der vorderen Reihe, gegenüber einem Schreibtisch, über dem ein großes Farbfoto des Ministerpräsidenten hing, standen sechs Stühle: Auf die beiden mittleren setzte sich das Brautpaar, links daneben das Elternpaar Cortus, Martha neben Stefanie; die übrigen nahmen in der zweiten Reihe Platz.

Ein Stuhl neben Martha blieb leer. Hätten sie nicht noch einen siebten dazustellen können, dachte sie, damit sich Martin und seine Frau ebenfalls in die erste Reihe setzen konnten? Die Standesbeamtin hätte das doch vorher erfragen können; gewiß waren Robert und Stefanie nicht die ersten Brautleute, deren Eltern nicht mehr in juristisch beglaubigter Harmonie lebten. Martin hatte sich um seinen Jungen trotz der Scheidung mehr gekümmert als mancher Vater, der abends abgespannt nach Hause kommt und seine Beine vorm Fernseher ausstreckt. Aber Martha wußte, sollte Martin ebenso über diese Sitzordnung denken, würde er das niemals zugeben.

Die Standesbeamtin setzte den Saphir auf eine Schallplatte; die jungen Leute hatten sich ein Violinkonzert von Mozart ausgesucht. Nun spätestens sollte also die feierliche Stimmung eintreten, und alles war erwartungsgemäß still. Nach kurzer Dauer drehte die Dame vom Standesamt das Konzert leiser, nahm eine ledergebundene Mappe in die Hand und stellte sich vor den Schreibtisch, Robert und Stefanie gegenüber.

»Lie–bes Braut–paar! Lie–be Braut–eltern! Lie–be Ange–hö–ri–ge!« Da sie den Text auswendig wußte, sah sie immer in die Richtung der jeweils Angesprochenen. »Im Na–men –«

›– des Volkes‹, ergänzte Martha in Gedanken, obwohl die blonde Dame den Rat der Stadt und noch einige andere nannte. Im Namen des Volkes wurden Ehen nur getrennt, nicht aber geschlossen. Doch Martha war nicht etwa danach zumute, trübsinnige Überlegungen zur Ehescheidung anzustellen, sondern die aufs äußerste gedehnte Sprechweise reizte sie zu ganz anderen Gedanken als traurigen oder feierlichen; in doppeltem Tempo gesprochen, hätte man die Rede noch immer als getragen bezeichnen können. So erzeugte sie statt feierlicher Aufmerksamkeit Langeweile und bei Martha, die sowieso außerhalb ihres Berufs Mühe hatte, allgemein erwartete Stimmungen in sich auszulösen, Spottlust.

Der sorgfältig geschminkte Mund re–de–te von Schwie–rig–kei–ten im Le–ben, die die jungen Leute stets gemeinsam meistern müßten (›Auf Regen folgt Sonne, wie in der Natur, so auch im Leben‹, dachte Martha), von der Aufgabe, die sie als Bürger dieses Staates erfüllen sollten – aber nichts, was sich ganz speziell nur auf dieses Brautpaar bezog. Oder war Martha ungerecht? Daß Robert Ähnliches dachte, konnte sie annehmen; ein Blick auf seine leicht ironisch verzogenen Mundwinkel bestätigte es. Stefanie sah ernsthaft konzentriert auf die Frau vorm Schreibtisch; Martha kannte ihre Schwiegertochter noch zuwenig, als daß sie hätte sagen können, ob ihr dieser Ausdruck Mühe bereitete oder ob er ihrer Gefühlsverfassung entsprang. Vorsichtig versuchte Martha, einen Blick auf Stefanies Eltern zu riskieren. Erstaunt prüfte sie ein zweitesmal, ob sie richtig gesehen hatte: In Frau Cortus' Augen glänzten Tränen.

Einen Moment schämte sich Martha ob ihrer Distanziertheit. Doch gleich darauf sagte sie sich, diese Frau ist in ganz anderen Traditionen aufgewachsen, wird vielleicht im Augenblick, da ihre deutsche Tochter deutsch heiratet, an das erinnert, was sie vor über zwanzig Jahren verlassen hat, und sie nimmt gar nicht deutlich wahr, was augenblicklich vor sich geht.

Wo früher ein Pfarrer meist die Familien schon vorher gekannt, sie auf jeden Fall vor der Trauung besucht und Einzelheiten über das Paar erfragt hatte, um in seiner Predigt außer dem Allgemeinen das ansprechen zu können, was nur für die zwei galt, die aufgeregt vor ihm saßen, zelebrierte diese Frau in vermeintlicher Feierlichkeit nur das Allgemeine. Tradition, Sitte, Zeremoniell – Martha hatte wenig Beziehung zu unbefragt Übernommenem, wenn aber, wie hier, im Grunde entwurzelte Traditionen mit einem neuen Vokabular rhetorisch so unvermögend dargeboten wurden, ließ sie das kalt. Man hätte den Text auch von einem vorgefertigten Tonband abspielen können, die Hintergrundmusik gleich inbegriffen.

Der Tradition entsprechend nahm das neue Ehepaar den Namen des Mannes an: Hasenhauer. Cortus gefiel Martha viel besser – Robert Cortus klang doch ausgesprochen gut. Statt dessen würde Stefanie ab heute Hasenhauer heißen. Nun denn. Martha hatte von einer Umfrage gehört, in der achtzig Prozent der Männer behauptet hatten, sie würden »gegebenenfalls« auch den Namen der Frau annehmen – »warum nicht«; in Wirklichkeit waren es ganze drei Prozent, und das waren wahrscheinlich Fälle, in denen der Mann Zickenbärtl oder Lumpenhobel hieß; das tausendfach verbreitete Müller oder eben auch Hasenhauer reichte nicht aus.

Das berühmte *Ja* kam von beiden ohne Aufregung in der Stimme, von Robert sogar etwas lässig. Als sie das bindende Dokument unterschrieben – Stefanie mit ihrem neuen Namen –, wurden sie von einem Fotografen geknipst, der bis dahin im Hintergrund gesessen hatte. Er bat sie nach der Unterschrift, sich noch einmal in Positur zu stellen, lächeln bitteschön, dann, sich zu küssen –; Steffi und Robert sahen sich erstaunt an (was der Fotograf nicht für aufnahmewürdig hielt), aber da sie sich so rasch nicht über eine Ablehnung dieses Ansinnens verständigen konnten, gehorchten sie und vereinigten ihre Lippen zu dokumentarischen Zwecken.

Das Mittagessen wurde von einem gemieteten Koch und seiner weiblichen Hilfe in Cortus' Wohnung zubereitet und serviert. Während der Vorbereitungen überreichten alle dem Brautpaar ihre Geschenke, meist nützliche Gegenstände für den künftigen Haushalt, vorher abgesprochen, damit sie sich nicht über unnötige Duplikate ärgern mußten. Anna übergab ihr Geschenk – eine Gewürzmenage – mit selbstgereimten Versen:

»Würzig
soll die Ehe sein –
meist kehrt Langeweile ein.
Selten ist sie delikat,
daß man Genuß am Würzen hat.
Ist die Soße angebrannt,
wird der Pfeffer angewandt;
auf altes Fleisch kommt Paprika
– der Gaumen brennt,
der Magen flennt –,
nur die Köche schrein Hurra.

Das gilt aber nicht für Mutti«, setzte Anna sofort dazu. »Nur für unser Schulessen.«

Als sie die Vorsuppe löffelten, klingelte es. Robert öffnete und empfing von einer Fleurop-Botin einen großen weißblütigen Orchideenzweig mit einem Brief von Kurt: Sie möchten sich an ihm, dem alten Junggesellen, kein Beispiel nehmen, sondern ihre Zweisamkeit genießen, und mit dem Staubsauger, den er Roberts Eltern mitgegeben hätte, auch den – manchmal unvermeidlichen – Ehestaub wegsaugen.

Nach dem Essen schlug Martha vor, einen Spaziergang zu machen, worauf Steffi seufzte, das sei die einzige Möglichkeit, nicht am Tisch einzuschlafen. Alle lachten. Nur Tante Erika meinte, die jungen Leute von heute hielten ja gar nichts mehr aus; sie hätte auf ihrer Hochzeit – einer großen, auf dem Lande, mit über fünfzig Gästen – drei Tage lang getanzt, ohne müde zu werden.

»Und wir werden eben müde«, erwiderte Steffi trokken.

»Na, nun ists gut«, sagte ihr Vater einlenkend. »Gehn wir?«

Seine Frau bat, bleiben zu dürfen, und Tante Erika sagte, sie wolle sich unterdessen ein bißchen hinlegen, in ihrem Alter (ein Blick zu Steffi) dürfe man sich Müdigkeit leisten.

Das Wetter war ausgesprochen mild für November: kein Regen, kaum Wind, ab und zu sogar ein paar matte Sonnenstrahlen. Das Haus, in dem die Familie Cortus wohnte, lag am Rand der Stadt; ehemals war es Ackerland gewesen, worauf seit rund zehn Jahren vier- und sechsstöckige Neubauten standen. Der Weg über betonierte Straßen war deshalb nur kurz, bevor sie auf ungepflasterte Pfade kamen, die in einen Wald führten, einem, in dem auch Nadelbäume wuchsen, so daß es nicht nur leergefegtes Geäst und moderndes graubraunes Laub auf dem Waldboden gab, sondern, wenn auch stachliges, Grün.

Auf den schmalen Wegen gingen sie nur zu zweit nebeneinander. Rasch, ohne Erörterung, hatten sich Paare gebildet; Anna und Barbara liefen vornweg und gaben so auch die Wegroute an, das Brautpaar folgte ihnen (»Die

Jugend«, sagte Herr Cortus), dahinter in einigem Abstand die beiden Männer und dicht hinter ihnen Martha mit Edith. Es war die gängige Gruppierung; nur die jüngeren verliebten Paare gehen zusammen, während schon nach kurzer Ehezeit im allgemeinen Männer und Frauen getrennte Gesprächsrunden bilden. Martha hatte das früher abgelehnt, sie hatte Frauengespräche über Kinder und Kochtopf unproduktiv gefunden und sich stets den Männern zugesellt. Doch je älter sie wurde, desto mehr empfand sie Achtung vor anderen Frauen, Solidarität mit ihnen, Interesse an ihren Gedankengängen, ihren Taten, ihren besonderen Schwierigkeiten, die sie oft gerade aufgrund der sogenannten Emanzipation alltäglich bewältigen mußten, ohne ständig selbstherrlich öffentliche Reden darüber zu halten.

Herrn Cortus schien die kurze Kontroverse zwischen seiner Schwester und Stefanie noch zu beschäftigen, jedenfalls sagte er nicht nur zu Martin, sondern auch zu den beiden Frauen gewandt: »An die Hochzeit meiner Schwester erinnere ich mich noch ziemlich gut, allerdings etwas anders als sie: Am Polterabend hat sie zwar ausgelassen getanzt, am Hochzeitstag selbst sehe ich sie aber in ihrem weißen Kleid wie angenagelt auf ihrem Stuhl sitzen; kaum, daß sie mit ihrem eigenen Mann tanzte, geschweige denn mit anderen Männern.«

»Vielleicht hatte sie Angst vor der Hochzeitsnacht«, sagte Edith lachend.

Herr Cortus überlegte einen Augenblick, hob dabei langsam seine Schultern, meinte dann aber: »Das glaube ich eigentlich nicht. Diese Zeiten waren schon vorbei.«

»Muß doch früher schrecklich gewesen sein für die Mädchen«, sagte Edith zu Martha. »Am *schönsten Tag ihres Lebens* stürzte sich so ein Kerl auf sie, und sie durfte sich nicht mal wehren!«

»Opfer«, sagte Martha. »So wurden die Mädchen erzogen. Und die Kirche hat zu Tröstung einen Heiligenschein darüber gebreitet.«

»Das erste Mal ist für ein Mädchen doch kein Vergnügen. Wenn ich daran denke: Mein Freund, den ich damals hatte, wollte mich regelrecht vergewaltigen. Da war ich sechzehn. Ich habe ihn so lange gebissen und gekratzt, bis er mich losließ. Ich wollte schon, aber nicht so brutal. Ich habe ihm daraufhin den Laufpaß gegeben und erst einen andern wieder an mich rangelassen, den ich dann schon ziemlich lange kannte, der sich vor allem nicht benahm wie ein Wilder. Wenn ich mir vorstelle, mit dem ersten wäre ich bereits verkuppelt gewesen und hätte ihn über mich herfallen lassen müssen – ich glaube, er hätte mirs für alle Zeiten verekelt.«

Da Martha von Martins Ablehnung der Hochzeit doch ziemlich beunruhigt war, benutzte sie die Gelegenheit und fragte Edith nach seinen Beweggründen.

»Er meint, man versäumt zu viel, wenn man sich so früh bindet. Ohne Kind braucht man nicht zu heiraten, und Kinder fesseln einen. Das sollte man sich aufsparen, bis man die Welt gesehen hat.«

Martha schwieg eine ganze Weile. »Also hat er bereut, daß wir damals wegen Robert geheiratet haben«, sagte sie dann. »Da waren wir nämlich höchstens ein Jahr älter als die beiden da vorn.«

Edith zuckte mit ihren Schultern. »Das mußt du ihn schon selber fragen. He –!« rief sie ihrem Mann zu.

Martha legte ihre Hand auf Ediths Arm. »Laß das doch jetzt!« Es war ihr unangenehm, Martin heute in ein solches Gespräch zu verwickeln. Doch er fragte bereits: »Was ist?«

Edith wurde nun doch bewußt, daß nicht nur Martha, sondern auch Herr Cortus zuhören würde, und drückte sich ironisch-zurückhaltend aus: »Martha hätte gern etwas über deine Heiratstheorie erfahren.«

»Aber nicht jetzt!« sagte Martha.

Martin hätte die Ausweichmöglichkeit gern genutzt, aber als wäre es über die Distanz hinweg verabredet, wurde das Thema von einer anderen Seite gefordert: Robert und Stefanie waren stehengeblieben und warteten, bis die vier herankamen. Steffis Hände steckten in den Parkataschen. Sie sah Martin herausfordernd entgegen und fragte unsicher-spöttisch: »Ich hörte vor einiger Zeit, der Herr Schwiegervater hätten etwas gegen mich?«

»Nicht gegen dich – das habe ich nicht gesagt!« korrigierte Robert sie.

»Na, dann eben nicht gegen mich, sondern dagegen, daß wir heiraten.«

Martin besaß eine feste, dunkelbraune Haut, die Röte kaum durchscheinen ließ.

Martha fühlte, wie ihre Achselhöhlen feucht wurden; Edith hatte ihre Unterlippe zwischen die Zähne gezogen und schien sich auf einen kleinen Skandal zu freuen.

Martin seufzte. »Müssen wir das heute erläutern?«

»Ja«, sagte Stefanie gnadenlos fest. »Gerade heute.«

Herr Cortus griff vermittelnd ein, und dabei stellte sich heraus, daß die ganze Familie bereits über Martins Einstellung zur Heirat seines Sohnes gesprochen hatte. »Das muß Ihnen aber nicht unangenehm sein«, sagte er. »Man kann doch unterschiedliche Ansichten dazu haben. Außerdem kennen Sie Steffi viel zuwenig.«

Martin räusperte sich. »Da wir nun einmal darüber reden, möchte ich eins klarstellen: Mit Ihrer Tochter hat das absolut nichts zu tun.«

»Das kann man doch nicht voneinander trennen«, mischte sich Martha ein.

Martin sah sie verblüfft an; er fand sich von allen Seiten eingekreist, Mittelpunkt wider Willen.

»Entschuldige«, sagte Martha sofort. »Ich finde aber, man kann nicht eine abstrakte Idee oder Meinung von etwas haben, und wenn es ums konkrete Beispiel geht, sich drumherummogeln wollen.«

»Ich meine doch nur –«, Martin seufzte noch einmal tief. »Können wir nicht wenigstens weitergehen?«

Die Gruppe setzte sich langsam in Bewegung, jeder wollte dabeibleiben. Robert wurde an den Wegrand gedrängt, er streifte die leeren Gebüschzweige.

Sein Vater sah zu ihm hinüber. »Hättest du unser Gespräch nicht für dich behalten können?«

»*Als Gespräch unter Männern, was?*« gab ihm Robert zurück. »Ich bin mit Steffi verheiratet, nicht mit dir.«

Martha konnte sich nicht verhehlen, daß ihr Roberts Antwort imponierte, obwohl ihr Martin allmählich leid tat. »Ich bin hier offenbar die einzige in der Runde, die davon erst heute erfahren hat«, sagte sie.

»Ich bin der Meinung«, sagte Martin, »und die vielen Ehescheidungen beweisen es, daß heutzutage viel zu rasch geheiratet wird. Bei allem, was zu Recht gegen die frühere Form der Ehe einzuwenden ist, war sie doch durch feste Regeln, Sitten und Tabus abgesichert. Für die Frauen entstanden dabei Nachteile, die heute im wesentlichen beseitigt sind, zum Beispiel die ökonomische Abhängigkeit vom Ehemann. Deshalb gehen sie jetzt viel leichter zum Scheidungsrichter, wenn ihnen etwas nicht paßt. Aber die Kinder? In früheren Zeiten konnte ein Kind im allgemeinen sicher sein, daß es bei den Eltern blieb, bis es erwachsen war. Heutzutage glaubt man offenbar, es genügt, wenn das Kind bei der Mutter aufwächst. Vater ist nicht so wichtig, kann auch mal ausgewechselt werden, Hauptsache, die Frau emanzipiert sich.« Er hob die Hand, um die Einwände zurückzuhalten. »Ich bin dafür, daß Frauen ihre geistigen Interessen ebenso entwickeln können wie Männer – aber genau deshalb meine ich, man sollte nicht so zeitig heiraten, sondern erst einmal seine Nase in die Welt halten, bevor man sich ins kleine Glück zurückzieht. Vor allem sollte man das nicht in der ersten Verliebtheit tun; die hält sowieso nicht vor, und erst danach zeigt sich, ob eine Ehe von Dauer sein kann.«

»Da möchte ich Ihnen aus meiner Erfahrung ein bißchen widersprechen«, sagte Herr Cortus ruhig. »Als ich meine Frau kennenlernte, war von vornherein eine tiefe Bindung da, und das hatte nichts damit zu tun, daß es sich in einer fremden, für mich gewissermaßen exotischen Umgebung abspielte und wir ungewöhnliche Schwierigkeiten überwinden mußten, um zueinanderzukommen. Nach den ersten beiden Wochen, als ich wieder aus Bulgarien abfahren mußte, stand für uns beide fest: Wir müssen zusammenbleiben. Und wir haben es geschafft und – ich glaube, ich darf da auch im Namen meiner Frau reden – nicht bereut. Dabei konnten wir uns vor der Hochzeit immer nur für kurze Zeit sehen; die erste Verliebtheit war also keineswegs vorbei, als wir heirateten.«

»Sie werden zugeben, daß das nicht die Regel ist«, sagte Martin. »Trotzdem übertragen Sie nun wahrscheinlich Ihre positiven Erfahrungen auf Ihre Tochter.«

»Und du deine negativen auf Robert«, warf Martha ein.

Martin sah sie an. »Wenn du meinst, daß ich unsere Ehe als negatives Beispiel sehe, dann irrst du.«

»Ich glaube«, sagte Herr Cortus, »da lassen sich keine allgemeinen Regeln aufstellen. Das müssen letzten Endes immer die beiden wissen, die heiraten. Ich kenne doch ihre Gefühle nicht. Ich gebe Ihnen völlig darin recht, daß viele zu unüberlegt heiraten. Aber wenn ich dächte, daß meine Tochter sich beispielsweise nicht den geeigneten Mann herausgesucht hat, könnte ich auch nicht mehr tun, als ihr meine Meinung darüber sagen. Und ich weiß nicht mal, ob es mir gefiele, wenn sie sich tatsächlich danach richten würde. Junge Leute müssen selbst wissen, was sie wollen, man kann ihnen da allenfalls raten. Aber wenn man sich zu sehr einmischt, tun sie nur aus Trotz das Gegenteil.«

Jetzt meldeten sich die beiden, derentwegen hier ja eigentlich geredet wurde. Steffi griff Martins Formulierung auf: »Was heißt denn: Nase in die Welt halten? Sind damit Reisen gemeint?«

»Auch«, sagte Martin. »Ich meine damit, sich die verschiedenen Möglichkeiten, die das Leben bietet, erst einmal ansehen, bevor man sich festlegt.«

»Wer dich nicht kennt«, sagte Robert, »könnte denken, du willst damit sagen, erst mal viele Weiber ausprobieren, bevor man sich von einer festnageln läßt.«

»Das könnten also nur Stefanie und ihr Vater denken«, erwiderte Martin.

»Keine Sorge«, meinte Herr Cortus.

Robert hatte Steffi untergehakt und ging jetzt mit ihr neben seinem Vater her. »Du hast mir gesagt, du fürchtest, ich bereue eines Tages, so früh geheiratet zu haben. Natürlich kann ich keine Garantie dafür geben, daß unsere Ehe gutgeht, bis wir mal sterben. Aber das könnte ich auch nicht, wenn ich fünf oder zehn Jahre später heiraten würde. Und was die Kinder angeht: Du verstehst eben nicht, daß wir welche haben möchten, bevor wir dreißig sind. So was kann man doch auch nicht nur mit dem Verstand regeln. Trotzdem darfst du sicher sein, daß wir uns alles gründlich überlegt haben.«

Martha hatte das Bedürfnis, die jungen Leute zu unterstützen. »Der Zeitpunkt der Heirat ist doch nicht ausschlaggebend dafür, ob eine Ehe glücklich wird oder nicht. *Jung gefreit hat nie gereut*, sagen die einen, und die anderen raten *Drum prüfe, wer sich ewig bindet!* Also hat es auch früher schon unterschiedliche Ansichten darüber gegeben.«

»Ich begreife nicht, daß ausgerechnet du nur unter dem Gesichtspunkt der Heiratenden diskutierst«, erwiderte Martin. »Hier geht es doch nicht bloß um Trauschein oder nicht – hier geht es auch um die Kinder. Robert muß noch zwei Jahre studieren, wenn das Kind geboren ist, und seine Frau noch ein Jahr, wenn sie nicht deswegen aussetzen will. Also werden sie es in eine Krippe geben und im übrigen in einem Zimmer des Studentenwohnheims hausen, zumeist mit irgendwelchen Prüfungen belastet, wenn ich das richtig sehe. Oder willst du das Kind aufziehen?«

»Nein«, antwortete Martha ohne Zögern.

»Wir würden es auch nicht hergeben«, sagte Stefanie

bestimmt, und gleich darauf: »Sicher hätte ich auch gern mehr Zeit und mehr Platz für das Kind, aber ich denke, wichtiger ist, wie ich die Zeit nutze. Sonst könnten wir ja gleich warten, bis wir die goldene Wiege und ne Kinderfrau haben. Aber dann wären wir vielleicht schon so egoistisch, daß wir uns gar nicht mehr auf Kinder einstellen könnten.«

»Es gibt aber auch Frauen, die erst mit fünfunddreißig ein Kind kriegen und sich dann sehr wohl darauf einstellen!« warf Edith ein.

Martha, als hätte sie die Erwiderungen Steffis und Ediths überhört, antwortete noch auf Martins Vorwurf: »Vielleicht bejahe ich so, was die beiden machen, weil ich mir wünsche, daß sie erreichen, was mir nie gelungen ist: ein richtiges Familienleben.«

Anna und Barbara hatten an einer Kreuzung vergeblich gerufen und Zeichen gegeben; sie standen und warteten darauf, wie vorhin Steffi und Robert, daß die übrigen herankämen. Die waren aber so vertieft in ihr Gespräch, daß sie die beiden Mädchen gar nicht bewußt wahrnahmen, jedoch unwillkürlich stehenblieben, als sie bei ihnen anlangten. So hatten diese Marthas letzte Sätze mitangehört, und Anna sagte nun herausfordernd:

»Also eins steht fest: Ich werde nicht heiraten!«

Niemand lachte, aber sonderlich ernst schien diese Ankündigung zu Annas Ärgernis auch keiner zu nehmen. Nur Barbara fragte: »Warum denn nicht?«

»Das kann ich dir schlecht erklären«, erwiderte Anna herablassend.

Barbara fühlte sich gekränkt. »Nun sag bloß: Das verstehst du noch nicht!«

»Nach rechts geht es weiter in den Wald hinein – nach links kommen wir auf einem anderen Weg wieder nach Hause«, sagte Herr Cortus. Man entschied sich für den Heimweg.

Frau Cortus hatte inzwischen alles für die Kaffeetafel vorbereitet. Alle fühlten sich wieder frisch, und obwohl

Steffi seufzte: »Schon wieder essen!«, nahm auch sie ein Stück von der Ananastorte, die ihre Mutter gebacken hatte. »So gut wie du werde ich nie kochen und backen können«, meinte sie.

Edith erzählte, eine Frau hätte ihr neulich einen der neuen plasteverkleideten Staubsauger mit dem Hinweis gezeigt, den hätte ihr Mann ihr zum Geburtstag geschenkt. »Dabei ist diese Frau genauso berufstätig wie er. Ich würde Martin vielleicht eins husten, wenn er sich einfallen ließe, mir Haushaltsgeräte zu schenken!«

»Warum denn?« fragte Tante Erika, der Ediths derbe Sprechweise mißfiel.

»Weil er nicht weniger für den Haushalt zuständig ist als ich.«

»Ich weiß nicht«, sagte Tante Erika, »allein wegen der Kinder hält sich die Frau doch viel mehr zu Hause auf. Männern fehlt einfach der Sinn für die Kleinigkeiten des Alltags.«

»Alles Gewohnheit«, meinte Robert in gemütlich besänftigendem Ton, aber Anna warf ihrer Tante hin: »Das ist doch altmodischer Quatsch, was du erzählst!«

»Anna, jetzt ist es genug«, sagte ihre Mutter. »Jeder kann eine andere Meinung haben, aber ich bitte dich, etwas höflicher zu deiner Tante zu sein.«

Das kurze Schweigen, das daraufhin am Tisch eintrat, beendete Anna knurrend: »Ich sags doch: Das beste ist, überhaupt nicht zu heiraten.« Gleich darauf lief sie hinaus und in ihr Zimmer.

»Sie ist in einem empfindlichen Alter«, sagte Frau Cortus. »Jetzt weint sie bestimmt.«

Steffi ging ihrer Schwester nach, um sie zu trösten. Barbara bat, mitgehen zu dürfen.

Warum tat man Annas verkündete Ablehnung einer Heirat als bloße Backfischmarotte ab? Martha überlegte, welche Gründe dieses lebhafte Mädchen trotz der offenbar guten Ehe ihrer Eltern zu dieser Opposition bewegen mochten. In den Versen zu ihrem Geschenk war von

Langeweile die Rede. Oder war sie eifersüchtig auf ihre Schwester?

»Dabei hat sie vielleicht gar nicht so unrecht«, meinte Edith. »Das ist zwar nicht gerade das ideale Thema für eine Hochzeit – aber ich glaube, ein bißchen Zweifel an dieser altehrwürdigen Institution täte ganz gut.«

Tante Erika wurde diese Frau immer unsympathischer, während Frau Cortus erstaunt fragte: »Und was wollen Sie an die alte Stelle setzen?«

»Auf jeden Fall größere Gemeinschaften«, antwortete Edith, und man merkte ihr an, daß sie diese Gedanken nicht zum erstenmal äußerte. »Nicht diese Vereinzelung, in der ständig jeder für alles verantwortlich ist.«

»Du meinst Wohngemeinschaften?« fragte Martha.

»So etwa. Kinder verschiedener Eltern gemeinsam aufziehen, die Hausarbeit könnte man umschichtig verteilen, und wenn man abends weggehen will, ist immer jemand da, der die Kinder beaufsichtigt.«

»Nichts gegen Gemeinschaft«, wandte Robert ein, »aber davon habe ich beim Studium genug. Vorher Armee, da waren wir zu sechst in einem Zimmer, jetzt zu viert. Ich bin immer mit allen gut ausgekommen, aber, ehrlich gesagt, ich bin froh, wenn ich mich mal nicht ständig nach einem Dutzend Leuten richten muß.«

»Trotzdem glaube ich: Die Kleinfamilie hat keine Zukunft«, sagte Martin. »Die schädlichen Auswirkungen dieser Vereinzelung auf minimalem Raum nehmen derart zu, daß es eines Tages zu Veränderungen im Zusammenleben kommen *muß*!«

»Kannst du dir vorstellen, in einer Großfamilie zu leben?« fragte Martha. »Also ich muß gestehen, sosehr mir das in der Theorie einleuchtet, so wenig fände ich mich geeignet dafür. Das Theater ist turbulent genug, da brauche ich zu Hause das Für-mich-Sein.«

Martin lächelte ironisch. »Ich gebe zu, ich bin auch nicht gerade das Muster eines Herdentiers. Aber es wird doch erlaubt sein, sich ein paar Gedanken über künftige Möglichkeiten zu machen, auch wenn man sie nicht gleich selbst in die Praxis umsetzt.«

Stefanies Eltern hatten stumm zugehört, sich zwischendurch nur mit einem Blick darüber verständigt, daß ihnen diese Ansichten doch ein wenig fremd vorkamen.

Martha meinte: »Wir sind doch ein wirkliches Gemeinschaftsleben gar nicht gewöhnt. Die Kinder sollen lernen, sich einzuordnen, indem sie von der Krippe an alle das gleiche tun, aber statt Achtung vor den individuellen Unterschieden kriegen sie von klein auf mit, daß als mehr gilt und belohnt wird, wer den Normen besser entspricht.«

»Statt Solidarität lernen sie unter dem Namen Wettbewerb Konkurrenzverhalten«, ergänzte Edith.

Herr Cortus seufzte, während seine Frau zustimmend nickte; Tante Erika schüttelte seit einiger Zeit nur noch den Kopf.

Stefanie kam zurück, flüsterte mit Robert, woraufhin beide hinausgingen. Kurz darauf tauchten sie mit Anna und Barbara im Nebenzimmer auf, stellten Musik ein, und Robert begann mit Anna zu tanzen. Stefanie öffnete die große Glasschiebetür, kam auf Martin zu, knickste vor ihm wie ein Schulmädchen von Anno dazumal und sagte: »Darf ich bitten, Herr Schwiegerpapa!«

Nachdem sie eine Weile schweigend miteinander getanzt hatten, fragte sie: »Werden Sies verwinden können?«

»Was denn?« fragte Martin scheinheilig.

»Ich denke, Sie wissen, was ich meine.«

Martin setzte eine ernste Miene auf und sagte mit einer kleinen Verbeugung: »Ich freue mich, eine so hübsche Schwiegertochter zu haben.«

Als Antwort kam von Robert ein kurzes Lachen. »Man merkt, du kennst sie noch nicht: Steffi fällt so schnell nicht auf Komplimente rein.«

Tatsächlich sah Stefanie eher ärgerlich als geschmeichelt aus, und Martin sagte schnell: »Dann kann ich mich vielleicht mit dem Fräulein Anna verbünden; sie scheint ja ebenfalls nicht gerade eine besondere Verfechterin der Ehe zu sein. Wenn ich auch ihre Motivation dafür nicht kenne.«

Jetzt war er an die Richtige geraten. Während sie weiter anmutig-keß ihren Körper nach dem gleichförmigen Baßgedröhn zucken und schlenkern ließ, rief Anna begeistert: »Ich weiß nicht, was ich daran schön finden soll: Von früh bis abend schuften, damit ich zum Schuften mit nem Auto fahren kann, abends stumpfsinnig vor der Glotze hocken, und einmal im Monat in Exquisitrobe ins Theater fahren! Da kann ich mir doch gleich nen Strick nehmen!«

»So werden wir bestimmt nicht leben«, widersprach ihre Schwester.

»Wartets nur ab!«

Inzwischen hatten die Frauen das Kaffeegeschirr abgeräumt, Herr Cortus stellte Gläser auf den Tisch und öffnete Weinflaschen. Martha stand auf der Schwelle zum Nebenzimmer, als sie Martin zu Robert sagen hörte: »Ich finde, du könntest ruhig ein bißchen mehr aus deinen Fähigkeiten machen.«

Martha sah Unsicherheit im Gesicht ihres Sohns; die Unsicherheit des Kindes, das von seinen Eltern getadelt wird. Er tat ihr leid. »Vom Ehrgeiz zerfressen und ohne Sinn für Genuß«, sagte sie rhythmisch prononciert, als rezitiere sie Verse. Gleich darauf dachte sie, warum habe ich es ihm nicht selbst überlassen, sich seinem Vater gegenüber zu verteidigen. Erwachsen-Werden, Erwachsen-Sein, unabhängig von den Eltern. Aber um das zu unterstützen, durfte sie ihn auch nicht unnötigerweise in Schutz nehmen wollen.

»Ich werds dir schon noch beweisen«, antwortete Robert seinem Vater.

Martha tat dieser Satz weh, zumal sie sah, daß Martin

darauf nur ungläubig-provozierend mit den Schultern zuckte. Wollte er, daß sein Sohn eine Berühmtheit auf dem Gebiet der technischen Wissenschaften wurde? Ihr kam es mehr darauf an, Robert glücklich zu wissen, und sie hoffte, ihm so viel an Einsicht und Gewissen vermittelt zu haben, daß er es nicht auf Kosten anderer werden konnte.

»Lassen Sie uns mal machen«, sagte Steffi lakonisch.

Als sie zum Tisch zurückgingen, wollte Herr Cortus gerade das Weinglas seiner Tochter füllen. Rasch hielt Steffi ihre Hand darüber und bat: »Mir nur einen Schluck.«

Martha kam dieser Satz bekannt vor.

Frau Cortus hob ihr Glas und sagte, sie hoffe, mit ihrem Vorschlag keine deutschen Sitten zu verletzen: Sie wären doch nun gewissermaßen alle miteinander verwandt – ob sie nicht Du zueinander sagen wollten.

»Gottseidank«, sagte Steffi, sie in ihrem Alter hätte doch nicht davon anfangen können. Und dann stießen sie die Gläser aneinander.

Als Steffi später abermals den Wein verweigerte, fragte Martha, ob er ihr im Moment nicht bekomme oder ob sie ihn aus Gewissenhaftigkeit verweigere.

»Ich denke, das schadet dem Kind«, antwortete Stefanie.

Sie hätte während dieser Zeit auch keinen Alkohol getrunken, sagte Martha. »Im letzten Drittel der Schwangerschaft hätte ich ihn allerdings auch nicht vertragen. Da litt ich dermaßen unter Sodbrennen, daß ich zu unserer Hochzeit nicht einmal von der Kirschtorte abbeißen konnte, ohne es anschließend zu bereuen.«

Stefanie wollte gern mehr darüber wissen, auch, wie Robert geboren wurde. Sie schlug vor, sich zurückzuziehen, damit sie nicht gestört wurden. Robert ging mit ihnen.

Martha erzählte.

Wie du vielleicht von Robert weißt, war ich noch mit einem anderen Mann verheiratet, als ich seinen Vater kennenlernte, und auch noch, als ich bereits wußte, ich bin schwanger. Anfangs habe ich mich keineswegs darüber gefreut, denn ich probierte gerade eine Rolle, um die sich damals alle jungen Schauspielerinnen rissen: die Anne Frank. Ich wollte eigentlich eine Abtreibung machen lassen – was damals ja noch verboten war –, aber plötzlich entschloß ich mich, das Kind zu bekommen. Fragt mich nicht, warum – ich weiß es nicht. Robert besaß eben von Anfang an eine kräftige Natur und wußte sich durchzusetzen!

Im zweiten Drittel der Schwangerschaft habe ich mich am wohlsten gefühlt, da hatte sich mein Körper auf die »anderen Umstände« eingestellt, ich freute mich auf mein Kind, das wiederum noch so klein war, daß es keine Last bedeutete. Anfangs ging es mir ziemlich übel, etwa in den ersten drei Monaten; da ich mich damals nicht so genau beobachtet habe, weiß ich nicht, ob es mir von dem Moment an besser ging, als ich mich entschloß, das Kind auszutragen. Denn mittlerweile hat man herausgefunden, daß psychische Belastungen, und damit auch die Ablehnung der Schwangerschaft, besonders zu solchen Beschwerden führen. Meinem Intendanten habe ich es vorsichtshalber bis zur ›Anne Frank‹-Premiere verschwiegen, weil ich die Rolle so lange wie möglich spielen wollte. Seine erste Reaktion auf meine Mitteilung habe ich nicht vergessen: »Ganz schön leichtsinnig, was!« Er meinte, ich setze damit meine Karriere aufs Spiel. In Wirklichkeit ärgerte er sich darüber, daß ihm für längere Zeit eine Schauspielerin ausfiel, die mit dieser Rolle großen Erfolg hatte und das Publikum ins Haus holte.

Ich weiß noch, daß mich manche Gerüche während dieser Zeit ganz schön gequält haben. Am genauesten erinnere ich mich an eine Szene, in der die Anne krank im Bett liegt, ihr Vater setzt sich zu ihr auf den Bettrand und beugt sich tröstend über sie. Der Kollege, der den Frank-Vater spielte, war Zigarrenraucher, und ich fürchtete mich zu jeder Aufführung davor, daß er mir nahe kam. Eine andere Geschichte war noch unangenehmer: Ich hatte für die Anfangsszene eine lebendige Katze. Sie mußte bis zu ihrem »Auftritt« in einem geschlossenen Korb gehalten werden, den ich erst auf der Bühne öffnete, um sie auf den Arm zu nehmen und zu streicheln. Sie war immer ziemlich ängstlich, legte die Ohren an, kratzte aber nicht. Doch zur fünften oder sechsten Vorstellung muß etwas mit ihr passiert sein, jedenfalls entleerte sich das sonst so saubere Tier über mein Rollenkostüm, eine weiße Bluse und einen dunkelblauen Faltenrock. Der Vorhang mußte fallen, die Vorstellung wurde unterbrochen, und künftig mußte ich so tun, als wäre eine Katze im Korb; ich hätte auch keine mehr ertragen. Selbst nach der Reinigung habe ich diesen Rock nur noch ungern angezogen. Bald wurde er mir auch zu eng, und ich mußte die Anne Frank abgeben. Gewiß, ich fand es traurig, denn es war eine der schönsten und wirkungsvollsten Rollen, die ich mit großer Hingabe gespielt habe; ich nahm den Verlust aber verhältnismäßig leicht, leichter jedenfalls, als wenn ich sie wegen einer Krankheit nicht mehr hätte spielen können.

Ich veränderte mich überhaupt sehr in diesen Monaten. Ich wurde ziemlich ruhig und ausgeglichen, allerdings innerhalb dieser Ruhe auch sehr ich-bezogen: Weltprobleme interessierten mich nicht sonderlich, von mir aus hätten wir die Zeitung abbestellen können. Das Theater war ein freundlicher Ort in der Ferne; auch, wenn ich zu einer Premiere oder aus einem anderen Grund hineinging, blieb ich gewissermaßen milde lächelnd außerhalb. Ich war mit Wichtigerem beschäftigt. Während die anderen im kleinlichen Alltags-Hinundher irgendwelche im Grunde überflüssigen Theateraufführungen produzierten, deren Bedeutung sie weit überschätzten, stellte ich etwas wirklich Unentbehrliches her: neues Leben. Wahrscheinlich hätte ich das damals nicht in dieser Weise ausdrücken können, aber ich bin sicher, so etwa betrachtete ich die Welt. Mein Leib und was in ihm wuchs, war das Zentrum, um das sich alles andere ordnete – alles Verworrene, Undurchdringliche, Widersprüchliche, Schmerzliche um mich war aufgehoben, alles lief in Kreisen, die einen Sinn besaßen, ohne daß man sie im einzelnen entschlüsseln mußte; ein friedliches In-sich-Ruhen, das Gefühl, die Welt fortzusetzen, das eine große Kraft verleiht, aber das Bedürfnis nach intellektueller Produktivität mindert. Das geht sicher nicht allen schwangeren Frauen so; ich empfand es aber als gut und nützlich für mein Kind, weil es mich – und damit es – vor mancherlei Aufregung bewahrte, die ich gar nicht an mich herankommen ließ. Später habe ich gesagt: Ich saß damals dümmlich vor mich hin- und in mich hineinlächelnd da und strickte Babyjüpchen. Das ist natürlich boshaft übertrieben, aber im Kern wahr. Ich machte auch die Entdeckung, daß ich von vielen Frauen um diesen Zustand beneidet wurde, sowohl von solchen, die noch keine Kinder hatten, als auch von Frauen, deren Kinder bereits erwachsen waren. Dieses Gefühl habe ich nicht kennengelernt; nie habe ich eine Frau um ihren schwangeren Bauch beneidet. Vor Robert wollte ich kein Kind und danach auch keins mehr. Ich habe diesen Zustand als einen glücklichen nur einmal gewollt und erlebt.

Das einzige, was mich in der zweiten Schwangerschaftshälfte wirklich arg bedrängte, war dieses Sodbrennen, von dem ich vorhin sprach; ein übles Gefühl, das man einem gesunden Menschen so wenig beschreiben kann wie den Geschmack von Schokolade einem, der noch nie welche gegessen hat. Da halfen weder Natron noch andere Medikamente – dagegen hätte nur helfen können: nichts essen. Aber ich mußte ja essen, und ich aß gern, es gab nur nicht das, worauf ich hauptsächlich Appetit hatte: Obst. Äpfel waren für uns damals so kostbar wie heute Ananas, und so kaute ich als Ersatz unentwegt Mohrrüben.

Wahrlich, eine merkwürdige, des Merkens würdige Zeit! Sie kam mir sehr lang vor; jetzt vergeht ein Dreivierteljahr wie eine Eisenbahnfahrt, die gleiche Strecke bin ich damals zu Fuß gegangen. Weltliteratur lag fern von mir; ich las Bücher über Schwangerschaftshygiene und Säuglingspflege, ich besuchte einen Kursus für schmerzarme Entbindung, die damals etwas ganz Neues war, sozusagen der letzte Schrei. Oh, ich war gut versehen mit dem notwendigen geistigen und bauchwerklichen Rüstzeug für die Geburt!

Bis zum siebenten Monat hatten manche Leute in meiner Umgebung gar nicht bemerkt, daß ich schwanger war; ich trug meist eine lockere lange Bluse über einem Rock, der unterhalb des Bauches eng blieb. Richtig dick wurde ich erst in den letzten beiden Wochen vor der Entbindung. Allerdings konnte ich mir dann auch die Schuhe nicht mehr auf die gewohnte Weise zubinden; manchmal half mir Roberts Vater dabei, aber meist benutzte ich die kleine Treppe, die von unserer Wohnungstür zum Flur ging: Ich stellte ein Bein höher als das andere und konnte so über meinen Bauch hinweg den jeweiligen Fuß erreichen.

Ein wichtiges Ereignis sind die ersten Bewegungen, die man wahrnimmt. Man weiß, sie müssen kommen, und wartet gespannt darauf, aber wenn es zum erstenmal geschieht, ist man überrascht und meint, sich ver-fühlt zu haben. Doch bald darauf bewegt es sich erneut, und nun glaubt man es und ist glücklich darüber, sind es doch die ersten selbständigen Lebenszeichen des Wesens, das man in sich trägt. Roberts Vater legte anfangs sein Ohr an meinen Bauch; später sind diese Bewegungen stärker und manchmal sogar durch die Kleidung hindurch sichtbar gewesen. Robert war überhaupt ziemlich lebhaft, und in den letzten Wochen vor der Geburt boxte er zuweilen eine Faust oder ein Füßchen so heftig gegen meine

Bauchdecke und verharrte eine Weile in dieser Haltung, daß sich eine richtige kleine Beule an dieser Stelle formte.

Im achten und neunten Monat schlief ich nachts schlecht, und meine Knöchel schwollen an. Das geht vielen Frauen so und hat mich auch nicht weiter beunruhigt, obgleich man einen gründlichen Schlaf erst zu schätzen weiß, wenn man ihn entbehren muß. Aber wenn ich müde wurde, konnte ich mich auch tagsüber hinlegen; das häufige Sodbrennen quälte mich jedenfalls ungleich mehr. Durch meinen Beruf genoß ich eine sehr lange arbeitsfreie Zeit. Nach dem Gesetz hätte mich das Theater allerdings bis zur üblichen Frist im Büro oder in der Schneiderei beschäftigen können; mein Intendant verzichtete gottlob darauf.

In all den Monaten lief das Scheidungszeremoniell von meinem ersten Mann; schriftlich, weil er inzwischen nach drüben gegangen war. Am Jahresende wurden wir geschieden, und ich konnte Roberts Vater noch einen Monat vor der Geburt heiraten. Da war ich dann allerdings keine so hübsche schlanke Braut mehr wie du heute.

Allmählich nahte der vom Arzt errechnete Geburtstermin – er war da, ging vorüber, und kein Kind kam. Ich wurde mit dem allbekannten Witz vom Fußball, den ich wohl verschluckt hätte, gehänselt. In den letzten Tagen robbte ich mich gewissermaßen nur noch auf Knien durch die Zeit, die Beschwerden mehrten sich, die Spannung wurde überdehnt, als ob man Weihnachten auf einen unbestimmten Termin verschoben hätte. Robert nahm sich Zeit. Er fand es offenbar recht gemütlich in meinem Bauch und wollte noch ein wenig darin wachsen, um für die Welt draußen kräftig gerüstet zu sein und mich mit seiner so erlangten Größe bei der Geburt nachhaltig beeindrucken zu können. Das Tröstliche in diesem Wartezustand war: Er konnte nicht ewig dauern; einmal, und zwar bald, mußte er aufhören und ich mein Kind »zur Welt« bringen. Als ob es nicht schon längst vorher in der Welt wäre!

In den großen Kliniken wird das ja heutzutage ganz anders gehandhabt: Am Ende der Schwangerschaft müssen die Frauen regelmäßig zu Fruchtwasserspiegelungen erscheinen, und wenn die Ärzte meinen, der Muttermund sei weit genug geöffnet, werden sie zur Entbindung in die Klinik bestellt, etwa nach dem Motto: Kommen Sie Mittwoch früh um acht, da haben wir noch einen Geburtstermin frei. Dann werden die Mütter an einen Wehentropf angeschlossen, elektronisch überwacht, und die Entbindung geht im allgemeinen relativ rasch vonstatten. Als ich geboren wurde, war es in den *besseren*, das heißt teureren Kliniken Mode, die Frauen kurz vorm Durchtritt des Kopfes zu narkotisieren, damit sie diesen angeblich so heftigen Schmerz nicht zu fühlen brauchten; so etwas kann nur ein Mann erfunden haben, denn die Schmerzen in diesem Moment sind nicht stärker als die zuvor, bringen aber ein wunderbares Erlebnis: Das Kind ist zu sehen! Anästhetisiert, wurden die Mütter um diesen herrlichen Augenblick betrogen, und: Das Kind bekam womöglich selbst eine Portion vom Narkosemittel ab. Selbst in den sechziger Jahren scheint man diese Methode noch angewandt zu haben. Inzwischen ist man wohl davon abgekommen. Lange Zeit spezialisierte man sich auf die Hygiene, die auch heute noch so weit getrieben wird, daß man das »schmutzige« Kind sofort von der Mutter entfernt, es wäscht und erst in eingewickeltem Zustand ihr für ein Weilchen überläßt, bevor man es in einen gesonderten Raum bringt und die Mutter es nur zu den Mahlzeiten bekommt. Erst allmählich setzt sich die Erkenntnis durch, daß die abrupte Trennung des Kindes von der Mutter seiner Entwicklung nachhaltig schaden kann – aber es dauert eben seine liebe Zeit, ehe sich alle Kliniken – auch von den räumlichen Voraussetzungen her – umgestellt haben. Und ebenso, davon bin ich fest überzeugt, wird man eines Tages wieder vom *Fortschritt* der bei allen Frauen künstlich eingeleiteten Geburt abkommen; vorläufig ist man noch zu stolz auf all die schönen Neuerungen, auf all die Erleichterungen für das Krankenhauspersonal – und für die Mütter; die möglichen Schädigungen fürs Kind zeigen sich ja erst viel später und werden meist nicht in Zusammenhang damit gebracht. Der Mensch ist eben unersättlich in seinem Fortschrittsdrang, aber er weiß zuwenig, um die Folgen immer richtig abzuschätzen.

Sieben Tage nach dem errechneten Termin erwachte ich morgens gegen sechs und spürte ein Ziehen im Leib. Ich stand auf – und hatte, vorm Bett stehend, plötzlich eine Pfütze zwischen meinen Füßen: Blasensprung! Es war uns eingeschärft worden, wenn das geschähe stillzuhalten, damit das nun gewissermaßen trocken liegende Kind sich nicht mit der Nabelschnur erdrosseln könne. Erschrocken legte ich mich wieder hin und weckte Martin. Er zog sich hastig an und telefonierte bei unseren Vermieterinnen, die uns gebeten hatten, sie in diesem Fall auch zur Nachtzeit aus dem Schlaf zu holen. Martin half mir vorsichtig beim Anziehen; übervorsichtig, wie wir später feststellten, denn die Fruchtblase hatte nur einen Teil der Flüssigkeit herausgelassen, was sie am Abend in der Klinik noch einmal tat, woraufhin sie sich abermals verschloß und tags darauf sogar künstlich gesprengt werden mußte, um den Rest des Fruchtwassers herauszugeben.

Alles bis zur Beendigung der Geburt war auf die neue schmerzarme Entbindungsmethode eingestellt. Ich kam in ein Einzelzimmer, ich sollte herumlaufen, um die Wehen voranzutreiben, wurde gebadet, per Einlauf von störenden Leibesprodukten befreit, wurde rasiert, mußte weiter spazierengehen, immer ums Bett herum, die Richtung wechselnd, damit mir nicht drehend wurde; bei jeder Wehe, die zu dieser Zeit etwa alle zehn Minuten kam, hielt ich mich am Bettgestell fest und atmete tief durch, wie ich es gelernt hatte. Eine Schwester sah ab und zu nach mir, dein Vater konnte dableiben, bis er ins Theater gehen mußte. Mittags rief er auf der Station an und wurde vertröstet; als er am späten Nachmittag wiederkam, lief ich noch immer ums Bett herum. In einigen fortschrittlichen Kliniken dürfen die Väter heute die Entbindung miterleben – vielleicht habt ihr Glück, und Robert kann bei der Geburt eures Kindes dabeisein. Seinem Vater war der Zutritt zum Kreißsaal verwehrt, aber solange ich in diesem Einzelzimmer herumlief, konnte er mich besuchen.

Es wurde damals viel von einer *schmerzfreien* Geburt geredet. Das ist natürlich Unsinn, und der Ausdruck wurde bald zu *schmerzarm* modifiziert. Eine Geburt, auch eine gesunde, bereitet Schmerzen, auch starke, aber sie unterscheiden sich von beispielsweise einer Gallenkolik dadurch, daß sie nicht eine Krankheit, also einen lebenzerstörenden Vorgang signalisieren, sondern einen, der Leben fördert; abgesehen von abnormen Geburten, bedauere ich deshalb alle Frauen, die ein Kind gebären müssen, das sie nicht haben wollen. Eine Geburt ist anstrengende Arbeit für Mutter und Kind, die je nach Kraft und Körperbau beider mehr oder minder schwer zu ertragen ist. Robert war sehr groß, mein Beckenausgang, wie sich herausstellte, nicht sonderlich geräumig für seinen Durchtritt, und so mußten wir beide insgesamt achtunddreißig Stunden kämpfen, ehe wir es geschafft hatten. Wenn ich ausgeruht bin – und das war ich zu Beginn der Geburt –, ertrage ich Schmerzen sehr gut, zumal das tiefe Einatmen bei einer Wehe den Schmerz zwar verstärkt, durch die Aktivität aber erträglich macht. Doch wenn es Stunde um Stunde ohne nennenswerten Fortschritt so geht – die Wehen hatten am Nachmittag vielleicht einen Abstand von fünf Minuten –, kommst du dir vor wie Sisyphos, der immer die gleiche Anstrengung unternimmt, ohne jemals mit einem Ergebnis belohnt zu werden. Ich kann schon verstehen, daß man die quälende Dauer dieses Vorgangs heute durch wehenfördernde Mittel verkürzen möchte, nur bin ich eben nicht so recht von der angeblichen Folgenlosigkeit dieser künstlichen Beschleunigung überzeugt. Ich gehöre nicht zu den Leuten, die behaupten, eine Frau müsse unter Schmerzen gebären, damit sie ihr Kind daraufhin um so mehr liebe (eher kann ich mir das Gegenteil vorstellen); ich habe alle Frauen beneidet, die, wie meine Freundin Jonnie, ihre Kinder in zwölf, acht und das dritte sogar in sechs Stunden aus ihrem Leib brachten. Aber heute vor die Wahl gestellt, ein Kind so langdauernd und anstrengend zu gebären wie damals Robert oder es relativ fix, beide Arme am Wehentropf, loszuwerden, würde ich mich für das erstere entscheiden, weil ich es für das gesündere halte. Damals wäre die Wahl sicher umgekehrt ausgefallen; ich war unwissend wissenschaftsgläubig und überließ mich willig allen ärztlichen Praktiken, die mir augenblicklich Linderung brachten.

Da abzusehen war, daß der Bengel sich am ersten Tag nicht mehr blicken lassen würde, bekam ich am späten Abend eine Spritze, mit der man mir Schlaf versprach, der mich für die Weiterarbeit am nächsten Tag erquicken sollte. Der Raum, in dem ich angeblich schlafen sollte, lag ein Stockwerk höher, und die Nachtschwester begleitete mich dorthin. Wir standen beide vor der Fahrstuhltür und warteten ergeben darauf, daß sich dieses Gefährt auf unsere Höhe senke, als ich plötzlich wieder so eine warme Pfütze unter mir hatte.

»Ach Gott! Bleiben Sie ganz still stehen!« rief die Schwester erschrocken und lief nach dem Arzt und einem Scheuerlappen. Es war, wie schon gesagt, wieder nicht der ganze Fruchtblaseninhalt, und man konnte mich erleichtert abschieben.

Es war ein schmaler, hoher Raum mit vielen Wandschränken, Geräten und Medikamenten. Ein schwächliches Licht brannte über der Tür, und ich hatte die Möglichkeit zu klingeln, wenn etwas Absonderliches mit mir geschehen sollte. Ich erinnere mich nicht mehr, ob ich diese Klingel benutzt habe, ich weiß nur noch, daß ich das ganze Manöver als Betrug empfand, weil an Schlaf nicht zu denken war. Die Gebärmutter kontrahierte munter weiter, wenn ich es auch etwas gedämpfter wahrnahm als zuvor, so doch keineswegs derart milde, daß ich zwischen zwei Wehen einmal einschlafen und die weiteren vielleicht gar bis zum Morgen hätte verschlafen können. Als ich aus diesem merkwürdigen Gefängnis erlöst wurde, war ich ganz schön fertig.

Da die Wehen zwar nach wie vor kräftig, die Abfolge auch kurz war, Robert aber immer noch keine Anstalten machte, seine Nase in die Klinikluft zu strecken, beschloß man, meinen Unterleib zu durchleuchten, um festzustellen, ob sein Kopf nicht womöglich umfangreicher sei als der Beckenkanal, durch den er hindurchmußte. Wenn ja, wollte man meinen Bauch aufschneiden – Kaiserschnitt.

Es war Sonntag, Roberts Vater war wiedergekommen, und auch er wurde befragt, ob er gegebenenfalls mit solch einer Operation einverstanden sei. Was soll ein armer Vater da antworten – diese Entscheidung muß er doch wohl oder übel den Ärzten überlassen. Und ich war in einem Zustand, in dem ich am liebsten gesagt hätte: Schnippelt mich auf, macht, was ihr wollt, Hauptsache, es hat ein End! Gottlob war es nicht nötig, das Röntgenbild zeigte, daß der Durchmesser des Kopfes – wenigstens von den Knochen her – zwei Zentimeter weniger betrug als der Beckenausgang, den er passieren mußte, und da der Knabe weiterhin regelmäßig Herztöne aussendete, beschloß man, nicht zu schneiden oder doch nur alles für den Fall vorzubereiten, daß die Herztöne schwächer würden oder gar ganz ausblieben. Ich wurde in den Kreißsaal geschoben.

Was heute in den großen Kliniken elektronisch überwacht wird, die kindlichen Herztöne, mußte früher die Hebamme per Hörrohr ermitteln. Ich weiß noch, daß ich jedesmal zusammenzuckte, wenn sie mir das kalte Gerät auf meinen hochgewölbten heißen Bauch setzte. Irgendwann müssen die Töne auch mal ein bißchen schwächer gewesen sein, man bereitete jedenfalls rasch den angekündigten Kaiserschnitt vor – aber Robert beeilte sich, sein Herzchen wieder normal schlagen zu lassen, damit ich von dieser Operation verschont würde.

Zwischen der sogenannten Eröffnungsperiode, in der besonders der Muttermund sich weitet und die normalerweise mit dem Blasensprung endet, und der Austreibungsperiode, in der, wie der Name sagt, das Kind herausgetrieben wird, liegt ein Abschnitt, der unterschiedlich lang sein kann und von manchen beneidenswerten Frauen fast nicht wahrgenommen wird. Ich weiß nicht den Namen für diese Phase, dafür um so genauer, wie man sich dabei fühlt: Man spürt bereits den heftigen Drang zu pressen, muß ihn aber zurückhalten, beherrschen. Eineinhalb Stunden dauerte es, ehe mir die Hebamme erlaubte, dem Preßzwang nachzugeben! Ich glaube, das war die fürchterlichste Zeit der ganzen Geburt. Ich habe aber noch keine Frau gesprochen, die so lange darunter leiden mußte, wohl aber eine ganze Menge, die davon wenig gespürt haben. Wohl ihnen! Ich badete in meinem Schweiße von der Anstrengung, mich nicht anzustrengen. Ich glaube, da habe ich auch des öfteren heftig gestöhnt; geschrien, wie das früher in den Kreißsälen üblich war und damals auch von den Hebammen gutgeheißen wurde, habe ich jedenfalls kein einziges Mal; eindringlich hatte man uns im Vorbereitungskursus eingeschärft, daß Schreien die Kräfte unnötig verbraucht.

Doch was soll ich hier weiter von Qualen reden, die du sicher gar nicht durchzustehen hast – ich will lieber von der Erlösung sprechen, die mir die Erlaubnis zum Pressen bedeutete. Dieser letzte Abschnitt dauerte drei Stunden, auch das ist ungewöhnlich lange, und ich erkläre mir diese Dauer aus dem Beinahe-Mißverhältnis zwischen Kopf und Geburtskanal. Robert mußte wahrscheinlich so oft Anlauf nehmen, ehe er die Enge bezwang. Die lange Preßtätigkeit hatte zwar etwas unangenehme Folgen für mein Aussehen (das Gesicht war geschwollen, Äderchen in den Augen geplatzt und teilweise auch die Unterhaut des Bauchs; während der Schwangerschaft hatte ich ihn täglich mit hartem Fett massiert, damit das nicht geschähe, und nun, unter der Geburt, wurde mein Bemühen zunichte gemacht), aber dafür kam Robert ohne Schäden zur Welt, und das war wichtiger als ein paar Schönheitsfehler, die bis auf die Risse in der Unterbauchhaut nach kurzer Zeit wieder verschwanden. Jedenfalls empfand ich die Preßwehen im Vergleich zum Vorangegangenen geradezu als ein, wenn auch anstrengendes, Vergnügen. Ich entwickelte Kräfte, die ich mir selbst bis dahin nicht zugetraut hätte. Wenn ich mich recht erinnere, war dieses Kreißlager so konstruiert, daß man die Füße in Halterungen stecken konnte, um sie bei einer Wehe dagegenzustemmen; gleichzeitig konnte ich mich mit den Händen an einem Gurt festhalten und um des gleichen Effekts willen daran ziehen.

Nach etwa einer Stunde kam ein Assistenzarzt dazu, und er und die Hebamme preßten mit einem Handtuch nach: Das zu einer dicken Schnur längs zusammengelegte Tuch wurde oben um meine Bauchwölbung gelegt, der Arzt faßte am einen Ende, die Hebamme am anderen an, und sobald eine Wehe begann, zogen sie beide kräftig nach unten. Wie lange und wie oft sie das gemacht haben, weiß ich nicht mehr, wohl aber entsinne ich mich noch eines Wunsches, mit dem ich den jungen Arzt in Verlegenheit brachte: Im Vorbereitungskursus hatte man uns gesagt, wenn der Kopf des Kindes schon zu sehen sei, könnten wir um einen Spiegel bitten, in dem wir dieses Wunder betrachten könnten. Als man mir nun ermutigend sagte, das Köpfchen zeige sich, bat ich natürlich, es sehen zu dürfen. Aber ich schien die erste zu sein, die das wagte, und der noch wenig souveräne Assistenzarzt genierte sich wahrscheinlich vor den Schwestern und Hebammen. Ich bestand aber darauf, daß man mir diesen Anblick gewissermaßen versprochen hätte, und so holte er schließlich einen Spiegel. Eigentlich waren in der Öffnung nur dunkle, feuchte Haare zu sehen, wie mit Haarwaschcreme eingeseift. Doch ich hatte meine Neugier befriedigt, und die Arbeit konnte weitergehen.

Am Abend, zwanzig Minuten nach acht, war Robert geboren. Die Ärztin, die zum Schluß den Geburtsvorgang überwachte, schlug vor, wegen der Größe des Kopfes vorsichtshalber einen Schnitt zu machen, damit der Damm nicht einreißen könne, aber die Hebamme hielt sie zuversichtlich zurück. Und sie schützte mit ihrer flachen Hand, von der nur der Daumen abgespreizt war, so vorzüglich den schmalen Damm hinter der Scheide, daß er nicht im mindesten einriß, als Roberts Kopf durchtrat. Als er heraus war, fühlte ich mich glücklich und auch körperlich erleichtert; die Schultern und der übrige Körper kamen wesentlich einfacher und schneller durch. Als die Ärztin meinen Jungen mit dem Kopf nach unten an den Füßchen hielt, damit er sich vom Schleim freischriee – der Körper war vom ausgetretenen sogenannten Kindspech graugrünlich verschmiert – sagte sie zufrieden: »Ein schönes Kind.«

Aber ich in meiner skeptischen Art wollte es genau wissen und meinte herausfordernd, das sage sie doch sicher zu jeder Mutter in diesem Augenblick. Nein, meinte sie, das sage sie nicht von jedem Kind; dieses hier sei doch recht ordentlich beisammen. Und dieses ›beisammene‹ Kind sitzt nun neben mir und hat heute geheiratet!

Wie auch immer, damals hast du pflichtgemäß deinen ersten Schrei in diese Welt gestoßen, wurdest abgenabelt von mir, und dann trug man dich erbarmungslos von mir fort, damit man dich säubern und ordnungsgemäß registrieren konnte, während ich auf die Nachgeburt warten mußte. Du hast acht Pfund und zweihundert Gramm gewogen, warst dreiundfünfzig Zentimeter lang und bekamst, um Verwechslungen auszuschließen, an zwei verschiedenen Stellen deines kleinen Körpers Heftpflaster mit meinem damaligen Namen aufgeklebt: Martha Hasenhauer.

Die Placenta kam nach angemessener Zeit und leichtem Nachdrücken der Hebamme mit einem Schwall Blut aus mir heraus und war unversehrt. Ein paar kleine Risse innerhalb der Scheide mußten danach vernäht werden; ich bekam so ein schwaches, gefühlsminderndes Räuschchen, aber das hätte man sich meiner Meinung nach sparen können: Im Vergleich zu den vorangegangenen Schmerzen kommen einem die paar Stiche auch ohne Ätherdünste sicher nur wie ein Ziepen vor.

Nachdem ich in dieser Weise versorgt war, wurde ich auf eine fahrbare Liege gehoben, zugedeckt und in einen anderen Raum gebracht. Und dann kam das Schönste, Unvergeßliche: Man brachte mir mein, wenn auch in Kissen gebündeltes, Kind, Robert. Eine Dreiviertelstunde konnte ich dich im Arm halten, bevor sie dich mir wieder wegnahmen. Das weiß ich genau, weil eine Normaluhr im Raum angebracht war. Sicher hätte ich dich nicht so lange behalten dürfen, wenn nicht Ärzte und Schwestern vollauf beschäftigt gewesen wären: Der Februar ist ein beliebter Geburtsmonat – für die im Wonnemonat gezeugten Kinder.

Ich bin heute noch beeindruckt, wenn ich an Roberts Atmung denke, als ich ihn damals im Arm hielt: Durch das dicke Kissen hindurch fühlte ich, wie kräftig sich sein Rücken dehnte, um Luft zu holen; als wollte er die ganze Welt in sich einsaugen. Später wird diese Tiefatmung ungesund verflacht, und nur, wenn man einen Beruf hat, in dem man viel sprechen oder singen muß, lernt man wieder, richtig tief einzuatmen, ohne die Schultern dabei zu heben.

Robert war nicht runzlig und rot wie viele Kinder nach der Geburt, sondern rosig und glatthäutig, aber etwas verquollen, besonders um die Augen, die er zukniff und nur einmal während der ganzen langen Zeit, in der ich ihn im Arm hielt, ein wenig öffnete. Seine damals noch dunklen Haare hatten sie ihm zu einer Tolle hochgebürstet, und die Fäustchen hielt er so fest verschlossen, als müßte er etwas darin verbergen. Das ulkigste war seine Nase: Wie eine Steckdose wurden zwei ziemlich große Öffnungen von einem kleinen Wulst umschlossen. Es wird behauptet, jede Mutter fände ihr Kind schön, was im wesentlichen gewiß wahr ist. Auch ich fand dieses von der Geburt noch etwas verformte Wesen schön und vor allem liebenswert, ich hätte mich aber keineswegs gewundert, wenn jemand gesagt hätte, eine rosige Brille vernebele meinen Blick. Na und? hätte ich da bloß geantwortet. Schließlich war »alles dran«, wie man mir versicherte; in Ruhe konnte ich mir den nackten Körper ja erst betrachten, nachdem ich mit Robert nach Hause gehen und ihn selbst versorgen durfte.

Als man ihn wieder wegtrug, wurde ich zum Trost auf den Flur ans Telefon gerollt. Unsere Wirtin war am Apparat, und ich werde nie ihre Feinfühligkeit vergessen: Sie gratulierte mir und sagte, sie würde zwar gern wissen, ob es ein Mädchen oder Junge sei, aber mein Mann solle es zuerst erfahren. Sie holte deinen Vater und erlöste ihn damit sicher von quälender Warterei; seit dem Morgen hatten wir uns nicht gesehen, am Nachmittag hatte man ihn wieder vertrösten müssen, und nun konnte ich ihm wenigstens sagen, daß alles noch gut und letztlich ohne Komplikationen verlaufen war. Erst am nächsten Abend durfte er mich dann besuchen und auch seinen Sohn bewundern.

Für mich war nach dem Telefongespräch die fortschrittliche schmerzarme Entbindung vorüber; ich bekam, da ich riesigen Hunger äußerte, ein reichliches Abendbrot und wurde in ein Zimmer gefahren, in dem elf weitere Wöchnerinnen lagen, die am selben Tag entbunden hatten und zum größten Teil bereits schliefen.

Ich konnte nicht schlafen. Ich war so aufgewühlt von dem ungeheuren Erlebnis, daß ich trotz der vergangenen Anstrengungen, trotz Schlaflosigkeit seit etwa vierzig Stunden nicht zur Ruhe kam. Ich erlebte alles in Gedanken noch einmal, wie man eine Liebeserklärung, die man bekommen hat, nach der Trennung in der Phantasie ständig zurückholt. In diesem Falle wollte ich nicht nur das Glückhafte wiederholen, sondern ebenso die Schmerzen, Widerstände, das Aufbieten aller Kräfte, die schließlich im Glückhaften mündeten. Die meisten Frauen sagen, die Schmerzen wären schnell vergessen. Das kann ich von mir nicht behaupten. Sie sind zwar nicht körperlich fühlbar gegenwärtig, wenn ich daran denke, aber sie waren im ganzen gesehen so ungeheuerlich, daß ich kurz danach ebenso wie Jahre später gemeint habe: Das möchte ich nicht noch einmal durchleben.

Neben mir lag eine junge Mutter, die nicht verheiratet war und die gleich mir keinen oder doch erst sehr spät Schlaf fand in dieser Nacht. Wir erzählten uns im Dunkeln flüsternd gegenseitig die Einzelheiten der Entbindung, sie erzählte mir auch vom Vater des Kindes, der es nicht haben wollte und sie deshalb verlassen hatte, und ich empfand um so stärker, wie wunderbar es mir erging. Ich glaube, es war der physisch schmerzreichste, aber auch der glücklichste Tag in meinem Leben.

Von der Zeit danach habe ich nur ungenaue Vorstellungen gehabt. Ich hatte gelernt, wie man ein Kind wickelt und badet, gelesen, wann es bei einer gesunden Entwicklung zum erstenmal lächeln, greifen und Zähne bekommen müßte – aber niemand hatte mich darauf vorbereitet, daß ich selbst mich verändern würde. Während der Schwangerschaft war ich gleichsam in einem wohligen Nebel geschwommen, wenn mich nicht handfeste Beschwerden aus diesem Zustand rissen; alles, was ich an Empfindlichkeiten von mir gewiesen hatte, um mich mit dem Kind in mir zu schützen, stellte sich nach der körperlichen Trennung von ihm um so heftiger wieder ein. Ich habe sehr oft geweint, aus nichtigen, für Roberts Vater kaum einsehbaren Gründen. War *ich* vorher wichtig, weil das Kind in mir war, lag es jetzt außerhalb von mir in seinem Bettchen, war es und nicht mehr ich die wichtige Person, um die sich alles drehte; auf mir, einem körperlich sehr geschwächten Wesen, lag nur die Verantwortung dafür, daß *es* gut gedieh. Wie ein Pubertierender reagierte ich auf jede scheinbare Kränkung, war ungeduldig, empfand Ansinnen als Zumutung, die ich normalerweise als selbstverständlich erledigt hätte. Ein ganzes Jahr dauerte es, ehe ich meine Kräfte wieder beisammen hatte. Im allgemeinen heißt es, der Körper braucht nach der Geburt ebenso lange wie vorher zur Umstellung.

Es begann mit Aufregungen in der Klinik. In besagtem Kursus hatte man uns eingeschärft, beinahe jede Mutter sei in der Lage, ihr Kind zu stillen, es sei die bekömmlichste Nahrung für den Säugling und trage zur Rückbildung der Gebärmutter bei. Wie vernünftig! Aber leider waren die Säuglingsschwestern nicht ebenso informiert, hielten es jedenfalls für anomal, wenn die Muttermilch nicht gleich in Fülle quoll, sondern sich Zeit ließ, wie bei mir und vielen anderen Frauen, wie ich später erfuhr. Mittlerweile hat man herausgefunden (oder wiederentdeckt!), daß das früher allenthalben geschmähte Kolostrum, die sogenannte Vor-Milch, für das Kind wichtig ist und daß man es sofort nach der Geburt an die Brust legen muß, um die Milchdrüsen rechtzeitig anzuregen.

Aber auch das wird noch seine Weile dauern, ehe diese natürlichen Vorgänge wieder von allen beachtet und genutzt werden.

Als Robert ein paarmal nur wenige Gramm aus mir herausgesaugt hatte und ich schon ganz verzweifelt war, weil ich merkte, sie gaben ihm künstliche Nahrung und er kam gar nicht mehr hungrig zu mir, warf mir die Säuglingsschwester mit einem Blick auf meine Brüste das Wort »Fleischbrust« hin. Es klang verächtlich in meinen Ohren. Eine Kuh, die keine Milch gibt, aber gut bei Fleische ist, kann man nur noch schlachten. Das habe ich damals so nicht gedacht, aber ich kam mir gedemütigt vor, bedauerte mein Kind, das nicht bekam, was ihm zustand, und war sicher, sie hatten unrecht. Ich konnte mich aber nicht wehren. Denn weil ich mich aufregte, hatte ich nun erst recht nicht genügend Milch, und weil ich nicht genügend Milch hatte, fütterten sie meinen Jungen mit fremder Nahrung und redeten mir ein, ich wäre unfähig, ihn selbst zu nähren.

Am tiefsten taten sie mir weh, als sie Robert einmal zur Nachmittagsmahlzeit einfach nicht mitbrachten. Die Babys wurden immer auf einem großen Wagen hereingefahren, auf dem die Kleinen in zwei Etagen nebeneinander lagen. (Ich glaube, jede Mutter kennt die Angst, man könnte ihr Kind vertauschen und ihr ein fremdes unterschieben!) Ich saß in meinem Bett, hatte die Brust vorschriftsmäßig gereinigt wie die anderen Mütter und wartete wie sie darauf, daß man mir mein Kind in den Arm legte. Ich sah, wie eins nach dem anderen zu seiner Mutter kam, wie der Wagen sich leerte, leer war, aber ich hatte mein Kind nicht bekommen. Ich könne ja doch nicht stillen, sagte die Schwester, wozu sollten sie es da extra mitbringen. Ich weinte, ich beschwerte mich, sie brachten mir Robert künftig zu den Mahlzeiten, aber *stillen* konnte ich ihn erst, als ich mit ihm zu Hause war. Glücklicherweise wurden wir, die wir bei der Geburt nicht geschnitten und genäht worden waren, bereits am fünften Tag aus der Klinik entlassen – ich sagte schon, der Februar ist ein beliebter Geburtsmonat, und die Betten wurden für die nächsten Mütter und Kinder gebraucht.

Um die Milchdrüsen in Schwung zu bringen, trank ich zu Hause, daß mir die Flüssigkeit sozusagen aus Ohren und Nase quoll. Auch ein süßes Malzbier, Köstritzer Schwarzbier genannt, das mir überhaupt nicht schmeckte, aber besonders anregend wirken sollte – ich weiß nicht, ob es stimmt, im allgemeinen sagen die Ärzte, die Flüssigkeit als solche, egal welche, mache den Effekt.

Trotzdem schien Robert nicht satt zu werden; er schrie öfter nach den Mahlzeiten. Die Ärztin bei der Mütterberatung meinte auch, er bekäme wohl nicht genügend zu trinken. Sie wollten mir eine Babywaage leihen, damit ich ihn vor und nach den Mahlzeiten wiegen könne, und ich solle dann künstliche Nahrung dazufüttern. Ich weigerte mich; die Ärztin staunte, sagte, sie könne eine Ausnahme machen und ein Rezept ausschreiben, für das ich Milch von einer Mutter bekäme, die so viel davon hatte, daß sie noch abgeben konnte. Ich sagte nein, ich wolle, wie ich es gelesen und gelernt hatte, dem Jungen sieben Mahlzeiten anstatt fünf pro Tag geben, damit er genug bekäme. Die Ärztin staunte noch mehr und meinte, so eine eifrige Mutter hätten sie noch nicht erlebt, die meisten Frauen wollten nämlich gar nicht stillen. Ich kam mir vor wie ein Kind, das in der Schule gelobt wird, und ich war auch so stolz darauf. Aber sie hatten uns vor der Geburt so eindringlich erklärt, warum Muttermilch eigentlich unersetzbar ist für ein Kind, daß ich es als schändliches Verbrechen empfunden hätte, nicht danach zu handeln, und nicht einsah, warum nach der Entbindung das auf einmal alles nicht mehr gelten sollte. Denn ich wußte, sie hatten nicht recht, sie gaben sich nur keine Mühe. Wenn ich den Säuglingsschwestern in der Klinik geglaubt hätte, wäre Robert von Anfang an mit der Flasche ernährt worden. Statt dessen setzte ich mich nun Tag für Tag siebenmal etwa eine Stunde lang hin, ließ ihn beide Brüste leersaugen und quetschte die letzten halben Tropfen mit der Milchpumpe aus, um alles zu tun, was die Milchbildung förderte. Das nahm mich natürlich ganz schön mit, und sicher bin ich – im Zusammenhang mit der ungewöhnlich anstrengenden Geburt – auch deshalb so schwach, so müde, so empfindlich gewesen. Obwohl alle jungen Mütter, die ich gesprochen habe, erstaunt waren über ihre physische Schwäche in den Monaten nach der Entbindung, weil keine es vorher erwartet hatte. Aber ich schaffte es – Robert wurde satt!

Als ich im Theater wieder eine neue Rolle probieren mußte – die Ruth in Friedrich Wolfs ›Professor Mamlock‹ –, nahm ich Robert im Kinderwagen mit in die Garderobe, und wenn seine Trinkzeit gekommen war, bat ich um eine Pause für mich und gab ihm die Brust.

Das war dem Regisseur sicher nicht angenehm, aber er durfte nichts dawider sagen, weil er wußte, ich hatte das Gesetz auf meiner Seite. Ich war keine gute Schauspielerin in diesen Monaten, aber das kümmerte mich wenig, und ich habe das auch nie bereut, weil es Robert sehr gut bekommen ist. Erst in der neuen Spielzeit, als er bereits sieben Monate alt war, mußte ich für eine erkrankte Kollegin einspringen und innerhalb zweier Wochen eine riesige Rolle übernehmen. Wir gaben Robert in eine Kinderkrippe (damals war es noch leicht, einen Platz zu bekommen), und ich engagierte mich von Stund an wieder für die Schauspielerei, wurde in diesen zwei Probenwochen schlank wie vor der Schwangerschaft und hatte Erfolg mit der Rolle. Es begann damit aber auch der Konflikt zwischen Kind und Beruf, denn ich bin selten in der Lage gewesen, mich für beides gleichzeitig vollgültig einzusetzen. Daher rührt wahrscheinlich auch das schlechte Gewissen, das ich Robert gegenüber manchmal habe, weil ich denke, ich bin nicht jederzeit das gewesen, was man eine gute Mutter nennt.

Ich hatte dir schon erzählt, wie unorthodox ich geheiratet habe; Robert und Steffi hielten sich weitgehend an überliefertes Zeremoniell, aber das große, ausgelassene Fest gab es auch bei ihnen nicht. Aus dem Umstand, daß die Braut in »anderen Umständen« ist, machte niemand einen Hehl, und ich glaube, diese offene, unkomplizierte Haltung zu einer vorehelichen Schwangerschaft ist nichts Ungewöhnliches mehr. Eine Kollegin behauptete einmal, Siebenmonatskinder seien früher als voll ausgereifte Säuglinge zur Welt gekommen, worauf ich den Verdacht äußerte, daß es wahrscheinlich ausgewachsene Babys waren; keine, die im siebenten, sondern nach Vollendung des neunten Schwangerschaftsmonats geboren, aber als zu früh gekommen ausgegeben wurden, weil man vertuschen wollte, daß ihre Zeugung bereits vor der Hochzeit stattgefunden hatte. Ich kenne niemanden, der heute deswegen noch verachtet würde, also ist es auch nicht nötig, es zu verschweigen. Es hat sich eben doch schon eine Menge geändert – wenn auch noch viel zu ändern bleibt.

Die Gründe für den ersten Schwangerschaftsabbruch nach Roberts Geburt kennst du inzwischen; das nächstemal war die Bindung an den Mann weitaus komplizierter. Wenn ich Steffis Eltern sehe, werde ich immer daran erinnert, denn es war auch ein Ausländer, ein Ungar. Ich bewundere die Cortus'; auch bei entschieden ausgeglichenerem Temperament als dem meinen gibt es besondere Schwierigkeiten durch die unterschiedliche kulturelle Herkunft, und ich denke mir, es wird auch bei ihnen eine Zeit der Auseinandersetzungen, des Zusammenraufens gegeben haben. Der Ausdruck »kosmopolitisch« klang mir immer zu großartig, aber bis zu meiner Ungarn-Liaison glaubte ich, alles andere sei engstirniger nationalistischer Unsinn. *Und nicht über und nicht unter andern*

Völkern wolln wir sein. Brecht bezeichnet damit genau die Toleranz, die im Zusammenleben der Menschen so nötig ist, wenn wir mit unseren Hausnachbarn ebenso in Frieden leben wollen wie krieglos mit den anderen Nationen der Welt. Aber das eheliche Zusammenleben ist eben noch etwas anderes als ein Nebeneinander im selben Mietshaus.

Es war eine Fünftagefahrt mit Reisebürogruppe, zwei Tage Prag, drei Budapest. Als Martin und ich endlich beide in Berlin engagiert waren, begannen wir uns endgültig zu trennen, und die Budapest-Reise war der erste Versuch, mich wieder ungebunden zu vergnügen. Martin und ich lebten zwar noch in derselben kleinen Hinterhofwohnung, und wir waren auch noch nicht gerichtlich geschieden, aber eine Neubauwohnung, die ich nur mit Robert beziehen sollte, stand in Aussicht, und die Scheidung sollte folgen.

Das wundervolle Prag wurde vom Budapest-Erlebnis ins blasse Abseits gedrängt. Gewiß, die Baudenkmale beeindruckten mich in der tschechischen Hauptstadt, die Läden, das Weltstädtische, die Moldau, die Brücken – aber in Budapest gab es nicht nur den Fluß und die Bögen darüber, flimmernde Geschäfte und Weltstadtfluidum, sondern einen einzigen Menschen, der mir wichtiger wurde als die ganze schöne Stadt, durch den ich ihre Schönheit aber auch erst richtig erkannte und genießen lernte.

Ich wage kaum, seinen Beruf zu nennen, aus Furcht vor einem scheelen Blick von dir: Er arbeitete in der Hotelrezeption. Und er war nicht etwa die große Ausnahme, welche die in solchen Berufen rasch wechselnden Bekanntschaften bescheiden verschmähte und sich erstmalig von mir angezogen fühlte, sondern er war eher abnorm in der Menge seiner Liebschaften, Bettschaften, Schläfereien, die er – mit seinem Freund um die Wette – als geradezu spielerischen Sport betrieb. Er sah nicht gerade aus wie ein Don Juan oder was man sich gemeinhin darunter vorstellt, sondern er wirkte eher traurig, zurückhaltend, vergrämt-faltig für sein Alter. Dabei war er erst dreiundzwanzig, wie ich später erfuhr, und die Falten können auch nicht nur die Strafe für sein vielfältiges Lust-Leben gewesen sein, denn der eben erwähnte gleichaltrige Freund, der im Wettbewerb um die Anzahl der beschlafenen Damen etwa gleichstand, sah jungenhaft glatthäutig aus. Ich will mich jetzt nicht weiter über den Don-Juan-Mythos auslassen; es hat sich wohl inzwischen herumgesprochen, daß häufig wechselnde Liebschaften nicht der Ausdruck besonderer Liebesfähigkeit, sondern eher ihres Gegenteils sind. Gyula (den Namen kannst du etwa mit Julius übersetzen) war nicht eigentlich hübsch, aber sehr weich, und wenn du so willst, bin ich erst einmal ebenso auf ihn hereingefallen wie andere Frauen auf einen Don Juan hereinfallen; an sich war ich immer zu anspruchsvoll, um mich mit der Rolle des Tropfens im Meer zu begnügen, und als Gyula mich zu interessieren begann, war er noch durch keine einmalige Leidenschaft zu mir in Flammen gesetzt. Er stand während seiner Dienstzeit hinter dem Rezeptionstisch, war höflich, auf eine müde Art flink, mager, lang (Gyula war ein Meter zweiundneunzig groß!), aufgrund dieser Länge hielt er sich immer leicht gebeugt, er war blond, mit schmalem Gesicht und tiefliegenden blauen Augen. Und ich war immerhin kein unbescholtener Backfisch mehr, sondern mittlerweile dreißig Jahre alt.

Obwohl die Sinnlichkeit sicher eine große Rolle dabei gespielt hat – sie spielt es in jeder Liebe, wenn man es auch gern als Ausgangspunkt leugnen möchte –, so habe ich doch bei ihm nicht nur irgendein Abenteuer gesucht; deswegen wäre ich nicht extra ein zweitesmal nach Budapest gereist. Nein, Gyula gefiel mir von Anfang an ernsthaft. Eine gewisse Ähnlichkeit, die er mit Heinrich hatte, läßt mich vermuten, daß ich wieder ein wenig von dem in ihm suchte, was mit Heinrich unausgelebt geblieben war. Es ist sowieso schwer zu begründen, was einen jeweils am anderen Geschlecht anzieht; mit Bestimmtheit kann ich eher sagen, was mich abstößt: selbstherrliche, vermeintlich starke Männer, die glauben, Sensibilität sei eine vornehmlich dem weiblichen Geschlecht zuzuordnende Schwäche.

Der letzte Abend und die Fahrt zum Bahnhof rückten immer näher (herwärts waren wir per Flugzeug gereist, zurück sollte es im Eisenbahnliegewagen gehen), und mir blieb für eine Annäherung nur der Abschied in der Hotelhalle, als bereits die Koffer zum Abtransport beim Ausgang standen. Ich bedankte mich bei ihm, und dann fragte ich ihn herzklopfend keß, ob ich ihm einmal schreiben solle. Und da erwies sich, daß er keineswegs so schüchtern passiv war, sondern, rasch die Situation begreifend, mir zu verstehen gab, daß er mich zum Bahnhof begleiten würde, seinen Kollegen bat, für ein Stündchen seine Arbeit mit zu übernehmen, und bevor er sich umzog, zu mir sagte, ich solle im Bus einen Platz für ihn freihalten und achtgeben, daß er nicht ohne ihn abführe. Es ging wirklich alles beängstigend rasch, aber es war einfach keine Zeit, sich Zeit zu lassen.

Zu Hause angelangt, schrieb ich ihm sofort. Ich weiß nicht mehr, was ich da schrieb, aber ich bin sicher, daß ich es an Offenheit nicht mangeln ließ. Die von den Frauen so oft geforderte Zurückhaltung in der Liebe war nie meine Stärke; ich war immer der Meinung, wem das nicht paßt, der solls bleiben lassen. Gyula paßte es offenbar; er weckte mich eines Morgens mit einem Telefonanruf und fragte, ob der für eine abermalige Reise erforderliche Einladungsbrief schon angekommen sei. Als ich den in der Hand hielt, ging ich sofort zur Polizeidienststelle, um alle damals noch nötigen Visa-Formalitäten zu erfüllen; wenigstens zwei Tage hintereinander mußte ich frei haben, um fliegen zu können.

Ich flog. Ich flog zu ihm, ich flog mit dem Flugzeug, ich flog am ganzen Leib. Martin warf mir vor, ich könne mir dieses Abenteuer nur leisten, weil er Robert beaufsichtige. Ich fand das ungerecht, sonst kümmerte er sich auch gern um unseren Jungen, außerdem, wenn nicht er – ich würde schon jemanden finden, bei dem ich das Kind für ein paar Tage lassen könnte. So wäre es doch nicht gemeint. So war es auch nicht gemeint, der Junge war nur ein Vorwand, in Wirklichkeit kränkte Martin, daß ich unsere Trennung ernst nahm. Und ich war rücksichtslos. Liebe macht blind, Liebe macht sehend, Liebe macht feinfühlig, Liebe macht grob allem gegenüber, was ihr im Wege steht. Aber vielleicht ist das weniger Liebe als Leidenschaft.

Wegen irgendwelcher Unwetter, die sich überm Landeort ballten, startete das Flugzeug, das mich hinbringen sollte, drei Stunden später. Drei Stunden ungewissen Wartens im Niemandsland des Flughafens; um drei Stunden wurden die zweieinhalb Tage, die ich bei Gyula verbringen wollte, gemindert, zwei Tage und drei Nächte minus einhundertachtzig Minuten. Als wir endlich in den grauen Himmel starteten, fühlte ich mich, als hätte man mir eine Traum-Droge eingegeben.

Gyula hatte diese drei Stunden auf dem Budapester Flughafen gewartet. Ich sah ihn stehen, während fremde Koffer auf dem Förderband an mir vorbeirollten, einer nach dem andern, nur meiner nicht, als hätte man sich gegen uns verschworen.

Als wir uns endlich umarmen konnten, waren wir stumm.

Gyula hatte für mich ein Zimmer in dem Hotel, in dem er arbeitete, reservieren lassen. Er mußte nur achtgeben, daß sein Direktor nicht erfuhr, wer außer mir dort nächtigte. Seine Kollegen in der Rezeption begrüßten mich herzlich; wissend, aber ohne süffisanten Unterton. Für so etwas besaß ich ein geschärftes Ohr. Ich, das heißt Gyulas Beziehung zu mir, wurde also ernst genommen.

Von Anfang an hatte ich den Ring an Gyulas Hand wahrgenommen und wußte seit unserer ersten Unterhaltung auf der Fahrt zum Bahnhof, daß er verlobt war, mit einer Schweizerin, die ihn bald heiraten wollte. Ich sage bewußt: *Die ihn* heiraten wollte. Denn war diese erste Mitteilung kühl ausgefallen, sagte er auf der Busfahrt vom Flughafen erbittert, sie wolle in zwei Wochen kommen, um die Hochzeit vorzubereiten. Aber er fügte sofort hinzu, ich solle mich bitte nicht aufregen, wir würden alles klären.

Morgens um sechs begann sein Dienst. Ich glaube, wir haben bis dahin nicht eine halbe Stunde geschlafen. Ich fürchte, so etwas wäre mir heute nicht mehr möglich; erbarmungslos würde mich Müdigkeit überkommen, und wenn ich gegen sie ankämpfte, statt ihr nachzugeben, wäre ich am nächsten Tag unkonzentriert und gereizt. Nicht so damals: All unsere Sinne hielten uns wach. In solchen Nächten sind Körper und Geist in wunderschöner Einheit erregbar, alle Poren, alle Nervenverbindungen, alle Hirnverästelungen sind gleichermaßen empfangs- und sendebereit. Wenn es heißt, unser Gehirn würde nur zu einem geringen Teil genutzt, so möchte ich behaupten, niemals wird es stärker in produktive Schwingungen versetzt als in diesem Stadium der Liebe; allenfalls schöpferische Phantasie kann den Menschen in einen derartigen Zustand versetzen. Aber in der Liebe ist die Bestätigung unmittelbar, während sie beim geistigen Schöpfungsakt in der Hoffnung liegt, daß gebraucht wird, was die glühenden Hirndrähte erzeugen.

In diesen Nächten wird gebeichtet, was man sonst keinem verrät, weil man fühlt und weiß, nie sonst hat man die Chance, so ernst genommen zu werden. Man ist geradezu süchtig, schreckliche Erlebnisse vom anderen zu hören; wäre seine Vergangenheit glücklich und fröhlich gewesen, höbe sich der augenblickliche Zustand, den man doch selbst hervorgerufen hat, gar nicht genügend heraus! Gyula gestand mir den wahrlich ungewöhnlichen Lauf seines Lebens: Sechsundfünfzig hat er, fünfzehnjährig, also ein Kind noch, einen Menschen erschossen. Frag mich bitte nicht, woher er eine Waffe besaß; vielleicht habe ich es gewußt, aber wieder vergessen. Aus Furcht vor der Verfolgung seiner Tat flüchtete er ins Ausland, zuerst nach Österreich, dann über Frankreich in die Schweiz. Er ist getrampt, hat gebettelt, wurde von mitleidigen Menschen vorübergehend aufgenommen, von anderen gedemütigt und verprügelt. In der Schweiz schließlich fand ihn ein Mann, der ihn im Gedenken an ungarische Vorfahren in seiner Familie aufnahm. Dieser Mann besaß mehrere Hotels und eine hübsche Tochter, die im gleichen Alter war wie Gyula. Sie verliebte sich in ihn, und sie schliefen miteinander. Gyula nahm das nicht sonderlich ernst, schon als er vierzehn war, hatte er angefangen, mit Frauen zu schlafen. Doch bevor Gyula wieder in sein Heimatland reiste – er hatte einige Jahre in der Familie verbracht und inzwischen das Hotelfach erlernt –, gestand das Mädchen Emmi ihrem Vater, wie sehr sie Gyula liebte und daß sie ihn heiraten möchte. Der Vater sprach mit Gyula, und dieser wäre sich dem Mann gegenüber, den er als Lebensretter betrachtete und sehr verehrte, undankbar vorgekommen, wenn er seine Tochter verschmäht hätte. Also wurden die beiden miteinander verlobt, bevor Gyula – diesmal per Flugzeug – heimreiste.

Emmi muß ihn wirklich geliebt haben, denn sie war bereit, nicht nur ihre Heimat, sondern damit auch alle Privilegien, die sie als Hotelbesitzertochter genoß, alle damit verbundenen Bequemlichkeiten aufzugeben und mit Gyula in Ungarn zu leben, für den Anfang in der Wohnung von Gyulas Eltern, mit wenig Geld, denn Gyula wäre sicher zu stolz gewesen, sich von seinem Schwiegervater aushalten zu lassen. Dazu mußt du wissen, daß Hotelangestellte damals in Ungarn miserabel verdienten. Sie waren auf Trinkgelder angewiesen, eine Sitte, die mir sehr zu schaffen machte, weil ich fand und finde, daß diese von der Gnade der Hotelgäste abhängigen Zahlungen unwürdige Liebedienerei fördern. Über dieses Thema habe ich mich später mit Gyula ausgiebig gestritten.

Hätte ihn Emmi nicht so geliebt, wäre es Gyula vielleicht möglich gewesen, diese Verlobung nach einiger Zeit wieder zu lösen. So wagte er es nicht, wähnte sich gefangen und begann, das Mädchen zu hassen. Ich glaube auch, er fühlte sich eher ihrem Vater als Emmi selbst verpflichtet. Inwieweit ein allgemeines anerzogenes »Ehrgefühl« daran beteiligt war, kann ich nicht sagen; bevor er sich in mich verliebte, hat ihm ja auch keine Frau so gefallen, daß er ihretwegen alles andere über den Haufen geworfen hätte. Und als wir uns kennenlernten, hatte er mit Emmi bereits alle bürokratischen Hürden überwunden, und beider Hochzeit war für wenige Monate später vorgesehen.

In der Hochzeitsnacht würde er nicht mit Emmi, sondern mit einer anderen Frau schlafen, sagte Gyula zähneknirschend. Schöne Aussichten für mich. Er hatte sich in seinem Haß und seiner Verspieltheit schon schlimme Sachen Emmi gegenüber geleistet: Da sie beide nicht wollten, daß sie bei ihren Besuchen in Gyulas elterlicher Wohnung schlief, nahm sie stets ein Zimmer im teuersten Hotel Budapests und saß oft, während Gyula Dienst hatte, bei ihm in der Halle und sah ihm zu, las oder schrieb Ansichtskarten. Um sich für seine Gefangennahme zu rächen, hat er es einmal am selben Tag, während seiner Arbeitszeit, während Emmi unten in der Rezeption saß und auf seinen Dienstschluß wartete, nacheinander mit zwei verschiedenen »Damen« getrieben. Verabredung per Telefon im Haus – Emmi sprach Französisch und Deutsch, aber nicht Ungarisch –, und der gute Junge mußte zwecks Dienstleistung zu einem Gast aufs Zimmer gehn. Ich weiß nicht, wie naiv Emmi gewesen ist; Gyula hat sie belogen, daß, würden sich tatsächlich die Balken davon biegen, das Hotel längst eingestürzt wäre. –

Ich weiß auch nicht, wie ich dir glaubhaft machen soll, daß ich noch heute davon überzeugt bin, Gyula hat mich, wenn überhaupt, allenfalls in Kleinigkeiten beschwindelt; womöglich hältst du mich für zu eitel, um mir das Gegenteil einzugestehen. Aber mit Gyula geschah etwas, was er vorher nicht gekannt hatte: Er verliebte sich ganz ernsthaft und leidenschaftlich in mich, und er, für den Schwindeln und Lügen bis dahin alltäglich war, wußte von mir, daß ich ihm beinahe alles verzeihen würde, nur eines nicht: Lügen. Aus Angst, mich dadurch zu verlieren, und weil er plötzlich die Freude entdeckte, die Wahrheitsliebe bereiten kann, log er nicht. Anfangs war ich auch ein bißchen mißtrauisch, aber stets, wenn ich überprüfte, was er mir gesagt hatte, stellte sich heraus, daß es stimmte. Natürlich schmeichelte es mir auch, daß sich Gyula meinetwegen so veränderte; daß ich eben nicht nur ein beliebiger Tropfen im Meer seiner Sexualerlebnisse war, sondern etwas völlig Neues, das er mit dem Bisherigen überhaupt nicht verglich, weshalb er mir auch so unbefangen davon erzählte. Hätte ich ihm deshalb Vorhaltungen gemacht, wäre er sicher verstimmt – und ich mir zickig vorgekommen. Warum er aber nach all seinen Abenteuern ausgerechnet mich für seine erste große Liebe auserkor – das ist wieder die alte Frage, was alles zusammentreffen muß, damit zwei Menschen sich derart unwiderstehlich anziehen. Gewiß war ich nicht besser als manche Frau, die er vor mir kennengelernt hatte und die auch seinem Alter besser entsprochen hätte. Ich bekam nun auch ab, was er zuvor nie gespürt hatte: Eifersucht. Bis dahin war ihm völlig egal gewesen, ob eine Stunde vor oder nach ihm ein anderer Kerl das Weib beschlief; es war ausschließlich körperliche Lust, auch der Kitzel der Verführung, Verstellung, Überrumpelung, des Neuen, Anderen, Vergnügen ohne Verantwortung. Es gab – teilweise schon recht bejahrte – Damen, die es sich leisten konnten, solcher Abenteuer wegen eigens aus Amerika anzureisen, und die bevorzugten meist solch unschuldig wirkende verderbte Knaben. Und ich war ausersehen, ihn zur Treue zu verleiten! Das scheint natürlich unglaubhaft, und ich kann es auch nur mit dem sicheren Gefühl begründen, das durch Vertrauen entsteht.

Aber seine vergangenen Erlebnisse verwandelten in der Phantasie mich zu dem Ungeheuer, das es ebenso trieb wie vormals er. Auf eine masochistische Weise verbohrte er sich in diese schmerzhaften Vorstellungen, zeigten sie ihm doch, wie er sagte, immer wieder, wie sehr er mich liebte, und das sei so wunderbar, daß er es gern ertrüge.

Mich quälte seine Eifersucht. Ich finde die Phantasievorstellungen, die Eifersucht hervorbringt, entwürdigend für beide, vor allem, wenn sie nur in der Einbildung bestehen. Natürlich weiß ich, daß eifersüchtige Menschen bedauernswert leidende Geschöpfe sind, aber diese Einsicht hilft nur, wenn man nicht davon betroffen wird. Ist man selbst das Opfer dieser zerstörenden Leidenschaft, nützt einem das Wissen um die Zusammenhänge wenig; dann ist man täglich aufs neue entsetzt und empört über die unwürdigen Verdächtigungen, ungerechtfertigten Anwürfe, den besitzwütigen Liebeshaß. Bei diesem ersten Besuch bekam ich allerdings erst wenig davon zu spüren; die mit bemühtem Lächeln vorgebrachte Bemerkung etwa, ich hätte diesen oder jenen Mann aber aufmerksam angesehen! Ich nahm das nicht so ernst, weil mich alles andere derart überwältigte, daß mir diese kleinen Stiche als Geringfügigkeiten erschienen, die im Universum der Glückseligkeit verpufften.

Nachdem Gyula gegen sechs Uhr nach unten gegangen war, habe ich ein bißchen geschlafen, und dann setzte ich mich – genauso wie Emmi – in die Hotelhalle und sah ihm bei seiner Arbeit zu, trank schwarzbraunen Espresso, aß wundervoll frisches Gebäck dazu und unterhielt mich mit Gyula und seinem Kollegen, wenn kein anderer Gast sie beanspruchte. Gyula war entzückt von meinen wenigen ungarischen Vokabeln und Sätzen, die ich in der kurzen Zeit zwischen den zwei Reisen gelernt hatte. Ich mußte sie, wie ein Kind, dem Kollegen vorführen, und beide versicherten, ich hätte eine vorzügliche Aussprache; wahrscheinlich kam mir meine Musikalität dabei zu Hilfe. Emmi hätte sich nie die Mühe gemacht, Ungarisch zu lernen, sagte Gyula. Emmi, der bittere Tropfen, den es aus dem wundersüßen Getränk herauszufiltern galt.

Um vierzehn Uhr war Gyulas Dienst beendet, und wir fuhren über die Donau in den anderen Teil der Stadt, von Pest nach Buda, zu Gyulas Mutter, die mich zum Mittagessen geladen hatte. Wenn mich am Vormittag keine Lust überkommen hatte, allein die Stadt zu besichtigen, so nahm ich aus dem Autobus ihre im Herbstsonnenlicht strahlenden Schönheiten um so freudiger wahr, als mir Gyula Namen und Geschichte erzählte, stolz, als hätte er diese Stadt erschaffen.

Ich glaube, es gehört zu den Eigenheiten nicht nur von mir, sondern von Deutschen überhaupt, zumindest denen der nördlichen Gebiete, daß wir unsere Landschaft, unsere Architektur vor Fremden eher bagatellisieren als preisen, daß wir leichter kritisieren als loben. Ich weiß nicht, seit wann das so ist, ob vielleicht erst die Kulturlosigkeit der Nazis zu diesem Skeptizismus geführt hat. Ein Ungar fühlt sich persönlich angegriffen, wenn Fremde eine abfällige Bemerkung über irgendeine Landessitte, ein vielleicht leicht kitschiges Denkmal, über die lässige Bedienung in einem Restaurant machen. Man enthält sich besser sogar der Zustimmung, wenn die Kritik von ihm selbst stammt, weil er sich sonst sofort mit Eifer bemüßigt fühlt, einem das Untypische, die Einmaligkeit des Kritisierten zu beweisen. Die Ungarn haben jahrhundertelang immer wieder fürchten müssen, als Volk ausgelöscht zu werden; sie waren, um zu überleben, in einem unerhörten Maße aufeinander angewiesen, und sie sind stolz auf ihre Zusammengehörigkeit. Ich betone das, weil diese Unterschiede ein wesentlicher Grund dafür waren, daß wir später nicht miteinander auskamen.

Ich spreche schon vom Scheitern – dabei war ich erst am Anfang unseres Kennenlernens!

Nach einem kurzen Blick küßte mich Gyulas Mutter zur Begrüßung. Er sagte, ich könne stolz darauf sein, und ich war es auch. Klein und schon fast weißhaarig war diese Frau, und die Fältelungen ihrer Haut zeigten ebensoviel durchlebten Kummer wie Arbeit. Sie verschwand in der Küche. »Meine Mutti kocht wunderbar«, sagte Gyula, und bald sauste die kleine Frau zwischen Küche und Wohnzimmer hin und her, um das zu bestätigen. Ich war so gerührt von ihren Sympathiekundgebungen, die mir Gyula übersetzte, daß ich gar keine Zeit hatte, darüber nachzudenken, warum er, der sich doch sonst so höflich zeigte, seiner Mutter nicht einmal die Tür aufhielt, als sie eine schwere Suppenterrine hereinschleppte, und ich wagte auch nicht, ihr behilflich zu sein, um Gyula nicht zu beschämen.

Am Abend waren wir zur Familie seines Freundes Sándor geladen; sie hatten den Wunsch geäußert, mich kennenzulernen. So ernst war es Gyula also, daß er trotz seiner Verlobung mit Emmi bereits seinen Freunden von mir erzählt hatte, auch, daß ich noch verheiratet war und einen sechsjährigen Sohn hatte. Und ich vermute, es war nicht nur der Stolz des Verliebten, das Bedürfnis, das geliebte Wesen mit allem bekannt zu machen, was man außer ihm liebt, sondern es geschah wohl auch in dem Wunsch, ein Vergleich mit Emmi möge günstig für mich ausfallen und ihm die nötige Sicherheit für eine Trennung von ihr schaffen.

Wie alt ich war, hatte er ihnen vorher nicht erzählt (seiner Mutter schon; sie war offenbar überrascht, als sie mich sah), aber keineswegs, um es zu verschweigen, sondern um ihr Staunen zu genießen: Sie meinten, da ich bereits ein sechsjähriges Kind habe, müsse ich wohl schon über zwanzig sein. Als Gyula stolz lächelnd sagte, ich sei bereits dreißig, sahen mich alle ungläubig noch einmal an. Ich freute mich natürlich, vor allem, weil sie mich im Alter zu Gyula passend fanden. Wichtig war für uns beide: Ich wurde von seinen Bekannten akzeptiert. Sie waren alle vier so liebenswürdig zu mir, daß ich den Eindruck hatte, nicht ich brauchte um ihre Gunst zu werben, sondern sie bewarben sich um die meine. Ich glaube auch nicht, daß mein Beruf dabei eine Rolle spielte; dafür hätte ich schon eine Berühmtheit sein oder wenigstens im Ungarischen Fernsehen auftreten müssen. Gyula meinte, es sei mein Mangel an Koketterie, der die Leute überrascht und der wohl mit der Ehrlichkeit zusammenhängt, um die ich mich immer bemüht habe und in diesem Fall auch nicht zu unhöflicher Direktheit ausarten ließ. In Budapest schönte mich obendrein die Liebe; ich hatte Lust, die ganze Menschheit zu umarmen, ich strahlte alle Gramfalten hinweg und forderte selbst die ewig Schimpfenden heraus, freundlich zu sein.

Magda, Sándors frische Eheliebste, eine hübsche, braunhäutige Person, versuchte immer, sich durch Augenzwinkern mit mir gegen die zwar geliebten, aber unverbesserlichen Mannsbilder zu verbünden; sie zeigte damit etwas von der listenreichen Art, von der man (Mann!) behauptet, sie sei der Frau seit Eva ureigen; die in Jahrtausenden erworbene Fähigkeit, sich heimlich etwas von der Macht zu holen, die einem rechtlich verweigert wird, und den Triumph darüber schlau für sich zu behalten.

Sándors Mutter, eine stramme Fünfzigerin, war in der Position, in die die meisten Magdas nach etlichen Ehejahren geraten: Sie haben sich damit abgefunden, daß sie in der Öffentlichkeit nicht viel vermelden dürfen, und halten sich an der Familie schadlos. Ihrer Schwiegertochter gab sie des öfteren mit kurzen, mißbilligenden Blicken zu verstehen, daß sie durchaus auch etwas für die Gäste tun könne, anstatt sich bloß verliebt im Arm ihres Sohns zu räkeln; die Männer brauchten nur dafür zu sorgen, daß wir genügend von dem Aprikosenschnaps tranken, der meinen Rachen lieblich zerkratzte, ansonsten ließen sie sich von der Hausfrau bedienen. Wahrscheinlich hatte sich Gyula aus dieser Tradition heraus zu seiner Mutter so unhöflich benommen? Er hat aber nie von mir verlangt oder auch nur erwartet, daß ich diese unterwürfig-beherrschende Rolle ihm gegenüber spiele.

Ich erzähle dir schon so lange von Gyula und bin immer noch bei meinem ersten Besuch nach der Touristenreise. Aber dieser Aufenthalt war so wichtig für alles weitere, nicht zuletzt deshalb, weil er in das Stadium der Liebe gehörte, in dem wir alles, was der geliebte Mensch tut, wie er sich bewegt, wie er aussieht, bejahen – einschließlich aller Verletzungen, Buckel und Schielaugen. Man sagt immer, Liebe mache blind, und ich behaupte trotz aller späteren Enttäuschungen, sie macht ebenso tieferblickend, weil wir sehen, daß jemand trotz gekrümmten Rückens und ungleicher Augenstellung schön sein kann, weil er ein Mensch ist, weil er liebt und weil wir ihn lieben.

Gyula hatte sich für den Abend vor meinem Abflug einen Höhepunkt im doppelten Sinne des Wortes aufgehoben: einen Gang auf den Gellérthegy, den Berg, von dem der Legende nach vorzeiten der Bischof Gellért in einem mit Nägeln ausgeschlagenen Faß in die Donau hinabgestürzt wurde.

In der Dämmerung begannen wir unsere Serpentinenwanderung, im Dunkel kamen wir oben an. Ich liebe das kobaltene Blau, in dem der unbewölkte Himmel nur beim Übergang vom Tag zur Nacht erscheint; es ist ernst, doch nicht traurig, es leuchtet, ohne zu blenden. Die Balkonszene zwischen Romeo und Julia habe ich mir immer vor einem mit kobaltblauem Samt ausgeschlagenen Rundhorizont vorgestellt und war so enttäuscht, als ich sie eines Tages vor einem gewöhnlich ockerfarbenen Hintergrund sah. Nur selten fand ich Liebesszenen auf dem Theater so dargestellt, daß sie mir einen Eindruck von der überwältigenden Größe solcher Empfindungen geben konnten, auch wenn sie vom Dichter so wunderbar ausgedrückt sind wie von Shakespeare:

– – Und stirbt er einst
Nimm ihn, zerteil in kleine Sterne ihn:
Er wird des Himmels Antlitz so verschönen
Daß alle Welt sich in die Nacht verliebt.

Wir befanden uns mitten im Himmel: über uns die kosmischen Sterne, unter uns die Lichter Budapests, die wie Sterne zu uns heraufleuchteten. Gyula pries seine Stadt nicht mehr, er wußte, ich liebte sie.

Er führte mich ins Weinrestaurant der Zitadelle, ein Lokal, das man in den steinernen Wölbungen des ehemaligen Pulvermagazins eingerichtet hatte. Öffentlichkeit kann den Zauber der Intimität erhöhen, wie die Fassung einen Edelstein zur besonderen Wirkung bringt; man ist unter vielen Menschen und kann doch allein sein. Die Erinnerung an Budapest ist bei mir untrennbar mit solchen Restaurantbesuchen verbunden.

Ein großes Menü konnten wir uns nicht leisten (obwohl Gyula gewiß seine letzten Fillér für mich zusammengescharrt hatte!). Gyula bestellte Fischsuppe, ein ungarisches Gericht, das ich bis dahin noch nicht probiert hatte, dazu als Ausgleich einen lieblichen Weißwein. Der Kessel mit der halászlé wurde uns mitsamt der hitzenden Glut auf den Tisch gestellt. Während der Kellner den paprikaroten Sud in die Teller schöpfte, nahm Gyula meine Hand und preßte sie, daß es mich schmerzte. Ich wehrte mich nicht.

»Ich werde Emmi alles erzählen über uns. Und wenn sie dann noch immer will« – seine Lippen waren weiß geworden –, »nein!«

Der Kellner verneigte sich und ging. Mir wurde für einen Augenblick kalt bis in die Zehenspitzen und sofort darauf ebenso heiß; heiß wie die Fischsuppe, die so scharf war, daß nur die weißen Brotschwämme, die wir dazu aßen, den Gaumen ein wenig besänftigen konnten. Die bislang spielerisch-sehnsüchtige Hoffnung, die Heirat zwischen Gyula und Emmi könnte zu verhindern sein, schien sich zu erfüllen, und das hob den verantwortungsfreien Wunsch mit einemmal in den Bereich, in dem das Gewissen seinen Thron hat. Es verschlug mir den Atem vor Glück und Angst, vor Hitze und Schärfe. Ich nahm mir vor, Gyula nicht ausdrücklich zuzureden.

Der Abschied am nächsten Morgen war bitter. Gyula begleitete mich zum Flughafen; er hatte seinen Dienst auf den Nachmittag gelegt, ich mußte am Abend spielen. Wir standen stumm nebeneinander und sahen zu, wie Flugzeuge in den Himmel starteten und von irgendwoher andere niederkamen. Als die Fluggäste nach Berlin eingerufen wurden, bat mich Gyula, ihm in Gedanken beizustehen, wenn Emmi käme. Er weinte.

Seh ich ein spöttisches Zucken um deinen Mund oder bilde ich mir das nur ein? – Ich würde es auch nicht gerade als sonderlich klug empfinden, denn ich halte es für eine psychisch sehr schädliche Sitte, Jungen in der Erziehung das Weinen auszutreiben. In Ungarn weinen Männer ebenso wie Frauen (vielleicht nicht ganz so oft), und ich empfand das als sehr angenehm, weil einem jemand, der weinen kann, gleich viel näher steht.

Zu Hause angelangt, kam ich mir vor wie eine Fremde. Als ob ich nach einem herrlichen Traum aufgewacht wäre in einen trüben Morgen, der einen ebenso trüben Tag verheißt. Martin verhielt sich demonstrativ zurückhaltend, er vermied es sorgfältig, mich zu berühren; geschah es dennoch zufällig – eine Begegnung der Hände bei Küchenarbeiten etwa –, zuckten wir beide zusammen, als hätten wir ein Tabu verletzt. Es zeigte bestürzend, wie sehr wir noch miteinander verbunden waren, obgleich wir – oder doch wenigstens ich – gewähnt hatten, mein Umzug in eine andere Wohnung würde nur den räumlichen Abschluß einer längst vollendeten Trennung bedeuten. Jeden Freund kann ich umarmen, einen Fremden herzlich begrüßen, und auch mit Martin unterhalte ich mich inzwischen längst wieder in einvernehmlicher Gelassenheit. Damals war uns das alles nicht möglich. Wenn man eine Verbindung zerreißt, bedeutet das eben noch lange nicht, daß beide Teile für sich schmerzlos lebensfähig sind. Selbst ein Regenwurm, der, zerlegt, in seinen Teilen angeblich problemlos fortexistiert, wird, verglichen mit seiner gesamten Lebensdauer, ein Weilchen Zeit benötigen, ehe er sich den neuen, verkürzten Bedingungen angepaßt hat.

Ich wollte diese Bindungen leugnen. Ich hatte ja meine neue große Liebe, was belästigte mich Martin mit seiner vorwurfsvollen Gegenwart? So rasch wie möglich wollte ich mit Robert in die andere Wohnung ziehen, nicht zuletzt, um Gyula ohne Martins Gegenwart empfangen zu können.

Gyula kam vorher. Er wollte gleich nach Emmis Besuch zu mir fliegen, aber die Schweizerin mußte ihre Reise verschieben, weil sie krank wurde. Vielleicht aus Angst?

»– Ich habe nun für sie alles geschrieben über uns, und wenn ihr Antwortbrief kommt, werde ich schon bei dir sein –«

Ich wollte mich nicht mit Gyula in einem Hotel treffen müssen und bat Martin, für die Tage, in denen Gyula in Berlin sein würde, zu einem Kollegen zu ziehen, der kürzlich geschieden war und Platz in seiner Wohnung hatte. Ich redete mir ein, das wäre für Martin lediglich eine freundschaftliche Geste; eine kleine Unbequemlichkeit, gewiß, deren Notwendigkeit er aber unbedingt einsehen müßte. Martin wehrte sich. Er meinte, er könne seinem Kollegen doch nicht zumuten, ihn aufzunehmen, nur weil ich Besuch bekäme. Von der Kränkung sprach er nicht. Aber ich sprach mit dem jungen Mann, und der sagte, wenn Martin kommen wolle, bitteschön, jederzeit gern. Nun hätte Martin von meiner Unverfrorenheit reden können, mit einem ihm fremden Mann in unserem gemeinsamen Zimmer zu wohnen, zu essen und – zu schlafen. Aber das tat er nicht, sondern er zog sich zurück, wie ich mirs gewünscht hatte. Die Quittung gab er mir bei der Scheidung – aber davon erzähle ich später.

Als Gyula hörte, daß ich Martin seinetwegen vertrieben hatte, wollte er sofort in ein Hotel gehen, und ich mußte ihn sehr bitten, es nicht zu tun. Aber er hoffte auf mein Bitten, und sein Nachgeben war nur eine Frage meiner Ausdauer. Und die war groß genug.

Robert war im September zur Schule gekommen und lernte zum erstenmal Ferien kennen, die er bei Martins Mutter verbrachte. Ich war recht froh, daß er diesmal noch nicht da war, als Gyula kam. Robert wußte nur, wir würden demnächst umziehen, nicht aber wußte er, daß es ohne seinen Vater geschehen sollte. Erst nach dem Umzug gedachten wir ihn mit der Scheidung seiner Eltern zu konfrontieren; ich wollte dem Jungen vom Nichtmehrverstehen reden, davon, daß ich nun mit ihm allein bliebe, sein Vater uns aber öfter besuchen würde. Martin überließ die Aufklärung mir, weil er die Ansicht vertrat, der spalttreibende Keil sei ich gewesen und wäre nun auch für die Folgen verantwortlich. Er war allerdings gleich mir der Meinung, daß eine zerstörte Ehe dem Kind mehr schaden könne als eine getrennte.

Nun war mir zwar bange vor der Eröffnung, die ich Robert machen mußte, und ein schlechtes Gewissen hatte ich auch, aber es reichte nicht aus, um den Jungen besser auf dieses einschneidende Erlebnis vorzubereiten. Sicher hatte er die Spannung zwischen seinem Vater und mir längst gespürt – Kinder nehmen meist viel sensibler die Beziehungen der Erwachsenen untereinander und zu ihnen auf, als wir es in unserer egozentrischen Dickhäutigkeit wahrhaben wollen –, aber wir glaubten, es genüge, wenn wir stets vermieden, uns in Roberts Gegenwart zu streiten. Wie dumm und hilflos sind wir oft Kindern gegenüber und halten doch nur sie für die Unwissenden und Hilfebedürftigen.

Gyula war enttäuscht, daß er Robert noch nicht kennenlernen durfte. Nicht nur er hatte ein Geschenk für den Jungen besorgt, sondern auch von seiner Mutter brachte er einen großen selbstgebackenen Elefanten mit, den er unterwegs sorgfältig hatte hüten müssen, damit er nicht zerbrach. Ich war gerührt von dieser Zuneigung und bekam eine sanfte Ahnung von den Schwierigkeiten, die Robert und mich erwarteten, sollte ich ihm einen Zweitvater zuordnen wollen. Im übrigen vergaß ich gern erst einmal alles Störende und erfreute mich der Gegenwart.

Ich empfinde Berlin nicht als schöne Stadt, und mir mangelt es auch an dem Talent, das, was bemerkenswert ist an ihr und was mir gefällt, laut zu rühmen. Ich konnte mir nicht vorstellen, daß Gyula meine Heimat mit ähnlicher Bewegung aufnehmen würde wie ich die seine. Doch wenn er auch – und das unterschied uns – jederzeit überzeugt war, daß sein Land das schönste sei, ließ er sich, ebenso wie ich mich in Budapest, von Unbekanntem entzücken, gefiel ihm, was ich ihm zeigte und worauf er mich aufmerksam machte, weil ich es des alltäglichen Umgangs wegen gar nicht mehr wahrnahm. Unsere Bockwürste, an denen ich schon übersatt war, aß Gyula mindestens zweimal am Tag. Ansonsten äußerte er sich mit Nachsicht über unsere Küche, sowohl über die in Restaurants zubereiteten Gerichte als auch die von mir zu Hause gekochten. »Essen ist nicht Wichtigste im Leben«, sagte er, und das konnte ich ernst nehmen, weil er durch seine im Ausland verbrachten Jahre gelernt hatte, sich umzustellen. Und wäre ihm Geld und alles, was man dafür haben kann, als Ideal erschienen, er hätte längst Emmi heiraten und in der Schweiz leben können.

Gyula sah mich zum erstenmal auf der Bühne; wenn ich mich recht erinnere, in einem sowjetischen Gegenwartsstück, ›Am Tage der Hochzeit‹ hieß es und wurde damals von vielen Theatern gespielt. Es faszinierte ihn offenbar, mich so verwandelt zu sehen; er zeigte sich begeistert, aber wohl auch ein wenig befremdet, wie eigentlich jeder es ist, der nichts mit diesem Metier zu tun hat und plötzlich einen nahestehenden Menschen in einer literarischen Rolle agieren sieht. Bei dir war es nur anders, weil du mich bereits von der Bühne kanntest, bevor wir uns zum erstenmal privat begegnet sind.

Gyula mußte wieder seine Eifersucht unterdrücken;

fragte er mich doch scheinbar beiläufig, ob die Garderoben für Frauen und Männer getrennt wären. Darin konnte ich ihn beruhigen, aber meinen Stückpartner betrachtete er nach der Vorstellung in der Kantine mit unverhohlenem Mißtrauen, und obwohl er sonst begierig war, alles, was mich anging, kennenzulernen, verzichtete er auf ein Bier und gab mir statt dessen zu verstehen, daß er lieber nach Hause fahren würde. Aber er wagte noch nicht, mir seine Zwangsvorstellungen vorzuwerfen. Außerdem waren wir fast die ganze Zeit über beieinander, da ich keine Proben hatte, und die Zweifel an meiner Treue überfielen ihn zumeist in meiner Abwesenheit.

Über eine Eigenschaft Gyulas habe ich noch nicht gesprochen: Er konnte von einer ernsthaften Erörterung ganz unvermittelt in die Erzählung eines seiner vergangenen Abenteuer verfallen, wie er eine Mutter und ihre Tochter in den Betten »seines« Hotels gleichzeitig beglückt hatte, etwa. Dann leuchteten seine Augen kindlich-pfiffig, und er lächelte verschmitzt wie ein Schuljunge, der seinen Lehrer wirkungsvoll hintergangen hat. Ich weiß nicht, ob er Ernsthaftigkeit nicht lange ertrug, ob sie ihn so sehr bedrückte, daß er den Spaß als Entlastung brauchte, oder ob seine Jugend so schwer war, daß er Spielerisches nachzuholen hatte. Anfangs entzückten mich diese plötzlichen kindsköpfigen Anfälle ja noch, aber bald empfand ich sie als unreif – éretlen, wie es auf ungarisch heißt, eins der ersten nicht alltäglichen Wörter, die ich in dieser Sprache lernte, weil ich Gyula damit meine Eindrücke deutlicher machen wollte. Bei seinen Briefen fand ich einen Zettel, auf dem ich mir damals besondere Vokabeln notiert habe, um sie rascher zu finden und zu lernen. Da stehen neben üblichen Grußformeln – unter anderem das ungarische Küß-die-Hand; kezét csókolom oder einfach nur csókolom – Wörter wie Haar, Herz, Sehnsucht, zärtlich, Vertrauen, Haut, innig, streicheln, weich (lágy; es wird genauso weich ausgesprochen wie weich), aber eben auch Abenteuer, Auseinandersetzung, Vorsatz, Beherrschung, Trost, schwierig, frech (szemtelen, das klingt so lustig), Qual und Sorge.

Die Sorge um Emmi begann. Gyula, der bis dahin auf ihre Einsicht gebaut hatte, sagte bei seinem Abschied von Berlin, er sei fest entschlossen, sich auch über ein etwaiges Unverständnis Emmis hinwegzusetzen, und wir stellten uns dabei ihre Entscheidung eindeutig vor, entweder Ich gebe dich frei oder Ich verlange von dir, daß du zu deinem Versprechen stehst. Gyula schrieb, Emmis Vater wolle nach Budapest kommen, um mit ihm zu sprechen. Er erwog, nicht da zu sein, wenn der Mann käme, sich einfach vor der Auseinandersetzung zu drücken. Erschrocken rief ich ihn an und riet ihm, sich dem Gespräch zu stellen, weil er sich im Falle einer Flucht ins Unrecht setzen und damit Emmis Anspruch nur bestätigen würde. Er solle lieber versuchen, dem Mann unsere Lage verständlich zu machen. Ich hoffte, wenn ihm das gelänge, wäre alles abgetan und Gyula frei. Bestünde Emmis Vater aber auf der Heirat und beschimpfte Gyula womöglich noch, könnte dieser sich auf die unangemessene Hartnäkkigkeit berufen und sich ebenfalls frei fühlen.

Wenn wir uns dreihundertvierundachtzig mögliche Varianten einer Begegnung vorstellen, vollzieht sich in der Realität statt einer von ihnen die dreihundertfünfundachtzigste. Gyulas Brief nach dem Gespräch mit Emmis Vater klang so verzweifelt, daß ich um uns zitterte. Der Mann hatte das erhoffte Verständnis gezeigt, aber: Emmi hatte ihn geschickt, damit er die Lage für sie erkunde, sehe, ob nicht noch etwas zu retten sei, andernfalls wollte sie sich noch einmal mit Gyula treffen und sich dann das Leben nehmen. Der arme Mann hatte Gyula angefleht, ihm die einzige Tochter zu erhalten!

Ich war ebenso erschüttert wie empört. Diese Romantikerin, dachte ich wütend: Dich noch einmal sehen und dann sterben! Ihr Vater hat zuviel Geld, sonst müßte sie arbeiten und käme nicht auf solche dummen Ideen. Ich schrieb Gyula, er solle sich nicht erpressen lassen, und wiederholte die oft gehörte Phrase: Wer mit Selbstmord droht, führt ihn nicht aus; wer es fest vorhat, tut es so, daß es erst bemerkt wird, wenn nichts mehr zu retten ist. Was wußte ich über die Unzähligen, die mit dieser Warnung um Hilfe rufen, weil sie allein nicht in der Lage sind, ihre Verzweiflung durchzustehen und, wenn diese Hilfe ausbleibt, tatsächlich Hand an sich legen. Ich fürchtete doch nur, Gyula könnte aus Anständigkeit, aus Angst, Emmi könnte ihre Drohung wahrmachen, ihrem Druck nachgeben.

Noch einmal, bevor Gyula für mehrere Wochen zu mir kam, reiste ich zu ihm. Die Gefährdung hatte unsere Liebe stärker gemacht, heftiger, unbedingter. Gyula dachte gar nicht daran, Emmi zu heiraten und mich aufzugeben, er war nur sehr betrübt und ziemlich ratlos und deshalb froh, mit mir über alles sprechen zu können. Er sagte, er kenne Emmi, sie wäre durchaus imstande, so etwas zu tun. Und wie sollte er sich verhalten, wenn sie auf ihrem Wunsch beharrte, ihn ein letztes Mal zu sehen? Er konnte ihr das schlechterdings nicht abschlagen. Aber was ihr sagen, wenn sie – sicher in der vagen Hoffnung, ihn zur Umkehr zu bewegen, auf ein Wunder also – ihm noch einmal ihr Leid vorführte, das sich durch diese Begegnung doch nur vertiefen konnte? Es wäre aber auch möglich, wandte ich ein, daß sie, wenn sie die Kälte des Geliebten erlebt, selbst erkaltet. Gyula schüttelte den Kopf. Nicht Emmi, sagte er. Freilich, sie hatte ja schon jahrelang nicht bemerkt oder hingenommen, daß er sie nicht liebte. Wir beschlossen abzuwarten, was sie tun würde, und uns von dem, was wir gemeinsam vorhatten, nicht abbringen zu lassen.

Ich wohnte diesmal bei Gyulas Eltern. Seine Mutter unterstützte uns tapfer mit ihrer Meinung, sogar ihrem Mann gegenüber, der sich zwar heraushalten wollte, aber die Ansicht durchblicken ließ, man könne nicht eine so alte, verpflichtende Verbindung wegen einer womöglich ganz unvernünftigen Leidenschaft auseinandergehen lassen. Emmis Ankündigung, sich umzubringen, nahm er offenbar nicht sonderlich ernst. Seine Frau hielt dagegen, Gyula habe sich sehr günstig (Gyula übersetzte mir »vorteilhaftlich«) verändert, seit er mich kenne, sei ruhiger, ausgeglichener, froher und nicht mehr so albern wie früher. Und das sagte sie, obwohl sie wußte, ihr Sohn, den sie jahrelang vermißt hatte, würde bei unserer Verbindung abermals in ein fremdes Land gehen, während er bei einer Heirat mit Emmi in ihrer Nähe bliebe. Ach, wie liebte ich die kleine Frau wegen ihres selbstlosen Beistands!

Nachts mußte ich mich aus dem Wohnzimmer, in dem eine Schlafstätte für mich hergerichtet war, in Gyulas kleine Kammer schleichen. Du kannst dir sicher denken, daß mir diese Heimlichtuerei ziemlich unangenehm war. Ich fand sie auch lächerlich, zumal Gyula mir versicherte, seine Eltern würden sich – mit Rücksicht auf uns! – vorm andern Morgen nicht mehr blicken lassen. Sie seien nun mal so, ein kleines Betrugsspiel für die offizielle Moral, es hätte keinen Sinn, sich dagegen aufzulehnen. Also fügte ich mich.

Gyulas Kämmerchen ist eine kleine Beschreibung wert. Er benutzte es nur zum Schlafen, und ich war die einzige, erste, die es mit ihm teilen durfte. Er hatte nie dagegen protestiert, daß seine Mutter es im übrigen als Abstellkammer benutzte, für Einweckgläser ebenso wie für Besen, Schürzen und alte Kartons. Aber mir ist keine Liebesstätte in innigerer Erinnerung als dieses verramschte Kabüffchen. Ein großes, weiches Bett und wir. Und in einem Zustand, in dem Zärtlichkeit und Lust eins waren, in dem wir vor Glücklichsein hätten weinen mögen und der Liebesakt uns vorkam wie eine heilige Handlung.

11

Detlev Geibel, der Dramaturg, hatte mit Martha Trubec und Emilia Pape vereinbart, daß sie nach dem Mittagessen in sein Zimmer kommen sollten, um ihm ihre Beiträge für das Programmheft zu geben und um gemeinsam darüber zu sprechen.

Es war ein Montag, erst am Wochenende hatten beide diesen Artikel endgültig formuliert, und nun war jede neugierig, was die andere geschrieben hatte. Sie befanden sich in den Endproben, die jetzt an jedem Vormittag auf der Bühne im Theater stattfanden, zumeist bereits in den Originaldekorationen und zum Teil auch schon in den richtigen Kostümen, die auf diese Weise ausprobiert und, falls es sich als nötig erwies, noch verändert werden konnten.

Martha und Emilia waren in diesem Stück in derselben Garderobe untergebracht, und als sie beide eine Spielpause hatten, fragte Emilia: »Kann ich dir mal zeigen, was ich gemacht habe?«

Sie besaß keine Schreibmaschine und hatte ihren kleinen Artikel sorgfältig mit der Hand geschrieben. Martha las:

Die Hete ist meine erste große Rolle am Theater. Es war nicht immer leicht für mich, das mir so fernliegende Schicksal dieses Mädchens nachzuempfinden, denn ich bin in einem Staat aufgewachsen, in dem kein Mädchen und keine Frau ein Kind abtreiben muß, weil sie arbeitslos ist und es nicht ernähren kann. Aber ich glaube, man darf nicht vergessen, wie schrecklich das früher für viele Frauen war und wie froh wir sein können, daß wir das nicht mehr erleben müssen.

Mit meiner Darstellung der Hete Fent möchte ich zu dem Bewußtsein beitragen, wieviel sich im Sozialismus zum Wohl der Menschen geändert hat: Mir steht es frei, darüber zu entscheiden, ob ich ein Kind haben möchte oder nicht.

»Hm. Nicht schlecht«, sagte Martha zögernd. »Eine Frage hätte ich danach allerdings: Meinst du wirklich, daß dir diese Entscheidung jederzeit so unwidersprüchlich freisteht?«

»Warum nicht?«

Die verwunderte Rückfrage nahm Martha den Mut, Emilias Optimismus zu irritieren. »Na, wenn du meinst –«, sagte sie deshalb nur.

»Darf ich deins auch mal lesen?«

Martha hatte sich in den Wochen zuvor öfters Notizen gemacht und mehrere Fassungen verworfen, ehe sie sich am Sonntagnachmittag gemeinsam mit ihrem Freund für diese entschieden hatte:

Seit Beginn des sechzehnten Jahrhunderts hat die Abtreibung einer außerhalb des Mutterleibs noch nicht lebensfähigen Frucht eine wechselvolle, schmerzliche Geschichte erfahren. Wir zeigen mit Friedrich Wolfs ›Cyankali‹ einen Ausschnitt dieser Geschichte, der so in den Jahren zwischen Erstem Weltkrieg und dem Beginn der Faschismus-Herrschaft geschehen sein könnte. Ich war noch ein Kind, als in der Zeit danach Frauen nichtdeutscher Volkszugehörigkeit vom Abtreibungsverbot ausgenommen wurden, »arisches« Leben hingegen »geschützt« wurde wie nie zuvor; bei »fortgesetzter Beeinträchtigung der Lebenskraft des deutschen Volkes« drohte seit 1943 sogar die Todesstrafe für Schwangerschaftsabbruch.

Als ich erwachsen war und selbst gegen meinen Willen in »andere Umstände« kam, war es – nach einigen Jahren größerer Liberalität auf diesem Gebiet – uns Frauen abermals untersagt, eine ungewollte Schwangerschaft zu beseitigen. Dieses ›Gesetz über den Mutter- und Kinderschutz und die Rechte der Frau‹ von 1950, das in dreißig seiner einunddreißig Paragraphen den Frauen Vergünstigungen und Förderung garantierte, das ihre Diskriminierung verbot, besonders, wenn sie nicht verheiratet und Mütter waren (der § 17 begann ausdrücklich mit dem Satz: »Die uneheliche Geburt ist kein Makel«) – dieses Gesetz enthielt einen Paragraphen, der die Frauen wieder verhängnisvoll einschränkte und in dem es hieß: »Im Interesse des Gesundheitsschutzes der Frau und der Förderung der Geburtenzunahme ist eine künstliche Unterbrechung der Schwangerschaft nur zulässig, wenn die Austragung des Kindes das Leben oder die Gesundheit der schwangeren Frau ernstlich gefährdet oder wenn ein Elternteil mit schwerer Erbkrankheit belastet ist. Jede andere Unterbrechung der Schwangerschaft ist verboten und wird nach den bestehenden Gesetzen bestraft.« Es ließ also immer noch die vielen Frauen in Not, die aus anderen – psychischen, familiären, geistig-beruflichen – Gründen ein Kind nicht haben wollten. So nahm die anfänglich zurückgehende Zahl der illegalen Abtreibungen allmählich wieder zu, unzählige Frauen litten unter der ständigen Angst, schwanger zu werden, gingen, wenn sie keinen Arzt fanden, der – meist gegen eine hohe Geldsumme – eine Ausschabung bei ihnen vornahm, zu einem Kurpfuscher (einer Madame Heye etwa, einer Figur, in der sich Mitgefühl und Geldgier realistisch mischen) oder führten in ihrer Verzweiflung mit untauglichen Mitteln selbst einen Abort herbei. Ich weiß nicht, wieviel Hunderte von Frauen auch in dieser Zeit noch an den Folgen eines solchen unsachgemäßen Eingriffs starben und wie viele dadurch akut oder chronisch krank wurden. Ich lebe noch. Ich schreibe diesen Satz bewußt so auffällig lapidar, weil er keine Selbstverständlichkeit bezeichnet; auch ich habe diese bedrückenden Ängste erfahren müssen, habe verständnisvolle und grausame Ärzte kennengelernt; mir wurde geholfen, und ich wurde in meiner Verzweiflung allein gelassen, und auch ich habe mir dann selbst helfen müssen, was natürlich gefährlich war, wenn ich auch kein

Zyankali nahm. Endlich, nach immer großzügigerer Auslegung des entsprechenden Paragraphen (Frauen, die bei sich selbst eine Abtreibung vorgenommen hatten, wurden bei uns nie gerichtlich verfolgt), bekamen am 9. März 1972 die Frauen in der DDR das Recht zugesprochen, in den ersten zwölf Wochen einer Schwangerschaft selbst darüber zu entscheiden, ob sie ein Kind austragen wollen oder nicht, und ich glaube, erst seitdem kann man, im Zusammenhang mit den ständig weiter ausgebauten sozialen Maßnahmen, ohne Einschränkung vom »Schutz für Mutter und Kind« sprechen; die Frauen in der DDR brauchen diese Ängste nun nicht mehr zu erleben und können Kinder bekommen, die sie sich wirklich wünschen. Trotzdem betrachte ich Friedrich Wolfs ›Cyankali‹ nicht nur als historisches Stück: Es sollte uns anregen, über alle Vorbehalte, Tabus und Widersprüche nachzudenken, die auch wir noch überwinden müssen (wie sollte es auch anders sein nach dieser langen, schwer belasteten Tradition!), um ein wirklich freies Verhältnis zu Sexualität, Schwangerschaft, ihrer Verhütung und Beseitigung und allem, was damit zusammenhängt, haben zu können.

»So viel wäre mir nie dazu eingefallen«, meinte Emilia.

»Ich habe mehr erlebt als du«, erwiderte Martha.

»Dafür die Todesstrafe – Wahnsinn.«

»1943 war Krieg, die Soldaten fielen zu Tausenden; Hitler brauchte Nachwuchs. Dafür müssen allemal die Frauen herhalten. Hitler hat einmal gesagt, das Wochenbett wäre das Schlachtfeld der Frau. Schöner Vergleich, nicht?«

Nach Probe und Mittagessen gingen sie gemeinsam in Detlev Geibels Zimmer hinauf.

Der Schreibtisch des Dramaturgen war mit Büchern, broschierten Theaterstücken, Programmheften, Zeitungsausschnitten und Notizzetteln belegt, aber alles lag so sorgfältig über- und nebeneinander, daß Geibel bestimmt keine Schwierigkeiten hatte, sofort zu finden, was er jeweils brauchte. Martha war nicht zum erstenmal hier, sie wunderte sich nicht mehr über diese Ordnung, die in ihrer Akkuratesse auch eine ästhetische Freude an der Genauigkeit verriet.

Emilia schnupperte, als sie eintraten, und ging dann ans Fenster, das einen Spalt breit geöffnet war.

»Stört es Sie, wenn ich rauche?« fragte Geibel.

»Nein, nein«, versicherte Emilia, was für Marthas Empfinden nicht sehr überzeugend klang.

Geibel behauptete, Tabak aus der Pfeife zu rauchen, sei wegen des darin verbleibenden Nikotins wesentlich gesünder als bei Zigaretten, bei denen man obendrein das ihn umgebende Papier inhaliere, aber Martha hegte den Verdacht, daß er diese Begründung für sich erst herausgefunden hatte, nachdem er mit einer Pfeife im Mund an einem Spiegel vorbeigekommen war.

Geibel las zuerst den kürzeren der beiden Artikel, nickte bereits während des Lesens beifällig und meinte am Schluß: »Gut. Ich denke, das können wir so lassen.« Aber als er Marthas leicht skeptischen Gesichtsausdruck sah, fragte er: »Oder?«

Martha war nicht recht wohl bei ihrem Einwand, weil Emilias Reaktion in der Probenpause sie davon abgehalten hatte, ihn deutlich auszusprechen. Aber gerade deshalb fühlte sie sich verpflichtet, es jetzt nachzuholen. »Ich finde es gut bis« – Geibel hielt ihr das Schreiben hin – »bis ›wieviel sich im Sozialismus zum Wohl der Menschen geändert hat‹. Der Satz klingt ein bißchen nach Zeitungsklischee, finde ich, vielleicht könnte sie das noch ein bißchen persönlicher formulieren? Und zum Schluß habe ich dir ja schon angedeutet, daß ich ihn etwas blauäugig optimistisch finde«, sagte sie zu Emilia gewandt, die sich neben sie an den Tisch gesetzt hatte und nun unsicher mit den Achseln zuckte.

Geibel las das Geschriebene noch einmal, langsam, prüfend. »Ich meine«, sagte er dann, »wir sollten es lassen.

Sie hat es so geschrieben, es ist ihre Meinung, warum sollen wir daran herumtüfteln.«

Martha hob nur leicht ihre Schultern und wußte nicht recht, ob sie sich darüber ärgern sollte, daß sie überhaupt etwas dazu gesagt hatte. Sie hätte diese Reaktion doch eigentlich voraussehen und sich ihren Einwand verkneifen können. So wichtig waren diese beiden Sätze schließlich nicht.

Geibel hatte sich inzwischen ihren Beitrag vorgenommen. Martha beobachtete aufmerksam seinen Gesichtsausdruck, der am Anfang zustimmend war, wie ihr schien, dann aber etwas Besorgtes bekam. Er nahm sogar, während er weiterlas, seine Pfeife aus dem Mund, und auch, als er zu Ende gelesen hatte, nahm er keinen neuen Zug aus ihr, sondern sagte zögernd, langgedehnt, während er noch einmal die erste Seite überprüfte: »Jaaa – –«

Martha war schon klargeworden, daß er Haare in der Suppe gefunden hatte, und meinte ironisch:

»Sie hat es so geschrieben, es ist ihre Meinung, warum sollen wir daran herumtüfteln.«

Geibel lachte unsicher-künstlich. »Das kannst du doch nicht einfach vergleichen.«

Martha sah ihn abwartend gespannt an.

»Was du geschrieben hast, ist wesentlich umfangreicher und gehaltvoller, aber auch komplizierter. Die ersten beiden Abschnitte – einschließlich Faschismus also – finde ich schon erst mal ausgezeichnet. Aber dann – –« Er räusperte sich, sog nun doch wieder an seiner Pfeife.

Martha sah ihn nach wie vor schweigend an und wartete, was er weiter zu sagen hätte.

»Hier –« Er hielt ihr das von ihr Geschriebene hin.

»Ich kenne es«, sagte Martha lakonisch.

»Also – ich meine – diese Stelle zum Beispiel: *Als ich erwachsen war und... andere Umstände kam, war es... uns Frauen abermals untersagt, eine ungewollte Schwangerschaft*... und so weiter. Das klingt, als wolltest du dieses Gesetz mit dem früheren gleichsetzen.«

»Aber die Vorzüge betone ich doch anschließend«, wandte Martha ein.

»Anschließend. Stimmt. Aber du präsentierst es erst einmal, als stünde es auf derselben Stufe. Und dieses: *nach einigen Jahren der Liberalität auf diesem Gebiet*, das ist so ungenau –«

Martha unterbrach ihn: »Ich fände es zu breit, sich an dieser Stelle ausführlich über die Indikationen vor 1950 auszulassen.«

»Ich würde es ganz streichen«, sagte Geibel. »Ich weiß sowieso nicht, ob wir soviel Platz haben werden.«

»Du hast zu mir gesagt, wenn die Pape nicht viel schreibt, circa zwei Seiten. Daran habe ich mich gehalten. So was schüttelt man schließlich nicht aus dem Ärmel. Jedenfalls ich nicht.« Marthas Ton war jetzt ziemlich ärgerlich, und Emilia schien die Auseinandersetzung über den Artikel unangenehm zu sein. Sie stand auf und ging wieder ans Fenster.

»Soll ich weiter aufmachen?« fragte Geibel.

»Nein, nein«, sagte Emilia. »Ist schon gut so.«

»Also – wo waren wir stehengeblieben?«

»Dabei, daß ich nicht langes Nachdenken und einen Sonntag opfere, um etwas in vereinbartem Umfang zu formulieren, um nachher von dir gesagt zu bekommen, es ist zu lang.«

»Beruhige dich bitte! Ich habe doch gar nicht gesagt, daß es zu lang ist, sondern nur, daß ich diese eine Stelle nicht unbedingt nötig finde und daß sich natürlich nach genauer Absprache mit der Druckerei möglicherweise einige kleine Kürzungen ergeben könnten!«

»Das laß mich aber bitte beizeiten wissen, damit ihr nicht irgendwas rausstreicht, wodurch das Ganze entstellt wird!« Martha zog nun auch eine Zigarette aus ihrer Tasche.

Geibel gab ihr Feuer, als Pfeifenraucher mit einem Streichholz. »Ist doch klar«, sagte er. »Deshalb unterhalten wir uns ja auch heute schon darüber. Dauert es Ihnen zu lange?« fragte er zum Fenster hin. »Möchten Sie lieber schon gehen?«

»Nein danke«, sagte Emilia. »Ich warte.« Sie wollte mit Martha zusammen gehen, sie hatten denselben Weg zur U-Bahn, und Heinz von Genske war wegen dieses Gesprächs über die Programmheftbeiträge sowieso schon vor ihr nach Hause gegangen. Außerdem interessierte es sie jetzt, wie die Auseinandersetzung zwischen Martha und Geibel weitergehen würde.

Der Dramaturg setzte erneut an: »Hier ist noch so eine Sache: Du sagst, *Ich weiß nicht, wieviel Hunderte von Frauen auch in dieser Zeit noch an den Folgen eines solchen Eingriffs starben und wie viele dadurch akut oder chronisch krank wurden.* Da könnte man dir vorhalten: Wenn Sie's nicht genau wissen, dann halten Sie lieber den Mund. Ich kann mir schon denken, warum du –«

»Wenn du willst, schreibe ich genaue Zahlen hin. Ich kenne sie. Aber ich fürchte, das wird noch heikler.«

»Eben«, sagte Geibel in vermeintlicher Zustimmung. »Weshalb diese Zahlen noch aufrühren. Der folgende Satz: *Ich lebe noch*, klingt mir nämlich auch – wenn du erlaubst – ein bissel zu pathetisch. Während ich das danach wieder gut finde, wo du von dir selber redest. Das hatten wir ja auch besprochen: ruhig ganz persönlich. Wenngleich ich den Ausdruck *grausam* für einen Teil der Ärzte zu hart finde. Wir müssen immerhin mit der Empfindlichkeit dieser Leute rechnen. *Verständnislose Ärzte* sagt es doch auch. *Verständnisvolle und verständnislose Ärzte* – das klingt doch gut – findest du nicht?«

Martha sah, wie ihre Zigarette zitterte. »Meinst du nicht, du hättest diesen Artikel selber schreiben sollen – ohne meinen Namen natürlich?!«

Geibel war ernsthaft erschrocken. »Sei doch nicht gleich so empfindlich! Schließlich bin ich dafür verantwortlich, was im Programmheft steht.«

»Aber unter diesem Beitrag steht *mein* Name!«

»Deshalb bespreche ich ja auch alles mit dir«, sagte der

Dramaturg betont sanft. »Ich verstehe nicht, warum du auf einmal so wenig Kritik verträgst. Als Schauspielerin –«

»Als Schauspielerin ist das etwas ganz anderes«, unterbrach ihn Martha, nun ziemlich scharf im Ton. »Da geht es um künstlerische Einwände – während es hier um etwas ganz anderes geht. Ich habe den Eindruck, du – und nicht nur du – willst alle Probleme, die es bei uns in der DDR mit dem Schwangerschaftsabbruch gegeben hat, hübsch unter den Teppich kehren. Dann hätten wir doch das Gesetz 1972 gar nicht gebraucht! Außerdem weißt du ganz genau, daß es auch heute, trotz des Gesetzes, noch eine Menge Schwierigkeiten damit gibt. Aber du möchtest offenbar nach dem Motto verfahren, *daß nicht sein kann, was nicht sein darf!*«

»Jetzt übertreibst du aber! Was meinst du, warum wir das Stück in den Spielplan aufgenommen haben!«

»Das beginne ich mich tatsächlich zu fragen. Wahrscheinlich, weil man in ihm die Mißstände so schön auf die soziale Not im Kapitalismus abschieben kann. Aber bloß nicht dran rühren, welche Vorbehalte bei uns noch bestehen. Im Verdrängen seid ihr Meister. Ach, was rege ich mich hier noch länger auf!« sagte sie plötzlich, drückte die Zigarettenglut im Aschenbecher aus, griff nach den beiden von ihr beschriebenen Papierseiten und erhob sich. »Gib mir das Ding wieder mit, und such dir jemanden, von dem du von vornherein sicher sein kannst, er schreibt nichts, wovon sich jemand getroffen fühlen könnte!«

Geibel erhob sich ebenfalls. »Reg dich nicht so auf!« sagte er beschwichtigend. »Das waren doch nur Vorschläge. Bitte sei jetzt vernünftig, und laß mir deinen Artikel da. Das war doch lange vorher vereinbart, wo soll ich denn jetzt so schnell jemand anderes herkriegen!«

In Martha begann sich das schlechte Gewissen zu regen, weil sie nicht ruhig geblieben war. Sonst hätte sie nicht so ohne weiteres nachgegeben. »Aber nur, wenn du mir rechtzeitig Bescheid sagst, falls es aus Platzgründen gekürzt werden muß!«

»Mach ich«, versprach Geibel.

»Ansonsten – so, wie es da steht oder überhaupt nicht. ›Sie hat es so geschrieben. Es ist ihre Meinung!‹ Das möchte ich auch für mich in Anspruch nehmen!«

»Geht in Ordnung«, sagte Geibel.

Martha gab Emilia mit einer Kopfbewegung das Zeichen zum Gehen. Als sie die Tür bereits geschlossen hatten, öffnete sie Geibel noch einmal: »Über unserem Disput hätte ich das beinahe vergessen: Ich brauche eure Unterschriften! Die sollen doch als Faksimile unter die Beiträge gesetzt werden.«

Die beiden Frauen gingen mit ihm zurück. Geibel legte ihnen ein weißes Blatt Papier hin und einen schwarzen Filzstift dazu. »Damit es sich schön vom Untergrund abhebt«, sagte er in harmlos-fröhlichem Ton, als hätten sie die ganze Zeit davor nicht anders miteinander gesprochen.

Martha hatte Mühe, daß ihr Name nicht krakelig geriet.

Als sie wieder auf dem Flur und ein paar Schritte gegangen waren, blieb sie stehen. Nicht nur ihre Hände zitterten, sondern ihr ganzer Körper.

»Du siehst ja so blaß aus!« sagte Emilia erschrocken.

»Ich beneide alle Leute, die bei solchen Auseinandersetzungen ruhig bleiben können. Ich sage dann Dinge, die ich lieber für mich behalten sollte«, sagte Martha, und sie merkte, wie ihr die Tränen kamen. »Mit einer Arroganz ohnegleichen wollen diese Kerle einfach wegwischen, was man unsereinem angetan hat!« schluchzte sie wütend.

Emilia legte ihr den Arm um die Schulter. »Wollen wir uns noch einen Moment in die Garderobe setzen?«

»Guter Gedanke«, sagte Martha.

Sie hatten Glück, der Schlüssel steckte noch, weil die Garderobiere Kostüme für die Abendvorstellung holte.

Martha ließ ein paar Minuten ihre Tränen laufen, tupfte sie nur mit dem Taschentuch ab.

»An dir merke ich immer, wie schlimm das gewesen sein muß«, sagte Emilia nach einer Weile. »Im Anfang habe ich manchmal überhaupt nicht begriffen, warum du so – so heftig reagierst, und wenn ich mich nicht wegen der Hete damit beschäftigt hätte, würde ich es womöglich auch jetzt noch für übertrieben halten.«

Martha schneuzte sich. »Willst du damit sagen, du kannst Geibel verstehen?«

»Nicht unbedingt. Aber vielleicht hältst du manchmal für Böswilligkeit, was bloß Unverständnis ist. Nicht jeder kann sich da hineinversetzen und findet das so wichtig wie du, weil er es nicht erlebt hat. Du hast meinen Artikel doch auch kritisiert, und – und –«

Emilia unterbrach sich, weil sie fürchtete, die so viel ältere, erfahrenere Kollegin zu kränken.

Martha zog ihre Oberlippe zwischen die Zähne, überlegte. Sie hatte sehr wohl verstanden, was Emilia mit dem Hinweis auf ihre Einwände hatte sagen wollen. »Vielleicht hast du recht. Mir fehlt es immer noch an der nötigen Gelassenheit, wenn es sich um dieses Thema dreht. Seit Monaten geht mir das nun im Kopf herum, aber wenn man selbst darunter leiden mußte, ist es ungeheuer schwer, so nüchtern darüber zu reden wie Leute, die nichts davon am eigenen Leib erfahren haben. Trotzdem bleibt für mich ein Unterschied zwischen jungen Menschen, wie dir, die ihr nie mit so etwas zu tun hattet – da begreife ich doch auch die Verständnislosigkeit, und ich rege mich nie so auf wie bei – bei –« Sie schneuzte sich abermals. »Um ihn herum ist das alles passiert, womöglich seiner eigenen Frau – aber er fühlt sich dafür nicht verantwortlich. Er mimt den Toleranten und erwartet von den Betroffenen die gleiche ›Sachlichkeit‹, mit der er darüber reden und urteilen kann. *Wasch mir den Pelz, aber mach mich nicht naß.*«

»Ich dachte, du hältst ihn für feige.«

»Halt ich ihn auch. Aber das ist eben nicht nur die Feigheit, sich mit dem Artikel keinen Ärger einhandeln zu wollen – diesem Ausweichen ist er sich bewußt –, sondern die viel tiefer sitzende vor unbekannten Gefühlen. Daß er nachgegeben hat, war auch bloß Feigheit. Sonst hätte er sich doch weiter mit mir darüber auseinandersetzen müssen.«

»Daß du ihn überzeugt hast, glaube ich allerdings auch nicht«, meinte Emilia.

Ich war mit Robert in die neue Wohnung gezogen, und Martin ging zum Gericht, um unsere Ehe scheiden zu lassen. Gyula erhielt etwa jeden zweiten Tag einen Brief von Emmi, die immer noch hoffte, er würde sich zu ihren Gunsten entscheiden. Er meinte, sie wäre eigensinnig und hartnäckig, aber er hatte natürlich auch ein schlechtes Gewissen und wollte unsere Verbindung beschleunigen, um Emmi durch eine vollzogene Eheschließung von der Sinnlosigkeit ihres Drängens zu überzeugen. Emmis Mutter wandte sich in einem Brief an die Mutter Gyulas und warf ihr darin vor, ihren Sohn nicht genügend im Sinne seiner Verpflichtungen zu beeinflussen, aber sie erreichte damit nur, daß Gyulas Eltern sich empörten und nun auch sein Vater uns beide unterstützte. Ich glaube heute, Gyula fühlte sich so bedrängt, daß er in allem viel heftiger reagierte als sonst und dadurch seine Schwächen deutlicher bloßstellte. Das war letzten Endes gut so, denn bei allem, was später geschehen ist, was wir in seiner Zuspitzung vielleicht hätten vermeiden können, bin ich doch jetzt noch froh, daß wir nicht geheiratet haben. Heute entschuldige ich vieles, was ich ihm damals vorgeworfen habe, das ändert aber nichts daran, daß wir auf die Dauer nicht gut hätten zusammen leben können und sich nur in einer breiten Ebene verteilt hätte, was so auf einmal als Gipfel sichtbar wurde.

Gyula begann, mich mit Eifersucht und anderen ungerechten Verdächtigungen zu drangsalieren, während ich seinen Briefen entnehme, daß ich oftmals an seiner Wahrheitstreue zweifelte, womit ich ihn beleidigte. Er warf mir vor, daß ich im selben Brief von den Sorgen geschrieben hätte, die mir Emmis Selbstmorddrohungen machten, und von der Freude, die ich an Gästen in meiner neuen Wohnung hatte. Das könne eine schöne Sorge sein, die man über der Freude an Besuch vergesse. Und wer von den (männlichen!) Gästen sei bis zum anderen Morgen geblieben? Im nächsten Brief Reue, Liebe, Zärtlichkeit, Sehnsucht, die Bitte, mir die Heirat gut, reiflich, aber endgültig zu überlegen, da es für ihn den Tod bedeute, noch einmal in ein fremdes Land zu gehen, ohne glücklich zu werden. Er hätte hier schließlich nur mich und Robert, wäre völlig auf uns beide angewiesen, und da müsse ich ihm schon Glück garantieren können. Verständlich, meine ich, daß auch ich mich allmählich bedrängt fühlte, denn kann man sich, wie es in vergangenen Zeiten üblich war, auch zu lebenslänglichem Beieinanderbleiben und körperlicher Ehetreue zwingen, so doch nicht dazu, einen anderen Menschen unentwegt glücklich zu machen. Was verstand er überhaupt unter Glück? Ruhige Zufriedenheit doch sicher nicht, und den Verschleiß sexueller Anziehungskraft kannte ich bereits, wenn ich ihn auch beide Male auf die Kindszeugung zurückführte. Aber waren wir davor gefeit? Bei meinen damaligen Überlegungen überwogen allerdings nicht solche Zweifel. Der Wunsch, ständig beieinander zu sein, ließ derartige Erwägungen schnell wieder verblassen.

Die Scheidung von Martin brachte auch mehr Aufregung, als ich angenommen hatte. Den ersten Hieb versetzte mir die sogenannte Scheidungsklage, in der Martin in der gängigen Gerichtssprache als *Kläger*, ich als *Verklagte* bezeichnet wurde, und laut derer ich immerzu *Beziehungen* zu anderen Männern *angeknüpft* hatte, auch jüngstens wieder, so daß dem Kläger, der nunmehr kein Vertrauen zur Verklagten haben könne, die Ehe als zerrüttet erscheine. Den Schrieb bekam ich per Post und hielt ihn Martin wortlos unter die Augen, als er nach Hause kam. Es war ihm peinlich, und er redete sich damit heraus, daß nicht er diesen Wisch aufgesetzt habe.

»Aber du hast ihn unterschrieben!«

Die Sprache des Gerichts sei nun mal so dämlich, meinte er, aber ich wies ihn darauf hin, daß es nicht allein die

Formulierungen waren, die mich aufregten, sondern dieser *Klage* nach ich eine Art Hure sein müsse, und das könnte der Schreiber wohl nur seinen Aussagen entnommen haben.

»Meinst du, ich gehe zum Gericht und sage: Bitte scheiden Sie mich von meiner Frau, obwohl sie eine edle, treue Seele ist!? Was darin steht, stimmt doch wohl, oder nicht?«

Ich schwieg. Irgendwie mußte sich Martin eben rächen.

Aber es zeigte sich, daß ich recht hatte mit meiner Befürchtung, dieses Schreiben vermittle ein falsches Bild von mir: Der Richter meinte, man könne mir nicht ohne weiteres das *Sorgerecht* für unser Kind übertragen, sondern er fordere dazu eine *Stellungnahme des Referats Jugendhilfe.* Das wiederum verlangte eine Einschätzung vom Kaderleiter des Theaters, ob man glaube, daß ich mein Kind richtig erziehen könne. Wie ich gesagt hatte: Mutter, die Hure, der man kein Kind anvertrauen kann.

Martin hätte gewiß unsern Jungen auch gern haben mögen, aber als er sah, wie dieses Klageschreiben und unsere Aussagen vor Gericht gedeutet wurden (ich leugnete nichts, und so nahm man wahrscheinlich an, wenn sie das schon zugibt, wer weiß, wie schlimm es dann tatsächlich ist!), bemühte er sich, der Kollegin beim *Referat Jugendhilfe* beizubringen, daß seiner Meinung nach keinerlei Bedenken bestünden, mir den Jungen zu überlassen. Dazu die freundliche Beurteilung von meinem Kaderleiter – die *Jugendhilfe* sprach sich für mich aus. Nun sollte ich zum zweiten Scheidungstermin noch eine Bescheinigung von der Ärztin besorgen, bei der ich wegen ehelicher Frigidität in psychotherapeutischer Behandlung gewesen bin; ich hatte, um mich zu verteidigen, dem Richter von diesen Bemühungen gesprochen, und er wollte wohl feststellen, ob meine *Aussage* stimmte. –

Davon habe ich dir noch nicht erzählt? Ich war ungefähr ein Jahr lang in so einer psychotherapeutischen Gesprächsrunde, ambulant, zweimal wöchentlich, glaube ich. Da reden alle über ihre sexuellen und anderen Probleme (so sie in der Lage sind, darüber zu reden; ich konnte es), fördern, wenn sie fleißig graben, die Ursachen für ihr Verhalten zutage, und wenn sie Glück haben, verschwinden damit auch die Auswirkungen. – Mit Martin hat sich nichts mehr geändert, da lag schon zu viel Schutt zwischen uns. Aber es ist mir danach nicht mehr passiert, daß mich eine Schwangerschaft dem Mann, der sie verursacht hat, körperlich entfremdet hätte; vielleicht war diese Therapie für mich doch recht hilfreich.

Beim zweiten Scheidungstermin stellte eine Schöffin an Martin die Frage, woher er denn wisse, daß ich ihm nicht treu gewesen sei. »Von ihr selbst«, antwortete Martin prompt und setzte zögernd hinzu, daß zwischen uns eine Abmachung bestünde, wonach einer dem andern, wenn so etwas geschehe, es zu sagen habe. Ich bestätigte das.

Das Hohe Gericht war verblüfft. Sie haben dort wohl so häufig mit Lügen und Verleumdungen zu tun, daß sie an Ehrlichkeit zwischen Eheleuten, noch dazu welchen, die sich trennen wollen, kaum noch glauben mögen.

Nun, wir wurden jedenfalls kurz vor Weihnachten noch geschieden, und Robert durfte bei mir bleiben. Um Martin zu zeigen, daß ich ihm den Jungen nicht entziehen wollte, überließ ich ihm für lange Zeit einen Schlüssel zu unserer Wohnung. Martin klingelte immer, bevor er ihn benutzte, und abends, wenn Robert schlief, kam er nie. Erst als meine Freundin Jonnie sich einmal verwundert darüber äußerte, bat ich Martin mit einem Vorwand, mir den Schlüssel zurückzugeben. Ich hoffe, ich habe ihn damit nicht gekränkt. Einmal habe ich ihm nämlich unbeabsichtigt sehr weh getan: Robert bekam sein erstes Schulzeugnis, das recht gut ausgefallen war und von den *Erziehungsberechtigten* unterschrieben werden mußte. Ich hatte bereits meinen Namen daruntergesetzt, als Robert seinem Vater die Zensuren zeigte. Martin lobte den Jungen, meinte, nun müsse er wohl auch unterschreiben, und griff schon in seine Brusttasche nach dem Füller, als ich ganz harmlos sagte: »Das brauchst du nicht – meine Unterschrift genügt.«

Es war wie ein Schlag, der ihn verstummen ließ. Wir haben nie mehr darüber gesprochen, aber ich glaube, in diesem Augenblick wurde Martin deutlich, wie rechtlos er unserem Kind gegenüber geworden war. Es ist doch für viele Väter sehr schmerzlich, wenn sie durch eine Ehescheidung zu Gästen bei ihren Kindern gemacht werden, manchmal sogar zum Gast, dem man die Tür weist.

Freunde, denen ich Gyula bei seinem ersten Besuch in Berlin vorgestellt hatte, zeigten sich besorgt, als sie hörten, ich will ihn heiraten. Jonnie ließ sich einen ganzen Tag von ihrer Familie beurlauben, übernachtete sogar bei mir, um in Ruhe über alle Vorbehalte mit mir zu reden. Zwei Ehen seien bereits schiefgegangen, und nun wolle ich einen Menschen heiraten, den ich doch kaum kenne, der so viel jünger sei als ich, noch ein wenig unausgegoren, wie sie meinte, und für den ich, da er meinetwegen seine Heimat verließe, eine schier nicht zu verantwortende Verantwortung trüge. Ich fand, da sich Jonnie sehr aufgeschlossen und verständnisvoll zeigte, ihre Argumente zwar durchaus bedenkenswert, was ich ihr auch sagte, aber ich machte ihr ebenso klar, daß nüchterne Überlegungen allein einer solchen Situation nicht gerecht würden und ich keine Möglichkeit sähe, außerhalb einer Ehe Gyula wirklich kennenzulernen.

Auch Elsa Mahler, mit der ich trotz des großen Altersunterschieds seit meinem Engagement an diesem Haus befreundet bin – sie nahm mich anfangs ein wenig unter ihre Fittiche, wie ich es jetzt manchmal mit der Pape tue –, machte ein bedenkliches Gesicht, als ich ihr von unserem Vorhaben erzählte. Da ich großen Wert auf ihre Ansichten und Erfahrungen legte, bat ich sie schon im voraus, nicht nur uns zu besuchen, wenn Gyula für mehrere Wochen hier sein würde, sondern auch, uns beide zu sich einzuladen; als Gast benimmt man sich anders denn als Gastgeber, der Gyula in gewissem Sinne bereits sein würde, wenn wir Elsa einluden.

Gyula war fest überzeugt, daß er Robert für sich gewinnen könnte. Auch ich hatte da wenig Zweifel, denn der Junge zeigte sich immer aufgeschlossen, wenn andere Menschen ihm freundlich begegneten. Die beiden kamen dann auch wirklich vom ersten Augenblick an gut miteinander aus, und ich brauchte mir gar keine Gedanken darüber zu machen, wie ich gehandelt hätte, wären sie unvereinbar gewesen. Heute darf ich mit gutem Gewissen sagen: Ich hätte mich immer für meinen Jungen entschieden. Ich mißtraue zwar der Aussage vieler Frauen, die behaupten, sie hätten nach einer Scheidung oder dem Tod ihres Mannes »der Kinder wegen« nicht wieder geheiratet; ich bin überzeugt, sie haben nur nicht den Geeigneten kennengelernt. Aber Kinder sollen auch erfahren, daß man nicht für sie allein lebt (und später vielleicht von ihnen erwartet, das sie nur für uns da sind!), sondern man darüber hinaus eigene Ansprüche hat, die sie ebenso respektieren müssen, wie man die ihren anerkennt und berücksichtigt.

Ich versuche alles, was über diese Zeit in meinem Gedächtnis geblieben ist, hervorzuholen, um den Geschehnissen einigermaßen gerecht zu werden. Denn ich gestehe, mir erscheinen die vier Wochen, die sich Gyula trotz Grollens seines Direktors für die *Hochzeitsreise* freigenommen hatte, in einer so trüben Färbung, daß ich fürchten muß, alles Schöne, das es doch gewiß auch gab, habe ich darunter begraben. So will ich wenigstens mit dem Verstand bezeichnen, was mein Gefühl so hartnäckig ablehnt.

Emmi hatte unterdessen ihr Kommen nach Budapest angesagt, wußte aber nicht, daß Gyula bereits für einen Tag später das Flugticket nach Berlin in seiner Brieftasche aufbewahrte und fest entschlossen war, seine Reise nicht zu verschieben. Und so begleitete sie ihn hierher, mußte allerdings auf dem Flughafengelände bleiben und nach Kopenhagen weiterfliegen, als Gyula sich von ihr verabschiedete. Ich wußte nicht, daß er mit Emmi zusammen die Gangway herunterkam, als ich mit Robert an der Absperrung auf ihn wartete.

Gyula sprach voller Achtung von dem Treffen mit Emmi. Begreifend, wie ernst es ihm war, hatte sie keinen Versuch mehr unternommen, ihn von mir zurückzuhalten, hatte sich im Gegenteil bemüht, ruhig und freundlich zu erscheinen, sicher auch, um einen guten Eindruck bei ihm zu hinterlassen. Gyula hatte die Begegnung ziemlich aufgewühlt, weil Emmi ihm leid tat, und das um so mehr, als sie ihm keine der befürchteten »Szenen« gemacht hatte.

Robert war begeistert von Gyula. Wenn ich später aus dem Theater kam, brauchte er nach dem Unterricht nicht im Hort zu bleiben, sondern meist holte ihn Gyula sogar aus der Schule ab, ging mit ihm rodeln (es war Januar, und glücklicherweise lag auch in Berlin genügend Schnee), setzte sich zu ihm, wenn er Hausaufgaben machte, ließ sich über deutsche Ausdrücke belehren und spielte in einer Weise mit dem Jungen, wie mir es leider nie möglich war. Ich mußte mich als Erwachsener immer zu den Kinderspielen zwingen, während ich den Eindruck hatte, Gyula wurde selbst noch einmal zum Kind, dem das Spielen nicht weniger Spaß machte als Robert.

Trotzdem war Gyula zu oft allein in diesen Wochen. Wenn ich Vorstellung hatte, besorgte ich ihm öfter eine Theaterkarte, aber ich probierte damals die Eve im ›Zerbrochenen Krug‹ und mußte beinahe an jedem Vormittag zur Probe. Gyula sah sich die Stadt an, versuchte deutsche Bücher zu lesen, machte die Wohnung sauber, ging in Hotels, um sich wegen einer künftigen Arbeitsstelle umzusehen – aber das alles füllte ihn nicht aus, so daß sich, wie ich vermute, ein Gefühl des Überflüssigseins einstellte. Er sah ständig, wie ich zu meiner Arbeit aus dem Haus ging, während er zurückblieb; auch wenn ich bei ihm war, mußte ich oft genug etwas für meine Rolle tun und war ihm dann wahrscheinlich fremd. Ich nehme an, er wurde allmählich auch eifersüchtig auf meine Arbeit und übertrug diese Eifersucht auf andere – reale oder imaginäre – Männer.

Am übelsten ist mir eine Szene in Erinnerung: Morgens, Gyula lag noch im Bett und beobachtete, wie ich mich anzog. Ich hatte es eilig und beachtete deshalb seine mißmutigen Blicke nicht weiter. Aber Gyula konnte seinen Verdacht nicht für sich behalten: »Gefällt deinem Kollegen diese Wäsche besonders?«

Mir verschlug es nicht nur die Sprache, sondern auch die Bewegung. Es war mir klar, daß er mit dem Kollegen Hans Heiner meinte, den er schon bei seinem ersten Besuch nach ›Am Tage der Hochzeit‹ mißtrauisch beäugt hatte; nun wußte er, daß dieser als Ruprecht abermals mein Bühnenpartner war, und da mußte doch mehr dahinterstecken als bloße Kollegialität!

Du lächelst, weil dir eine solche Denkweise ebenso fernliegt wie mir. Aber ich wurde so böse damit konfrontiert, daß mir das Lächeln verging. Außerdem war die Verdächtigung angesichts meiner Unterwäsche derart geschmacklos, daß ich es unter meiner Würde fand, darauf einzugehen. Ich zog mich weiter an, aber Gyula wollte die Auseinandersetzung. Er hatte sich im Bett aufgesetzt und stützte sich mit dem Ellenbogen. »Solche mit Spitze hast du bei mir noch nicht angehabt!«

Ich dachte, hier hilft nur noch Sarkasmus: »Die andere kennt Heiner schon, da muß ich ihm mal was Neues bieten!«

Das war Gyula wohl auch zu dick aufgetragen, als daß er es hätte ernst nehmen können, und so sagte er: »Aber du wußtest sofort, wen ich meine!«

Treffsicher brachte er es dahin, daß ich mich nicht mehr mit einem schlagkräftigen Satz verteidigen konnte, sondern umständliche Erklärungen dafür nötig gewesen wären, und dazu war ich unter diesen Umständen einfach nicht bereit.

»Siehst du, da weißt du keine Antwort!« bohrte Gyula weiter.

Und nun hatte ich es satt. »Deine Phantasie ist voll Schmutz«, sagte ich verächtlich, »aber der stammt nicht von mir!« Wütend ging ich in die Küche, um Frühstück zu machen. Ich hätte ihm ja einfach sagen können, daß Heiner homosexuell ist. – Das habe ich dir noch nicht erzählt? – Ich spreche im allgemeinen auch mit niemandem darüber, weil er es nicht mag. – Er fürchtet Auswirkungen im Beruf. Die meisten wissen es auch nicht, obwohl sie ihn schon lange kennen. Sie wundern sich nur, daß dieser nette Kerl nie heiratet, obwohl er bei Frauen sehr beliebt ist. Aber Gyula wollte ich es nicht sagen, weil er es zum einen in diesem Augenblick wahrscheinlich gar nicht geglaubt hätte, zum anderen wäre ich mir vorgekommen, als ob ich Heiners Privatleben einem Unwürdigen zum Spott hinopfere. Nein, Gyula sollte ohne das einsehen, daß seine Verdächtigung unsinnig war.

Nach einer Weile kam er mir in die Küche nach. Reuig wie ein gescholtener Hund, bat er mich um Verzeihung, als er merkte, ich war nicht sofort zur Versöhnung bereit. Und so war das immer: Gyula befand sich wie in einem bösen Rausch, er war gewissermaßen nicht bei sich, wenn er sich in die Vorstellung einer Teufelsküche steigerte, in der ich die Rolle der verführerisch-verführenden Hexe spielte. Wieder ernüchtert, kam ihm das Absurde, Entwürdigende seiner Anwürfe zum Bewußtsein, und er flehte in einer Weise um Gnade, die ich allmählich ebenfalls als würdelos empfand. Es war wirklich wie eine Krankheit, die ihn anfallsweise ergriff, und wenn er zu sich kam, merkte er wahrscheinlich, daß ich zunehmend kälter darauf reagierte, und er fürchtete, mich durch diese Beleidigungen zu verlieren. Womit er ja nicht unrecht hatte. Aber es war natürlich nicht die Eifersucht allein, die mich abstieß; und die in dieser Dessous-Geschichte in einen Bereich geriet, bei dem ich sogenannte Unterwäscheshows und Striptease assoziierte; Veranstaltungen für Kleinbürger, die letzten Endes nur durch ungesunde, verklemmte »Moral«-Begriffe möglich sind.

Gyulas Nationalstolz wäre in seiner Heimat wahrscheinlich auch niemals in dieser Stärke zum Vorschein gekommen, schon gar nicht seinen eigenen Landsleuten gegenüber. Aber hier fühlte er sich alleingelassen und unsicher und daher berufen, Ungarns Banner hochzuhalten. Obwohl mir nationalistische Anwandlungen fernliegen, sage ich das ohne Spott, denn auch ich habe in Ungarn das Gefühl völliger Verlassenheit inmitten Fremder kennengelernt und kann mir sehr gut vorstellen, daß Gyula in ähnlichen Situationen, in denen man sich vorkommt, als wäre man ins Meer geworfen worden, das Bild eines makellosen Heimatlandes brauchte, um nicht unterzugehen. Am deutlichsten habe ich dieses Alleingelassensein empfunden, als Gyulas Freund Sándor und sein Vater mir beim Zuprosten statt des ungarischen egészségére – Auf Ihre Gesundheit – ein ganz ähnlich klingendes Wort vorsagten, das eine saftige Unanständigkeit bedeutet, und sich, als ich es – bemüht deutlich – nachsprach, allesamt ausschütten wollten vor Lachen. Ich verstand nicht, warum sie lachten, verstand die Worte und Sätze nicht, die sie untereinander sagten, während sie sich über mich amüsierten, und ich wünschte mich in diesem Augenblick weit weg, nach Hause, wo ich verstanden wurde und mir die Vorgänge vertraut und durchschaubar waren. Gyula erklärte mir das Mißverständnis, nahm mich in die Arme, weil ich ihm nun leid tat, aber ich zog mich zusammen und blieb noch eine ganze Weile steif verschlossen, ehe ich mich den anderen wieder zuwenden konnte.

Gyula verstand unsere Sprache zwar einigermaßen, trotzdem wird er sich oft genug ausgeschlossen gefühlt haben, so wie Gäste sich vorkommen, wenn die Gastgeber sich plötzlich mit nur ihnen bekannten Zeichen und Gesten oder mit Ausdrücken in ihrer Familiensprache verständigen.

Wäre ich einsichtiger gewesen, ich hätte keine noch so winzige Kritik an Gyula als speziell ungarische Marotte benennen dürfen. Aber so weit hatte ich mich nicht in der Gewalt, als daß ich das in der Wut, in die er mich so oft trieb, bedacht hätte; auch ich war dann von dem primitiven Wunsch besessen, ihm alles hinzuschleudern, was mich an ihm ärgerte.

Wie du weißt, halte ich nichts von formaler Höflichkeit; solange ich beweglich bin, kann ich mir meinen Mantel sehr gut allein anziehen, und ob ich als erste oder letzte durch eine Tür gehe, ist mir wahrlich gleichgültig. Ich möchte nicht mit »Gnädige Frau« angeredet werden, sondern als Mensch ernst genommen werden. Viele von diesen kleinen Ritualen einer Frau gegenüber halte ich sowieso für ein probates Mittel, mit Äußerlichkeiten ihre in Wahrheit geringe Stellung in der Gesellschaft zuzudecken. Damit möchte ich nun keineswegs einem rüpelhaften Umgang das Wort reden – aber ich halte es eben für wichtiger – und höflicher! –, der eigenen Frau, die im allgemeinen mit geringerer Körperkraft versehen ist als ihr Mann, den Wochenendeinkauf mit den schweren flaschen- und kartoffelgefüllten Netzen abzunehmen, als ihr statt dessen einen Blumenstrauß mitzubringen.

Gyula war sehr stolz auf seine Höflichkeit und hielt sie für einen besonderen Vorzug der Magyaren. Als ich ihn eines Tages fragte, warum er einem Hausbewohner, der zwei Eimer Kartoffeln schleppte, nicht die Tür aufgehalten, sondern den Kopf geschüttelt hätte, als ich es tat, gab er zur Antwort: »Er ist ein junger Mann wie ich.« Solche wie Selbstverständlichkeiten dargebotenen Gründe machten mich immer erst einmal sprachlos. Im Fahrstuhl versuchte ich ihm klarzumachen, warum ich es unlogisch fand: »Einer Frau hättest du die Tür aufgehalten.«

»Bei Damen ist das etwas anderes, da muß man höflich sein.«

Mich packte die Wut über so viel Unsinn, und ich mußte endlich loswerden, woran ich seit meinem ersten Besuch bei ihm oft hatte denken müssen: »Deine Mutter ist wohl keine Dame? Von der läßt du dich bedienen, ohne den kleinen Finger zu rühren. Wenn das eure vielgepriesene ungarische Höflichkeit ist!«

Die Sätze über seine Mutter hätten genügt, um einen Streit zu entfachen – die Herabsetzung der ungarischen Höflichkeit empfand er als so maßlose Beleidigung, daß er sie einfach nicht verkraften konnte. Er sah mich an, als hätte ich ein Messer gegen ihn gezückt, und er wollte nun seinerseits eins aus der Tasche ziehen. Feindlich stumm betraten wir die Wohnung. Gyula war blaß geworden, zitterte und lief im Zimmer auf und ab.

»Das mußt du bei mir dich entschuldigen!« stieß er immer wieder heraus. »Die ungarischen Menschen sind immer höflich – das mußt du bei mir dich entschuldigen!«

Er kam mir vor wie ein Tier, fremd und unzugänglich.

Ich hatte ihm für den Abend eine Theaterkarte besorgt, aber er blieb zu Hause. Um mir zu demonstrieren, daß er nicht beabsichtige, die Unschuld leiden zu lassen, gab er sich – wenn auch in ernstem Ton – besonders aufmerksam mit Robert ab. Der Junge wunderte sich über die gespannte Stimmung zwischen uns und darüber, daß Gyula ihm keinen vernünftigen Grund angab, warum er nun doch nicht, wie angekündigt, mit zur Vorstellung ging.

Als ich spät nach Hause kam, lag Gyula grübelnd auf der Couch.

»Es tut mir leid«, sagte ich. »Ich wollte dich nicht kränken.«

Er holte Luft, als hätte ich einen Steinquader von seiner Brust gewälzt. Ich dürfe ihn beschimpfen, soviel ich wolle, sagte er – niemals aber Ungarn.

Zu dieser Zeit konnten wir uns nach einem Streit noch heftig und liebevoll versöhnen, wie überhaupt die stets bereite Sinnlichkeit uns über manches Trennende hinweghalf. Wir waren, wie meist am Anfang einer Liebschaft, so sensibilisiert füreinander; es genügte manchmal, meinetwegen mitten auf der Straße, ein zufälliges

Berühren der Fingerspitzen, und ein wonnig-begehrlicher Schauer lief einem durch den ganzen Körper. Es verging kein Tag, da wir nicht miteinander schliefen –; eigentlich ein wenig treffender Ausdruck. Im allgemeinen schläft man ja, wenn das vorbei ist, was man mit Schlafen bezeichnet, aber die eindeutigen Ausdrücke sind entweder wissenschaftlicher Art, und ich komme mir vor wie beim Arzt, wenn ich sie gebrauche, oder sie haben den Beigeschmack der Obszönität oder – bei Intellektuellen – des protzigen Schockierenwollens, so daß ich sie ebenfalls nicht gern ausspreche.

Ich ertappte Gyula dabei, wie er sich die Anzahl der »Nummern« in seinen Kalender einschrieb. Ich fand es unangenehm, derart »vernummert« zu werden, und kindisch von ihm, aber in diesem Fall war ich klug genug, mit einem Lächeln darüber hinwegzugehen, weil ich mir sagte, das wird sich mit der Zeit schon geben, was soll ich mich mit ihm auch darüber noch streiten. Es fiel aber trotzdem mit in den großen Vorwurfs-Topf des éretlen, der Unreife, derer ich ihn immer wieder – und wohl zu Recht – bezichtigte, ohne daran zu denken, daß auch ich, die ich sieben Jahre älter war, in meinen heftigen Reaktionen, meinem kompromißlosen Unverständnis keineswegs immer das nötige Maß an Reife bewies.

Gyula hatte schon in Ungarn versucht, eine Genehmigung für die Ehe mit einer DDR-Bürgerin zu erhalten, aber er wußte von seinen Bemühungen, Emmi heiraten zu können, daß es unter Umständen sehr lange dauern würde, ehe er diese Erlaubnis bekam. Man gab ihm den Tip, es bei uns in der Ungarischen Botschaft zu versuchen, und wir hatten auch Glück damit – sofern es ein Glück war, denn nun lag es einzig bei mir, diese rasche Heirat abzulehnen, während sonst die schwer beeinflußbaren »äußeren Umstände« uns zu einer Verzögerung gezwungen hätten.

Zunächst war allerdings nicht die Rede davon, ich könnte etwa nicht mit unserer Ehe einverstanden sein.

Wir gingen beide mit dem gleichen drängenden Wunsch zur Botschaft und allen anderen Ämtern und beantworteten die Frage, seit wann wir uns kennen und warum wir heiraten wollen (warum wohl!?), offenbar zufriedenstellend. Ach, es kostete schon eine Menge umständlicher Wege, Bitten, beglaubigter Übersetzungen irgendwelcher Urkunden, Ausfüllen von Formularen, aber es wurden uns keine außergewöhnlichen Hindernisse in den Weg gelegt, sondern es ging alles seinen für solche Fälle vorgesehenen Büro-Gang, dessen es nun einmal bedarf, um in dieser komplizierten Welt einen Menschen heiraten zu können, der außerhalb der eigenen Landesgrenzen geboren wurde und aufgewachsen ist. Aber wir hatten nicht gegen Ungerechtigkeiten zu kämpfen und durften sicher sein, am Ende unsere Wünsche erfüllt zu bekommen.

Ich glaube, als wir das erstemal zum Standesamt gingen, hegte ich noch keinerlei Zweifel an der Richtigkeit meines Tuns. Die Bedenken kamen erst danach.

Elsa kam, wie besprochen, zu uns, öffnete in ihrer stillen Art Augen und Ohren weit, sah, wie gut Gyula sich mit Robert verstand, was sie gleich mir sehr hoch einschätzte, stellte Gyula kleine, listige Fragen, sah mich manchmal zustimmend oder bedenklich an, wenn er darauf antwortete, was Gyula sicher nicht immer verborgen blieb. Aber er wußte um die beratende Rolle, die ich Elsa zugedacht hatte, und akzeptierte sie, nicht zuletzt, weil er »ältere Damen« ihrer Lebenserfahrung wegen schätzte.

Am Abend, als Robert im Bett lag und wir uns über Probleme unterhalten konnten, die wir in seiner Gegenwart vermieden hatten, sagte Elsa auf einmal mit harmlos-freundlichem Gesicht nach der Vorbemerkung, daß das natürlich allein unsere Sache sei, sie die Frage nur einmal so in den Raum stellen wolle: »Was wäre, wenn ihr die Hochzeit eine Weile verschieben würdet, um euch noch ein bißchen besser kennenzulernen?«

Ich erstarrte; auch mir war es nicht angenehm, so ausgesprochen zu hören, was ich bis dahin geflissentlich verdrängt hatte. Doch Gyula wurde von einer bestürzenden Panik ergriffen: Nein, sagte er, nein, nein, nein, nur jetzt könnten wir heiraten, er dürfte nach diesem langen Urlaub nicht noch einmal im selben Jahr ins Ausland verreisen – und das alles in Ton und Gebärde dramatischer Verzweiflung. Elsa sah mich bedeutungsvoll an. Später sagte sie zu mir, er hat sich benommen wie ein Kind, das sein Spielzeug nicht kriegt.

Auch mich stieß dieses ungebärdige Verhalten ab, ich fand es einem erwachsenen Menschen, noch dazu einem, den ich heiraten wollte, nicht angemessen; von jemandem, der kein Kind mehr ist, erwartet man eben, daß er sich *zusammennimmt.* Die Verzweiflung hätte ich sicher verstanden; zu viel schon hatte Gyula für unsere Vereinigung getan und riskiert – nicht aber verstand ich das Pathos, mit dem er seine Gefühle aufbauschte. Wir, die wir fürs Theater arbeiten (und nicht nur wir!), ob Schauspieler oder Regisseure, haben einen Hang, Ereignisse und Empfindungen zu dramatisieren, die einen laut und auffällig, die anderen, die sich vielleicht manchmal nur mit mehr Erfolg selbst täuschen, bemühen sich um Dezenz, bieten ihre Geschichten mit betonter Zurückhaltung dar, wobei die Betonung eben bereits wieder eine Art Theatralik ist.

Gyulas Auftritte empfand ich einfach als schlechtes Theater, als »Schmiere«, wie wir das in unserem Beruf nennen. Man konnte so leicht durchschauen, wie er übertrieb, um Eindruck zu schinden, und das machte mir die dahintersteckenden echten Gefühle ebenfalls fragwürdig. Ich habe mir damals aber wenig Gedanken darüber gemacht, was an der Art, sich zu äußern, in Gyulas Charakter begründet lag und was vielleicht einer allgemeinen Landessitte entsprach. Gyula schien allerdings über das in seinem Lande geltende Maß hinaus unbeherrscht zu sein: Er warf sich in Elsas Gegenwart auf die Couch, weinte laut und hieb dabei mit den Fäusten in die Polsterung. Hinterher schämte er sich seiner Ausfälle und war reuig geknickt.

Ich bemühe mich vergeblich, den Anlaß zu erinnern, aus dem heraus sich Gyula bei unserem Gegenbesuch zu der Bemerkung hinreißen ließ, ich solle doch nicht vergessen, daß ich sieben Jahre älter sei als er, und zwar in dem Sinne, daß ich damit auch sieben Jahre früher als er alt, verbraucht und unattraktiv sein würde. Wahrscheinlich hatten wir wieder über eine mögliche Verschiebung der Hochzeit gesprochen, und er wollte mir auf diese Weise zu verstehen geben, daß, schlüge ich ihn aus, er weit eher die Chance hätte, einen neuen Partner zu finden als ich.

Ich empfand diese Äußerung als taktlos und unsinnig, aber für Elsa hatte er damit die höchste Warnstufe eingeschaltet. Sie hatte ursprünglich überhaupt nichts gegen den Altersunterschied einzuwenden; diesen Satz nahm sie als Zeichen dafür, daß Gyula mir mein Alter später noch öfter vorwerfen würde. Er behauptete danach, das sei nur ein Scherz gewesen, nie hätte ihn mein Ältersein gestört, aber Elsa warnte mich in der Pause während einer gemeinsamen Vorstellung noch einmal eindringlich vor einer überstürzten Heirat; sie könne es mit ihrem Gewissen nicht vereinbaren, schweigend zuzusehen, wie ich mich ungeschützt ins Feuer stürze.

In meinen ersten vorsichtigen, später heftigen Gesprächen mit Gyula, ob es nicht besser sei, die Hochzeit zu verschieben, bediente ich mich auch der Argumente Elsas; vielleicht war das alles nicht ganz fair ihm gegenüber, weil er niemanden aus seinem Bekanntenkreis zur Seite hatte, der entweder seine Meinung unterstützte oder aber von vertrauter Seite her ihm abgeraten hätte; er mußte sich ja verraten vorkommen, wenn nicht ich allein ihm sein verbissenes Beharren auf dem vorgesehenen Ehetermin auszureden versuchte. Er fühlte sich nun auch schon so in die Enge getrieben, daß er in alltäglichen Dingen völlig zügellos reagierte. Ich erinnere mich an ein Abendessen, zu dem wir unter anderem Wiener Würstchen besorgt hatten, für ihn und Robert; ich machte mir nicht viel daraus. Er bat mich, doch wenigstens einmal abzubeißen – Nein danke – Wenigstens einen Happen – Ich mag doch nicht – Mir zuliebe – Warum muß ich etwas essen, worauf ich keinen Appetit habe – Dann schmeiße ich die Wurst aus dem Fenster!

Schweigen am Tisch. Robert beobachtete uns aufmerksam, und ich wollte Gyula durch Blicke zu verstehen geben, daß er sich um des Kindes willen zu keiner Unbedachtsamkeit hinreißen lassen sollte. Aber er achtete schon gar nicht mehr darauf, was außer ihm noch vor sich ging; er hatte sich in den Kopf gesetzt, ich müsse ihm meine Liebe durch das Abbeißen an der Wurst beweisen, wenn nicht, müsse er seine Drohung wahrmachen. Nun hätte ich ja um des Kindes und Friedens willen ebenso nachgeben und abbeißen können, aber ich sagte mir, warum sollte ich mich seiner Laune beugen. Außerdem nahm ich nicht an, daß er die Ankündigung wahrmachen würde. Aber da kannte ich ihn eben noch nicht genug: Mit zwei Schritten war er am Fenster, riß es auf und schleuderte die Wurst ins Baugelände, das sich derzeit vor unserem Haus befand.

Ich weiß nicht, wie Robert dabei zumute war, auf jeden Fall distanzierte er sich etwas von Gyula, und als er später hörte, wir würden noch nicht heiraten, drückte er keinerlei Bedauern aus.

All diese Vorkommnisse bestärkten mich natürlich in dem Entschluß, das Heiratsaufgebot zurückzunehmen. Trauzeugen waren zu dieser Zeit schon nicht mehr gefordert, also bedurfte es nur eines Gangs zum Standesamt und der Erklärung, wir (wir!) wollten die Trauung verschieben. Gyula glaubte nicht daran, daß ich das tun würde. Bis zum letzten Augenblick, wahrscheinlich bis zur Tür dieses Amtes hoffte, glaubte er, ich würde ihm nur damit drohen und schließlich doch versöhnend umkehren. Aber da kannte er wiederum mich nicht genügend.

Am Sonntag ging er zum erstenmal hier in Berlin zur Messe. Ich muß dazu sagen, daß es um Religiosität zwischen uns nie Auseinandersetzungen gegeben hat; ich tolerierte seinen Glauben, er nahm widerspruchslos meine Ungläubigkeit hin. Ein Hauch von Läuterung umgab ihn, als er vom Gottesdienst kam. Die letzten Tage verbrachten wir beinahe friedlich. Er hatte sich damit abgefunden, daß wir in diesem Urlaub nicht heiraten würden, und bemühte sich nun inständig, meine Achtung und Liebe in der alten Stärke wiederzugewinnen. Ich war erleichtert, als ich den Termin abgesagt hatte, aber ich hatte auch ein schlechtes Gewissen, weil meine Gefühle für Gyula schwächer geworden waren und ich nicht mehr daran glaubte, daß wir später noch heiraten würden.

Für ihn muß alles viel schmerzlicher gewesen sein, denn seine Liebe war unvermindert, und nur die Hoffnung, wir würden später doch noch für immer zusammenleben, hielt ihn aufrecht. Er mußte ja auch mit dem Gedanken fertig werden, wie seine Verwandten, Bekannten und sein Direktor darauf reagieren würden, wenn er unverheiratet zurückkam.

Als er seine Koffer packte, bat er mich, ein paar Sachen hierlassen zu dürfen, wie es vor der *Hochzeitsreise* vereinbart war.

Der erste Brief aus Budapest kam schnell, und was darin stand, ließ mich, wie Gyula, in einen Abgrund fallen: Ende Januar, einen Tag, nachdem die Heiratsbewilligung für die beiden abgelaufen war, hatte Emmi Schlaftabletten geschluckt, genug, um nicht wieder aufzuwachen, aber ihre verzweifelten Eltern und die Ärzte hatten alles versucht, sie wieder ins Bewußtsein zu holen, was ihnen nach ein paar Tagen auch gelungen war. Doch ihr Zustand war elend, das Herz durch die vielen Medikamente sehr geschwächt, und ihr Lebenswille war völlig gebrochen. Gyulas Eltern hatten uns mit der Nachricht verschont, weil sie uns die Hochzeit nicht verderben wollten!

Gyula flehte mich an, wenn ich auch nicht beten könne, so doch mit meinen Gedanken dafür zu bitten, daß Emmi am Leben bliebe. Er wüßte, er hätte es kaputtgemacht, und das, wofür er es getan hätte, sei nun ebenfalls durch seine Schuld entzweigegangen – aber ich solle ihm bitte glauben, daß er sich ändern könne, alles daransetzen werde, mir das zu beweisen, ich solle ihm meine Freundschaft nicht entziehen, das sei das wichtigste, ohne mich könne er nicht leben. Was hatte ich da auf mich geladen! Schuld- und Mitleidgefühle, die ich allenfalls während der Endproben zum ›Zerbrochenen Krug‹ ein wenig vergessen konnte, beherrschten mich, aber ich wußte, nur eine Verbindung mit Gyula konnte das Unglück einigermaßen rechtfertigen, und dafür genügte kein Mitleid.

Wenige Tage später begann das ängstliche Warten auf die Regelblutung. Hatte ich mich etwa verrechnet? Nein. Nun, die Aufregung konnte es verzögern, ein, zwei, auch drei Tage – ich verzichtete auf das Fleisch, das ich Robert und mir am Wochenende braten wollte, weil ich den Geruch im Laden nicht ertrug, aber auch das konnte noch durch meine ganze Verfassung, die anstrengenden Proben, die schlechten Nachrichten aus Budapest ausgelöst sein, ebenso das Brennen im Kopf – – –

Die Brustschmerzen waren eindeutig zu langdauernd, als daß ich mich noch mit Zweifeln hätte beruhigen können. Ich mußte rasch handeln, dann war vielleicht noch etwas zu retten.

Es kommt dir vielleicht unsinnig und unbegreiflich vor, daß ich es stets erst wieder mit diesen mich quälenden, aber keine Ergebnisse bringenden Hausmitteln – heiße Fußbäder und heißer Rotwein – versuchte. Aber womöglich wären sie gar nicht so unsinnig gewesen, wenn ich sie wirklich rechtzeitig angewendet hätte; prophylaktisch, kurz vor dem fälligen Menstruationstermin und – aber das begriff ich erst später – vier Wochen früher! Es stellte sich eines Tages nämlich eindeutig heraus, daß ich im ersten Monat der Schwangerschaft noch einmal blutete, vielleicht etwas schwächer als sonst, darauf achtete ich nicht, weil ich diese Möglichkeit nicht in Betracht zog. Ich weiß auch nicht zu sagen, ab der wievielten Schwangerschaft das so gewesen ist, ich wunderte mich nur, wenn die mich untersuchenden Ärzte immer behaupteten, es müsse schon einen Monat weiter sein, als ich angab.

Ich wußte nun vom vorigen Mal, was ich tun konnte, um die Schwangerschaft zu beenden. Aber ich mußte wieder die Premiere abwarten und bis dahin trotz Angst, Übelkeit und bedrückender Briefe von Gyula mit allen verbleibenden Kräften diese Rolle zu einem Ergebnis führen, das Kollegen und Kritiker sagen ließ: Die Trubec spielt so gut, daß man sie gern bald wieder in einer wichtigen Rolle sehen möchte. Denn so gefestigt war meine Stellung keineswegs, daß man mir einen Ausrutscher als unbedeutsam verziehen hätte.

Ich habe nur einmal aus Rachegefühlen einem Mann – einem Arzt – die Qualen gewünscht, die man als Frau in solcher Zeit ausstehen mußte. Wohl aber habe ich aus Vernunftgründen oftmals gedacht, es wäre gut, wenn Männer, die sich verständnislos borniert gegen die Abtreibung wandten und als Ärzte die Frauen noch willentlich zusätzlich leiden ließen, damit sie ordentlich bestraft würden für ihre Untat, wenn diese Männer einmal *am eigenen Leibe* erführen, was es heißt, ein unerwünschtes Kind auszutragen. Das sind doch nicht nur die neun Monate, gegen die man sich da zur Wehr setzt – die Wochen vor der Abtreibung sind meist schlimmer als die ganze Schwangerschaft, wenn man das Kind haben möchte –, sondern *die vielen Jahre,* in denen sich das ganze Leben verändert, weil man tagtäglich für einen anderen Menschen verantwortlich ist, dafür sorgen muß, daß er nicht zuwenig oder zuviel ißt, der Witterung entsprechend gekleidet wird – sauber, bitteschön, wir sind doch keine Schweine! –; daß dieser kleine Mensch lernt, sich den Gepflogenheiten seiner Umwelt anzupassen oder gegen

Unvernunft und Lüge Widerstand zu leisten; dafür zu sorgen, daß er zur Schule geht, den dort gestellten Normen einigermaßen Genüge tut; daß man immer wieder versuchen muß, ihn zu verstehen, zu trösten, gegen Ungerechtigkeit zu schützen und ihm beizubringen, sich selbst zu behaupten; für den man waschen, nähen, kochen, zum Arzt gehen und liebevoll – immer liebevoll, bittesehr, sonst ist man ein Biest, ein Aas, eine Rabenmutter! – Tag und Nacht für ihn sorgen soll, wenn er fiebernd oder mit einem gebrochenen Bein im Bett liegt, und das, ohne zu murren, jegliche Müdigkeit überwindend, alle anderen, eigenen Interessen hintanstellend. Das ist es doch, wozu man die Frauen nicht zwingen darf und was die armen Kinder, zwingt man die Frauen dennoch, so oder so verhängnisvoll zu spüren bekommen. Ich finde deshalb auch den Slogan mancher gegen den § 218 kämpfenden Frauen *Mein Bauch gehört mir* nicht gut, weil er eben nur diese neun Monate suggeriert, gegen die man zwar einen Widerwillen empfinden kann und die sehr beschwerlich sein können, die aber nur einen vergleichsweise geringfügigen Teil der Lebenszeit ausmachen, die eine Frau – freudig oder widerwillig – opfern muß, wenn sie ein Kind bekommt. Denn ich glaube doch nicht, daß diese Frauen damit sagen wollen: Nach diesen neun Monaten muß ich nicht mehr, da kann ich mich doch von meinem Erzeugnis trennen und es fremden Leuten überlassen, die froh sind, wenn sie auf diese Weise ein Kind kriegen. Ein Kind, das in mir wächst (und damit meine ich nicht das soeben befruchtete Ei, das allenfalls durch Übelsein, ansonsten aber mehr in der Einbildung für mich existiert, sondern das Lebewesen, das sich mir bereits als solches bemerkbar macht!), ist doch schließlich kein Gegenstand, den ich an einer Maschine herstelle oder zu dessen Herstellung ich nur einen Teil beitrage, dem ich *entfremdet* bin, an dem *mein Herz* nicht hängt und der, wenn er fertig ist, irgendwem verkauft wird, sondern *mein Herz hängt*, in direkter Bedeutung, an ihm; mit dem Blut, das durch mein Herz fließt, ernähre ich es, es ist ein Teil von mir, und wenn ich es als lebendes Wesen zur Welt bringe, ist es *mein Kind*, und viele schmerzliche Dinge müssen im Leben einer Frau geschehen sein – viel schmerzlichere als Schwangerschaftsbeschwerden und Geburtswehen –, wenn sie es dann Fremden überläßt. Ich habe über das Mutter-Sein in den letzten Wochen und Monaten sehr viel nachgedacht, und ich möchte gern ausführlicher mit dir darüber sprechen; heute ist es schon so spät, daß ich mich lieber darauf beschränke, dir die Geschichte mit Gyula und die Abtreibung unseres Kindes zu Ende zu erzählen.

Gyula ging es zunehmend schlechter: Die Angst um Emmi, der Kummer wegen unserer Zerwürfnisse – »Ach«, schrieb er, »ich merke es aus deinen Briefen, daß du mich nicht liebst wie früher« – hatten schon zu Versäumnissen in seiner Arbeit geführt; er könne sich nicht mehr richtig konzentrieren, schrieb er, und sein Direktor weigere sich zu begreifen, daß es nicht aus Leichtfertigkeit geschehen sei, und drohe mit Entlassung, wenn es noch einmal vorkäme. Er bat mich, nach der Premiere mit Robert zusammen ihn zu besuchen, seine Eltern bäten auch darum. Seine Mutter hätte ihm schwere Vorwürfe für alles gemacht, was er bei mir angerichtet hatte. Als ich ihm nun andeutete, was hier möglicherweise noch passiert war, ging er zum Arzt und bekam Medikamente zur Beruhigung verschrieben.

Vier Wochen, nachdem sie die schlafbringenden Tabletten eingenommen hatte, starb Emmi. Gyula flehte mich inständig an, sobald es mir möglich sei, nach Budapest zu kommen. Er war jetzt krank geschrieben, lag zu Hause im Bett und bekam täglich Beruhigungsspritzen. Ich ging zu keinem Arzt, weil sie nicht wissen sollten, daß ich schwanger war. Dabei versuchte ich alle Qualen aus meinen Gedanken zu drängen und litt körperlich dafür um so mehr. Jedenfalls durfte ich mich von keinerlei Schmerz so deprimieren lassen, daß ich den Willen verlor, diese Abtreibung zu machen. Dazu muß ich sagen, ich hätte das Kind auch nicht haben wollen, wenn zwischen Gyula und mir alles in Ordnung gewesen wäre. Und auch ihn erschütterte offenbar nicht, daß ich abtreiben wollte (ihm genüge Robert, versicherte er, und er bot mir an, es in Ungarn von einem Arzt machen zu lassen), sondern ihn überfiel, als eindeutig feststand, daß ich schwanger war, die Angst, mir würde es mit ihm ebenso ergehen wie mit den anderen Männern: Ich könnte ihn sexuell ablehnen und es würde damit endgültig aus sein zwischen uns. Ich habe es in den Briefen noch einmal nachgelesen: Noch nicht durch Emmis Tod, sondern erst nach meiner Nachricht von der bevorstehenden Abtreibung brach er völlig zusammen und mußte in die Nervenklinik gebracht werden, wo er durch mehrmalige Spritzen am Tag (»mein Hintere ist schon gelöchert wie ein Sieb«) in einer Art Dämmerzustand gehalten wurde, aus dem er nur zeitweilig aufwachte und mir dann schrieb. Er machte sich ungeheure Vorwürfe, weil ich durch seine Schuld so leiden müsse, aber ich empfand es gar nicht als seine Schuld; wir hatten uns beide geliebt, beide genossen, und was konnte er dafür, daß ich als Frau die bitteren Folgen tragen mußte. Die alle Sorgen verhindern sollende *Pille* (die ich dann auch nicht vertrug) gab es noch nicht, und wir waren auch kein langjähriges Ehepaar, das pünktlich am vorhergesehenen Tag oder widerwillig einmal im Monat nach ausführlichen Vorkehrungen »Geschlechtsverkehr ausübte«, sondern wir hatten, wann Lust uns überfiel und nichts anderes uns daran hinderte, alle Gefühle und unsere Leiber miteinander verbunden, verschmolzen, hatten, wie wir hofften, rechtzeitig – und eben doch nicht immer rechtzeitig – uns wieder getrennt, und manchmal hatte ich noch versucht, statt des anschließenden wärmenden Beieinanderseins, etwaige fürwitzige Samenfäden wieder aus mir herauszuspülen.

Ich hatte mir den Eingriff ebenso leicht vorgestellt wie beim erstenmal, aber da hatte ich mich schwer getäuscht!

Die Gebärmutter war bereits fest verschlossen, der die Öffnung umgebende Muskel beinahe hart und so glatt, daß ich mit der vergleichsweise weichen Gummischlauchspitze immer wieder abrutschte, und wenn ich glaubte, sie endlich in der Öffnung zu haben, zeigte sich, daß sich der übrige Schlauch nicht nachschieben ließ, sondern nur bog und die Spitze wieder herausglitt oder das Wasser, das ich mit dem Gummiball hineinspritzte, sofort wieder herauslief, also gar nicht erst in den Uterus gelangte. Als ich völlig erschöpft war, gab ich es auf. Am nächsten Abend das gleiche. Wieder vergeblich. Ich weiß nicht, an wie vielen Abenden ich mich dieser Schinderei unterzogen habe; wenn ich eine anstrengende Vorstellung zu spielen hatte, legte ich mich anschließend sofort schlafen und begann am nächsten Abend, wenn Robert im Bett war, von neuem. Es wird schon alles in allem eine Woche gedauert haben, ehe es mir endlich gelang. Bloß gut, daß ich damals die Dissertation über Frauen, die an unsachgemäßen Eingriffen gestorben sind, noch nicht kannte! Ich wußte zwar, man durfte nicht, wie viele Frauen es taten, Seifenlauge dazu nehmen, auch keine harten oder spitzen Gegenstände, mit denen man sich verletzen kann, aber bei den unentwegten Manipulationen, wie ich sie vornahm, hätte ich mich auch mit dem Fingernagel verletzen und das abgekochte Wasser nicht mehr ausreichend von Keimen befreit sein können. Zudem arbeitete ich in der Angst, es würde mir überhaupt nicht mehr gelingen, zunehmend rücksichtsloser, verzweifelter, unvorsichtiger. Ich war so fest entschlossen, die Schwangerschaft vorzeitig zu beenden, daß ich alles lieber – auch den Tod! – riskierte als ein weiteres Kind.

Als ich endlich merkte, der Schlauch ließ sich ein Stück weiterschieben, drückte ich wieder Wasser hinein, und siehe, nur ein Teil kam zurück, das andere ließ ich, ruhig liegen bleibend, drin, damit es wirken konnte. Nach einer Weile wurde mir übel, und ich bekam krampfartige Leibschmerzen. Ich ging zur Toilette, und eine schleimige

Masse mit, wie ich glaubte, auch festeren Teilen, also der Frucht, kam zusammen mit dem Wasser heraus.

Mein Kopf war wie blutlos, und ich fürchtete, ohnmächtig zu werden. Mühsam schlich ich mich zu meinem Bett zurück und steckte mir das Fieberthermometer unter die Achsel: 37,2. Eine halbe Stunde später 38,1. Ich räumte alle »Indizien« beiseite und rief das Rettungsamt an. Eine Viertelstunde später klingelte bereits der Arzt.

Er war ein schon älterer Mann, offenbar nicht nur als Arzt in vielerlei Schrecknissen des Lebens bewandert, und er fragte mich freundlich-besorgt, was ich denn getan hätte, ich könne Vertrauen zu ihm haben, er wolle nur wissen, ob ich mir etwas Gefährliches zugefügt haben könnte. Ohne zu zögern – ich merkte, er würde mein Vertrauen nicht mißbrauchen – gestand ich ihm, was ich gemacht hatte; Gallenschlauch, abgekochtes Wasser, und er war deutlich erleichtert. Gleichwohl müßte ich sofort ins Krankenhaus.

Ich rief Martin an, der schon schlief, und bat ihn, sich um Robert zu kümmern. Er versprach, am Morgen rechtzeitig bei ihm zu sein. Trotzdem weckte ich den Jungen und sagte ihm, daß sein Vater käme, weil ich ins Krankenhaus müsse, damit Robert nicht am Morgen womöglich vorzeitig aufwachte, mich nicht vorfände und sich ängstigte. Ich packte ein paar Sachen zusammen, ließ mich in die Klinik fahren und auf der Gynäkologischen Station abliefern.

Abliefern. Nicht umsonst gebrauche ich dieses Wort. Denn der freundliche Arzt verschwand zu anderen Patienten, die in dieser Nacht den Rettungsdienst riefen, und ich saß nun in einem schwach beleuchteten Korridor auf einer harten Holzbank und wartete darauf, daß der Arzt, der Bereitschaftsdienst hatte, mich auf den gynäkologischen Stuhl beordern und untersuchen würde. Dicht neben der Bank stand eine Trage, auf der eine bis unters Kinn in Decken gehüllte bleichgesichtige Frau mit geschlossenen Augen lag. Ängstlich gab ich acht, ob sie noch atmete, bis ich von der Nachtschwester ins Untersuchungszimmer gebeten wurde.

Ich kam mir vor, als würde ich von einem Polizisten verhört. Und das Merkwürdige ist, ich wunderte mich nicht darüber, sondern war durch Erzählungen anderer Frauen schon so auf diese Art der Behandlung vorbereitet, daß ich sie, eingeschüchtert auch durch den drohenden Paragraphen, in all ihrer demütigenden Widerwärtigkeit über mich ergehen ließ, wie etwas, das ich mir willentlich selbst eingerührt hatte und nun, komme, was wolle, durchstehen mußte.

»Bißchen rumgepfuscht, was?!« oder »Das machen Sie uns doch nicht weis!« waren einige der unfreundlichen Bemerkungen des Arztes, der kaum älter sein konnte als ich und dem ich, sofort merkend, daß Vertrauensseligkeit hier nicht angebracht war, etwas von Sturz auf der Bühne und »ganz von selbst losgegangen« erzählte. Er untersuchte mich grob, wie ich fand; ich war durch die vorhergegangenen eigenen Machenschaften und Ängste doch auch besonders empfindlich.

Ich verstehe durchaus den Ärger vieler Ärzte, wenn sie von den Frauen nicht die Wahrheit erfuhren und deshalb auch nicht wußten, was sie verordnen sollten, aber sie begriffen eben nicht, daß es meist an ihnen lag, wenn man sie belog. Dem Arzt vom Rettungsdienst hatte ich doch gesagt, was ich »angestellt« hatte – aber wenn du weißt, du hast dich gegen ein Gesetz vergangen, und der Arzt empfängt dich wütend, mit der Miene strafender Überlegenheit, stellt dir Fragen wie der Polizeikommissar in einem Krimi, dann hütest du dich doch vor dem Eingeständnis einer juristischen Schuld.

Ich machte mir keine Gedanken darüber, daß ich nicht ausgeschabt wurde, sondern nur Medikamente bekam und im Bett bleiben mußte. Was versteht man schon als Laie von den notwendigen Heilmethoden. Und hätte ich bei einer anderen Krankheit durchaus nach den Zusammenhängen gefragt, so verschloß mir hierbei die Furcht vor einer patzigen Antwort, einem etwaigen Hinweis, daß ich gefälligst froh sein solle, wenn sie sich mit meinem verbrecherischen Eingriff überhaupt abgäben, den Mund. Eine recht derbe Krankenschwester ließ sich beim nachmittäglichen Pulszählen auch einmal vernehmen, es wäre eine Zumutung, daß sie die Schweinereien gewissenloser Weiber (sie sah mich nicht an dabei) ausbaden müßten. Ich lag in einem Zweibettzimmer, mit einer ruhigen Frau, die zwei Kinder hatte und eine Entzündung der Eierstöcke auskurieren mußte. Wir erzählten einander, wie das üblich ist in solch einem Ghetto, manche Dinge, die man gemeinhin vor Fremden verschweigt, und spätestens am zweiten Tag wußte sie von meinem Eingriff. Sie war noch nie so direkt mit einer Abtreibung konfrontiert worden und gestand mir, daß sie bis dahin ebenso abwertend darüber gedacht hatte wie viele, die Kinder mögen und nicht in die Lage geraten, mehr davon zu bekommen, als sie verkraften können. Aber meine Geschichte, von mir selbst erzählt, ließ sie plötzlich anders darüber denken, wie sie sagte; da gab es doch Gründe, Konflikte, Qualen und nicht nur Leichtfertigkeit.

Ich kriegte eine ganze Menge Besuch von Theaterkollegen, auch Martin kam. Er bemühte sich, nett zu sein, brachte mir Sachen, um die ich ihn gebeten hatte, und erzählte, daß Robert im Mathematikunterricht sehr gelobt wurde. Ein neuer Brief aus Ungarn – Post von Krankenhaus zu Krankenhaus – bedrückte mich, aber ich verschob Entscheidungen auf später, erst mal war ich froh, daß ich, wie ich meinte, die Abtreibung hinter mir hatte und mich täglich kräftiger fühlte.

Etliche Tage lag ich schon dort, als mir der recht freundliche Oberarzt bei der großen Vormittagsvisite sagte, es sei nun wieder alles in Ordnung, schätzungsweise Ende dritter Monat, am Montag könnte ich nach Hause gehen.

In meinem Gesicht müssen sich ohne Verkleidung sämtliche Schrecken ausgedrückt haben, jedenfalls sagte mir das nicht nur meine Bettnachbarin, sondern auch die Stationsschwester, die ich mittags auf dem Flur traf, und sie setzte dazu: »Warum haben Sie uns das nicht früher gesagt? Wir sind doch keine Unmenschen.« Und dann gab sie mir den Rat, mich viel zu bewegen, die Kliniktreppen auf und ab zu steigen etwa, da die Frucht auf jeden Fall loser sitze als vor dem Eingriff. Ach, war ich ihr dankbar! Da gab es also doch noch eine Hoffnung – denn nach der Mitteilung des Oberarztes hatte ich geweint, nach Auswegen gesonnen, sogar an Selbstmord gedacht.

Ich merkte bald, daß das Treppen-hinauf-und-hinunter-Steigen zu auffällig war, und ich kam auf eine andere Idee. Im Zimmer begann ich mich mit geschlossenen Füßen abwechselnd auf die Zehenspitzen zu erheben und dann von oben herunter mit den Hacken derb auf den Fußboden zu schlagen. Das geht durch den Unterleib, daß man Angst kriegen kann; ich glaube, auch du würdest das schmerzhaft spüren, obwohl Männer im Unterbauch weit weniger empfindlich sind als Frauen.

Meine Bettnachbarin beobachtete mich mit stiller Neugier und Besorgnis, und sie horchte, während ich mir fort und fort gewissermaßen die Beinknochen in den Unterleib trieb, auf alles, was draußen im Flur vor sich ging, und warnte mich, wenn sie meinte, jemand käme auf unsere Tür zu.

Ich kann dir nicht sagen, wie lange und mit wie vielen oder vielleicht auch gar keinen Pausen ich da gesportet und womöglich erst aufgehört habe, als ich bereits zu bluten begann. Ich wollte schließlich diesmal nicht wieder halbe Arbeit leisten. Ich blutete stärker, Stücke kamen mit heraus, wir klingelten nach der Schwester. Die holte einen Arzt, und ich bekam für die Nacht Eisbeutel auf den Bauch, ich konnte nicht schlafen, ich war glücklich, weil mit dem Blut auch die Angst aus mir herausfloß. Wie sehr mich der Blutverlust schwächte, merkte ich ja erst hinterher.

Am Morgen, es war ein Sonntag, und es wurde nicht operiert, holte mich die Stationsschwester ins Untersuchungszimmer, das heißt, von ihr gestützt, schlurfte ich gekrümmt dorthin. Der Arzt, der mich erwartete, war derselbe, der mich bei meiner Aufnahme verhört und untersucht hatte.

Mühsam, immer mit Unterstützung der so wohltuend freundlichen Schwester, hievte ich mich auf den berühmten Stuhl, hing die gespreizten Beine brav in die dafür vorgesehenen Schalen, rutschte nach Aufforderung meinen gequälten Leib noch weiter nach vorn, um die für den Ein-Griff günstigste Lage zu haben. Der liebevollberuhigende Tonfall der Schwester wunderte mich zwar etwas, aber auch, als sie meine Hand nahm, ahnte ich noch nicht, was mir bevorstand.

Sie wußte es.

Als der Arzt, stumm seit unserem Eintritt, anfing, mit irgendwelchen Instrumenten an und in meinem Leib zu hantieren, zuckte ich erst einmal zusammen vor Schreck und Schmerz. Die liebe Schwester – ich möchte sie heute noch umarmen dafür – – Entschuldige, daß ich heule. Ich merke daran, wie furchtbar dieses Erlebnis für mich gewesen ist und daß ich es nach so vielen Jahren, obwohl ich es nicht etwa in mir vergraben und darüber geschwiegen habe, noch immer mit mir herumschleppe.

Also, die Stationsschwester erklärte mir leise, während sie weiter fest meine Hand hielt, das müsse gemacht werden, um die Blutung zu stoppen, und der Arzt, der sich vielleicht noch ob ihrer vermeintlichen Gefühlsduselei ergrimmte, räumte aus meinem wunden Bauch Teilchen für Teilchen, grob oder vorsichtig, ich kann es nicht sagen, ich weiß nur, daß ich immerzu meine Zähne aufeinanderbiß, um nicht zu schreien, nach einer Weile aber doch leise zu wimmern anfing und auch ab und zu stöhnte, denn die ganze Prozedur erschien mir endlos. Aber ich habe den Arzt mit keiner Bewegung am Arbeiten gehindert! Ich hatte allerdings nicht nur eine schlaflose Nacht, sondern Wochen voller Angst hinter mir, in denen ich auch unter dem Druck litt, mich für oder gegen Gyula entscheiden zu müssen, und mein Gewissen belastet war von dem Mit-Schuld-Gefühl an Emmis Tod. Außerdem hatte mich der Blutverlust gründlich geschwächt, und wenn ich das alles bedenke, muß ich mich eigentlich noch wundern, daß ich mich nicht lauter und heftiger gebärdet habe.

Der Arzt war endlich fertig, er hatte die blutverschmierten Gummihandschuhe bereits ausgezogen und ging zum Waschbecken, während mir die Schwester beim Aufrichten half – ich gab keinen Schmerzensmucks mehr von mir –, da sagte, zischte dieses Monstrum von Mann wütend durch seine Zähne: »Reißen Sie sich gefälligst ein bißchen zusammen!«

Wörtlich. Diesen Satz werde ich im Grab nicht vergessen. Die Schmerzen hätte ich ja auf mich genommen (man ist es ja gewöhnt, als Frau viel auf sich nehmen zu müssen, wenn man die Rolle des geduldigen Schafs, die einem seit Jahrhunderten zugedacht war, nicht zu tragen gewillt ist) – diesen einen Satz habe ich nicht verkraftet. Ich war ja so machtlos, so ohnmächtig. Das war, als hätte ich an diesem Sonntagmorgen die Qualen und Demütigungen aller Frauen, die ein Kind nicht haben wollen, auf mich nehmen müssen. Vielleicht ist das eine Verklärung – aber irgendwie mußte ich doch damit fertig werden. Rächen konnte ich mich an meinem Peiniger nur in der Phantasie, und nicht einmal da brachte ich ihn selbst um, sondern überließ es anderen Mächten, ihn zu Tode zu bringen; die Gewissens-Erziehung hemmt eben sogar unsere Tagträume.

Später erfuhr ich, daß eine Narkose nach starkem Blutverlust unter Umständen lebensgefährlich werden kann – hätte mir das dieser Arzt nicht statt seiner zynischen Bemerkung erklären können?

Am Montag wurde ich dann noch einmal unter Narkose curettiert, ich mußte im Krankenhaus bleiben, so lange man eben nach einer Fehlgeburt, einem Abort, dort bleiben muß; zwei kleinere meiner Schauspielrollen wurden umbesetzt, der Spielplan geriet aus dem Konzept, ich ließ mich vorzeitig gesund schreiben, um ihn so bald als möglich wieder ins Lot zu bringen.

Auch Gyula war inzwischen aus der Klinik entlassen worden und arbeitete wieder. Dünn wie ein Faden wäre er, sagte seine Mutter. Ich hatte Mühe, die Abendvorstellungen durchzuhalten, und konnte es mir nicht leisten, zwischendurch mit Robert nach Budapest zu fliegen. Um genauer zu sein: Die Liebe, die Sehnsucht trieb mich nicht mehr dorthin, eher fürchtete ich die Auseinandersetzung. Ein halbes Jahr früher wäre ich bei gleicher körperlicher Verfassung gewiß nach Ungarn geflogen, ja gerade von dieser Reise hätte ich mir Genesung versprochen. Ich kann nicht glauben, daß ich vorher nur einem Strohfeuer erlegen bin, aber daß meine Liebe all den Belastungen nicht standhielt, ich sie unter diesen Umständen auch gar nicht bewahren wollte, war vielleicht eine insgeheime Schwäche von mir: Ich versuchte auch in anderen Beziehungen – aber das verlief immer unbewußt – wahrscheinlich dem Leiden aus dem Weg zu gehen, das man erdulden muß, wenn der geliebte Mensch einen ablehnt oder wenn, wie hier, Vernunft und Gefühl in heftigem Widerstreit liegen würden.

Gyula kam Anfang Mai noch einmal nach Berlin. Mit Elsa hatte ich mehrmals über die schrecklichen Ereignisse der letzten Monate gesprochen, und sie meinte, jetzt müsse ich, wenn Gyula sich noch immer daran klammere, ihn heiraten; ich könne nicht verantworten, daß womöglich auch er noch stürbe. Er hatte mir geschrieben, daß er jetzt, da er aus meinen Briefen unweigerlich die Erkaltung herausläse, herausfühle, Emmi verstehen könne und auch er langsam nicht mehr den Sinn seines Lebens sähe. Elsa meinte, nach einiger Zeit des Zusammenlebens würde er selbst merken, daß es nicht ginge, und ihm die Trennung dann leichter fallen. Nun, ich war bereit, ihn zu heiraten, aber ich wäre nicht fähig gewesen, ihm Liebe vorzutäuschen.

Als ich Gyula vom Flughafen abholte, trug er einen neuen kamelhaarfarbenen Übergangsmantel, von dem sein fahlgraues Gesicht merkwürdig abstach. Sicher hatte er die Hoffnung, ich möge mich ihm wieder mit all meiner Gefühlskraft zuwenden, nicht aufgegeben, doch er hütete sich, mich noch einmal um die Heirat zu bitten. Ich fühlte mich zwischen Abwehr, Freundlichkeit und der Furcht, er könnte sie für Liebe halten, hin und wider gerissen, aber er war zu sensibel, um nicht zu spüren, wie ich es meinte: daß bei mir eine Menge Mitleid und schlechtes Gewissen im Spiele war, und ich deshalb froh sein würde, wenn er wieder abreiste. In seinen Briefen steht so deutlich, wie sehr er gelitten hat, mich liebte, sich nach mir – und Robert – sehnte, mich brauche, daß ich beim Wiederlesen unlängst dachte: Wie habe ich das bloß nicht erwidern können?! Aber jetzt bin ich fern davon und nicht mehr in all den Widersprüchen von damals befangen, da läßt sich gut denken, hättest du nicht doch – – Ob Schwäche oder nicht, ich konnte keine Liebe in mir erzwingen, und das erzeugte ein Schuldgefühl, das ich abwehren wollte, und so wehrte ich den Menschen ab, der es hervorrief.

Gyula nahm diesmal alles, was ihm gehörte, wieder mit nach Ungarn. Etwa ein halbes Jahr später rief er mich aus Westberlin an: Er hatte eine junge Frau kennengelernt, eine Ungarin, die von einem Ausländer geschieden war und die sich in einer ähnlich unglücklichen Lage befand wie er. Ihr einziges Kind war im Mai gestorben, und ihr Mann hatte sich danach so gefühllos benommen, daß sie sich scheiden ließ und in ihre Heimat fuhr. Das Ganze war ziemlich verworren, Gyula war Hals über Kopf mit ihr abgereist, um im Ausland mit ihr zu leben, aber in Westberlin war er zur Besinnung gekommen und wollte wieder umkehren. Nach dem Anruf bei mir flogen sie zusammen zurück, über Wien, dort ließen sie sich kirchlich trauen, und in Ungarn gingen sie zum Standesamt.

Als ich Jahre später wieder nach Budapest kam, ließ Gyula sich verleugnen, nachdem er erfahren hatte, ich sei mit einem anderen Mann dort. Er war inzwischen wieder geschieden.

13

Wenn Martha am Morgen eines Premierentags aufwachte – ohne Wecker, weil es seit langem der erste probenfreie Tag war –, fiel ihr sofort der Abend ein, und eine von der Körpermitte ausgehende warme Welle breitete sich bis in Kopf und Zehenspitzen aus. Dieses aufregende Strömen wurde allmählich stärker und beständiger, bis es sich zum Abend hin so verdichtete, daß es zu einer gleichmäßig angehobenen Sinnesbereitschaft wurde; Ärzte würden wahrscheinlich erhöhten Blutdruck registrieren.

Diese Erregung zwang Martha zu besonderer äußerer Ruhe; ihre Bewegungen waren langsamer als sonst, sie vermied alles, was sie hätte zur Eile zwingen können. Auch früher, als sie noch nicht allein lebte, hatte sie sich an einem solchen Tag weitgehend zurückgezogen, Eindrücke von außen abgewehrt, und ihr Sohn hatte schon als Kind lernen müssen, darauf Rücksicht zu nehmen, was sie ihm stets in irgendeiner Weise – mit einem neuen Buch oder dem Besuch einer Zirkusvorstellung – vergolten hatte.

Jetzt verpackte sie kleine Geschenke, die sie einigen zur Premiere zugedacht hatte, schrieb Glückwünsche dazu; am Nachmittag trank sie keinen Kaffee mehr, weil er ihre Aufregung nur gesteigert hätte, und abends endlich fuhr sie zeitiger als sonst zum Theater, damit sie in nichts zur Hast genötigt würde.

Der Pförtner übergab ihr zwei Telegramme. Das erste, ein geschmücktes, stammte von ihren Kindern; das zweite hatte Marthas Freund geschickt, der seit einigen Tagen im Ausland an einem Kongreß teilnahm. Er wünschte ihr »die Ausstrahlung aufs Publikum, die du dir davon erhoffst«.

Martha lächelte; sie freute sich über die Anteilnahme, besonders aber darüber, daß er offenbar durch ihre Erzählungen verstand, es ging ihr bei dieser Arbeit um mehr als den persönlichen Erfolg.

Sie begrüßte ihre Garderobiere, eine ruhige, nun schon ältere Frau, die mit der Geduld der Treuen seit über zwanzig Jahren an diesem Theater die manchmal explosionsartigen Gefühlsausbrüche der jeweiligen Schauspielerinnen auffing und an Tagen wie diesem eine verläßliche Ruhe ausstrahlte, die allen Aufgeregten wohltat. Martha brachte ihr eine kleine Kristallvase mit, weil sie wußte, Frau Gleichmann liebte Gefäße aus diesem Material, und auf Emilias Platz, der noch unberührt war, legte sie eine Dokumentation über Friedrich Wolfs ›Cyankali‹, die sie von einer im Verlag arbeitenden Bekannten bereits bekommen hatte, bevor sie in den Buchläden verkauft wurde.

Auf ihrem eigenen Platz wie auf dem der Pape lag ein Programmheft für die heutige Aufführung; es war üblich an diesem Haus, daß jeder Mitwirkende am Premierenabend ein Exemplar davon bekam. Martha hatte noch keine Lust, hineinzusehen, sie wollte sich ganz auf ihr Spiel konzentrieren und sich auch nicht von dem, was sie für dieses Heft verfaßt hatte, ablenken lassen.

Emilia kam. Sie strahlte in einer Weise, die Martha an ihr noch nicht gesehen hatte, Premierenfieber wahrscheinlich; bei jedem äußerte sich das eben anders. Auch sie sagte mit einem Blick auf Programmheft und Geschenk: »Das sehe ich mir erst hinterher an.«

In der Maskenbildnerei wurde gedämpfter gesprochen als sonst, nach Witzen und großspurigem Gehabe war jetzt niemandem zumute; hinterher, wenn die Spannung vorüber war, konnte man die angestaute Erregung laut herauslassen. Martha war eine der ersten, die sich mit Schminke und Haarteilen verwandeln ließ; als sie aufstand, nahm die Darstellerin der Frau Klee ihren Platz ein. Bevor Martha den Raum wieder verließ, teilte sie mit symbolischer Spucke ihr Toi-toi-toi aus, die überall am Theater übliche Beschwichtigungsformel der Angst vorm

Versagen, und die »Angespuckten« toi-toi-toiten ihrerseits Martha über die linke Schulter.

Auf dem Rückweg zur Garderobe begegnete sie Hans Heiner. Er hatte seinen ersten Auftritt im vierten Bild und war noch in Straßenkleidung. Er umarmte Martha: »Toi-toi-toi, meine Liebe, ich drücke dir meine sämtlichen großen Zehen!« sagte er, und Martha – die sich nicht bedanken durfte für diese Wünsche; der magische Glaube besagte, daß Dank sie wirkungslos mache – meinte zu ihrem Kollegen, mit dem sie schon so manche Bühnenpartnerschaft bestanden hatte: »Ich bespucke dich erst, wenn du angezogen bist.« Denn als eine weitere zu beachtende Seite des Rituals galt, daß es wirkungsvoller sei, wenn es auf dem Rollenkostüm vorgenommen würde.

In der Garderobe wartete Elsa Mahler, Marthas nun schon fast siebzigjährige Freundin, die zwar nach wie vor spielte, aber in dieser Inszenierung nicht beschäftigt war und sich heute in den Zuschauerraum setzte. Aber vorher wollte sie alle Beteiligten, die ihr lieb waren, ihres Daumendrückens versichern, und bei Martha begann sie ihre Runde. Sie hatte keine der Proben gesehen und meinte, sie sei schon richtig gespannt.

Kaum war sie gegangen, klopfte es an die Tür. »Darf ich?« Herrschelmann kam herein, feierlich im schwarzen Anzug. Sie umarmten einander herzlich fürs beschwörende Zeremoniell; die Gemeinsamkeit der Aufregung ließ alle Distanz verschwinden an so einem Tag. Herrschelmann vermißte die Pape, die noch in der Maskenbildnerei sein mußte, er hoffte jedenfalls, sie dort anzutreffen. »Schön locker bleiben im siebten Bild«, sagte er noch zu Martha; sicher hatte er für jeden Schauspieler so ein kleines ermahnendes Sätzchen parat.

Als die Zeit herankam, begann auch der Inspizient seinen Lautsprechereinruf mit einer Hals-und-Beinbruch-Formel. Martha umarmte Emilia noch einmal ganz fest und wunderte sich wieder über ihre gleichsam leuchtende Ausstrahlung, die fremd war und anziehend.

»Ich muß dir nach der Vorstellung etwas erzählen«, sagte Emilia an Marthas Ohr. Also doch noch etwas anderes als die Premiere.

Die Darsteller des ersten Bilds überprüften, ob die Requisiten, die sie benötigten, an der richtigen Stelle lagen oder standen; ein »Ruhe!«-Zischen im Bühnenhintergrund, dann gab der Inspizient das Zeichen zum Dunkelwerden für Zuschauerraum und Bühne. Alle standen schweigend an ihrem Platz. Der Vorhang öffnete sich, und Scheinwerfer beleuchteten Mutter Fents Küche.

Martha freute sich über Emilias Spiel: Die von Herrschelmann so oft gerügte Bedrücktheit war einer unbeschwerten Kraft gewichen, mit der sie der neugierigen Minna Klee in jugendlich-gewichtigem Ton ihre Antworten zuwirft. Dann Auftritt Paul, der die Tasche voll Eßwaren auf den Tisch schleudert, Minna Klee mit Würsten, Dosen und Eiern für ihre Gören zum Gehen nötigt; *»Paul, Paul, gib nicht alles weg!«* ruft Mutter Fent aus der Kammer; rief Martha Trubec hinter der Bühne, und Minna Klee verschwindet.

»Das bringt Muttern wieder auf die Beine!« Die Freude, die aus diesem Satz klang, freute Martha, mußte auch Herrschelmann freuen; leise Publikumsreaktionen drangen bis hinter die Bühne, die Vorstellung lief, und als Martha auftrat, hatte sie das angenehm beruhigende Gefühl, einen bereits wunderbar eingespielten Austausch zwischen dem dunklen, lebendigen Zuschauerraum und den imaginären Geschehnissen in Mutter Fents Küche fortzusetzen.

Die große Pause lag nach dem vierten Bild, das in Dr. Möllers Praxis spielte; Marthas Pause begann bereits nach dem dritten, in der Mutter Fent erfährt, daß ihre Tochter schwanger ist, Hete ohrfeigt, das Mädchen hinausläuft, Mutter Fent völlig ratlos ist: *»Muß man dazu Kinder haben?«* fragt sie, bevor es dunkel wurde und der dünne Zwischenvorhang sie vom Publikum trennte. Beifall, nicht wenig, registrierte Martha.

Frau Gleichmann saß jetzt mit einer Häkelarbeit für ihren Enkel in der Garderobe. Martha setzte sich, schloß die Augen, genoß die Ruhe in dem kleinen Raum. Jetzt könnte sie eigentlich einen Blick ins Programmheft werfen, noch das ganze vierte Bild und die Vorstellungspause über war Zeit, bevor sie wieder auf der Bühne zu tun hatte.

Sie schlug es auf, blätterte, war nun doch neugierig auf ihren Artikel. Da, in der Mitte des Hefts stand auf der linken Seite Emilias Beitrag, auf der rechten der ihre; unter dem der Pape war eine große weiße Fläche leergeblieben, der ihre füllte die Seite beinahe aus. Trotzdem kam er ihr etwas kurz vor, aber das konnte natürlich täuschen, weil der Druck doch viel kleiner war als die Schreibmaschinenschrift. Sie begann zu lesen, las die ersten beiden Abschnitte, war zufrieden mit dem, was sie geschrieben hatte, las weiter:

Das ›Gesetz über den Mutter- und Kinderschutz und die Rechte der Frau‹ garantierte den Frauen in der DDR vielfältige Vergünstigungen und Förderung, es verbot ihre Diskriminierung, besonders, wenn sie nicht verheiratet und Mütter waren – –

Der Passus über das erneute Verbot des Schwangerschaftsabbruchs war tatsächlich gestrichen! Deutlich spürte Martha, wie ihr Herz schlug.

Dieses Gesetz berücksichtigte aber nicht die Nöte der Frauen, die aus psychischen, familiären oder geistig-beruflichen Gründen ein Kind nicht haben wollten. Auch ich kam gegen meinen Willen in ›andere Umstände‹, und ich habe sowohl verständnisvolle als auch verständnislose – –

Martha konnte nicht weiterlesen. Das durfte doch nicht wahr sein! Geibel hatte, ohne ihr noch ein Wort zu sagen, all das herausgestrichen und geändert, wogegen sie sich in dem Gespräch mit ihm gewehrt hatte! Und offenbar nicht nur das, denn das Folgende schien ebenfalls gekürzt zu sein:

– verständnislose Ärzte kennengelernt; mir wurde geholfen, und ich wurde mit meiner Verzweiflung allein gelassen, und ich habe mir dann selbst geholfen, was natürlich gefährlich war, wenn ich auch kein Zyankali nahm.

Am 9. März 1972 wurde den Frauen in der DDR das Recht zugesprochen, in den ersten zwölf Wochen einer Schwangerschaft selbst darüber zu entscheiden, ob sie das Kind austragen wollen oder nicht; sie brauchen diese Ängste nicht mehr zu erleben und können Kinder bekommen, die sie sich wirklich wünschen. Trotzdem betrachte ich Friedrich Wolfs ›Cyankali‹ nicht als ein rein historisches Stück: Es sollte uns anregen, über alles nachzudenken, was mit Sexualität, Schwangerschaft, ihrer Verhütung und ihrer Unterbrechung zusammenhängt.

Bei dem Wort »Unterbrechung« zuckte Martha noch einmal zusammen – nie hätte sie es benutzt, weil es einfach falsch war: Man unterbricht nur etwas, was man wieder aufnimmt; eine Schwangerschaft wurde abgebrochen, sie war damit zu Ende, und man konnte zwar neu schwanger werden, nicht aber dieselbe Gravidität weiterführen. Doch nun stand ihr Name darunter – was sollte sie jetzt machen? Martha Trubec stand unter einem Artikel, aus dem alle verfänglichen Bezüge zur unmittelbaren Vergangenheit gestrichen waren. Am liebsten hätte sie die Premiere gestoppt, wäre vor den Vorhang getreten und hätte allen Zuschauern gesagt: Was als mein Beitrag im Programmheft steht, ist nicht mein Beitrag – es ist eine üble Kürzung; Entstellung gegen meinen ausdrücklichen Willen! Das war natürlich lächerlich, ging also nicht, aber wie konnte sie sich noch wehren? Das hatte Geibel gewußt, hatte er so und nicht anders vorgehabt, als er ihr scheinbar nachgab, dieser – –. Martha holte so tief Luft, daß Frau Gleichmann von ihrer Handarbeit aufsah und besorgt fragte, was sie habe. »Ach – nichts«, sagte Martha. »Es ist nur – da hat doch –«

Emilia kam von der Bühne, aufgeregt, glücklich, ihre Wangenröte leuchtete sogar durch die Schminke hindurch. »Der Beifall zur Pause war ziemlich stark«, sagte sie.

Eigentlich hatte ihr Martha etwas Gutes, Ermutigendes über ihr Spiel sagen wollen, aber sie konnte sich gar nicht recht auf ein Lob einstellen, so hilflos wütend war sie über diese Gemeinheit, Feigheit, Unverschämtheit – – Erst jetzt fiel ihr auf, daß Geibel vor der Vorstellung nicht zu ihr gekommen war, um ihr toi-toi-toi zu wünschen. Sollte sie etwa einen Anschlag am Mitteilungsbrett machen, wenigstens für die Kollegen? Unsinn. Verlangen, daß das Programmheft oder doch dieses eine Blatt eingestampft wurde, und dann ihr Artikel original erschien oder gar nicht? Am besten gar nicht. »Notwendige Kürzungen« – einfach lächerlich; zwei Drittel der Seite unter Emilias Beitrag waren leer.

»Oh – das Buch ist von dir!« rief Emilia, stand auf und umarmte Martha. »Danke – das ist aber lieb von dir!«

Martha lächelte gezwungen. »Hast du schon unsere Artikel –?«

»Ganz kurz. Mach ich hinterher.«

War sie die einzige, die sich dafür interessierte? War sie nur persönlich verletzt? Nein – hier ging es um die grundsätzliche Haltung zur Vergangenheit – und damit natürlich auch zur Gegenwart. Zuschauerdiskussionen waren nach einigen ›Cyankali‹-Vorstellungen geplant – wollte man da etwa auch so abwiegelnd diskutieren? Dann konnten sie die Gespräche gleich sein lassen. Wort- und Zeitverschwendung; öffentliche Reinigung von Gesicht und Händen, alle bekleideten Körperteile würden schamhaft ungewaschen bleiben.

Martha seufzte unwillkürlich, und als sie bemerkte, daß

ihre Garderobiere sie wieder besorgt über die Brille hinweg ansah, entschloß sie sich, doch noch eine Zigarette rauchen zu gehen; Emilia, die mit ihrem Heinz verabredet war, hatte sie zuvor abschlägig beschieden. Sie mußte jemanden finden, mit dem sie über diese Geschichte reden konnte; ob es der Sache diente oder nicht, sie wollte es einfach erst mal loswerden. Die liebe Frau Gleichmann würde wahrscheinlich aufmerksam zuhören, mitleidvoll bestätigend nicken und dann fragen, ob sie ihr einen Tee machen solle, einen Cognac aus der Kantine holen oder vielleicht gar ein Beruhigungsmittel aus dem Sanitätskasten.

Sie ging nicht in die Kantine, sondern nur bis zu der kleinen Raucherecke vor der Tür, die zur Bühne führte, weil sie Hans Heiner dort sitzen sah.

»Was ist mit dir?« fragte er sofort, als sie sich ihre Zigarette an der seinen angezündet hatte. Vielleicht hätte sie sich schämen müssen, daß sie ihre Erregung so wenig verbarg, aber Heiner gehörte zu den seltenen Menschen, die stets ein feines Gespür für die Konflikte anderer besitzen.

Auch er hatte noch keinen Blick ins Programmheft getan, und Martha erzählte ihm, was vorgefallen war. Langsam, wie ungläubig, bewegte Hans Heiner seinen Kopf hin und her.

»Da würde ich mich aber beschweren!« meinte er empört.

»Bei wem?« fragte Martha.

Heiner dachte nach, aber Martha wußte, ihm konnte sie zwar jederzeit all ihre Sorgen anvertrauen, er würde immer versuchen, Verständnis aufzubringen – »auf die Pauke hauen«, etwas gegen starke Widerstände durchsetzen war seine Sache nicht. Vielleicht war er sogar froh, daß die Pause jetzt zu Ende ging und sie auf die Bühne mußte.

»Sehn wir uns hinterher?« fragte er.

»Ich denke schon«, sagte Martha. Sie hatte zwar nur selten die rechte Premierenfeierlust, und heute war ihr die

Freude ganz und gar verdorben – aber zu Hause würde sie allein sein mit ihrem Ärger, da war es schon besser, sich in Gesellschaft ein wenig abzulenken. Und Heiner freute sich, daß Martha heute auch allein war; er wagte nämlich nur selten, seinen langjährigen Freund und Lebensgefährten zu solchen Feiern mitzubringen. Er litt übrigens, wie viele Homosexuelle, darunter, daß er kinderlos bleiben mußte. Vor Jahren hatte er mit Martha einmal beraten, ob er nicht ein Kind adoptieren könnte, aber es scheiterte daran, daß er nicht verheiratet war. Und er war nicht verheiratet, weil – aber das mochte er auf den Behörden nicht sagen, es wäre für diese Leute ohnehin nur ein zusätzlicher Grund gewesen, ihm ein Kind zu verweigern. Marthas Engagement für ›Cyankali‹ und den Schwangerschaftsabbruch achtete er zwar, in seinem Gefühl regten sich aber ebenso viele Widerstände gegen eine solche Tat. Mit Martha hatte er oft darüber geredet, während er zu den Gesprächen im Theater schwieg, weil er sich nicht befugt fühlte, über Vorgänge, die ihm nicht zugänglich waren, ein Urteil abzugeben. Martha schätzte Hans wegen dieser Zurückhaltung, und sie wünschte manchen Männern wenigstens ein Quentchen dieser Bescheidenheit.

Sie stand wieder hinter der Bühne, zum Auftritt bereit. Die gespannte Premierenstimmung herrschte weiterhin um sie herum, sie durfte nicht länger an diesen Artikel denken, sondern an das Stück, die Aufführung, ihre Rolle, die Szene, die Situation, in der sie spielte, an ihren Auftritt. Der Vorhang war inzwischen aufgegangen, die Drehbühne rollte, die ersten Kleindarsteller kamen bereits zurück, während vorn die Kiosk-Szene lief; hinter ihr halfen Garderobiers mit oft geübten Griffen den Kleindarstellern in sie verwandelnde Kleidung, und Maskenbildner taten das ihre, um niemanden im Publikum erkennen zu lassen, daß dieselben Leute mehrmals über die rollende Mittelbühne liefen.

Irgend etwas mußte sie von Geibel fordern, die Sache

keineswegs auf sich beruhen lassen, damit sich derartige Praktiken nicht wiederholten. Aber was wußte sie denn, wie oft so etwas schon vorgekommen war. Womöglich hatte Herrschelmann – –

War das nicht ihr Stichwort gewesen? Marthas Herz begann augenblicklich wie wild zu schlagen – ja! Das war bereits der nächste Satz von Kuckuck! Sofort trat sie auf die Bühne, und der Kleindarsteller, den sie anrempeln mußte, war schon fast vor ihr – – Sie beschleunigte ihren Gang etwas, damit vorn am Kiosk keine unmotivierte Pause entstand –

»Ich sah dich laufen, Kuckuck. Kann ich mal rein?«

Eigentlich konnten nur Eingeweihte ihre Atemnot bemerkt haben.

Als sie von der Szene ging, spürte sie, daß ihre Kleidung feuchtgeschwitzt war. Rasch lief sie in ihre Garderobe, um sich dort bis zu ihrem nächsten Auftritt zu entspannen. Dabei schalt sie mit sich, weil sie sich derart von ihrem Ärger hatte hinreißen und von der Rolle ablenken lassen. Zu einer Premiere war ihr das noch nie passiert. Aber so etwas hatte ihr auch noch niemand zu dieser Gelegenheit geboten! Den Auftritt verpaßt – das war ein Gefühl, als hätte man als Chirurg einem narkotisierten Patienten die falsche Ader durchgetrennt.

Frau Gleichmann sah sofort, wie Marthas Gesicht glänzte, und sie bot sich an, die Maskenbildnerin zu holen. Martha war einverstanden; sie hätte sich auch selbst ein wenig überpudern können, aber es war ihr lieb, einen Augenblick allein zu sein. Erschöpft ließ sie sich auf ihren Stuhl fallen, schloß die Augen, fühlte, wie ihr das Blut durch den Kopf pulsierte. Als sie die Augen wieder öffnete, sah sie vor sich das Programmheft liegen; mit einer schnellen Bewegung schob sie es unter die Decke, die auf ihrem Schminktisch lag.

Auf jeder Seite der Bühne war neben dem Vorhang ein Zettel angebracht, worauf die Reihenfolge der Verbeugungen vorm Publikum am Schluß der Premiere angegeben war. Die Darsteller waren angewiesen, sich diese »Vorhangordnung« anzusehen, damit es keine Panne beim Verbeugen gab: zügig auf- und wieder abtreten, aber auch nicht zu rasch, damit es nicht aussah, als wolle man »Vorhänge schinden«.

Der Inspizient übernahm das Dirigat für die Verbeugungen erst ab der zweiten Vorstellung. Heute, zur Premiere, stand Herrschelmann hinter der Bühne und nannte die jeweiligen Namen, schob die Schauspieler hinaus, zischte: »Raus!« oder winkte denen, die von der gegenüberliegenden Seite auftreten sollten.

Am Schluß hatten sie achtunddreißig Vorhänge gezählt, mehr, als alle bei diesem Stück erwartet hatten. Erfolgsgestimmt konnten sie also in ihre Garderoben gehen, sich umziehen, abschminken und anschließend im Foyer, das nach der Vorstellung eigens dafür hergerichtet wurde, zur Abschlußfeier der gemeinsamen Arbeit treffen.

Martha war in den Schlußbildern keine Ungenauigkeit mehr passiert; die von Herrschelmann vor der Vorstellung ausdrücklich erwähnte Szene war für ihr Empfinden sogar ausgezeichnet gelaufen. Trotzdem hatte sie den Schrecken über ihren Patzer noch nicht überwunden.

Als sie sich ausgezogen und zum Abschminken vor den Spiegel gesetzt hatte, kam Elsa Mahler herein, um Martha und Emilia herzlich zu ihrem Erfolg zu gratulieren.

»Deinen Artikel im Programmheft finde ich übrigens auch ausgezeichnet.«

Marthas Gesicht zuckte ein wenig. Elsa registrierte das sofort.

»Ist was damit?« fragte sie.

»Ja«, sagte Martha. »Aber reden wir lieber später darüber.«

Als sie aus der Dusche kam, war Emilia schon verschwunden; sie hatte es eilig, zu ihrem Heinz zu kommen. Martha war eine der letzten, die im Foyer erschien; Hans und Elsa hatten ihr einen Platz zwischen sich frei gehalten.

Man hatte diesmal eine lange Tafel aufgebaut. In der

Mitte der Längsseite saß Herrschelmann neben seiner Frau, neben dieser Detlev Geibel, ebenfalls mit Ehefrau; der Intendant hatte sein Weib daheimgelassen. Die Techniker konzentrierten sich am Ende der Tafel (der Vorschlag, nicht an einzelnen Tischen zu sitzen, war gekommen, um sie besser einzubeziehen), die anderen Plätze wurden von den Schauspielern und ihren Angehörigen eingenommen.

Zum ersten Glas Sekt, das Herrschelmann spendierte, hielt er eine kleine Dankesrede an alle, die an der Inszenierung mitgewirkt hatten. Ausdrücklich erwähnte er Emilias »Sprung«, den sie zur heutigen Vorstellung – nach wochenlanger intensiver Arbeit – getan hätte, und dann bedachte er Martha mit einem Extradank, nicht nur für ihre schauspielerische Leistung, sondern auch für ihren besonderen Einsatz »– in allem, was mit der Thematik des Stücks zusammenhängt«.

Martha begegnete einem Blick Detlev Geibels; als hätte er sie gar nicht angesehen, drehte er seinen Kopf weiter zu Herrschelmann, der während seiner Rede stand.

Martha hätte zu gern gewußt, ob Geibel ihm von der Auseinandersetzung um den Artikel erzählt hatte. Die beiden konnte man als miteinander befreundet bezeichnen. Es würde nicht lange dauern, und sie tauschten ihre Plätze so, daß sie zusammensaßen und ihre Ehefrauen sich miteinander unterhielten. Was sollte also dieses verbale Lob für ihren »Einsatz«, wenn sie hinterrücks fälschten, was sie dazu geschrieben hatte.

Nach Herrschelmanns Rede ging Heiner zur Theke, um Wein zu holen. Martha ging ihm hinterher, weil sie plötzlich Hunger verspürte und – oder vielleicht nur deshalb? – weil sie Detlev Geibel dort stehen sah. Sie stellte sich so, daß Geibel, der von der anderen Seite heranrückte, neben ihr stehen mußte, wenn sein Vorgänger in der kleinen Schlange bezahlt hatte.

»Meinen Glückwunsch!« sagte der Dramaturg betont deutlich.

Martha tat, als wäre sie ausschließlich damit beschäftigt, unter den Sandwiches auszuwählen. Doch dann richtete sie sich auf, sah ihn ernst, beinahe böse an und sagte scharf: »Ich beglückwünsche dich ebenfalls!«

Ein paar Schritte von der Theke entfernt wartete Geibel auf sie: »Der Druckereitermin war so knapp, daß ich dich nicht mehr benachrichtigen konnte«, sagte er.

Martha sah ihn ebenso an wie zuvor. »Wozu benachrichtigen?« fragte sie.

»Wegen der Striche in deinem Artikel. Glaub mir –«

»Und der freie Platz auf der gegenüberliegenden Seite? Du kannst mir doch nicht weismachen –«

»Wie hätte denn das ausgesehen! Nein – dein Artikel mußte auf eine Extraseite.«

Martha blieb der Atem weg. Daß er sich aufs Layout herausreden würde – darauf wäre sie denn doch nicht gekommen. »Ich werde dafür sorgen, daß in diesem Haus keiner mehr etwas für dich schreibt!« sagte sie schließlich und ließ ihn stehen. Doch schon, während sie zu ihrem Platz ging, wurde ihr bewußt, daß sie in ihrer wehrlosen Wut nur eine dumme Drohung von sich gegeben hatte, für deren Ausführung sie sich keineswegs verbürgen konnte.

»Ich möchte mich am liebsten besaufen«, sagte sie, als sie wieder zwischen Hans und Elsa saß.

»Lohnt sich das?« fragte Heiner. »Ich weiß nicht, was du wirklich geschrieben hast; ich habe den Artikel vorhin gelesen, und ich finde ihn gut so. Vielleicht ärgerst du dich viel zu sehr über etwas, das außer dir keinem auffällt.«

»Das ist es ja gerade«, sagte Martha. »Keinem fällt auf, daß da einfach etwas herausgelassen wird. Als wäre an dieser Stelle eine Luftblase.«

»Jetzt möchte ich aber auch mal wissen, worüber du dich so aufregst«, forderte Elsa.

Martha erzählte ihr, was geschehen war, und Elsa Mahler äußerte kopfschüttelnd ihr Verständnis für die Empörung. Sie wußte, daß in diesem Stadium der Gefühle Zustimmung wichtiger war als eine nüchterne Analyse; die konnte man später vornehmen, wenn die gröbste Wut verraucht war.

Aber jetzt war sie noch nicht verraucht, jetzt hatte Martha noch das Bedürfnis nach Entladung. Das war ihr durchaus bewußt, ebenso, daß sie sich wieder beruhigen würde, was um so schneller ging, je eher und gezielter sie ihren Unmut aussprechen konnte.

Um Platz fürs Tanzen zu schaffen, wurde die Tafel jetzt von der Raummitte weiter zum Fenster gerückt, was nicht ohne Zwischenfälle vonstatten ging, weil sie aus mehreren Tischen bestand, die ungleichzeitig verschoben wurden und die Gläser und Flaschen gefährdeten. Der Intendant verabschiedete sich; er blieb nicht gern, wenn es ausgelassen wurde.

Evelin Burg, deren Madame Heye eine der besten Leistungen in ›Cyankali‹ war (wenn sie sich verbeugt hatte, war der Beifall deutlich stärker geworden), tanzte als eine der ersten. Sie hatte sich wieder einmal ein besonders junges Kerlchen unter den Beleuchtern herausgefischt (der muß doch bald dreißig Jahre jünger sein als sie, dachte Martha), und die füllige Schauspielerin schwenkte den schmalen Burschen (»Guter Hahn wird selten fett«, pflegte die Burg zu sagen) ungehemmt übers Foyerparkett. Der junge Elektriker, der noch nicht lange an diesem Theater arbeitete, sah seine Verehrerin fasziniert an und schien die Witzeleien der Kollegen nicht zu bemerken.

Aber nun wurde auch die Musik allmählich lauter gestellt, was eine Unterhaltung immer schwieriger machte. Martha wollte mit Heiner tanzen und fragte Elsa, ob sie es übelnähme, wenn sie allein zurückbliebe. Elsa lachte. »Es wird mir schwerfallen, Mauerblümchen zu spielen!« Vor ein paar Wochen war sie Urgroßmutter geworden.

Außer mit Heiner tanzte Martha noch mit einem Seitenmeister von der Technik, der sie bei solchen Gelegenheiten stets dazu aufforderte. Dann auch mit dem Darsteller des Hausverwalters Prosnick, und auf einmal stand sie vor Herrschelmann: »Darf ich bitten, verehrter Meister!«

Sie sagte, sie würde gern mal einen richtigen Walzer mit ihm tanzen, aber da war keiner auf den Musikbändern, die Jüngere zusammengestellt hatten, gespeichert, und so versuchten sie, in altmodischer Foxtrott-Manier sich übers Parkett zu bewegen. Martha fragte Herrschelmann, ob seine elegante weinrote Samtschleife ihm nicht allmählich den Hals abschnüre, schließlich sei die Mitternacht überschritten, aber Herrschelmann antwortete – laut, sie kamen gerade an einer der tönenden Boxen vorüber –, er fände sich mit der Schleife so schön wie ein Osterei, und da es bald Weihnachten sei, fände er diese Kleidung durchaus angemessen.

Was sie denn für ein Teufel geritten habe, fragte er nach einer Weile, ausgerechnet zur Premiere zu spät aufzutreten – solche Ungenauigkeiten sei man doch von ihr gar nicht gewöhnt?

Martha hemmte unwillkürlich die Schritte. Sie hatte dieses Thema herausgefordert, als sie Herrschelmann zum Tanz bat. Welcher Teufel hatte sie geritten – –

Geibel tanzte mit Herrschelmanns Frau ganz in der Nähe.

»Frag ihn!« sagte Martha.

Herrschelmann begriff ihre Antwort nicht. Sie mußte sich schon klarer ausdrücken, wenn sie herausbekommen wollte, ob er an der Verstümmelung ihres Artikels beteiligt war.

»Er fälscht Unterschriften!« sagte sie nun, immer entsprechend laut, um die Musik zu übertönen.

»Die Premiere scheint dich etwas mitgenommen zu haben«, meinte Herrschelmann, und der ironische Tonfall deutete darauf, daß er keine Ahnung von dem hatte, was vorgefallen war. Martha provozierte das Mißverständnis auch mit ihren Anspielungen. Der Abend, die Aufregung und in der Folge wahrscheinlich auch der Wein hatten sie wohl tatsächlich ganz schön mitgenommen.

Sie blieb stehen, Herrschelmann zwangsläufig auch. »Dein Dramaturg hat meine Unterschrift unter einen Programmheftartikel gesetzt, den er vorher entstellt hat!« Damit ließ sie ihren Regisseur stehen, der allmählich etwas zu begreifen schien. Kopfschüttelnd wandte er sich an Geibel, der nun ebenfalls seinen Tanz mit Herrschelmanns Frau beendete, und Martha beobachtete, wie sie redend zu ihren Sitzplätzen gingen.

Martha kam nicht bis zu dem ihren. In der Nähe der Theke sah sie Elsa Mahler im Gespräch mit Emilia stehen. Hatte ihr das Mädchen nicht etwas erzählen wollen?

Emilia strahlte, als sie Martha sah: »Ich muß dir was sagen!«

Elsa fragte, ob sie dabei störe.

»Nein, nein«, meinte Emilia. »Es ist kein Geheimnis.« Und dann, beinahe feierlich: »Heute vormittag war ich beim Arzt: Ich bin im zweiten Monat.«

Martha spürte sofort wieder diesen Druck in den Augen. Was war das nur für ein Tag! Da regte sie sich stundenlang über so einen lumpigen Artikel auf, während – ach, sollten doch die Tränen laufen. Heftig umarmte sie Emilia.

»Und ich rede die ganze Zeit von ihrer Rolle!« meinte Elsa.

Kennst du die Phasen, in denen man ewig hungrig nach einem Partner Ausschau hält und erst einen findet, wenn man das Suchen aufgibt? – Beinahe jeder, der nicht von der Jugend bis ins Alter mit demselben Menschen zusammenlebt, kennt diese öde Gier, die einen glauben macht, alle »vernünftigen« Männer (oder Frauen) seien »in festen Händen«, und die einen manchmal nach so dürftigen Strohhalmen greifen läßt, daß einem hinterher schaudert bei dem Gedanken, mit was für einem mittelmäßigen Kerl man sich aus lauter Verzweiflung abgegeben hat.

Ich glaube, es ist oft gerade das Dilemma der »emanzipierten« Frauen: Von einer liebelosen, gar unterdrückenden Ehe befreien sie sich, aber da sie nicht allein bleiben wollen, auch einen Mann zum Schlafen brauchen (oft behaupten sie, nur das letztere zu benötigen, das klingt so emanzipatorisch und modern; in Wirklichkeit sehnen sie sich vor allem nach Liebe, nach einem Menschen, mit dem sie reden können, wenn sie sich freuen oder Sorgen haben), lassen sie sich in Beziehungen ein, die weit unwürdiger sind als die Ehe, die sie verlassen haben. Manche studieren dann eifrig die einschlägigen Annoncen, und es kommt zu Treffs, nach denen sie aussortiert werden, oder sie lernen einen Mann kennen, den sie beim besten Wunsch und Willen nicht lieben können, aber da er zäh hinter ihnen her ist und sie selbst keinen anderen haben, gehen sie gewissermaßen seufzend mit ihm ins Bett, sind enttäuscht, gehen trotzdem wieder mit ihm ins Bett, sie reden aneinander vorbei, gewöhnen sich an die Treffs, wie man sich an Regentage gewöhnt, sie sind permanent unzufrieden, reden sich aber ein, »freier« zu sein als in der Ehe. Die Kinder müssen sich an den Kerl gewöhnen und werden getadelt, wenn sie ihn nicht mögen.

Oder das »Verhältnis« mit dem verheirateten Mann. Er

hat immer Gründe, alte, beständige ebenso wie akute, warum er sich nicht scheiden lassen kann. Die Geliebte ist einsichtig, grämt sich, hofft immerzu, es möge sich ändern, sie droht mit Trennung, führt sie doch nicht aus, beugt sich dem Gebot der Verschwiegenheit, obwohl sie so gern ihren Kolleginnen sagen möchte, daß sie auch nicht »ohne« lebt.

Ich merke, es liegt immer noch eine Spur Verachtung in dem, was ich eben gesagt habe. Früher habe ich mich zu dieser Geringschätzung bekannt, aber ich glaubte, meine Einstellung dazu hätte sich gewandelt. Wirklich gewandelt haben sich aber offenbar nur meine Einsichten; eine gewisse Abneigung ist geblieben. Weil ich mich immer gegen demütigende Unterwerfung gewehrt habe und der Meinung war, solange sich Frauen das gefallen lassen, brauchen sie sich nicht zu wundern, wenn sie von den Männern derart behandelt werden. Aber was hat denn diese Frauen so werden lassen? Da begehren sie nun, gestützt von Gesetz und öffentlichen Versicherungen, auf, verzichten auf das herkömmliche Zusammenleben – und merken, daß sie gar nicht gelernt haben, allein zu sein. Mutig wagen sie den Sprung, sind aber nicht genügend trainiert, um die andere Seite des Grabens zu erreichen. Und so rutschen sie hinein und sind froh über jede Hand, die ihnen hilft, da wieder herauszukommen.

Nach der Trennung von Gyula befand ich mich auch in so einem Graben. Es kam dazu, daß ich in dieser Zeit weder im Theater eine vernünftige neue Rolle kriegte, noch beim Fernsehen eine erwarten konnte, weil ich zuvor hintereinander zwei Angebote abgelehnt hatte. Ich fand die Drehbücher zu fad, zu schönfärberisch, ja verlogen, und das hatte ich den Damen vom Besetzungsbüro und den Regisseuren auch noch unverhohlen als Begründung angegeben.

Also hatte ich viel freie Zeit, und statt mich zu freuen darüber, zu tun, wozu ich sonst nicht kam, wähnte ich mich unnütz, fühlte mich überflüssig und war deprimiert. Nach den Vorstellungen, in denen ich zu spielen hatte, saß ich lange in der Kantine, ging auch mit einem Kollegen, den ich früher schon einmal lachend abgewiesen hatte, ins Bett; ich glaube, wir hatten beide kein Vergnügen daran, weil auch er sich in so einer verkrampften Such-Situation befand. Mir war jedenfalls hinterher noch trüber zumute als zuvor, und als er mir kurz darauf mitteilte, er habe da eine andere Frau kennengelernt, war ich zwar ein bißchen enttäuscht, weil ich nun wieder niemanden »hatte«, in Wirklichkeit aber auch erleichtert, weil man doch bei so unbefriedigenden Begegnungen immer geneigt ist, sich und dem andern etwas vorzuspielen, was einer Lüge gleichkommt, bei der ich mich unbehaglich fühle.

Bevor ich Paulchen kennenlernte, ließ ich mich noch zwei- oder dreimal in derartige liebeleere Schläfereien ein, nach denen mir jedesmal zumute war wie nach einem Kummer-Besäufnis. Ich müßte mein Gedächtnis anstrengen, damit mir einfiele, wer es war, ob zwei oder drei oder vielleicht nur einer. Ich habe aber keine Lust, mich eingehender daran zu erinnern; das ist für mich wie ein geschlossenes Knäuel, das weder Geheimnisse birgt noch Folgen hatte.

Der erste Ernstzunehmende war dann Paulchen, den ich bei einer Premierenfeier im Deutschen Ensemble kennenlernte. Er war Beleuchter, wollte aber partout Schauspieler werden, was ihm seines Typs wegen auch gelang, obwohl er bereits über das Schauspiel-Studentenalter hinaus war. Nach dem Studium wurde er an ein kleines Theater engagiert, und dort sitzt er meines Wissens noch heute.

Paulchen bedeutete für mich etwas ganz Neues, weil er sich so unnahbar zeigte. In Wirklichkeit wollte er Unsicherheit verbergen. Er konnte sehr grob werden und mich irgendwelcher »intellektueller Firlefanzereien« bezichtigen, auf den Tisch hauen, daß ich ums Geschirr bangte, saufen, bis er auf dem Teppich einschlief, aber vorher noch höhnend lallen, daß ich »viel zu fein und gebildet« für ihn sei. Ich konnte mich eigentlich nie ungetrübt mit ihm unterhalten, weil er immer, wenn er einer Meinung mit mir war, das Gegenteil behauptete, sich freute, wenn ich mich darüber aufregte, und dann sagte, ich sei dumm, weil ich den Unsinn glaube (was nicht stimmte; mich regte nur sein sturer Oppositionsgeist auf). Mit Paulchen habe ich mich eigentlich nur im Bett verstanden, das allerdings hervorragend. Paulchen wußte, daß er nicht durch ausgesuchten Charme bezaubern konnte, und gab sich deshalb um so mehr Mühe herauszufinden, was eine Frau sexuell aufregt. Viele Männer sind ja in diesem Punkt so beklagenswert stumpfsinnig, daß es Frauen gibt, die sich wegen solch unerfreulicher Erfahrungen lieber dem eigenen Geschlecht zuwenden. Paulchen war in dieser Hinsicht ein Juwel. Ich glaube aber, er hat nie begriffen, wie sehr ich ihn auch sonst mochte und hoffte, ich könnte ihn von dem Gefühl seiner Minderwertigkeit befreien, weil ich ihn nämlich für viel gescheiter hielt als er sich selbst. Er war ein unehelich geborenes Kind gewesen und wohl schon von seiner Mutter her mit dem Makel der Unvollkommenheit behaftet. Ich glaube, er mochte mich auch sehr, was er allerdings nie zugegeben hätte, und er wehrte sich dagegen, indem er sich stets so benahm, als wäre ich von seiner Gnade abhängig. Frag nicht, was mich der Kerl hat warten lassen! Manchmal zwei Wochen, ehe er sich wieder blicken ließ, nach der Vorstellung im Dunkeln vorm Bühneneingang oder, wenn ich frei hatte, bei mir zu Hause, spät abends, wenn ich schon im Bett lag und er sich im Theater mit ein paar Glas Bier etwas Mut angetrunken hatte. Wenn er ging, sagte er fast nie, wann er wiederzukommen gedachte, und ich staune noch heute, daß ich mich so lange darauf einließ, ohne zu protestieren. Ich weiß nicht, was geschehen wäre, hätte ich auf festen Verabredungen bestanden; ich unterließ es, weil ich ihn nicht verlieren wollte und weil ich begriff, daß er das für sein Selbstbewußtsein brauchte. Er kam nie betrunken zu mir, sondern in einem Zustand, den man bei anderen als angeheitert oder leicht beschwingt bezeichnet, der aber bei Paulchen leider ein nicht sehr erfreulicher war, weil man ihn dann eher stänkerig nennen konnte. Eigentlich war er unter seinem breitschultrigen Männergehabe sehr weich, sehr zart, sehr verletzlich. Wäre er als Mädchen auf die Welt gekommen, hätte er sich dazu bekennen dürfen; so wurde er ein rechtes Opfer des gängigen Männlichkeitswahns. Er war ausgesprochen gutmütig und schenkfreudig; er kannte Robert kaum, weil er sich fast nur nachts bei mir aufhielt, aber er brachte dem Jungen so oft irgendwelches teures Spielzeug mit, daß ich Einhalt gebieten mußte, weil ich es aus erzieherischen Gründen für unvernünftig hielt.

Es gab dann eine Zeit, in der Paulchen häufiger kam, in seiner verbissen-stummen Weise offenbar heftiger nach mir verlangte und ich mich in den Glauben phantasierte, wir könnten noch ein Dauerpaar werden. Als diese Phase abebbte, begann ich zu rebellieren. Ich wollte ihm meine Unabhängigkeit beweisen, mir einen anderen Mann suchen, weil ich es satt hatte, mich in dieser plumpen Art demütigen zu lassen, wie ich es vor mir selbst nun unverblümt nannte.

Auf einer Feierstunde in einem wissenschaftlichen Institut, zu der ich rezitierte, lernte ich Dieter Räffer kennen, inzwischen sicher längst Dr. Räffer. – Kennst du? Sieh an. Es ist ja auch ein Nachbargebiet, auf dem er arbeitet.

Du behauptest zwar immer, du verstündest nichts vom Frauen-Geschmack, davon, ob Männer gut aussehen oder häßlich sind oder langweilig, aber ich denke, du wirst zugeben, daß Räffer – falls er nicht unerwartet fett geworden ist, aber auf seine schlanke Linie wird er schon aus Eitelkeit achten – so ein flotter, sportlichhübscher Typ ist. Nicht »mein Typ«, aber da er sich offenbar für mich interessierte und ich von Paulchen wegwollte, traf ich mich ohne Zögern wieder mit ihm.

Meingott, war das eine Enttäuschung! Räffer gehört zu der Sorte Männer, die glauben, eine Frau sei so hingerissen von ihrem bloßen Da-Sein, daß sie sich ansonsten keinerlei Mühe zu geben brauchen. Das genaue Gegenteil von Paulchen. Aber dem wollte ich ja beweisen, daß ich auch ohne ihn auskam, und so traf ich mich noch zwei- oder dreimal mit Räffer und ließ mich als lebendes Objekt zur Selbstbefriedigung benutzen. Anders kann ich es nicht nennen. Zügig-flott; ich habe nicht auf die Uhr gesehen, aber lange kann es jeweils nicht gedauert haben. Mir lag zu wenig an ihm, als daß ich Lust gehabt hätte, ihm beizubiegen, wie dürftig sein Talent war oder doch wie mager er es zur Entfaltung kommen ließ.

Bei unserem vierten oder fünften Rendezvous mußte ich ihm dann schon mitteilen, daß ich schwanger war. Er hatte sich in keiner Weise vorgesehen; offenbar war er gewöhnt, die Vorsicht den Frauen zu überlassen, oder hatte zumindest eine ängstliche Beschwörung dazu erwartet. – Es tut mir leid: Seine wissenschaftlichen Fähigkeiten kann ich nicht beurteilen, und seinen Charakter habe ich so wenig kennengelernt, daß ich nichts zur Verteidigung vorbringen kann; ich fand ihn oberflächlich, rücksichtslos und eitel. Daß das eine einseitige und damit ungerechte Beurteilung ist, weiß ich; seine Positiva hat er mir nicht offenbart, und ich hatte auch keinen Anlaß, sie mir auszudenken. Außerdem ist es immer schwierig, einem Menschen gerecht zu werden, von dem man verletzt wurde. Es war jedenfalls alles im höchsten Maße unerfreulich.

Räffer sagte, er wolle einem Polen schreiben, mit dem er befreundet sei; in Polen fand man verhältnismäßig leicht einen Arzt, weil dort der Schwangerschaftsabbruch, wenn auch mit Einschränkungen, schon seit 1956 erlaubt war.

Ich erhielt einen Brief von Krzysztof Krauze, Räffers

Bekanntem, der in Warszawa studierte, wegen der Urlaubszeit dort aber keinen Arzt gefunden hatte. Ich sollte so schnell als möglich nach Łódź kommen, schrieb er, wo seine Mutter bereits mit einem Arzt das Nötige vereinbart hätte; an die zweitausend Złoty müsse ich dafür mitbringen. Räffer behauptete, zur Zeit kein Geld »flüssig« zu haben, ob ich mir nicht etwas leihen könne. Immerhin 750 Mark mußte ich alles in allem dafür rechnen, meine Gage war damals noch ziemlich gering, und ich hatte keine Ersparnisse. Heiner half mir aus, obwohl ihm der Anlaß nicht angenehm war; wenn es nach ihm gegangen wäre, hätte ich das Kind zur Welt bringen und ihm überlassen sollen. Aber er ließ mich nie im Stich, wenn ich ihn brauchte.

Der Zug fuhr nachts, und ich nahm einen Liegewagenplatz. Das weiß ich noch, weil ich in nebliger Morgenfrühe in Łódź ankam und weil es unvernünftig gewesen wäre, den Tag übermüdet zu beginnen. Ich ließ mich in einem Taxi zu Krzysztofs Eltern fahren; übernachten würde ich bei einer anderen Frau, hatte er mir geschrieben.

Frau Krauzowa begrüßte mich zurückhaltend, musterte mich aber eingehend, und ich merkte bald, daß sie eigentlich sehr lebhaft war. Ihr Mann, der eine Zahnarztpraxis hatte, sprach ziemlich gut deutsch. Als Gefangener war er während des Zweiten Weltkriegs irgendwo im Rheinland gewesen. Seine Frau benutzte ihn anfangs als Dolmetscher, später suchte sie nach anderen Möglichkeiten, sich mit mir zu unterhalten, vor allem über Angelegenheiten, über die man, wie sie meinte, mit Männern nicht reden konnte. Eigentlich hatte sie niemals mehr etwas mit deutschen Leuten zu tun haben wollen, weil mehrere ihrer Angehörigen während der Okkupation umgebracht wurden. Nun, da ihr Sohn sie indirekt zu dieser Begegnung gezwungen hatte, begann sie, in mir den Menschen, die Frau zu sehen und mich nicht mit den Grausamkeiten in Verbindung zu bringen, die Deutsche den Polen angetan hatten.

Sie versuchte mir beizubringen, daß ich weder ihrem Mann, noch dem Gynäkologen sagen dürfe, wie alt ich sei, weil sie mich für zehn Jahre jünger ausgegeben hatte. Ich gebe zu, daß ich keineswegs weniger eitel bin als andere Leute, wenn ich Unehrlichkeit bei der Altersangabe nicht leiden kann; es schmeichelt mir nämlich mehr, wenn jemand mein Alter erfährt und anerkennend staunt, als wenn ich für jünger ausgegeben werde, und die Betrachter denken, na, dafür sieht sie aber ganz schön ramponiert aus. Und nun gleich zehn Jahre! Schweigend mußte ich hinnehmen (ein kleines Lächeln konnte ich mir allerdings nicht versagen), daß der gewitzte Zahnarzt konstatierte, für dieses Alter sei mein Gebiß aber schon reichlich abgenutzt. Aber in diesem Punkt blieb Frau Krauzowa bis zuletzt unnachgiebig; wahrscheinlich fürchtete sie verächtliche Reaktionen, wenn der Freund ihres Sohnes (Krzysztof war erst Anfang zwanzig, Räffer auch jünger als ich) eine Freundin hatte, die schon so alt war. Eine Frau hat eben jünger zu sein als ihr Mann oder Liebhaber. Ich weiß doch überhaupt nicht, was für eine Geschichte sie zwischen Räffer und mir erfunden hatte, um ihrem Mann und dem Gynäkologen, mit dem er bekannt war, den Schwangerschaftsabbruch zu begründen. Womöglich hatte sie dem Arzt sogar gesagt, ihr Sohn wäre der Vater des Kindes, damit er es machte! Meinen Jungen durfte ich bei den Männern auch nicht erwähnen, obwohl sie selbst mit großem Vergnügen Fotos von Robert ansah. Beim Gynäkologen kam ich damit in Konflikte, als er nach vorangegangenen Geburten und Fehlgeburten fragte. Aber Halina Krauzowa meinte, die Männer wollten belogen werden, also sollten sie ihren Willen haben und die Frauen ihre Ruhe.

Du weißt, wie sehr ich normalerweise derartige weibliche Tricks und Schliche verabscheue, weil sie der Annäherung der Geschlechter so hinderlich sind. Halina Krauzowa war mir trotzdem ungewöhnlich sympathisch. Sicher wurde meine Zuneigung auch durch die unglückliche Lage gefördert, in der ich mich befand; ich war so dankbar für ihr Verständnis und die Solidarität mit mir. Im übrigen bewunderte ich ihre flinke, doch nicht hastige Art, mit der sie das Essen zubereitete, ihren großen Hund, einen Setter, versorgte, Staub wischte, während sie sich auf die notwendigerweise umständliche Art mit mir unterhielt. Wenn ich bei Hausarbeiten zuhören und antworten soll, kann ich mich weder auf die Arbeit noch auf das Gespräch konzentrieren, mache Fehler und werde nervös. Halina schnitt im Eiltempo Zwiebeln, Tomaten, Paprika, Kohl, briet Fleisch, schälte Kartoffeln, als benötige sie keinen Gedanken dafür. Denn unsere Unterhaltung bedurfte sehr wohl des Nachdenkens, der Konzentration. Mit einzelnen Vokabeln aus verschiedenen Sprachen, mit ausdrucksstarker Mimik und Panto-Mimik versuchten wir uns zu verständigen. Und es gelang! Und es zeigte so deutlich, was über die gewohnte Sprache hinaus möglich ist, wenn man sich verstehen will. Man beachtet viel aufmerksamer auch kleinste, scheinbar nur innere Bewegungen des anderen, die ja immer auch in irgendeiner Form nach außen dringen. Wir sind es gewöhnt, auf die Worte zu hören, weniger auf das, was mitgeteilt oder verschwiegen werden soll. Ich erfuhr an diesem Vormittag auch, wie ihre Angehörigen umgekommen waren, und sie gab mir gleichzeitig in dieser wortarmen Weise zu verstehen, daß sie mich nicht dafür verantwortlich mache – und ich wiederum wollte, daß sie begriff, ich schämte mich für die Untaten meiner Väter, wenngleich sie verübt wurden, als ich noch ein Kind war. Und wie sehr ich ihre Hilfsbereitschaft, das Beiseitelassen ihrer Ressentiments achtete. All das konnten wir einander durchaus begreiflich machen, glaube ich.

Bevor wir zum Arzt gingen, brachte sie mich zu ihrer Bekannten, bei der ich in den nächsten Tagen gegen ein entsprechendes Entgelt bleiben sollte. Diese Frau, eine etwa vierzigjährige Witwe, war zwar ebenfalls freundlich zu mir, aber ihre etwas hausfraulich-betuliche Art lag mir weniger, obgleich die verbale Verständigung über unser beider Schulenglisch leichter fiel. Ich war betrübt, daß ich nicht bei Halina bleiben konnte, aber was sollte ich machen, ich mußte froh sein, daß man mich überhaupt so gut aufnahm – und daß ich von der Schwangerschaft erlöst werden sollte.

Halina begleitete mich auch zum Arzt. Ihr Mann kam später nach, damit sie mich hinterher auf dem Weg zu meinem Schlafquartier beide stützen konnten. Sie waren wirklich so rührend um mich besorgt, daß sie zu den Menschen in meinem Leben gehören, von denen man sagen möchte, ich bin ihnen bis ans Lebensende dankbar.

Halina Krauzowa hielt sich, als ich operiert wurde, im Vorzimmer auf und konnte alle Laute, die ich währenddessen von mir gab, hören. Hinterher ließ sie mich wissen, wie sehr sie mit mir gelitten hatte. Ich bekam nämlich (mittels Spritze) eine Art Mini-Narkose; Vollnarkose konnte mir der Arzt nicht geben, weil er allein arbeiten mußte. Der Zahnarzt meinte, diese schwache Betäubungsart sei ihm noch vom Krieg her bekannt, sie hätten ihr damals den Namen *Dummer Hans* gegeben. Ich fand den Ausdruck treffend: Nur einem Dummen kann man weismachen, daß sie die Schmerzen lindert, außerdem fühlt man sich dadurch wie dumm, tumb, aber leider nicht abgestumpft oder gar taub, sondern – jedenfalls mir ging es so – die geringfügige Schmerzminderung wurde doppelt und dreifach aufgehoben, weil ich ebenso die Kraft verlor, mich zusammenzunehmen. Ich habe zwar nicht geschrieen, aber heftig gestöhnt und gejammert vor Schmerz, und Halina ging vor der Tür auf und ab und mußte sich alles mit anhören. Hätte ich vorher über die Wirkung des *Dummen Hans* Bescheid gewußt, ich hätte diese »Betäubung« entschieden abgelehnt.

Vorerst brachten mich die Krauzes in mein Schlafquartier, teilten mir und meiner Wirtin die Anordnungen des Arztes mit und verabschiedeten sich herzlich bis auf den nächsten Tag. Wenn ich es richtig erinnere, war dieser

Gang durch die frische Luft notwendig, um die Wirkung des *Dummen Hans* zu eliminieren.

Ich lag im tadellos gestärkten Bettzeug und konnte nicht einschlafen. Der Gynäkologe hatte es den Krauzes und Herr Krauze mir gesagt: Es sei bereits am Anfang des vierten Schwangerschaftsmonats gewesen. Ich hatte vier Wochen weniger angenommen. Sollte sich der Arzt geirrt haben? Aber er hatte nicht nur den Umfang der Gebärmutter abgetastet, sondern auch den Embryo gesehen; ein Junge sei es gewesen, wurde mir ebenso mitgeteilt. Wenn er das Entwicklungsstadium richtig beurteilte, hieß das, nicht Räffer, sondern Paulchen war der Erzeuger gewesen. Ein fataler Gedanke. Ich lag in einem fremden Land, fremde Leute waren fürsorglich um mein Wohlergehen bemüht, weil sie glaubten, ein Freund ihres Sohnes habe mir etwas zugefügt – hinzu-gefügt, wörtlich genommen –, wovon ich befreit werden mußte: Nun war es womöglich gar nicht der Freund des Sohnes gewesen, sondern irgendein anderer Deutscher, den sie überhaupt nicht kannten – –

Aber Räffer hatte mit mir geschlafen, und wir hatten keinerlei Verhütungsmittel benutzt. Also blieb es doch egal, mit wem es nun geschehen war. Anders, wenn ich das Kind ausgetragen hätte. Ich mußte an den Witz mit der Kreissäge denken. – Antwortet eine Frau dem Richter, der sie gefragt hat, wer der Vater ihres Kindes wäre: Halten Sie mal Ihren Finger in ne Kreissäge und sagen dann, welcher Zacken Sie geritzt hat! Über den Witz hatte ich früher nicht nur bedenkenlos gelacht, sondern ich hatte ihn auch lachend weitererzählt.

Wenn Räffer das erfuhr, nahm er womöglich an, ich wußte bereits, daß ich schwanger bin, als ich mit ihm schlief, und hatte in ihm den Dummen gesucht, den ich dafür verantwortlich machen konnte. Ach ja – hielt man sich ehelich brav, dann konnte einem so etwas natürlich nicht passieren.

Am anderen Mittag sagte meine Wirtin, Krauzes wollten mich gegen Abend mit dem Auto abholen, und ich sollte in den Tagen, bevor ich wieder heimfahren durfte, bei ihnen wohnen. War ich froh!

Nach langem unruhigem Für-und-wider-Denken hatte ich genügend Gründe gefunden, mit Halina über meine Zweifel an der Vaterschaft des Kindes zu sprechen. Das ist bei mir manchmal wie ein Sog, wie die Glühbirne für den Falter, der mich Menschen gegenüber offenherzig sein läßt, von denen ich fürchten muß, daß sie diese Offenherzigkeit gegen mich gebrauchen oder doch zumindest ein Urteil dazu haben, das dem meinen widerspricht. Wahrscheinlich ist es die Lust an ebendiesem Widerspruch, an der die eigenen Gedanken relativierenden Konfrontation mit der Kehrseite, insgeheim aber wohl der Wunsch nach Bestätigung, die natürlich selten eintritt. In Łódź war es aber auch das schlichte Bedürfnis, meine Gewissensnöte jemandem mitzuteilen – und wem als Halina hätte ich sie mitteilen können.

Es war gar nicht so einfach, bei der bestehenden Sprachlosigkeit den Sachverhalt eindeutig darzulegen, denn ein nur geringfügiges Mißverständnis, über Ursachen und Zeitpunkt etwa, hätte eine falsche Reaktion bei ihr auslösen können.

Halina war sehr aufmerksam, und sie verstand – verstand den Hergang, verstand meine Bedenken, und sie verstand es, mich zu beruhigen.

Zu Hause wartete ich vergeblich darauf, daß Räffer sich bei mir blicken ließe und sich wenigstens mal nach dem Verlauf meiner Polenreise erkundigte. Denn von meinem inzwischen aufgetauchten Verdacht konnte er kaum etwas wissen. Ich nehme sowieso an, er hatte von vornherein vor, die Bezahlung mir zu überlassen. Da wir uns nur verhältnismäßig flüchtig kannten, wird er vor sich selbst, auch ohne Rückmeldung aus Polen, die Ausrede gehabt haben: Wer weiß, ob ichs überhaupt war. Das erstemal hatte ich so etwas von einer Kommilitonin auf der Schauspielschule gehört; es fiel mir damals schwer, an so viel Schäbigkeit zu glauben. Auch das bleibt den Frauen heute erspart, weil sie eine Interruptio nicht mit Geld zu bezahlen brauchen; immer noch bleibt ihnen die Bezahlung mit ihrer Gesundheit, ihrer Angst, ihren Gewissensbissen. Und Männer, denen das gleichgültig ist, brauchen nun gar keine Gedanken mehr an die Folgen ihres Vergnügens zu verschwenden.

Statt dessen tauchte Paulchen wieder bei mir auf. Er hätte angenommen, daß es »nichts Ernstes mit dem neuen Kerl« wäre. Auf welche Weise es ernst war, erfuhr er nun. Er fluchte, wollte Räffers Adresse oder Arbeitsstelle wissen, wollte »dem Kerl eins überbraten«, beschimpfte mich, nicht ohne Genugtuung, da sähe ich nun, wo ich hinkäme, wenn ich mich mit »so einem Scheißintellektuellen« abgäbe. Daß unter Umständen wir beide das Kind gezeugt hatten, sagte ich ihm nicht.

Am nächsten Tag kam er wieder und legte mehrere Hundertmarkscheine auf den Tisch. Wenn ich sie nicht nähme, sagte er, würde er sie Robert auf sein Sparbuch geben – und ich hätte kein Recht, meinem Jungen ein solches Geschenk zu verweigern.

15

Martha staunte, wie viele Leute nach der Vorstellung zu einem Gespräch über die Aufführung geblieben waren: Etwa vierzig konnten es durchaus sein. Die jüngeren saßen meist paarweise, die älteren waren in der Mehrzahl Frauen.

Wieder hatte man das Foyer für diese Veranstaltung hergerichtet; die Sessel für die diskussionsfreudigen Zuschauer standen denen der Mitwirkenden gegenüber. Herrschelmann, Keller und Geibel, der die Diskussion leiten sollte, hatten auf die Schauspieler gewartet, die sich erst abschminken und umziehen mußten. Als Martha mit Emilia kam, saßen Evelin Burg, Heinz von Genske und der Darsteller des Hausverwalters Prosnick bereits da; die anderen Schauspieler wollten nicht an dem Gespräch teilnehmen. Es konnte also begonnen werden.

Nach ein paar begrüßenden und zum Reden ermunternden Worten Detlev Geibels gab es erst einmal die obligatorische Warte-Stille; eine kleine provozierende Bemerkung Herrschelmanns ließ schließlich den ersten Arm sich erheben.

Ein Mann, registrierte Martha sofort. Er sagte, daß er von der Aufführung insgesamt sehr beeindruckt wäre, eine Szene aber hätte ihn gestört, er hätte sie als unästhetisch empfunden, nämlich die, in der Hete mit Pauls Hilfe das Kind abtreiben will. Ob das so naturalistisch gezeigt werden müsse; wenn man es hinter den Wandschirm verlege, wisse der Zuschauer doch auch Bescheid. Martha beobachtete ein kleines, triumphierendes Lächeln in Geibels Miene.

Inzwischen hatte sich ein zweiter Arm erhoben: Eine junge Frau mit blassem Gesicht und kurzgeschnittenen Haaren, offensichtlich schwanger, meldete sich. Sie sagte, vielleicht sei sie in ihrem augenblicklichen Zustand besonders empfindlich, sie sei vorher auch unschlüssig gewesen, ob sie sich das Stück jetzt überhaupt ansehen sollte. Die ganze Aufführung hätte sie sehr erregt, was aber sicher ein gutes Zeichen sei, denn was solle ein Theaterabend, der einen kalt ließe. Und sie wäre vielleicht nicht so mutig gewesen, wenn nicht der Herr vor ihr das gleiche – kurzum, auch sie hätte diese Abtreibszene als quälend empfunden; sie sage ehrlich: Wäre die Pause nicht vor, sondern nach diesem Bild gelegen, sie wäre nach Hause gegangen. Allerdings hätte sie dann die doch ziemlich erschütternden letzten Bilder nicht gesehen, und das wäre natürlich schade gewesen.

Obwohl sich eine schon etwas ältere Frau gemeldet hatte, wollte Herrschelmann erst ein paar Worte zu bezeichneter Szene sagen. Auch er hätte lange überlegt und probiert, wie sie gespielt werden müßte; der Gedanke, sie »unsichtbar« zu machen, sei natürlich auch ihm gekommen, dann aber hätte er sich entschlossen – um nichts ästhetisierend zu verschleiern –, sie in dieser drastischen Form vorzuführen. Martha konnte sich eines Lächelns nicht enthalten; wie selbstverständlich er die Idee als die seine ausgab! Aber er identifizierte sich damit, das war die Hauptsache.

Herrschelmann forderte Emilia Pape auf, sich zu ihrer Haltung in dieser Szene zu äußern, da sie etwa im gleichen Alter mit der jungen Zuschauerin sei und solche Dinge ebenfalls nicht selbst erlebt habe.

Emilia war es unangenehm, so direkt angesprochen zu werden; sie war plötzlich unsicher geworden, ob das, woran sie sich inzwischen gewöhnt hatte, richtig war, weil sie das Gefühl, das die junge Zuschauerin zum Ausdruck brachte, gut verstand. In wenigen Monaten würde sie selbst so aussehen: Unter weitem Kleid eine deutliche Bauchwölbung, die Hände schützend darübergelegt – – Wenn sie die besagte Szene spielte, dachte sie immer nur an die Rolle, an Hetes Situation, nie an ihre eigene.

»Ja – –«, sagte sie zögernd und wandte sich dabei an die

Schwangere, »– ich – also, anfangs mußte ich mich auch überwinden, aber dann –« Ein Blick zu Heinz; er sah ganz ruhig aus. »Ich habe mich überzeugen lassen«, sagte Emilia, »daß es wichtig ist, den Zuschauern – also Ihnen – ohne Schonung vorzuführen, was für schlimme, ja ekelhafte Sachen die Frauen früher machen mußten.« Sie griff nach der Armlehne von Heinz' Sessel. »Hete hat doch auch Angst, daß sie Paul dadurch verliert, und ich kann mir vorstellen, wie manche Ehen unter so einer Abtreibung gelitten haben. Wir glaubten jedenfalls, daß man das nicht verschweigen sollte, sondern deutlich machen.«

Jetzt meldete sich noch eine Frau zu Wort, aber Geibel erteilte es zuerst derjenigen, die bereits vor Herrschelmann hatte sprechen wollen. Es war eine füllige, recht resolut wirkende Person, Martha schätzte sie auf etwa fünfzig, was sich später durch eine Altersangabe bestätigte. Sie stand zum Sprechen auf, und man merkte, sie gab sich Mühe, ihre Erregung im Zaum zu halten. Sie dankte dem Ensemble für die Aufführung, aber sie wolle doch etwas zu den Einwänden in besagter Abtreibszene sagen, und da müsse sie, sie bäte um Entschuldigung, ein bißchen ausholen:

»1945 war ich sechzehn Jahre alt. Da gab mir meine Großmutter dieses Stück – ›Cyankali‹ – zu lesen und sagte zu mir: Lies das, Mädel, damit du weißt, was wir durchmachen mußten. Das ist jetzt vorbei; jetzt könnt ihr selber bestimmen, ob ihr Kinder haben wollt oder nicht.

Dieser Staat war von Anfang an mein Staat. Ich bin in die Partei gegangen und habe aktiv mitgearbeitet am Wiederaufbau, denn damals ist uns nichts, aber auch nichts in den Schoß gefallen. Das soll kein Vorwurf für die jungen Leute sein«, sagte sie mit einem Blick auf die junge Schwangere, »dafür haben wirs ja gemacht, daß ihrs heute besser haben sollt. Aber man darf doch auch nicht vergessen, was gewesen ist! Als ich geheiratet habe – weil ich ein Kind kriegte, das ich damals noch gar nicht haben wollte –, hatten wir wieder ein Gesetz, das uns Frauen die Möglichkeit verweigerte, selbst darüber zu entscheiden, wann und wie viele Kinder wir haben möchten. Auf einmal ließ mich also mein Staat, für den ich mich so eingesetzt hatte, im Stich! Das hat mich damals ganz schön irritiert. Denn da war nichts mehr mit der versprochenen Selbstbestimmung! Und ich gehörte leider zu den Frauen, die unentwegt schwanger wurden. Was habe ich also gemacht? Wieder die furchtbaren Sachen, die hier in ›Cyankali‹ gezeigt werden. Und ich kann Ihnen versichern: Diese Szene ist harmlos. Da habe ich viel Schlimmeres erlebt. Aber das muß doch mal ausgesprochen werden! Wir haben uns meistens nicht mal getraut, mit unseren eigenen Männern darüber zu reden; wie die junge Schauspielerin sagte: Wir hatten ja Angst, die laufen uns noch davon. Aber zehn Kinder hätten sie auch nicht haben mögen!

Mein Mann ist vorhin gegangen. Er hat gesagt: Was willst du denn darüber noch quasseln?! Er hats ja auch nicht auszustehn gehabt. Wenns unangenehm wird, drücken sich die Männer eben gerne. Und was diese Szene anbetrifft: Ich finde es gut, daß da nichts verkleistert wird. Ich habe Verständnis dafür, daß die junge Frau in ihrem Zustand empfindlich reagiert; der Herr da drüben sollte mal nachdenken, ob er nicht vielleicht bloß die Augen zumacht vor der Wirklichkeit.«

»Wenn ich hier meine Meinung nicht sagen soll, kann ich ja gehen«, murrte der Angesprochene.

»Brauchen Sie ja gar nicht«, sagte die Frau. »Bloß mal drüber nachdenken, ob Sie nicht die Ästhetik vorschieben, wo Ihnen die Wahrheit nicht paßt.«

Martha war nicht nur beeindruckt von der Erzählung dieser Frau, sondern auch von ihrer selbstverständlichen Art, mit der sie den ihr fremden Mann ansprach. Geibel wollte schon die nächste, die sich gemeldet hatte, zum Reden auffordern, als die Genossin meinte, sie sei noch nicht ganz fertig, sie wolle kurz noch etwas zum Dr. Möller im Stück sagen:

»Der Schauspieler, der ihn gespielt hat, ist leider nicht anwesend. Aber Sie können es ihm ja ausrichten: Mir hat seine Darstellung *sehr* gut gefallen. Ich erinnere mich, daß dieser Mann bei Friedrich Wolf nicht gut wegkommt. Das waren die Erfahrungen mit seinen Kollegen. Und ich habe manchmal noch schlimmere Ärzte als diesen erlebt, und wenn wir ehrlich sein wollen: Es gibt auch heute noch etliche, die die jungen Frauen in den Kliniken verächtlich behandeln, weil sie gegen die Schwangerschaftsunterbrechung sind. Aber es gibt und gab natürlich ebenso Ärzte, die sich für die Frauen eingesetzt haben, Friedrich Wolf war ja selbst einer von ihnen. Und da im Stück nur ein Arzt vorkommt, fand ich es gut, wie der Schauspieler immer versucht hat zu zeigen, in welchem Dilemma der Mann steckt: Helfen möchte er schon, aber ins Gefängnis will er schließlich auch nicht, und so klammert er sich eben ans Gesetz, um sich zu verteidigen. Er fühlt sich persönlich im Recht – ich meine, es war keine Karikatur, und das hat mir so gut gefallen.«

Herrschelmann dankte der Frau für ihren Beitrag; mit dem politischen Konflikt, in den sie das Gesetz privat gebracht hatte, wäre ein für ihn völlig neuer Gesichtspunkt in die Debatte gekommen. Und die Rolle des Arztes hätte sie genau so beobachtet, wie sie beabsichtigt war; das Lob an den Darsteller, Hans Heiner, würden sie gern weitergeben.

Etliche Frauen schienen sich jetzt zum Sprechen ermutigt zu fühlen; Martha stellte dankbar fest, daß es hier endlich einmal umgekehrt lief: Bei Publikumsdiskussionen über andere Inszenierungen waren es immer mehr Männer, die sich dazu äußerten.

Eine etwas schüchterne Frau um die Vierzig erzählte von der demütigenden Behandlung, die ihr zuteil geworden sei, als sie wegen einer Fehlgeburt ins Krankenhaus gekommen war, und die Frau, die nach ihr sprach, war, wie sie sagte, selbst Ärztin, keine Gynäkologin allerdings, aber als Studentin hätte sie ein Praktikum auf einer gynäkologischen Station gemacht. Sie sei zu dieser Zeit selbst schwanger gewesen und wäre zum Abbruch der Schwangerschaft nach Polen gefahren, aber was sie auf dieser Station erlebt habe, wäre so furchtbar für sie gewesen, daß ihr alles eigene Erleben doppelt schwer geworden sei.

Martha fühlte sofort Sympathie mit der noch verhältnismäßig jungen, dunkelhaarigen Ärztin, die langsam, mit einer tiefen, sanften Stimme sprach:

»Da ist eine Frau mit Blutungen angekommen. Sie wurde automatisch als eine hingestellt, die ihr Kind nicht haben wollte, eben abgetrieben hat. Sie wurde sofort curettiert – ohne Narkose; die Frau sollte *fühlen*, was sie da angestellt hatte. Aber weder die Blutungen noch die Schmerzen ließen nach. Diese Frau hat so gelitten, daß sie aus ihren Schmerzen heraus die Gitterstäbe des Bettes verbogen hat! Und da wurden die Ärzte doch recht bedenklich, untersuchten die Frau noch einmal, und da stellte sich heraus, daß ein zweites Kind drin war, Zwillinge also. Aber das wurde dann auch ohne Narkose geholt. Das war eine – eine viehische Angelegenheit. Da ich selbst im zweiten Monat schwanger war, habe ich besonders darunter gelitten, weil zu der psychischen Not, in der ich mich befand, die Angst vor der physischen kam, nachdem ich erleben mußte, was eine Frau unter diesen Bedingungen durchmachen kann – muß sogar –, gezwungen wird, so etwas durchzumachen. Denn das war eigentlich das Schlimmste, daß diese Frau immer wieder beteuerte, sie hat nichts gemacht, und man ihr das absolut nicht abnahm. Denn eine Fehlgeburt – da war eben was gemacht worden; die Frauen wurden dort generell abgestempelt und entsprechend behandelt – oder eigentlich *miß*handelt. Und selbst, wenn sie etwas gemacht hatten – ich meine, bevor man einen Menschen verurteilt, muß man doch erst das Motiv kennen. Aber von seiten der Ärzte wurde nie nach dem Motiv gefragt, nach den Umständen, die eine Frau dazu getrieben hatten, so daß ich dieses Verhalten der Gynäkologen eigentlich unmenschlich finde. Und selbst jetzt, wo praktisch die Interruptio erlaubt ist, ist das Verhalten teilweise nach wie vor – wie soll ich sagen – eigentlich wenig abweichend von der Situation zuvor. Nach wie vor hat die Frau eben ›Leben getötet‹. Ich glaube, das ist bei vielen Ärzten schon so eine beinahe routinemäßige psychische Handlungsweise. Denn wenn man sich mit den Kollegen unterhält, sind sie gar nicht dieser Meinung, oft haben sie ja selbst auch Frauen, die ähnliche Dinge hinter sich gebracht haben, und da akzeptieren sie das durchaus. Vielleicht hängt es auch damit zusammen, daß die Ärzte ein bißchen überfordert sind in dieser Richtung, im Grunde diese ›Angelegenheit‹ (wie das genannt wird von den Ärzten) wie am Fließband vonstatten geht und sie keinen Gedanken mehr an irgendwelche menschlichen Gefühle verwenden können.«

Im Publikum hatte man aufmerksam zugehört, zuweilen auch beifällig genickt; einige der Frauen flüsterten miteinander, und eine ältere unter ihnen meinte nun so dringlich, sie müsse sich zu dem eben Gesagten äußern, daß Geibel sie reden ließ, obwohl sie den Wortmeldungen nach noch gar nicht an der Reihe war.

Sie erhob sich von ihrem Sitz, und so zeigte sich, daß sie nicht groß war, eher zierlich; sie hielt sich betont aufrecht, ihr schmales, angespannt wirkendes Gesicht war von einer Lockenfülle umrahmt, die eine Perücke vermuten ließ.

»Ich finde, liebe junge Kollegin«, sagte sie zu der Ärztin, die eben gesprochen hatte, »Sie reden ein bißchen leichtfertig über ein Fachgebiet, das nicht das Ihrige ist. *Ich bin* Gynäkologin, und daher weiß ich, daß eine Curettage niemals ohne Narkose vorgenommen wurde.«

»Das habe ich selbst auch erlebt!« Martha konnte sich diesen Zwischenruf nicht verkneifen. Geibel warf ihr einen mißbilligenden Blick zu.

»Ich kann Ihnen das Krankenhaus und die Station nennen«, sagte die junge Ärztin ruhig und sah die Gynäkologin dabei so eindringlich an, daß diese wegsah.

»Nun ja –«, lenkte sie ein, »mag es vorgekommen sein, so waren das doch allenfalls Ausnahmen. Ich habe das schließlich auch alles zur Genüge miterlebt; ich kenne es, als Ärztin und als Frau. Auch ich habe Kinder geboren, und ich möchte doch einmal sagen: Wenn man diese Diskussion hier hört, könnte man glauben, wir Ärzte – oder doch zumindest wir Gynäkologen – wären gefühllose Maschinen, die sich überhaupt keine Gedanken über das Leid ihrer Patienten machen. Das ist aber doch eine Entstellung!«

Wie alt wird sie sein? Sechzig gewiß, dann wird sie ihre Kinder entweder schon vor fünfundvierzig gekriegt haben, auf jeden Fall aber vor dem Gesetz von 1950, rechnete Martha, während die Gynäkologin mit betonter Freundlichkeit fortfuhr:

»Wir sind da, um den Menschen zu helfen, und soweit das in unserer Macht steht, tun wir das. Für die meisten Patienten sind wir so etwas wie ein Rettungsanker. An uns klammern sie sich in ihrer Not, von uns erwarten sie Hilfe – sie überlassen sich uns voller Vertrauen, daß wir ihre Schmerzen beseitigen oder doch wenigstens lindern. Wenn nun einmal etwas vorkommt, das gegen ihre Erwartungen geht«, sie hob jetzt ihre Stimme, ihre Nasenflügel bebten deutlich, und ihr war überhaupt anzumerken, daß sie sich sehr zusammennahm, »etwas, das die Patienten enttäuscht – schließlich sind auch Ärzte nur Menschen –, dann ist das so ein schwerwiegendes Erlebnis für den Kranken, daß er es gar nicht richtig ins übrige einzuordnen vermag. Ich möchte damit sagen: In der Phantasie nimmt dieses Erlebnis derartige Ausmaße an, daß es alles andere überschattet und oftmals gar nicht mehr richtig erinnert wird.«

Ein Gemurmel war jetzt zu hören, und die resolute Sprecherin von vorhin rief dazwischen: »Seien Sie bloß froh, daß wir uns nicht mehr so genau erinnern, wie alles gewesen ist!«, dem eine andere Frau mit einem sarkastischen Auflachen zustimmte.

Die Gynäkologin drehte sich nach der Ruferin um, holte tief Luft durch ihre schmale Nase, bemühte sich aber weiterhin um einen ruhigen Tonfall: »Wenn ich Sie fragen würde, wieviel positive Erlebnisse Sie mit Ärzten hatten, würden Sie mir, wenn Sie ehrlich sind, zugeben müssen, daß das weitaus mehr sind. Aber darüber wird kaum gesprochen. Etwas Negatives dagegen wird immer wieder ausgegraben und aufgebauscht.«

Martha war versucht, wieder eine Bemerkung dazwischenzurufen; Geibel hinderte sie daran, indem er beschwichtigend seine Hand auf ihren Unterarm legte. Sie entzog ihm den Arm und schwieg. Sie nahm sich aber vor, der Gynäkologin zusammenhängend zu antworten, und meldete das flüsternd bei dem Dramaturgen an.

»Ich möchte Ihnen ein Beispiel geben, wie negativ sich solche sensationsgeladenen Geschichten auf andere Patienten auswirken können«, fuhr die Gynäkologin fort. »Wer erzählt den jungen Frauen, die ihr erstes Baby bekommen, daß eine Geburt Schmerzen bereiten muß? Nun gut – ich will nicht sagen, wie das einmal üblich war: schmerz*frei*, aber schmerz*arm* kann man sie in den weitaus meisten Fällen durchaus nennen. 97 Prozent aller Geburten verlaufen normal. Aber nach wie vor wird den jungen Frauen von irgendwelchen Verwandten und Bekannten weisgemacht, daß eine Geburt etwas fürchterlich Schmerzhaftes sei. Also kommen sie mit der entsprechenden Angst in die Klinik, und durch diese Angst empfinden sie die Schmerzen auch stärker. Was ich damit sagen möchte, ist: Als Ärztin sollten Sie« – nun sah sie wieder ihre jüngere Kollegin an, und ihr Ton wurde recht scharf – »nicht auch noch in der Öffentlichkeit derartig überzogen dargestellte, völlig atypische Vorkommnisse verbreiten, anstatt die Bestrebungen Ihrer Kollegen zu unterstützen, die sich in täglichem Einsatz darum bemühen das Vertrauensverhältnis zwischen Arzt und Patient zu stärken!«

Martha beobachtete, wie die Angesprochene errötete, aber offenbar keineswegs aus Scham, sondern in unterdrückter Empörung; sie hielt ihren Kopf geradeaus und biß die Zähne aufeinander. Aber die Gynäkologin wandte sich jetzt an die Theaterkollegen:

»Im übrigen«, sagte sie, »so verdienstvoll und gut gespielt ich diese Aufführung finde; die Thematik gehört der Historie an, das heißt, seit 1972 ist sie bei uns in der DDR überhaupt nicht mehr relevant!«

Als Geibel sagte, die Dame, die sich schon vor so langer Zeit gemeldet habe, solle nun sprechen, bevor die Kollegin Trubec auf die eben gehörten Ausführungen antworten wolle, sagte die Aufgeforderte, unter diesen Umständen verzichte sie auf ihren Beitrag, denn »– ich habe keine Lust, bezichtigt zu werden, ich verbreite irgendwelche Horrorgeschichten, weil mein Gedächtnis nicht richtig funktioniert«.

Einen Augenblick war es ganz still im Foyer, so daß alle das Quietschen einer Straßenbahn von draußen hören konnten. So hätte sie das doch nicht gemeint, sagte die Gynäkologin, es wäre nur – sie wolle lediglich zu bedenken geben, daß – –

Die Äußerungen untereinander wurden plötzlich so laut, daß der Dramaturg für die Kollegin Trubec um Gehör bitten mußte.

»Ich glaube«, wandte sich Martha an die Frauenärztin, »an der Reaktion der Frau, die sich eigentlich schon vor Ihnen gemeldet hatte, können Sie erkennen, welche Wirkung Ihre Art, die Probleme darzustellen oder, besser gesagt, sie zu leugnen, auf die Leute hat: Sie behalten sie lieber für sich, schweigen, und Sie als Ärztin können sich einreden, sie bestünden gar nicht. Ich habe mich von Anfang an dagegen gewandt, die Aufführung von ›Cyankali‹ als eine künstlerische Demonstration rein historischer oder nur noch im Kapitalismus ›relevanter‹ Vorgänge zu betrachten. Hier geht es meiner Meinung nach um Verhaltensweisen, die in ihren Auswirkungen noch sehr tief in uns allen stecken und die man nur überwinden kann, wenn man sie nicht unter den Teppich kehrt, sondern im Gegenteil auf den Tisch packt, allen zugänglich, auch wenn es unangenehm ist und manchem weh tut. Gewiß haben Sie recht, wenn Sie meinen, daß jeder mindestens ebenso viele angenehme Erfahrungen mit Ärzten gemacht hat. Was besagen denn aber die Schilderungen dieser Ihrer Ansicht nach so ›atypischen Vorkommnisse‹? Es sind tiefsitzende Verletzungen derjenigen, die sie erlebt haben. Ich spreche da aus eigener Erfahrung. Und dieses Phänomen sollte den Ärzten zu denken geben, inwieweit sie mit dem Leugnen bestimmter Leiden – ich sage ausdrücklich *bestimmter* – diese Leiden eher verschlimmern als heilen. Nicht umsonst gibt es den Ausdruck *kränken;* das heißt krank machen, und es ist eben in der psychischen Auswirkung auf den Patienten ein Unterschied, ob der Arzt aus Übermüdung, Überforderung einmal unfreundlich ist und sich dafür entschuldigt, oder ob er aus einem Ressentiment heraus die Patienten, in diesem Fall die Frauen, demütigt und sie als Bestrafung für etwas, was er nicht zu bestrafen hat, quält. Bitte lassen Sie mich ausreden!« sagte Martha mit erhobener Hand, als die Gynäkologin sich gegen den Ausdruck »quält« verwahren wollte. Sie bemerkte durchaus, daß Geibel ihr unauffällig-beschwichtigende Seitenblicke zuwarf, mit denen er sie zur Mäßigung zwingen wollte, aber sie tat so, als sähe sie nichts davon.

»Ich weiß, wovon ich spreche«, sagte sie unbeirrt, »auch, wenn ich mich gegen Ihre Behauptung wende, eine normale Geburt gehe mit nur geringfügigen Schmerzen vor sich, und 97 Prozent aller Geburten seien normal. Da Sie, wie Sie versichern, selbst Kinder geboren haben, müssen Sie entweder großes Glück gehabt haben oder das schlechte Gedächtnis, das Sie den anderen Frauen unterstellen möchten. Die Geburt meines Kindes rechnet zu den besagten 97 Prozent; sie dauerte zwar achtunddreißig Stunden, verlief aber spontan. Ich hatte keine besondere Angst, sondern war durch einen Kursus für schmerzarme Geburt sehr gut darauf vorbereitet. Ich würde mir aber verhöhnt vorkommen, wollte mir jemand einreden, diese Geburt sei ›schmerzarm‹ verlaufen – und ich darf von mir sagen, daß ich keineswegs zu den Zimperlichsten zähle. Sicher verlaufen nicht alle Geburten so dramatisch. Ich stelle mir aber vor, man hat einer jungen Frau umgekehrt eingeredet, das tue so gut wie gar nicht weh, und auf einmal kommen die *Wehen* mit ihrer ganzen Schmerzenswucht über sie – sie muß doch denken, bei ihr verläuft etwas nicht normal, und dadurch erst recht Angst bekommen! Natürlich unterscheidet sich eine Geburt durch die Produktivität des Vorgangs von einer beliebigen Kolik; wenn Sie aber als Arzt einer Frau einreden wollen, das tue nicht sonderlich weh, wird sie sich von Ihnen unverstanden, wenn nicht beleidigt fühlen.

Erlauben Sie mir, noch ein Beispiel anzuführen für die von mir genannten Ressentiments mancher Ärzte dem Schwangerschaftsabbruch gegenüber: Kürzlich las ich den Vortrag eines ziemlich bekannten, ziemlich einflußreichen Kollegen Ihres Fachgebiets, den er zu einer Zeit gehalten hat, da der Schwangerschaftsabbruch bei uns noch verboten war. Dieser Mann hat, soviel mir bekannt ist, selbst keine Kinder. Damit meine ich nicht etwa, daß seine Frau abgetrieben hätte, wohl aber, daß diese Tatsache unbewußt die Einstellung dieses Arztes zum Schwangerschaftsabbruch mitgeprägt hat. Er bekennt übrigens in diesem Vortrag, daß er von Psychologie keine besondere Ahnung hätte und sie lieber den entsprechenden Fachkollegen überließe. Er spricht zum einen – was ich auch bejahe – von der Wichtigkeit der Prophylaxe, der Schwangerschaftsverhütung; ist eine Frau aber schwanger, will er sie mit allen Mitteln dazu zwingen, das Kind auszutragen. Und er merkt offenbar gar nicht, wie er sich widerspricht: An einer Stelle sagt er, beim kriminellen

Abort genüge ein Blick in die *schuldbewußten, verängstigten und schmerzgepeinigten Augen einer solchen Frau, um die ganze Schwere der menschlichen und klinischen Situation zu erkennen*, und nicht viel später, er habe sich die *Freiheit genommen*, von der Ärztekommission *schon genehmigte Unterbrechungen abzulehnen.* Und noch weiter unten: *Sehr gut hat sich mir auch die Gegenfrage an das beschlußfassende Ärztekollegium bewährt, ob der Ernst der Situation so groß wäre, daß man nicht besser gleichzeitig eine Sterilisierung durchführen sollte. Dadurch ist manche leichtsinnige Entscheidung überprüft und rückgängig gemacht worden.* Ich frage mich, wie er das mit seinem Blick in die verängstigten und schmerzgepeinigten Augen vereinbaren konnte. Ich kann mich jedenfalls sehr gut in die Lage einer Frau versetzen, die die ganzen demütigenden Befragungen eines Ärztekollegiums erfolgreich hinter sich gebracht hat und dann noch einmal das Ganze durchstehen muß, um gesagt zu bekommen: Nein, liebe Frau, Ihre Lage ist nicht schlimm genug, Sie müssen das Kind doch bekommen. Ich finde diese Haltung, vor allem auch die erpresserische Drohung mit einer Sterilisation, einfach zynisch.

Nun können Sie mir entgegenhalten, dieser Mann ist heute alt, wir haben seit 1972 das ersehnte Gesetz, und das alles ist eben, wie Sie sich ausdrücken, ›nicht mehr relevant‹. Nein, sage ich da: Es ist so lange noch wichtig, also relevant, bis sich kein Mädchen, keine Frau mehr in irgendeiner Weise diskriminiert oder unter moralischen Druck gesetzt fühlt, weil sie es ablehnt, ein Kind zu bekommen. Und das wird noch lange dauern, weil wir einen viel zu großen, nicht zuletzt von der Religion geprägten traditionellen Ballast mit uns herumschleppen. Warum wird es denn beinahe noch überall verschwiegen, wenn eine Frau wegen eines Abbruchs ins Krankenhaus geht? Da wird von Entzündungen oder irgendwelchen ›Frauenleiden‹ geredet, um sich keiner Verachtung auszusetzen, und es wird herumgetuschelt, anstatt offen über diese wahrlich wichtigen Dinge zu sprechen, mit denen jede Frau – und, wenn er sich nicht davor drückt, auch jeder Mann – im Leben in irgendeiner Weise zu tun hat.«

Die Stimmung im Publikum hatte sich während Marthas Rede von einer passiv aufnehmenden allmählich in eine so gespannte gewandelt, daß man den Eindruck hatte, jede der Frauen wollte noch etwas zu dieser Thematik loswerden. Die erste, die von Geibel dazu aufgefordert wurde, meinte denn auch, Frau Trubec habe die Rolle der Religion angesprochen, und sie möchte doch darauf hinweisen, daß die evangelische Kirche durchaus die Schwangerschaftsunterbrechung in Notsituationen befürworte. Das sei aber nicht gleichzusetzen mit dem, was heute oftmals geschähe; das öffne ihrer Meinung nach der Leichtfertigkeit Tür und Tor, und sie fände, man müßte diesen jungen Dingern, die da offenbar glaubten, eine Abtreibung sei so etwas wie eine kalte Dusche, eindringlich ins Gewissen reden. »Ich habe schon den Ausdruck REWATEX, im Sinne von Schnellreinigung, dafür gehört! Da fehlt es doch einfach am nötigen moralischen Hintergrund.«

»Und die Kinder?« rief die Genossin dazwischen, die vorhin die Abtreibszene so resolut verteidigt hatte. »Entschuldigung«, murmelte sie sofort hinterher, weil sie sich gar nicht zu Wort gemeldet hatte.

»Ja, bitte?« fragte Geibel. »Möchten Sie etwas zu dem eben Gehörten sagen?«

»Na – zu den Kindern, die diese ›leichtfertigen jungen Dinger‹ dann kriegen würden. Das vergißt man nämlich immer: Kann eine Frau, die so was bloß als Schnellreinigung betrachtet, ein Kind richtig erziehen? Weder Zwang noch das schlechte Gewissen, das man den Müttern einreden will, helfen da, weil es die Kinder ausbaden müssen, wenn sie nicht erwünscht sind.«

Angesichts mehrerer erhobener Arme und noch zu erwartender Wortmeldungen meinte Geibel, man sei doch so gut wie gänzlich von ›Cyankali‹ abgekommen; ob denn gar nichts mehr über die Inszenierung zu sagen sei.

Die Arme senkten sich, die einen rasch, die anderen zögernd; alle hatten offenbar über das sprechen wollen, was die Inszenierung an eigenem Erleben in Erinnerung gebracht, nicht aber, wie ihnen der Theaterabend gefallen hatte.

»Nicht, daß ich andere Äußerungen damit beschneiden möchte«, versicherte Geibel, weil ihm die abrupte Zurückhaltung nun doch unangenehm wurde.

Ein Mann meldete sich schließlich, und erfreut bat Geibel ihn, zu reden. Er sagte, dieser Abend hätte künstlerisch nichts Spektakuläres an sich gehabt, wie manche Inszenierungen der letzten Jahre, bei denen man den Eindruck haben könne, hier wolle sich nur der Regisseur im wahrsten Sinne des Wortes »in Szene setzen«. Er danke jedenfalls dem ganzen Ensemble für den Einsatz, mit dem es offensichtlich das Anliegen Friedrich Wolfs zu dem seinigen gemacht habe.

Wieder Schweigen. Geibel fragte, ob noch jemand etwas sagen wolle, wartete aber kaum ein paar Sekunden, ehe er hinzufügte, dann könnten sie die Äußerungen des Herrn, der da eben gesprochen habe, als Schlußwort betrachten, für das er ihm ebenso danke wie allen anderen für ihre engagierte Beteiligung. »Ich wünsche Ihnen einen guten Heimweg!«

»Gratuliere!« sagte Martha, während sie dicht hinter Geibel das Foyer verließ.

Fragend sah er sie an.

»Wie glänzend du es verstanden hast, die Diskussion abzuwürgen!«

»Na hör mal!« verteidigte er sich. Es sei doch nur legitim, wieder auf den Anlaß zurückzukommen. Schließlich sei es spät genug, die meisten Zuschauer müßten am andern Morgen zeitig aufstehen, und – es sei doch wohl kontrovers genug diskutiert worden, oder? »Ich sage dir ehrlich: Ein bißchen höflicher hättest du dieser Ärztin wirklich begegnen können. Schließlich ist sie Gast in diesem Haus, und du sprichst als Ensemblemitglied.«

Martha war so verblüfft über diesen Vorwurf, daß sie erst einmal darüber nachdenken wollte, bevor sie Geibel darauf antwortete. Außerdem hatten Heinz und Emilia ihr angeboten, sie in ihrem kürzlich als Gebrauchtwagen erstandenen Wartburg nach Hause zu fahren.

Als Martha am nächsten Abend zur Vorstellung ins Theater kam, gab ihr der Pförtner einen Brief ihres Intendanten: Er bäte sie, sich tags darauf um 14 Uhr 30 zu einem Gespräch bei ihm einzufinden. Irritiert grübelte Martha darüber nach, was dieses Gesprächs-Gebot veranlaßt haben könnte.

»Gehe nie bei deinen Ferscht, wenn de nich gerufen werscht«, zitierte die Burg, als Martha ihr das Schreiben zeigte.

»Ja. Aber leider bin ich gerufen«, antwortete sie.

Evelin Burg, wie Martha langjähriges Ensemblemitglied, zuckte mit den Schultern auf die Frage, ob sie meine, es könnte mit der Diskussion am Vorabend zusammenhängen. »Kann man bei den Brüdern nie wissen«, meinte sie. »Ich würde mir jedenfalls nicht schon vorher nen Kopp machen, sondern die Sache auf mich zukommen lassen. Vielleicht sollst du eine große Rolle übernehmen, oder dein Vertrag muß verlängert werden!?«

Letzteres hatte Martha auch schon überlegt, aber wieder verworfen, weil eine neue Vertragsbindung erst zwei Jahre später fällig war. Vielleicht ging es auch um ihr fünfundzwanzigjähriges Bühnenjubiläum am Spielzeitende? Der Ratschlag, sich vorher keinen »Kopp« zu machen, nützte ihr nicht viel; sie liebte es gar nicht, unvorbereitet in ein Gespräch zu gehen, bei dem der andere längst die Waffen gewählt hatte. Den meisten Menschen fallen die besten Paraden erst ein, wenn das Gefecht vorüber ist, und Martha war durch eine rasche Erregung meist so blockiert im Denken, daß sie einen Angriff oft nur beschämend unzulänglich parieren konnte, was gewitzte Leute bisher auch entsprechend für sich genutzt hatten.

14 Uhr 29 zeigte die Wanduhr im Zimmer der Intendanzsekretärin, als Martha eintrat. Die gepolsterte Tür zu ihrem Chef wurde ihr ohne weiteres von der Sekretärin geöffnet.

Dr. Pansel war erst seit wenigen Jahren Intendant dieses Theaters, viele Ensemblemitglieder arbeiteten weit länger an diesem Haus. Er wies Martha nach der Begrüßung in einen großen modernen Ledersessel (früher hatten sie sich über die abgenutzten Polstermöbel seines Vorgängers lustig gemacht) und bot ihr eine Zigarette an. Martha dankte, sie fürchtete, ihre Hand könnte nicht ganz ruhig sein, wenn ihr Dr. Pansel Feuer gäbe, und er es auch genau auf diese Beobachtung abgesehen habe. Sie ärgerte sich über ihre Aufregung – was hatte sie zu fürchten?

»Liebe Frau Trubec«, begann der Intendant, »ich weiß nicht, ob Sie sich denken können, warum ich Sie hergebeten habe?«

Martha überlegte, ob das bereits eine Fangfrage sein könnte. »In etwa«, sagte sie, sich den Anschein der Sicherheit gebend.

»Es hat leider Einwände wegen Ihres Verhaltens bei der Publikumsdiskussion vorgestern abend gegeben.«

Also doch. Und nun weiter so tun, als wisse sie, wer ihm das zugetragen hatte. Es kamen doch nur Geibel, Herrschelmann oder beide in Frage.

»Die Beschwerde ist von außerhalb des Hauses, von einer Teilnehmerin an der Diskussion, direkt an mich herangetragen worden.«

Also nicht von den beiden. Was für Hände er hat, dachte Martha; kräftig, kurze Finger, gepflegt.

»Sie wissen, wie sehr Sie an diesem Haus geschätzt werden, nicht nur Ihrer schauspielerischen Leistungen wegen, sondern gerade auch wegen Ihres gesellschaftlichen Einsatzes, in diesem Fall speziell für die ›Cyankali‹-Aufführung.« Er wechselte plötzlich das Sprechtempo und fragte ziemlich schnell: »Wissen Sie eigentlich, wer die Dame war, die sich nur als Frauenärztin vorgestellt hat?«

Martha verneinte es.

»Das war Frau Professor –« Dr. Pansel nannte einen Namen, der Martha in diesem Zusammenhang nicht bekannt war, der Betonung des Intendanten nach aber wohl hätte bekannt sein müssen.

»Was tut das zur Sache?« fragte Martha. »Sie hat übrigens auch viele aus dem Publikum gegen sich aufgebracht.«

Dr. Pansel ließ eine Pause entstehen, in der er sich eine Zigarre beschnitt und anzündete.

»Ich habe nach dem Anruf gestern sofort den Kollegen Geibel zu mir gebeten, und auch er bestätigte, daß für sein Dafürhalten Ihr Ton etwas unklug scharf dieser Ärztin gegenüber gewesen ist. Immerhin ist das nicht Ihr Fachgebiet«, sagte er, indem er sich ein wenig nach vorn Martha zuneigte, »und da sollten Sie vielleicht etwas vorsichtiger sein mit Ihren Äußerungen.«

»Die Gynäkologen haben schon so oft ihre Ansichten zu diesem Thema geäußert und danach gehandelt«, sagte Martha, die fühlte, daß ihr der Zorn bereits deutlich das Gesicht rötete. »Ich glaube, es ist an der Zeit, daß die Betroffenen zu Wort kommen, damit endlich ein Dialog stattfinden kann.«

»Ihr Engagement in Ehren, liebe Kollegin.« Martha biß sich auf die Unterlippe ob des herablassenden Tons. »Sie dürfen aber nicht vergessen, daß Sie als Vertreter dieses Hauses an einer öffentlichen Diskussion teilnehmen. Kommen solche Einwände und Widerreden aus dem Publikum, ist das etwas anderes. Sie aber sitzen nicht als Privatperson da. Sie haben, wie mir berichtet wurde, einen bekannten und anerkannten Arzt zitiert und seine Äußerungen als zynisch bezeichnet. Der Anruf jener Professorin richtete sich hauptsächlich dagegen. Und da muß auch ich Ihnen sagen: Hierin sollten Sie etwas vorsichtiger, ein wenig zurückhaltender sein.«

»Ich habe aber keinen Namen genannt«, sagte Martha töricht.

»Aber jeder kann ihn sich denken, zumindest jeder, der auf diesem Gebiet ein bißchen beschlagen ist. Sie dürfen sich auch nicht naiver stellen als Sie sind, Frau Trubec.« Selbst im Ärger blieb Dr. Pansel beherrscht.

Lehrergestalten aus ihrer Kindheit stiegen wieder in Martha hoch; warum ließ sie so mit sich reden? Es war doch klar: Sie sollte zu einer Mäßigung gebracht werden, mit der sie keinerlei Anstoß erregen konnte, und entweder sie fügte sich diesem Ansinnen, oder sie behauptete sich, was sie in diesem Fall nicht lange würde durchhalten können, weil man sie jederzeit mit dem Argument zum Schweigen bringen konnte, sie spreche nicht als »Privatperson«, sondern vertrete mit dem, was sie sage, gewissermaßen die Meinung des ganzen Theaters. Sie versuchte, sich zur Ruhe, zum langsamen Sprechen zu zwingen: »Was ich jetzt sage, wird Ihnen vielleicht schwer verständlich sein: Wenn ich bei einer solchen Diskussion – ich meine ganz speziell die um ›Cyankali‹ – mit Zuschauern spreche, fühle ich mich nicht als Vertreterin dieses Theaters, sondern – wenn das in Ihren Ohren vielleicht auch ein wenig pathetisch klingt – als Vertreterin meines Geschlechts. Und dieser Professorin, die sich bei Ihnen über mich beschwert hat, habe ich nicht etwa nur widersprochen, weil ich keine Ahnung von ihren Titeln hatte – die beeindrucken mich wenig –, sondern weil sie es in meinen Augen an der notwendigen Solidarität mit den Frauen vermissen ließ; sie hat lediglich ihre Berufsgruppe verteidigt. Einem Mann hätte ich das also vielleicht gar nicht so übelgenommen, obgleich ich ihm wahrscheinlich nicht weniger Kontra gegeben hätte. Wenn Sie wollen, habe ich mich also gegen diese Frau gewandt, weil sie das getan hat, was Sie jetzt von mir verlangen.«

Dem sonst so selbstsicheren Mann schien Marthas Plädoyer für die Solidarität der Frauen tatsächlich ein wenig unbehaglich zu sein; er schlug die Beine nach der anderen Seite übereinander, räusperte sich und sog häufiger als zuvor an seiner Zigarre. »Ich verstehe Sie vollkommen«, behauptete er dann. »Sie wissen aber ebensogut wie ich, daß Ärzte aufgrund ihres Spezialwissens eine besondere Macht darstellen, die sie als ihren Berufsstatus verteidigen. Dagegen kommen weder Sie an noch ich. Und wenn Sie Ihren Status als Schauspielerin verteidigen, wird das auch von den meisten Leuten akzeptiert; nicht aber, wenn Sie sich als Frau in die Schranken werfen wollen.«

Martha mußte nun doch nach Luft schnappen. Sie wünschte sich eine starke Schar ihrer Geschlechtsgenossinnen neben und hinter sich, um diesen Menschen, den eine jahrtausendealte Tradition so stark und so blind machte, von der Überheblichkeit seiner Ansichten zu überzeugen. Aber es half ihr niemand, sie saß ihm allein gegenüber, und wenn sie nicht mit einer Ohrfeige einen Skandal hervorrufen oder das Gespräch ebenso end- wie für sie ergebnislos weiterführen wollte, mußte sie nachgeben. »Sie wollen also, daß ich nicht mehr an diesen Zuschauergesprächen teilnehme«, sagte sie, wissend, daß sie damit seinen Einspruch provozierte, der auch prompt erfolgte: »Aber nein! Ihre Anwesenheit und Ihre Diskussionsbeiträge sind uns selbstverständlich nach wie vor sehr wichtig. Aber –«

»Sie wissen genau«, unterbrach ihn Martha, und sie versuchte, ihm dabei in die Augen zu sehen, was mißlang, weil er wegsah, »Sie wissen genau, daß ich mich nicht dazu hergeben werde, Sprachrohr für etwas zu sein, das ich als Selbstbeweihräucherung bezeichnen möchte. Meinen Artikel im Programmheft hat man auch schon in dieser Weise ›geglättet‹.« Ob er das wußte? Dr. Pansel zeigte jedenfalls keinerlei Erstaunen, sondern seufzte theatralisch: »Mein Gott! Sie machen es einem aber schwer! Niemand von uns kann ohne Kompromisse leben. Und auch Sie können mit Ihrem Anliegen nicht einfach durch die Wand rennen.«

»Nein«, sagte Martha. »Aber ich bitte um Entschuldigung, wenn ich jetzt durch diese Tür gehen möchte.«

Ein kurzer Händedruck, und sie ließ ihren Chef, der

gerade Zeit gehabt hatte, sich ebenfalls zu erheben, verblüfft in seinem Zimmer stehen. Auch von der Sekretärin verabschiedete sich Martha nur im Vorübergehen; sie mußte rasch nach draußen, um sich nicht noch vor ihr die Blöße eines Tränenausbruchs zu geben.

Verfluchte Gefühlsaufwallungen, die eben so lange eine Schwäche waren, als sie als solche galten und gegen sie benutzt werden konnten.

Als sie auf der Straße über die eben geführte Auseinandersetzung nachdachte, zweifelte sie daran, ob es richtig wäre, an den Publikumsdiskussionen überhaupt nicht mehr teilzunehmen. In gewissem Sinne gab sie ihrem Intendanten recht, wenn er meinte, es gäbe nicht nur ein krasses Entweder-Oder. Man hatte ihr zwar Grenzen gesteckt, aber vielleicht war es klüger, den verbliebenen Raum auszuschreiten, anstatt sich jegliche Möglichkeit zu nehmen, diesen Gesprächen zuzuhören und mit geschickt formulierten Beiträgen auch andere zum Nachdenken anzuregen.

16

Warum ist meine Haltung zu Kindern so zwiespältig? Das habe ich mich in den vergangenen Monaten immer wieder gefragt. Ich leide schon, höre ich ein Kind nur weinen, schlimmer natürlich, wenn es geschlagen wird, überhaupt, wenn ich beobachte, wie manche von ihnen vernachlässigt werden, ihnen Unrecht geschieht – und es geschieht ihnen so oft Unrecht. Jeder Mutter, die ihr kleines Kind hinter sich herzerrt, weil sie von ihm verlangt, es solle im selben Tempo laufen wie sie, möchte ich sagen: Merken Sie denn nicht, daß es mit seinen kleinen Beinen nicht Schritt halten kann?! Ich rege mich auf, wenn Erwachsene mit Selbstverständlichkeit Kinder bei ihren Spielen stören, weil sie sich von ihnen gestört fühlen – aber nie hatte ich den Wunsch, selbst mehr als ein Kind zu bekommen; dagegen habe ich mich sogar stets verzweifelt gewehrt. Seit Roberts Geburt bis zu seinem Erwachsensein habe ich in ständigem Zwiespalt zwischen ihm und meinem Beruf gelebt; immer hatte ich ein schlechtes Gewissen, weil ich glaubte, eins von beiden käme zu kurz, vor allem natürlich der Junge. Deshalb freue ich mich wahrscheinlich auch so auf das Enkelkind: Ich fühle mich ihm zugehörig, muß es aber weder selbst austragen noch aufziehen. Stunden- oder tageweise werde ich mich ihm widmen können, und dann ganz. Ich erlebe doch jetzt bei Bekannten, wie schön es ist, wenn ich sie besuche oder sie zu mir kommen: Die Kinder mögen mich, weil ich Verständnis für sie habe, sie verteidige, etwas für sie tue, was ihnen Spaß macht. Da bin ich die Tante, die beliebt ist, weil sie sich intensiv mit den Kindern abgibt, die ihrerseits auch besonders nett sind, weil es eine angenehme Ausnahmesituation ist. Wenn sich die Tante nicht wohl fühlt, kommt sie eben nicht oder empfängt keinen Besuch. Als Mutter dagegen bist du – trotz Krippe und Kindergarten – von zwölf bis zwölf für deine Kinder verantwortlich, da gibt es keinen Achtstundentag. Und wenn du deine Sprößlinge länger als unbedingt notwendig anderen Leuten überläßt, meldet sich das schlechte Gewissen. Manchmal versuchen die Frauen, ein bißchen davon an ihre Männer abzugeben, aber das gelingt ihnen nur selten. Da geht es auch nicht nur um den vielzitierten Mutterinstinkt; wenn Besuch kommt, und die Wohnung ist dreckig und unaufgeräumt – wer hat das schlechte Gewissen? Die Frauen. Gewiß hat sich mancherlei bei den jungen Leuten schon geändert – viel noch nicht. Ich habe es kaum erlebt, daß ein Mann ein schlechtes Gewissen hat, wenn er nicht kochen kann (er ist aber sehr stolz, wenn er es kann!); Steffi dagegen entschuldigt sich immer dafür, daß sie das bislang ihrer Mutter überließ. Ich muß mich doch auch oft genug zur Ordnung rufen: Wenn die Treppe nicht gewischt ist, denke ich zuerst, na, *die* könnte sich auch mal wieder aufraffen, auch wenn Männer zur Familie gehören. Man hat es kräftig und tief in uns eingeprägt, daß wir für Haushalt und Kinder zuständig, *verantwortlich* sind, und wenn die Männer uns bei diesen Arbeiten *helfen*, sind sie sehr nett und sehr fortschrittlich, und man muß sie ordentlich loben, um sie bei der Stange zu halten.

Aber alle diese Arbeiten darf eine Frau von ihrem Mann durchaus verlangen, man wird ihr die gesellschaftliche und moralische Berechtigung dazu kaum noch absprechen. Anders dagegen verhält es sich mit der *Mütterlichkeit.* Versorgt ein Mann seine Kinder finanziell, gibt sich aber ansonsten kaum mit ihnen ab, weil er keine nennenswerte emotionale Bindung an sie spürt, besonders wenn sie klein sind, wird ihn aus diesem Grund niemand für einen schlechten Menschen halten. Gesteht aber eine Frau, daß sie sich nicht viel aus Kindern macht und deshalb – da sie kaum einen Mann finden wird, der bereit ist, sie mit der nötigen Liebe und Geduld aufzuziehen – keine haben möchte: Na, der fehlt doch was, die ist kein vollgültiger Mensch, keine Frau, die ist ehrgeizig, nur auf ihr berufliches Fortkommen bedacht, eine kalte Person. Auch ich bin der Meinung, daß die Beschäftigung mit Kindern zur menschlichen Vollkommenheit gehört – aber warum gelten Männer, die sich nichts aus Kindern machen und keine Zeit für sie aufbringen, nicht ebenso als unvollkommen? DIE NATUR, heißt es da. Was hat DIE NATUR denn dem Mann mitgegeben? Das Geldverdienen etwa? Die natürlichen Voraussetzungen sind doch längst völlig verändert und verfälscht, und wenn eine Frau keine mütterlichen Bedürfnisse hat, dann soll man sie – und vor allem die Kinder! – doch um Himmels willen damit verschonen und ihr ebenso wie einem Mann menschliche Anerkennung nicht versagen.

Ich traue mir zu, auch einem eingefleischten Gegner des Schwangerschaftsabbruchs Verständnis dafür abzuringen, daß es Situationen geben kann, in denen eine Frau abtreiben möchte, vorausgesetzt, sie leidet darunter; gibt sie zu, das künftige Kind einfach nicht zu mögen, wird er sie verachten und – so das Gesetz noch eine Strafe für Abtreibung vorsieht – für kriminell halten. Ich bin überzeugt, das eigentliche Tabu betrifft nicht sosehr den Schwangerschaftsabbruch als vielmehr die Mütterlichkeit der Frauen. Was ist denn aber mütterlich? Das Bedürfnis *und die Fähigkeit*, also die Eignung, Kinder aufzuziehen. Aber das Bedürfnis, den Wunsch danach haben weitaus mehr Frauen, als auch wirklich dafür geeignet sind. Noch heute werden Männer mit einer Schwangerschaft zur Heirat erpreßt; alleinstehende Frauen hoffen, der Einsamkeit zu entrinnen, indem sie sich ein Kind *anschaffen*, und viele glauben eben, kein vollwertiger Mensch zu sein ohne Kind. Aber diese Gründe reichen nicht aus, um die notwendige selbstlose Liebe dafür aufzubringen, und so überspielen gerade solche Frauen oftmals ihre Beziehungslosigkeit, indem sie sich mit besonderem Eifer auf die sichtbare Versorgung, auf *Ordnung* und Reinlichkeit stürzen. Den meisten Frauen ist ihre ambivalente Einstellung nicht bewußt, aber die Kinder müssen – psychisch und manchmal auch physisch – darunter leiden. Damit möchte ich sagen, es gibt eine Menge Frauen, die Kinder haben wollen und kriegen, obwohl man ihnen eigentlich davon abraten müßte; soll man doch wenigstens die ungeschoren lassen, die sich zu ihrer Ablehnung bekennen. Wie oft kann man auch hören: Das sind vielleicht welche, denen sind Auto und Datsche wichtiger als Kinder! Und damit einher geht der rächende Gedanke, sie mögen gefälligst auch ihr Soll erfüllen und welche in die Welt setzen. Kinder als Bestrafung für die Eltern also. Aber die eigentlich Bestraften wären eben diese Kinder, denn was sie vor allem brauchen, ist Liebe, Einfühlungswille und -fähigkeit, Geduld, und das sind Gefühle und Haltungen, die sich nicht erzwingen lassen.

Meine Mutter gehörte auch zu den Frauen, die immer Kinder haben wollen, aber gar nicht fähig sind zum Muttersein. Ihr Vater, den sie sehr mochte, war ein beinahe zierlicher, hübscher Mensch, meine Großmutter eine eher derbe Frau, der man auch in der Jugend keine Schönheit nachsagen konnte. Aber beide stammten aus sehr ›vornehmen‹ Familien, denen nicht ruchbar werden durfte, daß die beiden vorehelich gesündigt hatten, und so heirateten sie flugs, als sich herausstellte, meine Großmutter ist schwanger. Aber was sie sexuell zueinandergetrieben hatte, genügte nicht für eine Ehe, weil meine Großmutter eine praktisch denkende und handelnde Frau war, die keinerlei Verständnis für die Empfindsamkeit ihres Mannes aufbringen konnte; ich glaube, zwischen ihnen hat es mehr Haß als Liebe gegeben. Obwohl ich, wie meine Mutter, meinen Großvater liebte, meine Großmutter aber nicht sonderlich mochte, bin ich überzeugt, daß sie kein weniger schweres Leben hatte als ihr Mann: vier Kinder geboren und aufgezogen, einen Haushalt geführt, in dem vor dem ersten Weltkrieg noch etliche Studenten mit beköstigt wurden (mein Großvater besaß und leitete eine Spezialschule für Buchführung, er hatte deutschsprechende Schüler aus aller Welt); sie schonte sich nie, sondern arbeitete schwer, bis sie alt war und verbraucht. Vielleicht hat sie wegen ihrer Aktivität und Aggressivität nicht so bewußt unter der lieblosen Ehe gelitten wie mein Großvater, der sich, als ein alter Mann schon, während einer Krankheit vermutlich das Leben nahm. Sie paßten nicht zusammen. Sie hätten nicht heiraten sollen. Aber sie hatten geheiratet, wie sichs gehörte, und sie hatten Kinder bekommen, wie sichs gehörte (und ergab), und diese Kinder nahmen natürlich die Lieblosigkeit zwischen den Eltern wahr; Kinder nehmen immer die zwischen den Eltern bestehenden Gefühle wahr, auch wenn man sie noch so raffiniert vor ihnen zu verbergen trachtet.

Als meine Mutter achtzehn war, lernte sie meinen ihr fast gleichaltrigen Vater kennen, das war im Jahr 1919. Sechs Jahre später verlobten sie sich, und weitere vier Jahre danach heirateten sie, denn erst da war mein Vater so weit beruflich gesichert, daß er *eine Familie ernähren* konnte. Sie liebten einander sehr und ausschließlich, aber sie haben sich als erwachsene Menschen zehn Jahre gekannt, gesehen, gesprochen, gestreichelt, geküßt wohl auch – aber nicht mehr. Das ist keine Legende; mein Vater hatte – wie rücksichtsvoll! – immer zu meiner Mutter gesagt, da er neben seiner »Zivillaufbahn« als Jurist Leutnant der Reserve beim Grenzschutz war, könnte ihm dort bei seiner Dienstausübung »etwas zustoßen«, er also umkommen, und sie dann in den Augen eines nachfolgenden Mannes nicht mehr *unschuldig*, *entehrt* sein, und das wolle er ihr nicht zumuten. Ich glaube, mein Papa gehörte – im Gegensatz zu meiner Mutter – zu den Menschen, die nur sehr schwache sexuelle Bedürfnisse haben. Später gestand mir meine Mutter einmal verschämt lächelnd, nach der *Hochzeitsnacht* habe er geäußert, so wild, wie er sichs vorgestellt habe, seis ja nun auch wieder nicht. Na ja. Aber von meiner Mutter kann ich dir ein Foto zeigen, auf dem sie bereits als Sechzehnjährige ausgesprochen sinnlich aussieht. In diesem Punkt paßten also wahrscheinlich meine Eltern nicht zusammen. Aber das herkömmliche Verschweigen der Sexualität, die geltende Vorstellung, ein Mann sei von NATUR aus sexuell potenter und bedürftiger als eine Frau, also auch die Scham, sich das Gegenteil einzugestehen, hinderten sie daran, sich dieser Diskrepanz jemals bewußt zu werden. Meine Mutter wollte nun (nach dem ersten Kind gegen den Wunsch meines Vaters) immer wieder Kinder haben, was ihr trotzdem nur dreimal in Fünfjahresabständen gelang. Ich bin überzeugt, ihr Wunsch nach Kindern war eigentlich einer nach Beischlaf.

Von ihrer ersten Schwangerschaft hat meine Mutter nie etwas Beschwerliches berichtet; als sie mich in sich trug, bekam sie öfters ›Angstzustände‹, und bei meiner jüngeren Schwester wurden diese so schlimm, daß die Geburt bereits im siebten Monat künstlich herbeigeführt wurde, um sie davon zu befreien. Von den Angstzuständen. Oder vom Kind? Da sage noch einer, es sei keine unterschwellige Ablehnung im Spiel gewesen. Meine ältere Schwester wurde ein Vierteljahr gestillt; sie sog nebenher nur mäßig am Daumen. Bei mir versiegte die Milch meiner Mutter angeblich sehr rasch; ich nuckelte inbrünstig und lange an Zeige- und Mittelfinger. Meine jüngere Schwester bekam keinen Tropfen Muttermilch und lutschte an ihren Daumen, daß sie wund wurden, sich entzündeten, dicke Beulen bildeten; sie lutschte den Senf, der darauf gestrichen wurde, ebenso ab wie Salbe und Schuhkrem, und meine Mutter nähte schließlich die Ärmel alter Hemden meines Vaters an den Manschetten zu und band sie mit Bändern im Nacken der Kleinen fest, damit sie nicht mehr an ihre Finger herankam.

Sie war ein ungemein niedliches, bei allen Leuten beliebtes Kind, aber seit sie laufen konnte, röchelte sie ein wenig beim Atmen, und eine Woche nach ihrem vierten Geburtstag war sie tot. Eine zu große Thymusdrüse hätte ihr das Herz abgedrückt, sagten die Ärzte. Aber wie diese todbringende Mißbildung entstanden war, ob die ›Angstzustände‹ meiner Mutter daran teilhatten oder die zu frühe, mechanisch eingeleitete Geburt, konnte niemand sagen. Als die Kleine gestorben war, stießen die Schmerzensschreie meiner Mutter durch unsere ganze riesige Wohnung. Damals erschrak ich darüber, später fand ich es rücksichtslos von ihr, und heute glaube ich, sie hat sich schuldig gefühlt am Tod ihres Kindes, wahrscheinlich, ohne sich dessen bewußt zu sein.

Als die Bombenangriffe auf die Großstädte begannen und mein Vater an der Front war, gab meine Mutter mit seinem Einverständnis uns beide verbliebene Kinder getrennt zu Leuten, die meine Eltern früher einmal kennengelernt hatten, die uns Mädchen aber fremd und unsympathisch waren. Sie wohnten in kleinen Städten, und meine Eltern wollten uns die Fliegerangriffe ersparen.

»Meine Mutter würde lieber mit mir sterben als mich weggeben«, sagten meine Mitschülerinnen zu mir, und ich litt nicht nur unter der Trennung und unter der Frau, bei der ich untergebracht war und von der ich mich schrecklich mißverstanden fühlte, sondern auch unter der Unvollkommenheit meiner Mutter, die lieber allein sterben wollte als mit mir zusammen. Denn obwohl ich sie mit den von meinen Eltern genannten Vernunftgründen verteidigte, fühlte ich, daß die Mädchen recht hatten, und ich sehnte mich danach, auch so eine Mutter zu haben wie sie. ›Hänsel und Gretel‹ war schon, als ich sehr klein war, das Märchen, bei dem ich am meisten geweint habe, wenn unsere Hausangestellte vorlas, wie grausam die beiden Kinder von ihren Eltern ausgesetzt werden, und ich erinnere mich immer wieder ganz deutlich eines Erlebnisses aus einer Zeit, in der ich nicht älter als vier Jahre gewesen sein kann:

Meine Eltern fuhren in jedem Sommerurlaub mit uns an die Ostsee, das heißt, sie wohnten privat, und meine große Schwester und mich gaben sie in ein Kinderheim im selben Ort. Besonders mein Vater wollte seine Ruhe haben zur Erholung, da störten die Kinder natürlich. (Zu Hause aß er stets nur mit meiner Mutter, wir Kinder mit unserer Hausangestellten zusammen, was damit begründet wurde, wir kämen doch eher aus der Schule als mein Vater aus dem Amt, und wir sollten nicht so lange hungrig auf ihn warten müssen. Aber sonntags aßen wir auch nie zusammen.) Tagsüber durften wir vom Kinderheim aus unsere Eltern manchmal am Strand besuchen, und einmal begleitete uns meine Mutter mit den anderen Kindern zum Heim. Hatte ich an diesem Tag schon besonders danach verlangt? Ich weiß es nicht. Vom Strand kommend, standen wir Kinder nun wie immer vor den Toiletten Schlange, und als ich an der Reihe war, versprach mir meine Mutter (›hoch und heilig‹, möchte ich am liebsten sagen), sie warte ganz, ganz bestimmt auf mich. Aber als ich wieder herauskam, war sie weg. Eine unerhebliche Angelegenheit, findest du vielleicht, Kinder muß man eben manchmal ein bißchen betrügen, damit sie Ruhe geben. Ich fühlte mich so betrogen und verlassen, daß ich noch heute jedesmal schlukken muß, weil mich das Heulen überkommt, wenn ich daran denke.

Ich mußte meinen Jungen oft allein lassen, aber ich habe ihm das stets vorher gesagt. Als ich ihn vor einiger Zeit einmal fragte, was ›Hänsel und Gretel‹ für einen Eindruck bei ihm hinterlassen hat, meinte er, keinen bedeutenden. Das hat mich erleichtert, denn ich erinnere mich, daß ich ihm, als er noch klein war, in meiner pädagogischen Dummheit öfters damit gedroht habe, ihn wegzugeben, wenn er nicht *artig* wäre. Schauderhaft, was man den Kindern aus Unwissenheit antut. Aber es ist eben nicht nur Unwissenheit, denn eine Mutter, die sich völlig auf ihre Zuneigung und ihr Einfühlungsvermögen verlassen kann, wird ihrem Kind auch ohne psychologische Aufklärung nicht mit einer Trennung drohen. Viele, die mich und Robert kennen, meinen, ich sei ihm eine gute Mutter gewesen; ich denke immer, ich habe zuviel an ihm versäumt, besonders, als er noch kleiner war. Vielleicht liegt, wie so oft, die Wahrheit dazwischen.

Als mein Vater 1944 auf der Krim gefallen war, schrieb meine Mutter mir, einer Zehnjährigen, nun habe sie den ihr liebsten Menschen verloren. Kein Wort darüber, daß sie doch uns, ihre beiden Kinder, noch hätte und ihr das vielleicht ein kleiner Trost sein könnte; nur eine Bemerkung, ich solle den Tod meines Vaters nicht »ausposaunen«, mir also auch den Balsam versagen, mich von den anderen ein bißchen bestaunen und bemitleiden zu lassen (woran ich mich allerdings nicht hielt). Nun wäre das aus ihrem Schmerz heraus verständlich und müßte kein Mangel an Liebe für uns Kinder bedeuten, kämen nicht all die anderen Erlebnisse dazu.

Nach Kriegsende ließ meine Mutter ein halbes Jahr nichts von sich hören. Sie hatte sich zu Bekannten aufs Land zurückgezogen und meinte, wir seien doch »in guten Händen«, besser untergebracht jedenfalls, als sie es uns derzeit bieten könnte. Die Leute, bei denen ich war, ließen mich spüren, daß meine Mutter sich nicht meldete, auch kein Geld mehr schickte. Der Mann war aus dem Krieg zurückgekehrt, die Tochter kam mit einem unehelichen Kind, in der Wohnung wurde es eng, zu essen gab es nur kärglich, und von dem, was sie sich extra beschafften, bekam ich nichts ab. Meine große Schwester blieb, wo sie bereits bei Kriegsende gewesen war, in der späteren Bundesrepublik, und ich lebte dann, weil wir ausgebombt waren, mit meiner Mutter in der Wohnung meiner Großeltern. Zwischen meiner Großmutter und meiner Mutter war unsäglicher Haß; mehrmals drohte meine Mutter, sie wolle »diese Frau« mit einem Beil erschlagen, wenn sie weiter fortführe, meinen Vater »schlechtzumachen«; Großmutter warf ihr beispielsweise vor, *er* habe veranlaßt, daß wir nie gemeinsam mahlzeiteten. Meine Mutter arbeitete als Ungelernte in einem Krankenhaus, sie arbeitete gern dort, auch anstrengende und weniger appetitliche Verrichtungen, die man mit Vorliebe auf sie abwälzte. Sie lernte dort Männer kennen, die sich für sie interessierten, aber verheiratet waren, weshalb es wohl nie zu einem Beischlaf kam, obwohl meine Mutter in Gegenwart dieser Männer ziemlich aufgedreht war, was auf mich, eine vorpubertäre Göre, einen peinlichen Eindruck machte. Und als sie mit Selbstmord drohte und eines Tages auch viele Schlaftabletten nahm (als ihr der Magen ausgepumpt wurde, mußte ich ihre Beine festhalten!), begann ich sie zu hassen. In diesem Alter ist man doch nicht fähig, sich die Beweggründe eines anderen vorzustellen, sich in ihn hineinzudenken und ihn zu begreifen. Erst als ich schon längst erwachsen war, ging mir auf, wie bedauernswürdig meine Mutter, zumindest nach dem Tod meines Vaters, gelebt hatte. Aber trotz dieser Erkenntnis konnte ich nicht mit ihr auskommen. Jedesmal, bevor sie mich oder uns besuchte – sie kam selten, weil ich sie nur selten einlud –, nahm ich mir vor, nett zu sein, aber kaum war sie da, mußte ich schon die Zähne zusammenbeißen, und bald gerieten wir aneinander. Und wenn sie wieder abgefahren war, tat sie mir leid, weil ich wußte, daß sie nur noch mich und als einzigen Enkel Robert hatte, daß sie sehr einsam war und unter schrecklichen Depressionen litt. Ich konnte ihr aber nicht helfen, dazu war ich ihr zu nahe und wäre selbst daran zugrunde gegangen. Ich war ihr in vielem doch auch sehr ähnlich, und gegen das, was dicht neben einem liegt, kann man sich viel schwerer zur Wehr setzen und tolerant sein als gegen Fernliegendes. Als meine Mutter starb, erfaßte mich ein unendliches Mitleid mit ihrem armen Leben, und wieder das schlechte Gewissen, weil ich mich nicht mehr um sie gekümmert hatte, obwohl ich ebenso wußte, daß ich nicht anders handeln konnte – es war also keine Reue.

In all dem sehe ich heute die Ursache für meine zwiespältige Mütterlichkeit. Ursprünglich hatte ich es ja gänzlich abgelehnt, selbst Mutter zu werden, und nachdem ich diesen Vorsatz gebrochen und den Wunsch nach einem Kind gestillt hatte, wollte ich unter keinen Umständen ein zweites. Und es ist gut so, daß ich danach gehandelt habe. Vielleicht wäre meine Mutter mit einem Kind, das offenbar auch mein Vater haben wollte, ganz gut zurechtgekommen? Ich kann es nicht beurteilen. So haben wir jedenfalls alle darunter gelitten. Meine Schwester ist kinderlos geblieben, und das wohl nicht nur äußerer Umstände wegen. Wir geben zuviel von unseren Ängsten und Zwängen an unsere Kinder weiter, aber nichts davon kann man als Schuld verdammen. In einer Welt, in der Frauen nicht die Möglichkeit haben, das Leben, das sie hervorbringen, vor einem unnatürlichen Tod zu bewahren, kann man nicht erwarten, daß sie ihre biologische Bestimmung uneingeschränkt als eine wunderbare empfinden. Aber ich wünsche mir, daß sie sich wenigstens erst einmal der Kraft bewußt werden, die in ihrer Fähigkeit liegt, das Leben fortzusetzen.

Für dich ist Wolfgang Lennert Schriftsteller; als wir uns kennenlernten, war er noch Lehrer. Roberts Klassenlehrer. Ich ging zur Elternversammlung, und als erstes gefiel mir an ihm, wie er von Kindern sprach. Später trennten wir uns hauptsächlich, weil er mit Robert nicht zurechtkam. Das ist auch so ein Zwiespalt, den ich häufig beobachtet habe: Es gibt eine Menge Pädagogen, die entweder keine eigenen Kinder haben oder sie mehr schlecht als recht erziehen, und Kinderbücher werden auch gern von Autoren geschrieben, die kinderlos sind. Lennert hat mir das bestätigt. Ich habe ihn übrigens nie bei seinem Vornamen genannt. Der klingt zwar in meinen Ohren trotz des *Wolf* darin freundlich und weich (»Wölfchen«!), ist aber so verbreitet, daß er mir nicht gefällt. – Lennert.

Für Robert muß es merkwürdig gewesen sein, als sein Klassenlehrer auf einmal zu uns nach Hause kam, denn er begriff sicher rasch, daß Lennert nicht nur einen der üblichen *Hausbesuche* machte. Wäre Lennert Lehrer geblieben, wäre das gewiß auf die Dauer für beide in der Schule schwierig geworden. Aber Lennert hatte bereits einige Zeit davor, als sein erstes Buch erschienen war, einen Antrag gestellt, ihn vom praktischen Schuldienst zu entbinden, weil er nur noch wissenschaftlich und als Kinderbuchautor arbeiten wollte. Aus der Volksbildung entlassen zu werden ist, wie du sicher weißt, ziemlich schwierig, aber als sein zweites Buch so schnell bekannt wurde, gab man nach. Lennert war dann noch eine Zeitlang fest angestellt an einem wissenschaftlichen Institut, hat dort ein Buch über pädagogische Psychologie geschrieben, ist aber nun schon seit vielen Jahren freischaffend als Schriftsteller. Als wir zum erstenmal zusammen in Urlaub fuhren, dachte er noch, er müßte ab September wieder unterrichten, aber nach der Reise lag die Einladung zu einem Gespräch im Ministerium bereits in seinem Briefkasten.

Ich sagte, als wir »zusammen« in Urlaub fuhren; bezeichnenderweise war Robert nicht dabei. Er fuhr mit seinem Vater an die See und dann in ein Ferienlager für die Kinder der Theaterleute. Vielleicht unterlege ich diesen Tatsachen eine Bedeutung, die sie gar nicht hatten, weil Martin fast in jeden Ferien Robert mit an die See nahm, auch als er Edith schon kannte und ebenso, als seine Tochter geboren war. Aber ich kann mich auch nicht erinnern, daß Lennert den Wunsch geäußert hätte, zu dritt zu fahren.

Es fällt mir eigentümlich schwer, über unsere Gefühlsbeziehung zu sprechen. Das liegt nicht daran, daß du Lennert öfter begegnest und ich deshalb Hemmungen hätte – Martin kennst du auch, und bei ihm hat es mir nichts ausgemacht, dir von unserem Verliebtsein zu erzählen; ich glaube, es hängt eher mit meinem Mangel an Distanz zusammen, also nicht sosehr mit dem Menschen Lennert, als vielmehr damit, daß ich mich seither nicht so verändert habe, daß ich auf unsere Beziehung wie auf etwas zwar selbst Erlebtes, aber doch gleichzeitig Fremdes, Abgetanes blicken könnte. Es geniert mich merkwürdigerweise ein bißchen, vielleicht auch deshalb, weil Lennert nie über so etwas sprechen würde. – Das glaube ich nicht. Mit Worten äußert er seine Empfindungen noch weniger als du. Unter Umständen schreibt er mal darüber – diese Möglichkeit hat ja ein Schriftsteller.

Lennert wirkt sehr weich, und ich hatte eine große Zärtlichkeit von ihm erwartet. Aber ich täuschte mich; auch darin kann er sich nur schwer äußern. Wahrscheinlich braucht er die Kunst, um seine Gefühle auszudrükken; im unmittelbaren Umgang mit Menschen fürchtet er wohl, zuviel preiszugeben und sich ihnen damit auszuliefern. Deshalb ist er auch nicht besonders leidenschaftlich, eher ein bißchen passiv, abwartend, was auf ihn zukommt, was man von ihm will. Ich glaube, er hatte immer Angst, er wird zurückgewiesen. Das liegt sicher in seiner Kindheit begründet: Seine Mutter hatte ihn nicht haben wollen und seinen Vater nur geheiratet, um kein uneheliches Kind zu bekommen. Nach ein paar Jahren, in denen der Vater Soldat war, ließ sie sich wieder von ihm scheiden. Lennert kennt eigentlich nur seinen Stiefvater, mit dem die Mutter, als Lennert bereits dreizehn war, nach langem, vergeblichem Bemühen ein zweites Kind bekam, ebenfalls ein Junge, der aber spastisch gelähmt ist. Lennert hat sich von seinen Eltern immer kühl behandelt gefühlt, aber als der kleine Bruder da war, kam er sich vollends überflüssig vor. Die Eltern kümmerten sich nur noch um das kranke Kind, verlangten von ihm, dem *Großen,* in einem Alter, in dem Kinder besonders rücksichtsvolle Aufmerksamkeit brauchen, daß er neben der Schule die meisten Haushaltsarbeiten machte, Rücksicht auf den Kleinen nähme, und als sich dieser als außergewöhnlich intelligent erwies, verglich seine Mutter die beiden Halbbrüder immerfort miteinander und stellte dabei jedesmal fest, daß Lennert »in diesem Alter noch nicht so weit gewesen« sei. Lennert hat das zwar nie zugeben wollen, aber ich bin überzeugt, er war nicht nur eifersüchtig auf seinen Bruder, sondern er hat ihn sogar gehaßt, und vieles davon übertrug er später auf Robert, was unsere Beziehung zu dritt so kompliziert machte.

Lange Zeit wohnten wir allerdings noch getrennt, und vielleicht hätten wir es dabei belassen sollen. Bis dahin fühlte sich keiner vom andern beiseite gedrängt, und wenn wir für Stunden zu dritt waren, bestand zwischen Lennert und dem Jungen das alte Lehrer-Schüler-Verhältnis. Das war ein recht gutes gewesen, wie überhaupt Lennert bei Kindern gut »ankommt«, etwa vergleichbar jenen bei Kindern beliebten Tanten, von denen ich vorhin sprach, die sich ihnen vorübergehend gänzlich widmen, aber nicht gezwungen sind, ständig für sie zu sorgen. Lennert behauptete, er wolle keine eigenen Kinder haben, die Erinnerung an seine Kindheit genüge ihm, um ihn davor zu bewahren. Leider bewahrte mich das nicht vor einer Schwangerschaft, wohl aber vor einer Diskussion darüber, ob ich abtreiben oder womöglich das Kind zur Welt bringen sollte.

Lennert kannte einen Dermatologen, dieser wieder einen Gynäkologen, der bereit war, uns zu helfen, und so konnte ich diesmal verhältnismäßig rasch aufatmen. Ich glaube, nach einem kurzen Testversuch, ob es nicht nur eine Verzögerung sei, habe ich mich auch nicht wieder endlos mit diesen Fußbädern und dem widerlichen heißen Nelken-Rotwein gequält. Aber die Angst, schwanger zu sein, sitzt so tief in mir, daß ich noch heute bei jeder Verspätung der Regel unruhig werde und erst aufatme, wenn sie beginnt. Dabei wurde einer Frau in meinem jetzigen Alter schon vor 1972 eine Schwangerschaft genommen, wenn sie das Kind nicht austragen wollte.

Die Menstruation wird übrigens auch mit einem Tabu umhüllt, das ich nicht begreifen kann. In manchen Völkerstämmen gelten Frauen während dieser Tage als *unrein* und dürfen nicht berührt werden. Ist es die Scheu vor dem Blut, das in anderen Fällen eine Verletzung signalisiert? Aber niemand scheut sich doch, von einer Wunde zu sprechen oder von Magenschmerzen. Nach dem Krieg, als Elf- oder Zwölfjährige, sah ich einmal, wie meine Mutter neben anderer Wäsche längliche Gebilde aus Strickstoff wusch, die an den Enden mit festem Leinen, in das je ein Knopfloch eingelassen war, zusammengehalten wurden. Ich fragte ganz ohne Arg, was denn das sei, und ich bekam nach einem Erröten und Herumdrucksen die Antwort: »Ach – was Schmutziges.« Das machte mich natürlich neugierig, und ich ahnte durch ihr Verhalten, in welche Bereiche ich diese Wäschestücke einzuordnen hatte. – In den Kriegs- und Nachkriegsjahren benutzte man solche Binden, weil es weder Watte noch Zellstoff gab.

Die geradezu konträre Einstellung erlebte Jonnie mit ihrer Tochter: Sie fuhren in der S-Bahn, einem öffentlichen Verkehrsmittel also, das Mädchen stellte fest, daß sie sich schneuzen müßte, aber kein Taschentuch bei sich hatte. Da zog sie seelenruhig eine Binde aus der Packung, entnahm ihr ein Stück Zellstoff und putzte sich damit die Nase. Auf die erschrockene Reaktion ihrer Mutter meinte sie nur verwundert: »Na was denn – ist doch sauber.«

Als Jonnie mir das erzählte, habe ich auch erst mal gestockt. Hinterher überlegte ich mir, daß jedes Entsetzen darüber eingefleischter Unsinn ist. Wenn wir nur bald so weit wären, daß jeder so unkompliziert dächte wie Jonnies Tochter. Statt dessen wird über diesen natürlichen körperlichen Vorgang, von dem jedermann weiß, daß es ihn gibt, meist nur geheimnisvoll getuschelt, zumindest wird man als Frau dazu verpflichtet, es als Intimität für sich zu behalten. Jedes Opernhaus richtet seinen Spielplan nach dem Menstruationskalender seiner Protagonistinnen – legt aber die Direktorin eines Industriebetriebes einen wichtigen Gesprächstermin vor oder nach diese Tage, hat sie das gefälligst *diskret* zu tun, die Gründe für sich zu behalten. Ansonsten muß sie sich eben zusammennehmen, Tabletten schlucken und sich zäh den Anfechtungen der Natur widersetzen, sonst ist sie nicht fähig, ein Amt zu bekleiden, das nach männlichen Normen ein so geachtetes ist. Und selbst wenn eine Frau in einem weniger exponierten Beruf sich an einem dieser Tage so elend fühlt, daß sie sich außerstande sieht zu arbeiten, wird sie, so sie einen männlichen Vorgesetzten hat, niemals sagen, ich habe meine Regel, und mir ist so mies, daß ich weder stehen noch sitzen noch denken kann, sondern sie wird ihm etwas von Mir ist so schlecht oder Ich habe Magenschmerzen vormurmeln und hoffen, daß er begreift, was das für ein Magen ist, der da so schmerzt. Wohl den Frauen, bei denen sich diese allmonatliche Prozedur nur kurz und milde äußert! Simone de Beauvoir beschreibt Menstruation übrigens fast ausschließlich als eine unangenehme Erfahrung für junge Mädchen, als Schrecken und Ekel. Ich habe alle in meiner Schulklasse beneidet, die vor mir schon so erwachsen waren, und als es mich dann (endlich!) selbst zum erstenmal erwischte, war ich ungeheuer stolz.

Und nun warte ich darauf, daß diese Belästigung bald gänzlich aufhört. Sie wird allerdings erst richtig zur Belästigung, zur Last durch die Tabuisierung: Wenn ich es nicht verschweigen muß, sondern mich am schlimmsten dieser Tage ein bißchen zurückziehen, vielleicht auch mal hinlegen kann und keine körperlich anstrengende Arbeit leisten muß, empfinde ich es gar nicht als so unangenehm. Tags darauf beginne ich im allgemeinen schon wieder agil zu werden, mich stark zu fühlen, unternehmungsfreudig, wie ich überhaupt in der Phase bis zum Eisprung sowohl geistig als körperlich viel regsamer bin als danach, bis zum erneuten Einsetzen der Blutung. Fast alle Frauen sind diesen Schwankungen unterworfen (die nichts mit Unzuverlässigkeit zu tun haben) – aber warum werden sie so negativ bewertet? Frauen gelten als launisch; ebenso könnte man doch behaupten, Menschen mit stets gleichbleibender Kraft und Stimmung sind langweilig und unnatürlich. Aber da ein Mann diese Art zyklischer Schwankungen nicht kennt, und die Männer – – na ja, ich will mich nicht endlos wiederholen. Ich möchte ja nur, daß man über diese Dinge nachdenkt, ihre Bewertung ein wenig in Frage stellt und – vielleicht – ändert.

Lennerts Bekannter, der Dermatologe, fungierte nicht nur als Vermittler, sondern auch als Anästhesist. Den Gynäkologen, den wir Pachulke nannten – seinen richtigen Namen erfuhren wir nicht –, sahen wir zum erstenmal an dem Vormittag, als er die Ausschabung machte. Sie verlangten zusammen fünfhundert Mark für Arbeit und Gefahr; wie sie das Geld untereinander aufgeteilt haben, weiß ich nicht.

Es geschah an einem Sonnabendvormittag, während Robert in der Schule war. Lennert half bei den Vorbereitungen, dann zog er sich in Roberts Zimmer zurück. Ich glaube, er war aufgeregter als ich, kein Wunder, er erlebte so etwas zum erstenmal, während ich, so makaber das klingt, allmählich schon Routine darin besaß. Von den Begleitumständen ließ ich mich nicht mehr sonderlich beeindrucken, dazu hatte ich schon zuviel Schlimmeres erlebt. Ich war froh und dankbar, daß sich Fachleute fanden, die mir halfen, und ich weder ins Ausland fahren noch selbst lebensgefährliche Handlungen an mir vornehmen mußte. Trotzdem war ich zu sehr mit mir selbst beschäftigt, als daß ich nicht willig an Lennerts ungebrochene Ablehnung des Kindes geglaubt hätte.

Als Operationstisch mußte mein Couchtisch dienen, an dessen dünne Beine wir zwei Hocker banden, auf die ich meine Füße stellen konnte. Ich hatte Pachulke gesagt, daß ich bei einer Narkose immer sehr lange zählen müßte, ehe ich einschlief. Wahrscheinlich haben sie mir deshalb eine größere Dosis Tiefschlaf verabreicht, als nötig gewesen wäre, denn sie bekamen mich hinterher nur sehr schwer wieder wach. Ich zähle aber nur deshalb so lange, weil ich nicht einschlafen *will;* wenn ich dann ›weg‹ bin, spielt mein niedriger Blutdruck sicher eine größere Rolle. Sie mußten mich jedenfalls ausgiebig mit Rufen und Klapsen auf die Wange bearbeiten, ehe ich wieder einigermaßen zu mir kam.

Inzwischen war es so spät geworden, daß Robert aus der Schule kam. Ich kann mir die Ratlosigkeit der drei Männer, als es an der Wohnungstür klingelte, nur nachträglich vorstellen, denn ich war noch in einem Zustand, in dem ich das alles gar nicht so richtig mitbekam. Lennert ging schließlich zur Tür und sagte zu Robert, er solle noch ein bißchen spazierengehen, ich wäre krank, und er könne jetzt nicht hereinkommen. Der Junge konnte nicht begreifen, warum das ein Grund sein sollte, ihn wegzuschicken. Später fragte er mich mit unterdrückter Empörung, warum Lennert ihn nicht in die Wohnung gelassen habe. Ich weiß nicht mehr, was ich antwortete, um Lennert zu verteidigen, aber ich merkte, daß Robert dieses Ereignis noch lange beschäftigte. Irgend etwas daran war ihm unheimlich, und das Wegschicken des Jungen gehört für mich zu den Ereignissen, bei denen es mich noch heute heiß durchläuft, wenn ich daran denke. Ich vermute sogar, Robert hat etwas vom Wesen meiner »Krankheit« geahnt, zumindest davon, daß es irgendwie mit Sexualität zu tun hatte. Mit unserer besonderen Art des Schweigens und der Ausflüchte locken wir Kinder ja geradezu auf diese Fährte. Außerdem wurde der Junge gewiß eifersüchtig auf Lennert, den Eindringling, der ihm kraft seiner Erwachsenen-Macht den Zutritt zu einem Terrain verweigerte, das ihm und mir – Sohn und Mutter – gehörte.

Zwei Tage nach dem Eingriff rief Pachulke, wie vereinbart, bei mir an und erkundigte sich nach meinem Befinden: Es war so gut wie nach keinem Schwangerschaftsabbruch davor. Es war aber auch der bislang früheste Zeitpunkt dafür; ich nahm an, es sei der zweite, Pachulke meinte, der dritte Schwangerschaftsmonat gewesen.

17

Als Martha an einem Januarabend zur ›Cyankali‹-Vorstellung ins Theater kam, hing der Besetzungsplan für eine neue Inszenierung im Mitteilungskasten: Der Oberspielleiter inszenierte, wie schon bekannt im Ensemble, als nächstes Lessings ›Nathan der Weise‹. Martha hatte damit gerechnet, daß sie darin die Daja, Rechas Betreuerin, spielen würde; nun fand sie es bestätigt.

Stückbesetzungen sind für die meisten Schauspieler wie für Kinder in früheren Zeiten der Nikolaus mit Rute und Bonbons; oft ein banges Warten, ob sie besetzt sind oder nicht, mit einer großen oder doch wenigstens interessanten Rolle oder nur mit einer »Wurzen«, wie unbedeutende Aufgaben am Theater genannt werden. Ebenso wie der Nikolaus, ohne die Kinder nach ihrer Ansicht zu befragen, darüber entschied, was die Kleinen am Morgen des sechsten Dezember in ihren Schuhen vorfanden, so bestimmte, eingeschränkt zwar durch parallel laufende Produktionen, im wesentlichen der Regisseur, wer in seiner Inszenierung was spielte, und die Schauspieler durften mehr oder weniger überrascht hinnehmen, was ihnen zugedacht war. Dieser Mangel an Mitspracherecht förderte bei den meisten Schauspielern den begreiflichen Hang, das eigene Talent zu überschätzen; nur die gleichwertige Mitverantwortung an derartigen Plänen gäbe ihnen die Möglichkeit, ihre eigenen Wünsche gegen die der anderen abzuwägen und unter Umständen freiwillig, weil überzeugt, zugunsten einer besseren Besetzung auf eine Rolle zu verzichten.

Recha, Nathans angenommene Tochter, war mit der Pape besetzt. Martha freute sich, als sie es las; es gab also offenbar keine Vorbehalte gegen die junge Schauspielerin, sonst würde man sie nicht nach so kurzer Zeit erneut mit einer derart wichtigen Rolle betrauen.

Als Martha in die Garderobe kam, saß Emilia im dicken Wintermantel vorm Schminktisch. Ihre Haare waren völlig durcheinander, was offenbar beim Abnehmen der Pelzmütze geschehen war, die sie vor sich im Schoß hielt und anstarrte. Unter ihren Stiefeln hatten sich vom abgetauten Schnee kleine Pfützen gebildet.

Martha hatte Emilia zur neuen Rolle gratulieren wollen, nun fragte sie irritiert: »Hast du den Besetzungsplan nicht gelesen?«

»Doch.«

»Und? Freust du dich nicht?«

Emilia seufzte tief und langsam. Dann sah sie Martha an, beinahe vorwurfsvoll verzweifelt, und Martha begriff, was sie vergessen hatte: das Kind.

»Du hast es Pansel noch nicht gesagt?«

Apathisch schüttelte Emilia ihren Kopf.

Frau Gleichmann brachte ihr ein Glas Tee, um das sie gebeten hatte, das sie jetzt aber nicht anrührte. Sorgenvoll sah die Garderobiere auf ihre Armbanduhr.

Martha, die sich bereits das Gürtelband ihres Schminkmantels zuband, fragte Emilia vorsichtig, ob sie sich nicht umziehen müsse.

Emilia nickte, blieb aber ebenso untätig sitzen wie zuvor. Stumm verständigte sich Frau Gleichmann mit Martha und begann der jungen Schauspielerin den Mantel aufzuknöpfen. Aber erst, als sie ihr die Stiefel von den Beinen ziehen wollte, riß sich Emilia aus ihrem düsteren Grübeln. Sie bedankte sich und versicherte, sie würde nun allein weitermachen.

»Bleibt uns ja nichts anderes übrig«, sagte Martha. »Die Leute haben dafür bezahlt, daß sie heute abend ›Cyankali‹ sehen, und wir kriegen unser Geld dafür, daß wirs spielen.«

Während sie sich schminkte, überlegte sie immer wieder, ob sie Emilia mit gutem Gewissen raten konnte, auf die neue Rolle zu verzichten; zum Intendanten zu gehen und zu sagen: Es tut mir leid, daß ich die Recha nicht spielen kann, weil ich im soundsovielten Monat schwanger bin. Der vorgesehene Premierentermin für ›Nathan‹ lag kurz vor Spielzeitende, etwa zur gleichen Zeit, da Emilias Kind geboren werden sollte.

In den ersten vier Bildern war der Pape auf der Bühne keinerlei Unkonzentriertheit anzumerken. In der Pause, die darauf folgte, blieb sie allerdings gegen ihre sonstige Gewohnheit in der Garderobe sitzen und schwieg wieder, sah nur ab und zu in den Spiegel vor sich, als ließe sich daraus eine Lösung ablesen. Ablenkende Worte kamen Martha zu plump vor, sie wollte aber vor dem Ende der Vorstellung auch nicht weiter auf Emilias Kummer eingehen, um sie nicht noch tiefer in diesen Zwiespalt zu drängen. So saßen sie zu dritt stumm in der Garderobe, Martha las, und nur die Kunststoffstricknadeln von Frau Gleichmann gaben ein zartes Geräusch ab, wenn sie rhythmisch aneinanderschlugen.

Nach etwa zehn Minuten klopfte es: Heinz wollte wissen, warum Emilia nicht in die Kantine käme. Sie antwortete, sie hätte keine Lust dazu, und so fragte er, ob es störe, wenn er in der Garderobe bliebe. Frau Gleichmann schob ihm einen Stuhl hin, und er setzte sich zwischen die beiden Schauspielerinnen. Nun schwiegen sie zu viert. Heinz beobachtete seine Freundin besorgt, streichelte ihre Hände und fragte Martha schließlich, ob sie wüßte, an wen sie sich wenden müßten, um eine Gasheizung eingebaut zu bekommen.

Martha war froh, daß sie darüber Auskunft geben konnte; seit einigen Jahren wurde ihre Wohnung mit Gas beheizt.

Sie versuchten nämlich, die leerstehende Nachbarwohnung zu seiner dazuzukriegen, sagte Heinz; ebenfalls ein Zimmer mit Küche, die sie zu einem Bad umbauen wollten, außerdem gedachten sie die Flurtrennwand zu beseitigen, dann hätten sie eine bequeme Zweizimmerwohnung.

Familiengründung. Martha scheute sich heute abend zu fragen, ob sie heiraten wollten.

Als das fünfte Bild eingerufen wurde, erhoben sie sich zu dritt: Heinz mußte, noch bevor der Vorhang aufging, unter Kuckucks Zeltplane liegen, während Martha und Emilia an getrennten Stellen hinter der Bühne ihren Auftritt abwarteten.

Bislang war Martha nach ihrer Szene mit Kuckuck jedesmal in die Garderobe zurückgegangen, weil es eine geraume Weile dauerte, ehe das siebente Bild begann, in dem sie wieder zu tun hatte – heute blieb sie hinter der Bühne stehen und horchte auf das, was im Kiosk vor sich ging. Sie war unruhig, wie Emilia die Abtreibszene überstehen würde: Klang wirklich stärkere Verzweiflung als in den bisherigen Vorstellungen aus Hetes Worten, oder kam es Martha nur so vor, weil sie es fürchtete? Eigentlich kannte sie diese Szene nur von den Proben; der Lautsprecher, über den sie es manchmal in der Garderobe gehört hatte, verzerrte die Stimmen und ließ daher einen genauen Vergleich nicht zu. Doch Hetes Schrei gegen Ende des Bildes klang wie von einem Schluchzen abgerissen, und als der Vorhang geschlossen war, lief Emilia weinend an Martha vorbei zur Bühnentür.

Evelin Burg war inzwischen auch auf die Hinterbühne gekommen und sah dem vorbeistürzenden Mädchen erstaunt hinterher; ohne die Pape konnte die nächste Szene – zwischen Hete und Madame Heye – doch gar nicht beginnen.

Martha fing Emilia ab, bevor sie die Bühne verlassen konnte. Sie wolle sich nur schnell Zellstoff holen, sagte Emilia.

»Bleib hier. Das kann doch Frau Gleichmann bringen.« Martha verständigte den Inspizienten, der die Garderobiere über Lautsprecher bat, rasch mit Zellstoff und Puder hinter die Bühne zu kommen. Gut, daß der Umbau zu diesem Bild bei geschlossenem Vorhang stattfand, dadurch brannte etwas Licht, und die Geräusche drangen nicht unmittelbar in den Zuschauerraum. Inzwischen versuchte Martha, das Mädchen zu beruhigen, damit es ihr möglich war weiterzuspielen. Der Inspizient beobachtete die Frauen aufmerksam und besorgt, und schließlich fragte er, ob es weitergehen könnte. Emilia nickte.

Sonst hatte Martha nach der Vorstellung stets länger zum Abschminken und Umziehen gebraucht; heute war Emilia noch beim Waschen, als Martha sich bereits die Straßenstiefel überzog.

»Soll ich in der Kantine auf dich warten?«

Emilia meinte, sie würde sich beeilen.

Heinz von Genske hatte bereits einen Tisch freigehalten. Martha fragte ihn, ob es ihm überhaupt recht sei, wenn sie sich in etwas einmische, was doch nur Emilia und ihn beträfe.

Er war einverstanden, ja, er sagte sogar, es wäre ihm lieb, daß sie mit Martha darüber sprechen könnten, weil er nicht wüßte, wozu er Emilia raten solle. Er wußte zwar, was ihm lieber wäre, nämlich das Kind, aber er sah ebenso ein, daß die Laufbahn seiner Freundin gefährdet werden könnte, wenn sie die Recha ausschlug, denn wer weiß, wann sie nach der Geburt des Kindes wieder mit so einer wichtigen Rolle besetzt wurde. Martha wußte zudem, daß manche Regisseure eine Schauspielerin nur vorsichtig besetzten, nachdem sie ihr erstes Kind geboren hatte, weil nicht sicher war, ob sie sich nach diesem Ereignis in ihrer Ausstrahlung verändert hatte.

»Erwartet bloß kein Orakel von mir«, sagte Martha. »Letzten Endes müßt ihr selbst entscheiden, was euch wichtiger ist. Vor allem Emilia muß entscheiden.« Und als diese sich an den Tisch gesetzt hatte: »Am liebsten würde ich sagen: Krieg das Kind; Theater spielen kannst du immer noch genug. Andererseits hattest du Schwierigkeiten mit der Hete, und die Recha ist eine Chance für dich. Als ich mich entschloß, ein Kind zu bekommen, war ich schon ein paar Jahre am Theater. Für mich stand nichts auf dem Spiel, zumal ich nicht auf dem Präsentierteller Berlin saß. Aber wenn ich die Kolleginnen sehe, die das Kinderkriegen so lange hinausgeschoben haben, bis es zu spät war, möchte ich sagen: Der richtige Zeitpunkt ist es in unserem Beruf nie.«

Emilia hielt ihr Apfelsaftglas mit beiden Händen und trank mechanisch in winzigen Schlucken. »Das war wie ein Schlag, als ich den Besetzungszettel las. Richtig irre: Eigentlich müßte ich an die Decke springen – statt dessen – –« Ihr traten Tränen in die Augen, und sie setzte das Glas ab. »Scheißberuf«, sagte sie leise.

Heinz suchte nach einem Kompromiß: »Wie wärs, wenn du erst mal anfängst zu probieren, damit du später vielleicht als Zweitbesetzung wieder einsteigen kannst?«

»Sie ist verpflichtet, spätestens bis zum Ende des dritten Monats der Theaterleitung Bescheid zu geben«, sagte Martha. »Wie weit ist es jetzt?«

»Anfang dritter Monat.«

»In zwei Wochen fangen die Proben an.«

»Das geht nicht«, sagte Emilia. »Entweder – oder. Entweder, ich gehe ganz schnell in die Klinik, damit es erledigt ist, bevor die Proben anfangen, oder ich sage in den nächsten Tagen Bescheid.«

Kollegen von anderen Tischen sahen öfters zu ihnen herüber. Es hatte sich herumgesprochen, daß die Pape durch einen Heulanfall den Beginn der Heye-Szene verzögert hatte. Was mochte da los sein? Ein Zerwürfnis mit Genske wohl nicht, sonst säße der nicht neben ihr und hätte auch noch seinen Arm um ihre Schulter gelegt. Bedeppert sahen sie jedenfalls alle drei aus. Dabei war die Pape vom Oberspielleiter mit der Recha besetzt – die konnte doch froh sein.

»Eigentlich ist es purer Leichtsinn von mir, daß ich überhaupt einen Ton dazu sage«, meinte Martha schließlich. »Ich habe es nie bedauert, wenn ich eine Abtreibung gemacht habe – ihr aber leidet doch beide darunter.«

»Meine Mutter hat schon Babywolle gekauft«, sagte Emilia und versuchte zu lächeln. Doch als Heinz sie umarmte, weinte sie wieder. »Auf der Schauspielschule hätte ich mir noch leisten können, ein Kind zu kriegen. Andere haben das auch gemacht – und danach weiterstudiert.«

»Aber da kannten wir uns doch noch gar nicht!« meinte Heinz.

»Leider.«

»Ich mach auch alles, damit du hinterher wieder eine schöne Rolle kriegst!« Das klang wie ein zärtliches Betteln.

Schluchzend nickte Emilia.

Eine Woche später besuchte Martha sie in der Klinik. Heinz hatte gesagt, sie solle Obstsaft mitnehmen; nach Blumen hatte Martha in zwei Geschäften vergeblich gefragt, ehe sie im dritten eine Orchideenblüte, einen Frauenschuh, bekam.

Mit Hilfe erfundener Fernsehproben schaffte es Martha, außerhalb der angegebenen Besuchszeit eingelassen zu werden. Sie empfand es als unerquicklich, wenn alle möglichen Verwandten und Bekannten um die Betten herumsaßen oder -standen, niemand ein aufmerksames Gespräch miteinander führen konnte und die Patienten nach großem Trubel wieder für Tage völlig isoliert waren von ihren Angehörigen und Freunden.

Jetzt war es nachmittäglich still auf der Station. Emilia lag mit zwei jungen Mädchen im Zimmer, die ebenfalls eine Interruptio hinter sich hatten. Eine von ihnen, im Bett an der Tür, schlief, als Martha eintrat, die andere blätterte in einer Strickzeitschrift.

Emilia, die am Fenster lag, war wach, aber untätig, und sie sah ungewöhnlich blaß aus, was besonders auffiel, weil sie sonst eine ausgesprochen frische Gesichtsfarbe hatte. Das betrübte Lächeln, mit dem sie ihrem Besuch entgegensah, erinnerte Martha an das Lächeln Hetes, wenn sie sich, krank schon, von ihrer Mutter zurückgewiesen glaubt und mit einem Abschiedsgruß zum

Gehen wendet: Die auf einer Abendprobe zu heftig geratene Umarmung folgt darauf.

Jetzt wagte Martha keine Umarmung. Blume und Saft überbrückten die Hemmung vor den ersten ernsthaften Worten. Emilias Nachbarin erbot sich, eine Vase für die Orchidee zu holen; munter schwang sie sich aus dem Bett und verließ im Morgenmantel das Zimmer.

»Die ist froh, daß sies los ist«, meinte Emilia. Dieses eigenartig bemühte Lächeln breitete wieder ihren Mund, ein Lächeln, das eher Kummer als Freude ausdrückte und gewissermaßen auf der Schwelle zum Weinen saß. »Bei ihr wars erst der zweite Monat.«

Martha zog sich einen Stuhl neben das Bett. »Hast du Schmerzen?«

»Überhaupt nicht.«

»Die Schwester, die mich reingelassen hat, war sehr freundlich. Sind sie auch nett zu euch?«

Emilias Mund zuckte leicht. »Die meisten.« Sie drehte ihren Kopf ein wenig zur Seite, als wollte sie aus dem Fenster sehen. Vielleicht war es ihr unangenehm, daß Tränen ihre Augen füllten.

»Als ich noch klein war, durfte ich mal bei einem Bäkker zugucken, wie Brot gebacken wird«, sagte sie leise. »Die Brote lagen auf einem langen Tisch alle nebeneinander. Zum Schluß wurden sie mit Wasser überpinselt und dann eins nach dem anderen auf einem langen Holzschieber in den Ofen geschoben.« Ihre Hand griff übers Kopfkissen. Martha gab ihr eine Schicht von dem Zellstoff, der dort lag. »So ungefähr bin ich mir vorgekommen«, sagte Emilia, nachdem sie sich Augen und Nase getrocknet hatte. »Am Tag vorher wurden wir alle rasiert. Das machte eine Schwesternschülerin, die ist ganz lustig, erzählte Witze dabei, dadurch wars nicht so unangenehm.«

»Vor einer Entbindung wird man auch rasiert«, sagte Martha.

Emilia sah sie erstaunt an, bevor sie weitererzählte: »Am Abend kriegten wir eine ›Faustan‹, und früh vor der

Operation eine Beruhigungsspritze. Da läßt man alles über sich ergehen. Hat man bei einer Geburt auch nur son kurzes Hemd an?« erkundigte sie sich.

Martha bejahte es.

»Es ging immer der Reihe nach. Zuerst Renate, weil sie vorn an der Tür liegt.« Emilia richtete sich kurz auf. »Die schläft schon wieder. Was die zusammenschläft – könnte ich beneiden. Mich holten sie zuletzt. Mit dem Fahrstuhl gings ins Erdgeschoß, laufen durften wir nicht mehr. Und dort stand dann eine Frau hinter der anderen. Ich mußte immerzu an die Brote denken. Noch auf dem Flur kriegten wir eine Kanüle in die Vene, damit es im OP schneller ging. Als ich dran war – dreiviertel elf –, wurde ich reingeschoben, auf den Stuhl gehievt, festgeschnallt, die Spritze in die Kanüle, und weg war ich. Als ich aufwachte, stand ich wieder auf dem Flur. Ein Brot braucht bestimmt länger, ehe es braun ist. Zuerst ist man ja noch nicht richtig wach, aber wenn so die Gedanken kommen – –.« Wieder füllten sich ihre Augen mit Tränen.

Ihre Bettnachbarin war mit einem braunen Medizinfläschchen als Vase zurückgekommen. Sie nahm ein Messer aus ihrer Bestecktasche und schnitt das Stielende vorschriftsmäßig ein Stück ab, bevor sie die Orchidee ins Wasser und auf Emilias Nachttisch stellte. »Du nimmst alles viel zu tragisch«, meinte sie, und zu Martha gewandt: »Die eene pennt, die andre flennt – so geht das hier den ganzen Tag. Allmählich krieg ich schon Komplexe, weil ich so munter bin.«

»Sei doch froh«, sagte Emilia.

»Grobmichel scheints jedenfalls nicht zu passen.«

»Ist das ein Spitzname?« erkundigte sich Martha.

»Der untersucht einen immer so derb«, sagte Emilia. »Die anderen Ärzte machen das viel vorsichtiger, nur bei dem tuts weh. Deshalb hab ich ihn Grobmichel genannt.«

Die Schwester, die Martha hereingelassen hatte, kam

mit einem Glastopf, in dem die Körperthermometer steckten. »Na«, sagte sie, »– unser Fräulein Schlafmaus ist mal wieder bei ihrer Dauerbeschäftigung!«

Die Angesprochene blinzelte aus verquollenen Augen, zog mechanisch ein Thermometer unter ihrer Achsel hervor und schien bereits wieder zu schlafen, als die Schwester ihren Pulsschlag erfühlte.

»Das ist Schwester Ilse«, flüsterte Emilia.

»Ist was Schickes drin?« fragte die Schwester mit einer Kopfbewegung auf die Strickzeitschrift, während sie das Handgelenk von Emilias Nachbarin Angelika nahm, die beinbaumelnd auf dem Bettrand saß.

»Tolle Pullis mit tiefem Ausschnitt und weiten Ärmeln.«

»Darf ich nachher mal reinsehn?«

»Klar.«

Schwester Ilse sah Martha eine Weile an, bevor sie sagte: »Neulich habe ich Sie beide in ›Cyankali‹ gesehen. Hat mir gut gefallen.«

»Freut uns«, sagte Martha.

Schwester Ilse nahm jetzt Emilias Thermometer entgegen. »Wir haben ja schon wieder rote Augen«, sagte sie. »Sie werden sehn: Sie kriegen noch ein Dutzend Kinder!«

»Das sollten Sie mal Dr. Brauner sagen!« meinte Angelika. Schwester Ilse schien das Thema weder neu noch angenehm zu sein. »Das müßt ihr auch verstehen«, sagte sie. »Er hat es schon erlebt, daß Frauen keine Kinder mehr kriegen konnten, nachdem sie Abtreibungen gemacht hatten.«

»Wie oft hat er das erlebt?« fragte Angelika herausfordernd.

Schwester Ilse zuckte mit den Schultern, während sie die Werte auf Emilias Krankenkarte schrieb. »Reden Sie Ihrer kleinen Kollegin mal zu, daß sie wenigstens ißt!« sagte sie zu Martha. »Damit sie wieder auf die Beine kommt – die anderen Kollegen wollen sich ›Cyankali‹ nämlich auch ansehen.«

Als die Schwester draußen war, sagte Emilia: »Die mögen wir alle am meisten.«

Martha wollte wissen, ob Dr. Brauner mit dem Grobmichel identisch wäre und was es da gegeben hätte, daß man so über ihn sprach.

Da Emilia schwieg, antwortete ihre Bettnachbarin: »Ja, natürlich! Der hat sich gestern hier hingestellt«, sie deutete mit dem Arm auf das Fußende ihres Bettes, »und hat verkündet: Ihr werdet euch noch umgucken, wenn ihr eines Tages Kinder haben wollt – dann könnt ihr nämlich keine mehr kriegen!«

Martha wollte fragen, ob sie nicht ein »vielleicht« oder »unter Umständen« in der Drohung des Arztes unterschlagen hätte, als Emilia das Gesicht ins Kissen grub. Ihr Körper war gekrümmt wie der eines Embryos.

»Und sie glaubts!« sagte Angelika empört, stand auf und streichelte Emilias Schulter. »Grobmichel hat sich doch nur geärgert, weil ich gesagt habe, mir geht es prächtig. Der würde sich freuen, wenn er sehen könnte, wie du heulst!«

»Kannst du garantieren, daß es nicht stimmt?« schluchzte Emilia.

»Garantieren! Was heißt garantieren?! Kannst du mir garantieren, daß ich nicht eines Tages von nem Auto überfahren werde?«

Emilias Rücken zuckte vom Weinen, und Martha versuchte sie zu umarmen. »Was meinst du, wie selten es vorkommt, daß man wegen einer regulären Abtreibung kein Kind mehr kriegt«, sagte sie. »Ebenso kannst du eine ungewollte Fehlgeburt haben, oder bei der Entbindung passiert etwas. Man kann doch nicht in ständiger Verzweiflung leben, nur weil unter Umständen irgendwann irgendwelche Schwierigkeiten auftauchen könnten. Du bist seelisch und körperlich so mitgenommen, daß du alles in düsteren Farben siehst. Jetzt mußt du zusehn, daß du wieder auf die Beine kommst, wie die Schwester sagt. Dann wirst du auch begreifen, wie unsinnig diese Drohung war. Hat euch denn vorher niemand von dieser Möglichkeit gesprochen?« wandte sie sich an Angelika, die ihre Kopfstütze hochgestellt und sich wieder ins Bett gesetzt hatte.

»Klar!« antwortete sie. »In den prächtigsten Farben! Bei mir besonders, weil ich ihnen nicht irgend ne wilde Story erzählt, sondern einfach gesagt habe: Ich will jetzt noch kein Kind. Ich wüßte gar nicht, was ich damit anfangen sollte. Ich bin mit der Lehre fertig, ich verdiene – wenn auch nicht besonders viel, dafür macht mir mein Beruf Spaß, ich wollte schon immer Gärtner werden –, und meinen Freund würde ich sogar heiraten. Wäre alles kein Grund. Vielleicht will ich später mal ein Kind, das weiß ich noch nicht. Aber jetzt schon festlegen – nee. Lange genug haben die andern bestimmt, was ich tun und lassen soll – jetzt will ich erst mal machen, wozu ich Lust habe. Aber das ist für die hier natürlich kein Grund.«

Das Mädchen an der Tür schien nun doch wach zu werden; verschlafen richtete sie sich auf, entdeckte erstaunt den Besuch und griff dann nach der Tasse auf ihrem Nachttisch. Sie trank einen Schluck von dem inzwischen lauwarmen Milchkaffee, sagte: »Igitt!« und stellte die Tasse wieder ab.

Emilia versuchte sich zu beruhigen, doch ihre Erschütterung ließ sich nicht mit einemmal zum Stillstand bringen. Sie bot Renate von ihrem Saft an, aber die meinte, sie wolle erst mal aufs Klo gehen, nahm sich gemächlich ihren Bademantel aus dem Schrank und verließ das Zimmer, als wäre sie nach wie vor im Schlaf.

»Die geht noch zur Schule«, sagte Angelika, und Emilia ergänzte: »Sie macht in diesem Jahr Abitur.«

Da ihre Besuchszeit nicht begrenzt worden war, wußte Martha nicht recht, wann sie gehen mußte, zumal sie den Eindruck hatte, Emilia wollte ihr noch etwas sagen, was sie nicht ohne weiteres zu sagen wagte. Als Martha andeutete, daß sie nun wieder aufbrechen wolle, griff Emilia plötzlich nach ihrer Hand und bat sie, noch einen

Moment zu bleiben. Die beiden anderen Mädchen unterhielten sich über Schule und Lehrer, hörten ihnen also nicht zu, aber Emilia konnte sich trotzdem nicht zum Reden entschließen, sondern sah angstvoll bedrängt vor sich hin auf die Bettdecke, dann aus dem Fenster; ihre Augen waren wieder feucht geworden, und schließlich sagte sie:

»Ich bring dich raus.«

Sie zogen sich an, und Martha bewunderte Emilias Hausmantel aus dunkelbraunem Pannesamt, was Emilia beinahe wieder zum Weinen gebracht hätte. Erst später erfuhr Martha, daß dieser Mantel ein Weihnachtsgeschenk von Heinz war, gedacht zwar fürs Krankenhaus, aber für später, für die Zeit der Geburt des Kindes.

Auf dem Flur – Emilia hatte sich bei Martha untergehakt und ging absichtlich zögernd – schlang sie plötzlich ihre Arme um Marthas Hals und fragte hastig: »Hat Heinz dir was gesagt?«

Überrascht fragte Martha, was er denn gesagt haben solle.

»Na – mit mir – mit dem Kind – er war so komisch, als er gestern hier war – –«

Martha streichelte Emilia übers Haar. »Das bildest du dir sicher nur ein. Du bist deprimiert und siehst überall Unglück. Natürlich ist er auch betrübt. Wäre dirs lieber, wenn er es leichtnähme?«

Emilia schüttelte den Kopf. »Aber vielleicht mag er mich nun nicht mehr. Er war so – so – kalt – –« Und kaum verständlich vor Weinen, fügte sie dazu: »Und wenn ich nun tatsächlich keine Kinder mehr kriegen kann – –«

Martha bewegte ungläubig ihren Kopf hin und her. Das waren doch alles nur Angstphantasien. Dieser Arzt mit seiner verantwortungslosen Drohung. Danach, als schon alles geschehen war. Aber kannte sie Heinz von Genske genügend, wußte sie wirklich, wie er auf dieses Ereignis reagierte? Sie konnte sich nicht vorstellen, daß er wegen der Abtreibung Emilia zurückweisen würde. Und das sagte sie auch: »Das kann ich mir einfach nicht vorstellen.« Aber sie sagte es nicht mit der Bestimmtheit, die nötig gewesen wäre, um Emilia zu beruhigen; ihr Ton war tröstend, aber nicht ohne Zweifel, und das hörte Emilia heraus.

Als eine Patientin durch den Flur ging und kurz darauf der Stationsarzt aus seinem Zimmer kam, riß sie sich zusammen und begleitete Martha bis zum Ausgang. Beim Abschied sah sie gefaßt aus, aber so, als wüßte sie, daß ihr niemand helfen könnte.

Auf dem Heimweg machte sich Martha Vorwürfe, weil sie es nicht verstanden hatte, dem Mädchen die Furcht zu nehmen. Optimisten waren bestimmt bessere Trostgeber als sie, die dazu neigte, ein jedes Wenn und Aber zu bedenken, und es dann nicht fertigbrachte, etwas zu behaupten, wovon sie nicht völlig überzeugt war; vielleicht lag es auch daran, daß sie selbst mißtrauisch wurde, wenn jemand angesichts ihrer Verzweiflung die blanke Zuversicht predigte.

18

Als ich anfing, dir von meinen Erlebnissen mit dem Schwangerschaftsabbruch zu erzählen, war mein Enkelkind schon winzig vorhanden, ich ahnte nur noch nichts davon; vielleicht wußten es noch nicht einmal seine Eltern. Jetzt ist Steffi bereits im achten Monat, und wenn alles gutgeht, bin ich in sieben Wochen Großmutter. Eine lange Zeit – eine kurze Zeit. Für mich ist sie rasch vergangen – Steffi wird sie lang vorgekommen sein, zumal sie sich über Wochen und Monate kaum bewegen durfte und das »Faustan« verweigert hat. – Ihre Ärztin wollte sie damit »ruhigstellen«, weil doch eine Zeitlang die Gefahr einer Fehlgeburt bestand. Die Ärztin erklärte ihr, daß dieses Medikament nicht schaden könne, weil schon alle Gliedmaßen und Organe ausgebildet seien. Vier Tabletten sollte sie pro Tag einnehmen! Steffi hat mit ihrer Mutter darüber gesprochen, die ihr riet, sich strikt an die anderen Ruhegebote zu halten, das »Faustan« aber zu verweigern. Anfangs schimpfte die Gynäkologin mit Stefanie, sie sei eigensinnig, aber später war sie erfreut darüber, wie konsequent ihre »eigensinnige« Patientin offenbar alle anderen Anordnungen befolgt hat. Jetzt darf sie bis zu zwei Stunden am Tag spazierengehen. Sie genießt das natürlich nach diesem langen bewegungslosen Eingesperrtsein. Ich bestaune immer, was manche Frauen auf sich nehmen, um ein Kind zu bekommen. Eine Dozentin an der Schauspielschule erzählte mir, sie mußte monatelang im Krankenhaus liegen und wurde zeitweise per Tropf ernährt, weil sie so stark zum Erbrechen neigte, daß die Gefahr der Unterernährung für sie und das Kind bestand. Aber sie wollte es unbedingt haben und wäre bereit gewesen, dafür noch weit beschwerlichere Dinge zu tun.

Lennert und ich dagegen überlegten, was wir tun könnten, um kein Kind zu bekommen. Ich hatte es mit Essigwasserspülungen versucht, es aber wieder sein lassen, als ich merkte, daß Lennert abweisend auf den Geruch von Essig reagierte. Sicher würde manchem überhaupt unbegreiflich bleiben, daß ich angesichts der fünf Abtreibungen nicht alles, aber auch alles tat, um eine abermalige Schwangerschaft zu verhindern; womöglich sogar nichts mehr tat, also völlig enthaltsam lebte, um mich vor den Folgen zu bewahren. Aber die Sinnlichkeit und der Wunsch nach den Genüssen, die sie bietet, war eben allemal stärker als die Furcht vor den Auswirkungen. Das zeigte sich auch, als ich das neue Wundermittel, die Antibabypille, zu schlucken begann.

Anfangs war ich glücklich über diesen Gipfelpunkt der Wissenschaft, der mich, wie alle anderen Frauen, ein für allemal von meinen Nöten befreien sollte. Des allmonatlichen Zitterns ledig, blieb ich auch von Übelkeit verschont, und dick wurde ich ebenfalls nicht. Aber: Von Monat zu Monat verringerten sich die Lustgefühle. Als ich das meinem Arzt sagte, verschrieb er mir eine andere Sorte dieser Dragees. Er meinte, etwa drei Prozent der Frauen reagierten wie ich. Er ging aber bei dieser Zahl gewiß nur von denen aus, die diesen Mangel ihrem Arzt mitteilten; wer zuvor frigid war, wird keinen Unterschied gemerkt haben – und wie viele Frauen scheuen sich, so etwas vor anderen zuzugeben, vor allem, wenn sie gar nicht danach gefragt werden. Außerdem waren viele so froh, diese ewige Angst los zu sein, daß sie alle anderen Beeinträchtigungen dafür hinnahmen. Ich aber war nicht willens, den Verlust der Angst mit dem Verlust der Freude zu bezahlen.

Die neue Pillensorte war zwar anders, aber auch sie entfernte mich weiter von Lennert. Offenbar waren ihr mehr von den männlichen Hormonen beigegeben, denn ich begann mich auf einmal für das Fleisch anderer Frauen zu interessieren. Meinen Augen haben schöne Mädchen und Frauen schon immer wohlgetan, aber nur ein sehr knabenhafter Typ hätte mich auch sexuell animieren können. Eine Kollegin, die ansonsten auch nicht lesbisch war, brachte mich einmal dazu, mit ihr ins Bett zu steigen, aber ich blieb derart verschreckt kalt, daß wir es binnen kurzem aufgaben und uns wieder anzogen. Mich störte ihr langes Haar und – vor allem – ihr Körpergeruch, der für Männer gewiß ein reizvoller war, mich aber abstieß. Das lag aber schon Jahre zurück, und ich bin mir nicht sicher, ob der Geruch mich ebenso abgeschreckt hätte, wenn mir die gleiche Situation begegnet wäre, als ich diese Pille nahm. Denn während mich Lennert immer weniger erregen konnte, beschäftigte sich meine Phantasie desto öfter mit Frauenhaut und Frauenbrüsten, mit weiblichem Lustempfinden und mit dem Bedürfnis, es bei einer anderen Frau hervorzurufen. Es war allerdings nie so heftig, daß ich, komme was wolle, die Initiative ergriffen und mit einer Frau geschlafen hätte. Ich sagte nur wieder dem Arzt, daß auch dieses Pillchen die Frigidität weiter verstärke. Meine neuerlichen lesbischen Neigungen verschwieg ich ihm schamhaft und hemmte so indirekt den Fortgang der Herrlichen Wissenschaft.

– Wenn du so ein Wissenschaftsfanatiker wärst, der quasi die ganze Welt durchrationalisieren möchte, käme ich nicht aus mit dir. Und bei den Reaktionen der Frauen auf die Pille geht es um die sogenannten Dunkelziffern, aber Wissenschaft, die den Menschen so unmittelbar betrifft, läßt sich eben nicht nur mit *Ziffern* betreiben, sondern das *Dunkel* muß durch die noch viel zuwenig beachtete Halb-Wissenschaft Psychologie aufgehellt werden; »Halb-Wissenschaft« sage ich, weil sich in ihr nicht alles mathematisieren läßt, sondern die vielgepriesene Ratio durch Intuition ergänzt werden muß, wenn man Aufschlüsse über das Lebe-Wesen Mensch erhalten will.

Oft höre ich als Argument gegen den Schwangerschaftsabbruch, dazu brauche es heutzutage nun weißgott nicht mehr zu kommen, da gebe es doch *Die Pille.* Als ob damit alle Probleme gelöst wären. Gewiß ist sie ein gutes Mittel für einen kürzeren Zeitraum, etwa, wenn ich während eines Studiums nicht schwanger werden oder einen günstigen Abstand zwischen Geschwistern einhalten will; mir kann aber niemand einreden, daß es ohne schädliche Auswirkungen bleibt, wenn über Jahre und Jahrzehnte, sozusagen von fünfzehn bis fünfzig Hormongaben den Körper derart beeinflussen, daß der natürliche Zyklus aller vier Wochen geändert, unterbrochen, verhindert wird. Die tollsten Sachen werden erfunden – warum nicht endlich ein Medikament, das die männliche Zeugungsfähigkeit blockiert?

– Jetzt stimmst du mir zu; aber frage dich einmal ehrlich, wie du vor zehn Jahren auf das Ansinnen reagiert hättest, eine Pille zu schlucken, die bewirkt, daß du kein Kind zeugen kannst. – Vorübergehend, selbstverständlich; ebenso gefahrlos, wie man die Antibabypille für die Frauen bezeichnet. – So? Du hättest wirklich keine Angst gehabt, durch ein solches Medikament beispielsweise impotent zu werden? Ich schätze dich als aufgeschlossen, als *fortschrittlich*, aber hierbei erlaube ich mir trotzdem einen sanften Zweifel. Ich erinnere an die Umfrage unter Männern, wer von ihnen bereit wäre, bei der Heirat den Namen der Frau anzunehmen: Achtzig Prozent meinten, sie würden es tun, aber die meisten von ihnen wußten, daß man sie nicht beim Wort nehmen würde, weil sie längst verheiratet waren, und zwar unter dem Namen, den sie von Kind an trugen. Ich meine nur, es läßt sich – sicher im ehrlichen Glauben, daran will ich ja gar nicht zweifeln – leicht versichern, man wäre unter gegebenen Umständen bereit, ein Opfer zu bringen, solange man sicher sein kann, daß die Umstände eben nicht gegeben sind. Wer befindet denn darüber, was in der Forschung Vorrang hat, wofür die finanziellen Mittel ausgegeben werden? Das müßtest du doch sehr gut wissen: Männer. – Na also. Und ist in solch bestimmender Funktion auch mal eine Frau, ist sie das leider oft deshalb, weil sie sich verhält wie ein Mann. Denn welche Frau, die patriarchalische Normen in Frage stellt, schafft es schon, in so eine Position zu gelangen.

Wie auch immer – mit dem Hinweis, daß seine drei Sprechstundenhilfen die Pille auch nicht nähmen, empfahl mir Dr. Weißgerber damals, eine sogenannte »Schleife« einzusetzen. Am Tag, an dem er das machen wollte (es gibt dafür einen besonders günstigen Zeitpunkt innerhalb des Zyklus), hatte ich ab mittags Probe, und so bat ich ihn, es ohne Narkose zu tun.

Lennert wollte mich danach abholen und zum Theater begleiten, falls ich es doch nicht so leicht überstehen sollte, wie ich mir das vorstellte. Er war überhaupt immer sehr besorgt, wenn ich irgendwelche Beschwerden hatte, und nun, da sie mit unserem Liebesleben zusammenhingen, ganz besonders.

Wir lebten zu dieser Zeit schon zu dritt ganz in der Nähe meiner jetzigen Wohnung. Der Antrieb zum In-derselben-Wohnung-Wohnen war bei mir wohl stärker gewesen als bei Lennert; er wünschte es sich zwar auch, aber die Initiative überließ er, wie in so vielen anderen Angelegenheiten, mir, weshalb ich ihm später vorwarf, er warte immer auf meine Aktivität, damit, falls es schiefging, auch die Schuld bei mir läge. Mit meiner Neubauwohnung hatten wir günstig tauschen können; die seinige – Seitenflügel, Toilette im Treppenflur – hatten wir in der Annonce gar nicht erst angeboten.

Robert freute sich anfangs auf das neue Familienleben. Überhaupt glaube ich, daß der Junge Lennert von sich aus ganz naiv zugetan war. Erst als sich kleine Aversionen von Lennerts Seite zeigten, reagierte Robert abweisend und gab mir zu verstehen, daß er lieber wieder nur mit mir zusammen wohnen würde.

Weißt du – Lennert hatte zu lange allein gelebt, da entwickeln sich Gewohnheiten, die sich dann nur schwer wieder ablegen lassen. Gab er sich Mühe, mir entgegenzukommen, so brachte er es andererseits fertig, den Jungen verdrießlich auszuschimpfen, nur weil der aus Versehen ein »falsches« Handtuch genommen oder mit dem Besteck, das Lennert zu benutzen pflegte, gegessen hatte. Und ich stand immer zwischen den beiden, versuchte zu vermitteln, sowohl den Jungen Lennert, als Lennert Robert gegenüber zu verteidigen; ich diente ständig als Puffer – eine undankbare Rolle.

Ich möchte es auch jetzt wieder hinausschieben, dir Genaueres darüber zu sagen, weil es zwar dazugehört, mich aber die Erinnerung daran noch immer quält. Ich werde dir erst einmal zu Ende erzählen, wie diese »Schleife« eingesetzt wurde, das hatte nämlich auch eine komische Seite.

Ich war zu einer für meine Schlafgewohnheiten sehr frühen Zeit in die Praxis bestellt. Da ich keine Narkose bekam, brauchte ich nicht zu fasten, sondern konnte frühstückgestärkt der Prozedur entgegensehen. Die drei Gehilfinnen waren bereits da; ich fragte, wie weit ich mich ausziehen müsse, dann wurde ich rasiert, da lag ich aber schon auf dem Operationsstuhl, und das war mir angenehmer, als mich im Stehen dafür präsentieren zu müssen. Ich bin nun wahrlich kein Ausbund an Schamhaftigkeit, aber es stört mich weniger, mich vor angezogenen Menschen – wie Arzt und Assistenten – völlig nackt auszuziehen, als beispielsweise nur meinen entblößten Hintern darzubieten, um eine Spritze zu bekommen. Ich sehe dann unweigerlich diesen Anblick, den ich biete, vor mir und finde, das hat, im Gegensatz zu einem nackten Menschen, etwas Obszönes. Und wie müssen Frauen darunter leiden, die ausgesprochen schamvoll sind! Immerhin überspielt man diese Empfindungen, so gut es geht; früher pflegte ich burschikos zu reagieren, jetzt bin ich darin gelassener und tue meist schweigend, wozu ich gehalten bin – man möchte sich schließlich auch nicht lächerlich machen. Bei den Medizinern ist das Alltag, sage ich mir (daß sie sich mit entsprechenden Witzen abreagieren, vermeide ich zu denken), und ein extremes Verhalten macht sie erst wieder darauf aufmerksam, daß es für den Patienten eine Ausnahme ist. Es ist allemal demütigend für einen Menschen, der es nicht gewöhnt ist, sich blindlings zu unterwerfen, wenn er in Abhängigkeit etwas tun muß, was er nicht gänzlich durchschaut.

Ich lag nun also auf dem Stuhl, der Arzt kam, er begrüßte mich, und der Eingriff konnte beginnen. Ich hatte das Gefühl, die drei Damen belauerten mich ein bißchen, wie ich mich denn nun gebärden würde, die ich so keß gefordert hatte, auf eine Betäubung zu verzichten. – Schmerzhaft ist das Öffnen der Gebärmutter. Während man da liegt, sieht man ja die Instrumente nicht, die benutzt werden, und so kann ich dir nur sagen, was ich darüber gelesen habe: Sie wird Stückchen für Stückchen, Millimeter um Millimeter mit sogenannten Dilatatoren aus Metall geöffnet.

Die drei Frauen beobachteten mich jedenfalls sehr aufmerksam, und ich bin nicht sicher, ob sie bei Schmerzäußerungen Mitleid mit mir gehabt oder eher ein bißchen triumphiert hätten. Vielleicht beides? Ich gab ihnen weder zum einen noch zum anderen Anlaß und freute mich ihres wachsenden Staunens: Ich habe lediglich die Zähne aufeinandergepreßt, aber keinen Laut von mir gegeben, meinem Empfinden nach nicht einmal das Gesicht irgendwie verzogen. Auch war es wirklich erträglich; ich fühlte mich gesund und kräftig, es dauerte nicht lange, und der Arzt wird vermutlich auch besonders vorsichtig hantiert haben, um mir nicht unnötig weh zu tun.

Du merkst sicher, daß ich heute noch stolz auf mein Zähnezusammenbeißen bin. Das ist natürlich albern, zumal es der sonst von mir so geschmähten Verhaltensnorm von Tapferkeit, Stark-Sein (oder Sich-stark-Zeigen) und Stolz entspricht. Aber um eine Sache wissen und sie ablehnen, bedeutet eben noch lange nicht, auch stets abweichend von ihr zu agieren. Außerdem fürchte ich mich vor Schmerzen nicht so sehr wie vor einer Narkose: Dieses Abtauchen ins Nichtwissen, während fremde Menschen an mir herumhantieren, ist mir im höchsten Grade widerwärtig und wegen der Künstlichkeit des Vorgangs im Gegensatz zum täglichen Schlaf auch angsteinflößend.

Dieses Pessar sollte mich zwei Jahre vor Schwangerschaften behüten, dann hätte es ausgewechselt werden müssen; nach siebzehn Monaten verweigerte es den ihm zugedachten Dienst. Es muß etwa zur selben Zeit gewesen sein, da für uns Frauen das große Aufatmen kam: Am 9. März 1972 – ein Tag nach dem Internationalen Frauentag – stand mit nüchternen Worten in der Zeitung, daß, was im Leben einer Frau das Großartigste sein kann, von nun an nicht mehr zu ihrer Versklavung mißbraucht werden dürfte. Befreiung also. Eine Befreiung, die noch lange keine vollkommene ist, auf die ich mich aber nun jederzeit berufen kann. Ich kenne Frauen, die noch heute nachts von den Ängsten träumen, die sie früher jeden Monat neu ausstanden; davor sind die jüngeren endlich gefeit. Ich weiß nicht, wie stark die Psyche eines Mädchens, einer Frau von diesem ständigen Angstdruck beeinflußt wurde (und wird; wie viele Frauen in der Welt warten noch vergeblich auf diese Erlösung!); ich glaube, daß es die ganze Persönlichkeit verändert, sich etwa in Resignation äußert, der Grundgebärde des Sichdreinschickens, die man den Frauen dann als wesenseigen suggerieren will, oder – bei den Aufmüpfigen – in gesteigerter Aggressivität, einem Mangel an freundlicher Gelassenheit, mit der man doch soviel leichter überzeugen kann als mit spitzigscharfen Worten, mögen sie noch so sinn-voll sein.

Ich erschrak natürlich, als ich merkte, dieses Gebilde in meinem Bauch hatte versagt, getrogen, mich nicht beschützt. Aber gleichzeitig mit dem vergeblichen Warten, den arg vertrauten Zeichen der Gewißheit, beruhigte mich der Gedanke, daß ich diesmal weder mich noch andere mit verbotenen Auswegen zu gefährden brauchte, sondern einen Arzt aufsuchen konnte, der mir nicht fremd war und von dem ich wußte, er würde mich nicht überreden wollen, das Kind auszutragen. Obwohl ich seine Einstellung zum Schwangerschaftsabbruch kannte – wir hatten uns öfter darüber unterhalten –, hätte ich vor dem Gesetzeserlaß niemals gewagt, ihn um eine solche Hilfe zu bitten. Zum einen scheue ich davor zurück, die Gutmütigkeit eines Menschen auszubeuten und ihn in eine Lage zu bringen, in der er sich genötigt fühlt, mir zu helfen, obwohl er es gar nicht möchte, weil das für ihn gefährlich ist (während unsereins niemals davor zitterte, die Kriminalpolizei könne an der Tür klingeln, mußten Ärzte, die so etwas gemacht hatten, ja immer damit rechnen); zum anderen hätte ich danach nicht mehr unbefangen zu ihm gehen können, und ich war doch froh, einen Arzt zu kennen, der in diesem Punkt ähnliche Ansichten vertrat wie ich und mit dem ich deshalb auch vergleichsweise offen über derartige Probleme reden konnte. Da war es schon besser, einer half, für den wir einen Spitznamen erfanden, weil er anonym bleiben wollte.

Dr. Weißgerber war sofort nach der Untersuchung bereit, mich ins Krankenhaus zu überweisen. Es war aber wieder zu einer Zeit, in der ich eine Fernsehrolle probierte; wir waren bereits in den Kameraproben, und zwischen diesen und der Aufzeichnung jener Bilder, in denen ich zu spielen hatte, war für mich nur eine knappe Woche frei. Dr. Weißgerber ließ in der Klinik anrufen, damit ich noch am selben Tag dort untersucht würde, und ich ging direkt von ihm zur Sprechstunde in die Poliklinik. Wegen des Pessars mußte ich geröntgt werden, und so sah ich es auf dem schwärzlichen Zelluloid einträchtig beieinander: die Frucht und das, was sie hätte verhindern sollen. Der Embryo war wieder einen Monat älter, als ich geglaubt hatte; nun gab es keinen Zweifel mehr, daß mir diese Täuschung schon öfter widerfahren war.

Ich sprach mit dem Fernsehregisseur wegen der Aufzeichnungen, im Theater wegen Änderung des Spielplans, und ich vereinbarte mit dem Klinikarzt, daß ich am Donnerstag nach der letzten Kameraprobe auf die Station kommen, am Sonnabend früh operiert und am Dienstag, spätestens aber am Mittwoch früh entlassen werden sollte, weil am Nachmittag der erste Aufzeichnungstermin für mich angesetzt war. Ich weiß das noch so genau, weil ein geringfügiger Anlaß diesen ausgeklügelten Plan mit mißlichen Folgen veränderte.

Robert war damals bereits vierzehn Jahre alt, und ich konnte ihm ohne Ausflüchte sagen, weshalb ich ins Krankenhaus ging. Ich erzählte ihm dabei endlich auch, warum Lennert ihn an jenem Sonnabend nicht in die Wohnung gelassen hatte, und es erleichterte mich, diesem Ereignis den Dunst des Geheimnisvollen nehmen und gleichzeitig Lennert entlasten zu können. Denn Robert erinnerte sich noch sehr gut daran, und sein Groll gegen Lennert war seither durch mancherlei bekräftigt worden. Nun waren die beiden eine Woche lang stärker aufeinander angewiesen, was aber, wie sich herausstellte, ihrem Verständnis füreinander recht gut bekam. Denn meine Sorge, dem Jungen könne Unrecht geschehen von einem, der nicht sein Vater war und den ich sozusagen ins Haus gebracht hatte, ließ mich manchmal »puffern«, wo ich es hätte ablehnen müssen, und oft witterte ich auch ungerechterweise irgendwelche Antipathien gegen Robert, was unser Zusammenleben nur weiter erschwerte.

An dem vereinbarten Donnerstag nahm ich die Sachen für die Klinik schon mit zur Probe, um von dort aus gleich ins Krankenhaus zu fahren. Obwohl ich gern noch einmal nach Hause gegangen wäre; es ist nie angenehm, aus seiner vertrauten Umgebung heraus in ein fremdes Milieu zu müssen, getrennt von Angehörigen und Freunden, Undurchschautem ausgeliefert, sozusagen fremd bestimmt. Einmal lag ich in einem Einzelzimmer, da konnte ich wenigstens lesen, so lange ich wollte, und niemand befahl mir, zu einer bestimmten Zeit das Licht zu löschen. Es ist nämlich schwierig, die Gewohnheit, abends lange wach zu sein, plötzlich in eine zu ändern, zeitig zu schlafen, besonders, wenn man sich gar nicht krank fühlt. Eigentlich ist mir aber die weibliche Gesellschaft im Zimmer auch recht angenehm: Menschen aus anderen Berufen, mit gänzlich anderen Konflikten lernt man da kennen und stellt fest, wie liebenswert sie sein können, auch wenn man auf Anhieb nicht eben entzückt von ihnen war. Denn es gibt niemanden, für den man kein Verständnis aufbringen könnte, wenn er sich einem anvertraut, wie das in Krankenzimmern fast immer der Fall ist. Ich weiß nicht, wie sich Männer verhalten, die im Hospital eingesperrt sind, ob sie über ihre Krankengeschichte hinaus den Leidensgenossen ihr Innenleben ebenfalls offenbaren. Frauen sind ja bekanntlich eher geneigt, über sich zu reden, aber den Männern würde es nicht schaden, wenn sie, anstatt sich darüber lustig zu machen, begriffen, daß diese Art des Miteinander-Umgehens entlastender ist als der bloße Austausch von Ereignissen und Gedanken, die scheinbar das eigene Gefühlsleben nicht berühren.

Ich konnte nun also zum erstenmal ohne Heimlichkeit, ohne Verschweigenmüssen, ohne vorherige eigene Eingriffe auf diese Station gehen, um mich von einer Schwangerschaft befreien zu lassen. Aber es war eben doch mit einem Bangen verbunden, weil das Ganze noch so neu war, beschattet von der langen Illegalität. Eine Abtreibung kostet die meisten Frauen auch heute noch Überwindung, ob sie das Kind ablehnen oder nicht. Das sollten alle Männer wissen, die meinen, sie brauchten sich um die Auswirkungen des Beischlafs nicht mehr zu kümmern, weil ihre Liebesgefährtin ja entweder die Pille nehmen, oder eine »Panne« »wegmachen« lassen könnte. Ich weiß von Frauen, die sich bereits davor fürchten, zum Arzt zu gehen, weil er sie ob ihres »Leichtsinns« tadeln oder überreden wollen könnte, die Schwangerschaft zu belassen. Und wenn sie diesen ersten Gang glücklich überstanden haben, kommt die Furcht vorm Krankenhaus, weil sie gehört oder selbst erlebt haben, daß sie dort unfreundlich behandelt werden können, dann nämlich, wenn das Personal der Ansicht ist, die Frauen, die deswegen zu ihnen kommen, seien leichtfertig oder unmoralisch. Wieviel Ärzte verlangen Verständnis für ihre Seelenqual, wenn sie, die doch laut Eid dazu angetreten sind, Leben zu erhalten, nun dieses vernichten sollen; ich halte das für zu kurzschlüssig gedacht, weil es nicht darum gehen kann, Leben um jeden Preis zu erhalten, sondern sein Mögliches zu tun, daß jeder Mensch *würdig leben* kann.

Ich kam in ein Zweibettzimmer. Ich hatte überhaupt Glück, denn mir widerfuhr nichts, was ich als diskriminierend empfunden hätte. Als ich die Insassinnen anderer Zimmer sah, bekam ich sogar den Eindruck, die Schwestern hatten sich überlegt, wer am besten zueinander passen könnte, damit jeder sich in seiner Gesellschaft wohl fühlte. Denn alle Patientinnen kamen am selben Tag und sollten auch gleichzeitig wieder entlassen werden.

Meine Zimmergenossin lag lesend im Bett, als ich am Spätnachmittag kam. Es wird erwartet, daß man sich seiner Tageskleidung entledigt und hinlegt, auch, wenn man sich gesund fühlt und lieber bis zur Schlafenszeit außerhalb des Bettes bleiben möchte. Ich glaube, das ist nicht nur der praktische Grund, man solle ohne Umstände für Untersuchungen zur Verfügung stehen, sondern ich betrachte es eher als eine Unterwerfungsgeste unters Krankenhauszeremoniell, die ja auch ohne ausdrückliche Anordnung prächtig funktioniert: Die Patienten kommen ins Zimmer, sehen das Bett und ziehen sich aus. Ich habe einmal versucht, nicht nach dieser Automatik zu handeln; als eine Schwester mit dem Fieberthermometer hereinkam und mich noch in Pullover und Hose sah, zeigte sie sich sehr erstaunt und sagte, ich müsse mich aber sofort hinlegen. Begründet hat sie ihre Anordnung nicht.

Meine Bettnachbarin war eine naturblonde große junge Frau, Anfang Zwanzig, an ihrer linken Hand trug sie einen goldenen Ring. Von Beruf war sie technische Zeichnerin, wie sie mir erzählte. Sie gehörte keineswegs zu den Frauen, aus denen schon beim ersten leichten

Knöpfchendruck sämtliche Intimitäten hervorsprudeln, aber bevor wir am Abend das Licht zum Schlafen löschten, wußte ich, was sie zum Schwangerschaftsabbruch trieb: Mit ihrem Verlobten hatte es Zerwürfnisse gegeben, sie war verzweifelt deswegen, ging, um sich abzulenken, zu einem Faschingsfest, das in ihrem Betrieb veranstaltet wurde, trank, wie alle tranken, trank ein bißchen mehr, um ihren Kummer zu vergessen, tanzte hauptsächlich mit einem Kollegen, der schon lange auf ihre Zuneigung hoffte, tanzte nur noch mit ihm, ging mit ihm nach Hause. Einige Zeit darauf vertrug sie sich wieder mit ihrem Verlobten. Sie gestand ihm, in jener Faschingsnacht mit einem anderen Mann geschlafen zu haben, aber auch das konnte ihre Versöhnung nicht beeinträchtigen. Als jedoch feststand, sie war schwanger, wollte auch er nicht mit dem ständigen Verdacht leben, das Kind eines anderen Mannes aufzuziehen. Ich habe mir überlegt, was wohl geschehen wäre, hätten diese Ereignisse ein Jahr früher stattgefunden – –

Ich war dabei, wie nacheinander ein Arzt und eine Ärztin fragten, ob sie ihren Entschluß auch reiflich überlegt hätte, sie sei doch im günstigsten Alter, um ein Kind zu bekommen, und diese Ausschabung berge immerhin das Risiko, daß sie unfruchtbar werden könne. Sie sahen wahrscheinlich den breiten Goldring an ihrer linken Hand und dachten – Falsches. Meine Bettnachbarin antwortete mit leiser Stimme und einem starren Gesichtsausdruck, sie könne die Gründe nicht nennen, aber sie sei fest entschlossen, das Kind nicht zu bekommen. Hinterher weinte sie, und als ich sie zu trösten versuchte, erzählte sie mir die Gründe, die sie dem Arzt verschwiegen hatte. Beide Ärzte sprachen in einem freundlichen, auch nicht bedrängenden Ton mit ihr, ich merkte aber, wie die Versuche des Umstimmens sie aufregten. Denn eigentlich wünschte sie sich ein Kind, wollte es nur nicht dem Betäubungserlebnis dieser einen unglücklichen Nacht entstammt wissen. Sie hatte in den vorangegangenen Wochen viel gelitten und war erst mit dem Entschluß abzutreiben zur Ruhe gekommen. Nun wurden alle Bedrängnisse wieder in ihr aufgebrochen, und sie fürchtete sich davor, eine kurze Unachtsamkeit mit einem Leben ohne Kinder büßen zu müssen.

Ich wurde nur kurz gefragt, ob ich um die möglichen Folgen wisse, worauf ich antwortete, daß ich kein Kind mehr haben möchte. Ich war siebenunddreißig Jahre alt und hatte ein Kind; es versuchte niemand, mir von dieser Interruptio abzuraten.

Um festzustellen, ob wir gesund und damit im Zustand der Operationsfähigkeit wären, mußten wir verschiedene Leibessäfte fürs Labor spendieren; wir wurden getestet, betastet, behorcht und durchleuchtet, nach eigenen Erkrankungen und denen unserer Verwandten befragt und schließlich auch nach Geburten und Fehlgeburten. Ich kann dir nicht sagen, ob ich da schon gewagt habe, die wirkliche Zahl anzugeben, oder ob ich noch bei der geblieben bin, die ich vor dem neuen Gesetz zugegeben hatte.

Wie all diese Nachforschungen für unzureichend erklärt werden können, ändert sich auch nur eine Kleinigkeit am Schema dessen, was als Voraussetzung für einen gefahrlosen Eingriff gilt, erfuhr ich am Sonnabend früh. Das Thermometer wurde, wie üblich, zu einer Zeit gebracht, da die Patienten noch schlafen, und zumeist schläft man mit dem gläsernen Gebilde unterm Arm weiter, bis man erneut geweckt wird, damit die Körpertemperatur festgestellt werden kann. Aber die sofortige Erinnerung, was wenige Stunden später geschehen sollte, ließ mich an diesem Morgen wach bleiben. Leider dachte ich aber nicht daran nachzusehen, was das Quecksilber anzeigte, und als die Schwester es sah, machte sie ein bedenkliches Gesicht: 37,2, sagte sie, und das waren drei Zehntelgrade zuviel. Ich sagte, wie häufig es bei mir vorkommt, daß meine ansonsten ziemlich niedrige Körpertemperatur bei Aufregung rasch ansteigt, aber die Schwester meinte, sie könne es nicht entscheiden, das müsse man den Ärzten überlassen. Sie würden aber auf jeden Fall auch für mich alles zur Operation vorbereiten. Das hieß, ich bekam zur gegebenen Zeit eine Injektion, das kurze, hinten offene Hemdchen, und dann wurden wir in eine andere Etage, in den großen Flur vorm OP gebracht, wo jeweils etwa zehn Frauen auf diesen fahrbaren Gestellen lagen, abrufbereit für die Mannschaft in Grün.

Nach kurzer Zeit kam eine jüngere, schlanke blonde Ärztin mit entschlossenem Gesichtsausdruck und meiner Fieberkurve und sagte, ich könne natürlich nicht operiert werden. Ich versicherte erneut, daß Erregung bei mir sehr leicht ein Ansteigen der Körpertemperatur bewirkt und daß ich unbedingt am Mittwoch vor der Kamera stehen müsse. Auch seien doch Blutuntersuchungen gemacht worden, die mich als gesund auswiesen. Das dürfe ich schon ihnen überlassen, antwortete sie; sie trügen die Verantwortung und könnten kein Risiko eingehen. Sie gab mir nochmals ein Thermometer, um zu überprüfen, ob kein Irrtum vorgekommen sei, aber ach, ich war nun noch aufgeregter als in der Frühe, und da die Ärztin bei mir stehenblieb, fand ich auch keine Gelegenheit, zu mogeln. Als ich nochmals flehte, sie möge mir glauben, sagte sie, gut, sie wolle es noch einmal ›dem Chef vortragen‹, aber wenn dieser ebenfalls nein sage, sei die Sache entschieden.

Er sagte nein. Wie eine Aussätzige oder Betrügerin kam ich mir vor, als ich auf die Station zurückgefahren wurde; die Schwester, die mich abholte, sprach vergeblich tröstende Worte, als sie meine Tränen sah, aber als sie mir ein extra zubereitetes Frühstück mit Kakao brachte, war ich doch sehr gerührt von ihrer Freundlichkeit. Ich erlebte nun, wie meine Nachbarin halbwach in ihr Bett gelegt wurde, das Mittagessen verschlief und erst am Nachmittag aufwachte, erleichtert, alles hinter sich zu haben.

Lennert konnte ich erst am Sonntag sagen, daß er tags zuvor seine Daumen vergeblich gepreßt hatte. Wir begriffen durchaus die Vorsicht der Ärzte, aber auch heute ärgere ich mich noch darüber, daß sie den Erfahrungen der Patienten so wenig trauen. Man kennt seinen Körper doch oft besser als ein Arzt, der nur von augenblicklichen Daten ausgeht und anwendet, was er als Norm oder deren Abweichung gelernt hat. Mir wurde zur Kontrolle noch einmal Blut abgezapft, und ich sollte, wenn das Ergebnis negativ sei, am Montag ›drankommen‹. Als Lennert ging, war ich sehr betrübt; wie gern wäre ich mit ihm gegangen oder hätte doch zumindest die Aussicht gehabt, bald wieder entlassen zu werden.

Am Abend durfte ich zusehen, wie meine Bettnachbarin ihr Abendbrot verzehrte, das mir besonders appetitlich erschien, und ich sagte ihr, daß ich entschlossen sei, das Thermometer am nächsten Morgen unter dem Fieberstrich zu halten.

So geschah es auch. Als ich das Glasröhrchen unter der Achsel hervorzog, zeigte es schon wieder zuviel an, und ich schüttelte und rieb so lange, bis es auf 36,7 stand, einer, wie mir schien, glaubhaften Temperatur.

Da nun alles so verlief, wie es schon zwei Tage früher hätte verlaufen können, versicherte mir der Stationsarzt bei der Abendvisite, wenn keine Komplikationen einträten, würden sie mich Mittwoch früh entlassen, ich müßte allerdings versprechen, mich außerhalb der Fernseharbeit zu schonen und hinzulegen. Und so verließ ich am Mittwoch zur gleichen Zeit wie die Mitpatientinnen die Klinik. Lennert holte mich mit einem Taxi ab, und auch am Nachmittag ließ ich mich ins Studio fahren.

Alle waren entsetzt, wie ich aussah; »Braunbier mit Spucke«, »Tod auf Latschen« und dergleichen nette Ausdrücke fielen. Der Regisseur vereinbarte mit dem Aufnahmeleiter, daß mir auch an den kommenden Tagen für An- und Abfahrt ein Taxi zur Verfügung gestellt werden müsse. Ich fühlte mich ausgesprochen schwach, und wenn ich nach einer Aufzeichnung nach Hause kam, legte ich mich sofort hin. Lennert kochte nach meinen Anweisungen, und auch Robert war bemüht, ohne Maulen zu helfen. Trotzdem gab es Reibereien, die mich aufregten und heulen ließen, wo es gar nichts zu heulen gab. Mein Gesicht hatte die Farbe von Kieselsteinen, und als ich am Sonntagabend zum erstenmal wieder im Theater spielte – wegen der Fernseharbeit hatten die Ärzte mich für gesund erklärt, und was dem Fernsehfunk recht war, erschien dem Theater nur billig –, waren auch dort die Kollegen erschrocken über meine Veränderung. Die beiden Tage Bettruhe fehlten mir eben, und es dauerte diesmal wochenlang, ehe die Blutungen aufhörten, mein Gesicht kein Erschrecken mehr auslöste und ich wieder in der Lage war, einen gefüllten Scheuereimer zu heben, ohne fürchten zu müssen, er rutscht mir gleich wieder aus der Hand.

Mein Gesundwerden wurde aber auch durch Lennerts Verhalten erschwert, der zwar alles tat, damit ich mich nicht überanstrengte, ansonsten aber merkwürdig abweisend zu mir war. Wenn ich ihn, unglücklich, nach den Gründen fragte, antwortete er, das bilde ich mir nur ein. Ich weiß bis heute nicht genau, warum er sich auf einmal so verändert benahm, und vielleicht war er sich selbst nicht im klaren darüber. Ich vermute aber, sein Wunsch, keine eigenen Kinder zu haben, war nicht so unwidersprüchlich, wie er glaubte, und die abermalige Abtreibung hatte etwas in ihm ausgelöst, was man bei Frauen gern als *Torschlußpanik* bezeichnet. Aber Lennert war nicht bereit, mit mir darüber zu sprechen, und vielleicht vermied er sogar, darüber nachzudenken. Es ist wirklich erstaunlich, wie wenig ich von seinen Gefühlen und seinen ihn und mich betreffenden Gedanken wußte; wir haben immerhin sechs Jahre zusammen gelebt, bevor wir uns wieder trennten. Er muß als Kind unglaublich verletzt worden sein, wenn er Zuneigung geäußert hat, sonst hätte er seine Empfindungen nicht derartig verpuppt. Denn Lennert ist alles andere als ein kühler oder gar grob empfindender Mensch. Verglichen mit ihm, bist du geradezu offenherzig.

Ich hatte, wie ich vorhin schon sagte, seine Behauptung,

er wolle keine Kinder haben, willig für bare Münze genommen – hätte ich mir die Mühe gemacht, tiefer zu forschen, hätte sie sich vielleicht als unbeabsichtigt gefälschter Scheck erwiesen. Denn der Drang, sich lebendig fortzusetzen, ist sicher in jedem Menschen angelegt, ob Mann oder Frau, und Ablehnung ist niemals eine schmerzfrei ungebrochene und hat viel mit Verleugnung zu tun. Ich halte diese Abwehr aber letztlich für die noch gesunde Reaktion einer nicht gesunden Psyche; DIE NATUR wehrt sich dagegen, daß neurotische Störungen weitergegeben werden; oft genug tut sie das nicht, und das finde ich schlimmer. Frauen zeigen ihre Ablehnung heute häufiger und deutlicher, weil ihr Lebensraum durch Kinder stärker eingeschränkt wird als der der Männer.

Wie heftig ein Mann, der Kinder haben möchte, unter einer Abtreibung leiden kann, erlebe ich bei Heinz von Genske. Ich hatte es anfangs nicht glauben wollen, daß seine Liebe zur Pape davon beeinträchtigt werden könnte. Er versucht aber, sich mit seinen Gefühlen auseinanderzusetzen, weil er sich irgendwie schoflig vorkommt. Ich hoffe ja, daß sie diese Krise überwinden, spätestens, wenn sie wieder ein Kind bekommen. Emilia tut mir so leid, weil zum Kummer über die Abtreibung nun auch noch die Angst kommt, ihren Heinz zu verlieren. Bliebe sie kinderlos, würde er sich wahrscheinlich eines Tages von ihr trennen. Ich glaube, der Wunsch nach einem Kind ist bei den beiden so intensiv, daß Emilia lieber auf die Recha hätte pfeifen sollen, auch auf die Gefahr hin, ihre Karriere abzubrechen. Aber sie hängt eben auch an diesem Beruf, und wer weiß, ob sie nicht ebenso unglücklich würde, wenn sie sich nur noch mit unbedeutenden Nebenrollen abgespeist sähe. Männer haben es darin leichter, solange sie nicht verpflichtet sind, immer, wenn das Kind sie braucht, verfügbar zu sein. Und für die Frauen wird sich das nicht befriedigend ändern, solange wir in einer Welt leben, in der die Menschen mit Zensuren und Geld an abrechenbaren Leistungen gemessen werden.

Je länger ich darüber nachdenke, desto stärker bin ich überzeugt, daß Lennert auf seine Weise ähnlich enttäuscht war wie Heinz, er konnte sich das nur nicht so freimütig eingestehen. Vielleicht empfand er in der wiederholten Ablehnung eines Kindes von ihm sich selbst abgelehnt – ich werde es nie bündig erfahren, denn es ist unwahrscheinlich, daß Lennert jemals seine Selbstscheu überwinden und auch noch darüber sprechen wird. Doch dieses Unvermögen, sich über seine Befindlichkeit zu äußern, macht es mir auch so schwer, von uns zu sprechen; ich fürchte, ungerecht zu sein, weil er sich wahrscheinlich nicht einmal, wenn er zugegen wäre, zur Wehr setzen könnte. Ich will aber versuchen, wenigstens kurz zu erzählen, wie es zur Trennung kam:

Robert befand sich in einer Entwicklungsphase, in der es fast in allen Familien Auseinandersetzungen gibt, weil Jugendliche beginnen, sich gegen jedwede Lenkung zu sträuben, und sich auch dann noch bevormundet glauben, wenn man die für ein Zusammenleben unumgängliche Rücksichtnahme von ihnen verlangt. Außerdem wußte ich, daß Robert die Absicht hatte zu studieren, und ich befragte ihn deshalb täglich nach seinen Hausaufgaben, was von den Lehrern ja sehr gern gesehen, von ihm aber meist als lästig empfunden wurde, obwohl er es andererseits auch durchaus mochte, wenn ich ihm Ratschläge für den Literaturunterricht gab. Lennert mischte sich da nicht weiter ein, er ließ eher durchblicken, daß er an meiner Stelle den Jungen nicht so beaufsichtigen würde. Aber Robert *wollte* ja studieren, sonst hätte ich mich gar nicht so engagiert. Inwieweit auch mein eigener Ehrgeiz dahintersteckte, kann ich schlecht beurteilen; später, als ich mit Robert allein und er eigentlich schon erwachsen war, habe ich mich nicht mehr darum gekümmert, weil ich merkte, er schafft das Abitur auch mit einer legereren Einstellung zum Lernen. Aber in seiner Pubertätszeit wurde er zunehmend liederlicher; bei den meisten Jugendlichen ein Affront gegen die permanenten Ordnungsforderungen der Erwachsenen.

Ich bin nun wahrlich kein Ordnungsfanatiker, aber was sich Robert damals leistete, empfand ich einfach als unvernünftig, weil zeitverschwendend. Wenn er etwas nicht fand, warf er mit sich steigernder Ungeduld seine Sachen nur noch mehr durcheinander, bis ich es nicht mehr mit ansehen konnte und selbst so lange suchte, bis ich es fand. Dabei schimpfte ich, Robert schimpfte ebenfalls, ich brüllte ihn an, er brüllte zurück; völlig unsinnige, unvernünftige Szenen, bei denen wir uns beide erregten – aber auch abreagierten.

Lennert, der derweilen in seinem Zimmer saß, regte sich ebenfalls auf, hatte aber keine Möglichkeit, diese Erregung wieder loszuwerden. Während Robert und ich die lautstarken Beschimpfungen nur im Augenblick ernst nahmen, uns aber, da wir uns ja prinzipiell verstanden, nicht lange grollten, verstörten sie Lennert nachhaltig. Ich stelle mir vor, wie er von seinem Zimmer aus gewissermaßen herzzitternd horchte, sich vielleicht an ähnliche Szenen mit seiner Mutter erinnerte, und er ihre Bedeutung einfach überschätzte. Das klingt nun womöglich so, als hätten Robert und ich uns ständig in den Haaren gehabt, was natürlich übertrieben wäre; es ist mir nur durch Lennerts Reaktionen so deutlich in Erinnerung geblieben.

Etwas anderes empfand ich allerdings als ausgesprochen unwürdig: Robert versuchte, sich soweit als möglich um Hausarbeit zu drücken, ich mußte ihn jedenfalls immer wieder bitten, mahnen, oft auch schelten, bevor er sich zu so einfachen Arbeiten wie Mülleimerleeren, Geschirrspülen oder Staubsaugen bequemte. Da halfen auch genau verteilte Aufgaben und Zeitpläne nichts; fast immer schob es mein lieber Sohn so lange hinaus, bis ich kurz vorm Sieden war oder bereits überkochte. Anstatt nun mit Selbstverständlichkeit das Seine im Haushalt zu tun und damit dem Jungen zu zeigen, wie aufwandlos das funktionieren kann, benahm sich Lennert oftmals wie ein Konkurrent, wie ein größerer Bruder Roberts, etwa nach der Maßgabe: Wenn der nichts macht, sehe ich auch nicht ein, daß ich das Geschirr abwaschen soll, das er dreckig gemacht hat. Zwischen den beiden spielten sich diese Alltagskämpfe oft stumm ab, und ich war der Dritte, der nichts zu lachen hatte, weil ich mich gezwungen sah, entweder Robert noch stärker unter Druck zu setzen oder für beide einen Teil mit zu übernehmen.

Es ist stets unerfreulich und ungerecht, von einer Beziehung nur die bedrohlichen, zerstörenden Seiten zu schildern, aber es fällt mir eben immer noch leichter, als dir zu sagen, was uns aneinander band. War Lennert auch nicht aktiv zärtlich, so doch meist sehr einfühlsam, ich konnte mich ausgezeichnet mit ihm unterhalten, nicht zuletzt über alle künstlerischen Probleme, in denen wir fast immer übereinstimmten. Ich hoffte ja auch, daß wir desto besser miteinander auskämen, je älter Robert würde –, aber Lennert verlor die Hoffnung oder die Geduld schon eher.

Durch einen Telefonanruf aus seinem Verband erfuhr ich eines Tages, daß er sich um eine Wohnung für sich allein bemühte. Er hatte mit keiner Andeutung vorher mit mir darüber gesprochen, und das nahm ich ihm übel. Ich weiß, er fürchtete die Auseinandersetzung und wollte sich ihr erst stellen, wenn es unvermeidbar wurde, wenn er nämlich die Zuweisung für die neue Wohnung bereits in der Hand hatte. Dieser Anruf nun lief seinen Plänen zuwider. Vielleicht war es aber auch nicht schlimmer für ihn als eine spätere Konfrontation; was er mir sonst von sich aus hätte sagen müssen, wissend, daß es mich unvorbereitet treffen würde, teilte mir nun eine Sekretärin mit, und er mußte nur re-agieren. Wenn ich an diesen Nachmittag denke, spüre ich wieder die Aufregung von damals. Ich weiß zwar, daß es Lennert viel, viel schwerer fiel als mir, Unbehagen und Schmerz klar zu äußern und ebenso klar berechtigte Forderungen an mich zu stellen oder auch nur Wünsche zu formulieren – daß er schon seit langer Zeit geplant hatte auszuziehen und mich auch nicht andeutungsweise davon unterrichtet hatte, fand ich so rücksichtslos, daß ich es ihm nicht verzeihen konnte. Als ich ihn zur Rede stellte, zuerst in äußerlich ganz ruhigem Ton, brachte er kaum eine Antwort, geschweige denn eine Begründung heraus. Allmählich fragte ich ihn dringlicher, machte ihm Vorwürfe, wurde auch lauter. Doch war er anfangs noch bereit, einige Worte zu sagen, verstummte er allmählich gänzlich. Blaß, mit weit geöffneten Augen und geschlossenem Mund stand er neben seinem Schreibtisch, sah mich an wie ein Kind, das Schläge erwartet, aber entschlossen ist, sein Geheimnis nicht preiszugeben. Ich habe diese Verschwiegenheit ja auch bei Martin erlebt, und sie hat mich manchmal zur Weißglut gebracht, aber während Martin einfach aus dem Haus ging und mich meinem Wüten überließ, wurde Lennert geradezu bewegungsunfähig und nahm jedes Wort wie einen Hieb auf, gegen den er sich weder wehren konnte noch wollte.

An diesem Abend ging ich. Ich ging zu Hans Heiner, der zwar nichts ändern, mich aber immerhin anhören und mir damit schon viel helfen konnte.

Ich war natürlich versucht, von Lennert zu verlangen, er solle sofort ausziehen, egal, wohin, doch ich bezwang mich, war nur fortan karg in meinen Äußerungen, zurückhaltend in jeglicher körperlicher Berührung, und erst da fiel mir auf, wie lange Lennert schon nicht mehr auf mich zugekommen war. Sein passives, abwartendes Wesen hatte mir den Übergang vom Wunsch nach meiner Aktivität zu ihrer Duldung (oder gar Furcht davor?) gar nicht deutlich werden lassen. Das erschreckte mich eigentlich noch mehr als die Trennung.

Ich sagte Robert, was geschehen war und geschehen würde, und sosehr es mich erleichterte, einen Verbündeten zu haben, so wurmte mich doch auch der stille

Triumph des Jungen. Wie dicht neben großartigen Gefühlen, sensiblen Empfindungen bestehen doch in uns ausgesprochen kleinliche Regungen, die jederzeit auftauchen können, wenn wir uns gekränkt fühlen, gedemütigt wurden oder einfach enttäuscht sind. Ich kann da getrost wir sagen; ertappte ich mich früher bei Rachebedürfnis oder Siegerlust, fürchtete ich, mit solchen Gefühlen zu einer verachtenswerten Minderheit zu gehören, während ich mittlerweile weiß, daß alle Menschen so widersprüchlich empfinden, es nur darauf ankommt, den destruktiven Gelüsten nicht hemmungslosen Lauf zu gewähren.

Noch ein Dreivierteljahr wohnten wir zusammen, ehe Lennert ausziehen konnte. Wir waren grausam höflich zueinander in diesen Monaten, und ich fürchte, darunter litt Lennert noch stärker als ich. Es war jedenfalls für uns alle eine Erleichterung, als endlich ein Möbelwagen vor der Tür stand. Wir hörten dann längere Zeit nichts voneinander, aber als wir uns bei einer Veranstaltung wiedertrafen, freuten wir uns beide. Seither können wir recht ungezwungen miteinander umgehen, weil die Distanz Lennert vor Verpflichtungen schützt, die ihn offenbar überfordern.

Eigentlich bin ich damit am Ende meiner Erzählung. – Warum »eigentlich« – –

Wahrscheinlich, weil das Nachdenken darüber für mich noch längst nicht beendet ist. Denn es geht ja nicht nur um Schwangerschaftsabbruch, darum, daß wir den in unserem Land einmal als erledigt abhaken können, sondern es geht um den Fortbestand der Menschen überhaupt, um DIE NATUR, deren *Teil* der Mensch ist, wenn er auch oft und leichtfertig genug meint, er stünde *über* ihr; als säße er an einer selbsterfundenen Maschine, deren Hebel und Schalter er nur richtig zu bedienen braucht, damit sie fort und fort Produkte für den menschlichen Bedarf ausspuckt –

Was ist denn eigentlich Natur? In einem Lexikon fand

ich: »– alles, was sich nach eigenen Trieben und Gesetzen, ohne fremdes Zutun gestaltet.« Also nur das vom Menschen Unberührte, Unverwandelte? Das gibt es doch auf der Erde kaum noch. Alles, was du zum Beispiel in deinem Beruf machst, zielt darauf, Gesetzmäßigkeiten zu erforschen, damit man verändernd in sie eingreifen kann. Das Brot, das wir essen, ist von Menschen verwandelte Natur, die Häuser, in denen wir wohnen, ebenso wie Mikroprozessoren und Raketen mit Mehrfachsprengköpfen sind aus ihren Bauteilen entstanden. Selbst Völkerstämme, die oft als »primitiv« bezeichnet werden, ernähren sich nicht nur pur von dem, was sie in der Natur vorfinden. Andererseits sind die Urwälder, die man sofort mit diesen Menschen assoziiert, bereits auf eine geradezu beängstigende Weise reduziert, damit unter anderem die Bücher gedruckt werden können, in denen die neuesten Technologien beschrieben sind.

Was ich mit all dem sagen möchte: Man kann nicht auf der einen Seite wissen, daß die Menschheit ohne technische Hilfsmittel verhungern würde, und auf der anderen verlangen, daß die Frauen Kinder kriegen, wie die Hasen ihre Jungen werfen, ohne jegliche Verhütungsmittel, bitteschön, wie es die katholische Kirche noch immer hartnäckig verlangt. Sie, die das Zölibat und mit ihm die Unterdrückung der Fortpflanzung vom Klerus fordert, will die Frauen gewissermaßen auf ihre biologische Bestimmung einengen. Dabei wird offenbar vergessen, daß in der Bibel *Eva* als erste neugierig wurde, *wissen* wollte, wie der Apfel vom Baum der Erkenntnis schmeckt. Vielleicht nimmt man ihr noch immer übel, daß sie damit die Vertreibung aus dem Paradies der reinen NATUR, den Gefilden des unschuldigen Nicht-Wissens aufs Spiel setzte? Denn mit dem Denken kam auch das Wissen um die mögliche Verwerflichkeit des Tuns, das *schlechte Gewissen,* die Schuldgefühle, die man später so raffiniert gegen sie verwenden konnte.

Jahrhundertelang hat man den Frauen eingeredet, es sei

sündig, Kinder zu verweigern (und wiederum, gewissermaßen als Äquivalent, sie seien sündig, wenn sie mit Lust und ohne Kirchensegen tun, was einzig doch zu ihrer Zeugung führt) – wo soll da binnen kurzem die Freiheit herkommen, sich *nicht* schuldig zu fühlen, wenn man eine Schwangerschaft abbricht. Hörte ich doch kürzlich auch eine Dichterin unseres Landes von diesen Schuldgefühlen sprechen, die sie nach einer Interruptio gehabt habe; sie sind begreiflich. Nicht aber begreife ich, ja, es empört mich geradezu, daß sie diese Schuldgefühle *preist;* – *denn sie unterscheiden mich vom Tier.* Tiere brauchen eben diese Art Gewissensbisse nicht, weil sich ihr Fortbestehen *natürlich* regelt – so der Mensch nicht eingreift, also auch die Verantwortung dafür trägt.

Nach katholischen Normen bin ich eine sechsfache Mörderin, nach staatlichen war ich eine fünffache Gesetzesbrecherin. Aber ich, die ich ansonsten ziemlich leicht ein schlechtes Gewissen bekomme – in diesem Fall verweigere ich es.

19

»Du darfst mir gratulieren!« hatte Robert am Telefon gesagt. Martha hatte gezögert, sich nach dem Geschlecht des Kindes zu erkundigen, aber auch ohne Frage erfuhr sie es: ein Mädchen. Nur den Namen wollte ihr Sohn noch nicht preisgeben.

Während der Eisenbahnfahrt in die mecklenburgische Stadt, in der ihr Enkelkind geboren war, wiederholte Martha dieses Telefongespräch in ihren Gedanken, und sie fand abermals: Auch die Mitteilung, daß es ein Mädchen sei, hatte stolz geklungen. Noch vor der Frage nach Gesundheit, Größe und Gewicht lag zumeist die, ob das eben geborene Kind weiblich oder männlich sei. Welche Bedeutung hatte das aber auch für seine Zukunft! Und doch nicht mehr unbedingt die einer Abwertung, wenn es ein Mädchen war. Martha erinnerte sich, als Robert geboren wurde, durfte das Pflegepersonal keinem Vater am Telefon das Geschlecht seines Sprößlings mitteilen, weil es Männer gab, die sich weigerten, ihre Frau zu besuchen, wenn sie ein Mädchen zur Welt gebracht hatte. Ob diese Regelung noch immer bestand? Gewiß waren solche Reaktionen nie gänzlich auszuschließen, aber Martha konnte sich nicht vorstellen, daß es noch häufig genug vorkam, um eine solche Anweisung an die Schwestern zu rechtfertigen, was doch immerhin ein deutliches Zeichen dafür wäre, daß Weiblichkeit im Bewußtsein der Menschen dieses Landes nicht mehr von vornherein weniger galt als Männlichkeit; nicht mehr als minderwertig.

Martha gegenüber saßen im Abteil eine Frau mit einem etwa vierjährigen Kind, einem Jungen, wie Martha nach einer Weile am Namen feststellte; seit Jungen langes Haar und Mädchen Hosen trugen, ließ sich das manchmal schwer auseinanderhalten. Aber auch hier bestand der Wunsch, es zu wissen – die Tatsache, daß es ein Kind war, genügte offenbar niemandem, auch Martha nicht. Ein merkwürdiger Denkmechanismus.

Die Frau sah aus, als hätte sie mehr als ein Kind geboren, vor Jahren schon, vielleicht war dieses hier ein sogenannter Nachzügler. Harte körperliche Arbeit zeichnete sich in Gesicht und Händen ab, in einer Haut, die wohl auch vom Rauchen gegerbt war; drei Finger ihrer linken Hand waren deutlich nikotingebräunt. Aber jetzt saß sie im Nichtraucherabteil, war ständig mit dem Jungen beschäftigt; geduldig, mit einer rauhen Stimme beantwortete sie jede seiner Fragen, gab ihm Keks zu essen, wenn er danach verlangte, ließ ihn aus einer Sprudelflasche trinken und hielt dabei ein Tuch unter sein Kinn, um aufzufangen, was danebenlief. Allmählich wurde das Kind müde, legte seinen Kopf auf die Schenkel der Frau und verlangte nach jenem Tuch, um daran zu saugen. Wie die meisten Kinder in fremder Umgebung, schlief auch dieses nun nicht etwa sofort ein, sondern erhob sich wieder, wollte sein Bilderbuch haben, schloß die Augen, öffnete sie, wälzte sich umher, wurde quengelig. Aber die Frau blieb stets ruhig, geduldig, drohte nie mit Strafen. Zwischendurch lächelte sie Martha verständnisinnig an, als sie deren Aufmerksamkeit bemerkte. Schließlich warf der Junge das Tuch zu Boden.

»Nun kannst du es nicht mehr haben.«

Er verzog seinen Mund zum Weinen. »Ich will aber!«

»Dann hättest dus nicht runterwerfen dürfen. Jetzt ist es dreckig.«

»Ich sags der Mama!«

»Na, dann sagst dus eben der Mama.«

Also, sie war nicht die Mutter des Kindes. Neugierig geworden, begann Martha ein Gespräch mit der Frau, und sie erfuhr, es war die Oma, die Großmutter des Jungen. Vier eigene Kinder hatte sie großgezogen, zwei Töchter, zwei Söhne, nur der Jüngste, sechzehn Jahre alt, Lehrling, wohnte noch bei den Eltern. In dem Betrieb, in dem sie arbeitete, hatte die Frau einen FDGB-Ferienplatz an der Ostsee bekommen – »Vorsaison, da kriegt man ja eher mal was« –, Zweibettzimmer; ihr Mann wollte um diese Jahreszeit nicht an die See, deshalb nahm sie den Kleinen von der Tochter mit, die froh war, auf diese Weise mal ein bißchen Ruhe zu haben. »Meine andere Tochter hat schon zweie. Aber die ist zu Hause.« Was hieß, sie ging nicht außer Haus arbeiten, um Geld zu verdienen.

Als der Junge endlich eingeschlafen war, Daumen im Mund, fragte die Frau, ob Martha mal eine Weile auf ihn achtgeben würde, sie wolle auf dem Gang eine Zigarette rauchen. Behutsam hob sie den Oberkörper ihres Enkels an, damit sie aufstehen konnte, und schob ihm ein Kissen unter den Kopf. Das Kind seufzte im Schlaf.

»Wenn er schläft, schläft er«, sagte die Großmutter.

Robert stand mit seinem Schwiegervater und Anna auf dem Bahnsteig.

»Na – Vater?!« begrüßte Martha ihren Sohn.

»Na – Großmutter?!« antwortete er.

Frau Cortus hatte das Mittagessen schon fertig; ab fünfzehn Uhr wurden in der Klinik die Neugeborenen gezeigt. Martha war enttäuscht, daß sie nicht zu Stefanie konnte; auf dieser Station durfte nur der ›Kindsvater *oder* eine andere nahestehende Person‹ zu Besuch kommen. Daß Frau Cortus sowohl ihre Tochter als auch das Enkelkind bereits gesehen hatte, verdankte sie ihrem Beruf: Die Arztkollegin ließ man in ihrem weißen Kittel sogar in den Kreißsaal. Sie wußte deshalb ziemlich genau Bescheid, wie die Entbindung verlaufen war.

Robert meinte, seine schlaue Tochter hätte mit der Geburt ausdrücklich bis zum Wochenende gewartet, damit er, der von Montag bis Freitag in Rostock war, dabeisein konnte, wenn sie sich in die Welt begab. Leider wurde er von den Vorgängen in der Klinik ausgeschlossen, weil sie dort der Überzeugung waren, Väter störten nur; man hätte nicht genügend Personal, das sich um die Männer kümmern könne, die »umkippten«, wenn sie ihre Frau so sähen.

Dabei hätten sie es noch gar nicht versucht, sagte Robert. Er bedauerte, daß Stefanie nicht in Rostock entbunden hatte, wo Väter bei der Geburt dabeisein durften, aber er hatte eingesehen, daß sie in den letzten Wochen bei ihren Eltern sicherer lebte als im stets unruhigen Studentenwohnheim.

Martha fragte, wann sie denn nun erfahren dürfe, wie die Kleine hieße. Robert lächelte verschmitzt, und es stellte sich heraus, daß auch seine Schwiegereltern den Namen des Kindes noch nicht wußten; er hatte mit Steffi vereinbart, daß ihn die Großeltern gleichzeitig erfahren sollten: Philine. Philinchen, dachte Martha sofort, aber sie sprach es nicht aus, um Robert nicht womöglich mit der Verniedlichung des Namens zu ärgern. Allen gefiel er; Anna fand ihn »schick«, und ihre Mutter hatte ihn noch nie zuvor gehört. Es war ein alter Name, lieblich im Klang, wenig gebräuchlich, und doch ohne das Odeur des Auffallenwollens. Robert kannte auch seine Bedeutung: die Freundin. Meine kleine Freundin Philine. Meine große Freundin Philine; wie rasch würde sie wachsen, groß werden, erwachsen sein. Doch jetzt war sie kaum einen Tag alt, und Martha hatte sie noch nicht einmal gesehen.

Hatte das Kind schon vor Monaten damit gedroht, seine Mutter vorzeitig zu verlassen, so war es am Ende länger in ihrem warmen Bauch geblieben, als von den Ärzten berechnet; sie hat eben auf ihren Papa gewartet, wie Robert sagte. Zwei Tage später hätte man die Geburt mit chemischer Hilfe in Gang bringen wollen, allerdings war Frau Dr. Cortus entschlossen, sich dafür einzusetzen, bis zu zwei Wochen über den kalkulierten Termin hinaus mit dieser Art des Geburtsbeginns zu warten, um dem Kind die Chance zu geben, von selbst, ohne künstliche Hilfsmittel vom Leib seiner Mutter in ihre Arme zu gelangen. Aber in der Nacht vom Freitag zum Sonnabend, kurz vor zwei, sagte Robert, hatte die Kleine ihre Mutter geweckt, diese den Vater, und dann sahen beide zur Uhr, nach welcher Zeit die nächste Wehe eintrat: sechzehn Minuten, und so beschlossen sie, die Großmutter schlafen zu lassen, bis der Wehenabstand sich auf zehn Minuten verringert haben würde, was erst am Morgen nach sechs geschah. Zwischendurch schlief Robert auch ein paarmal wieder ein und wurde jedesmal geweckt, wenn Steffi bei einer Wehe seine Hand preßte. Aber auch nach sechs fuhren sie noch nicht in die Klinik, obwohl Frau Cortus ihren Mann vorsichtshalber weckte, damit er sich zum Chauffieren bereithielte. Um halb elf war es dann so weit, daß die Ärztin-Großmutter meinte, jetzt sei es an der Zeit zu fahren. Nur Anna blieb zu Hause. Herr Cortus wartete im Auto, während seine Frau und Robert Steffi zur Station brachten. Robert mußte wieder gehen, und Frau Cortus empfahl den Männern, nach Hause zu fahren; sobald das Kind geboren wäre, würde sie anrufen.

Frau Cortus sagte, sie hätte zum erstenmal einen derart mechanisierten Kreißsaal gesehen. Eigentlich sei sie erschrocken darüber, auch, mit welcher Selbstverständlichkeit Stefanie an einen Wehentropf geschlossen wurde, um die Geburt zu beschleunigen. »Dabei lief doch alles ganz normal bei ihr!«

Martha fragte, ob sie den Prozeß der allmählichen Apparatisierung in der Augenmedizin auch so beurteile.

Die Ärztin sah sie verblüfft an. »Das ist doch etwas anderes«, sagte sie. »Eine Geburt ist keine Krankheit. Erst wenn eine Komplikation droht, sollte man solche Mittel einsetzen.«

»Wurde sie geschnitten?«

»Aber ja. Durch die Medikamente geht alles so schnell, daß nicht genügend Zeit für die natürliche Dehnung bleibt, und so wird jede Frau prophylaktisch geschnitten und genäht.«

Anna blieb heute ungewöhnlich aufmerksam und still. Es war wohl weniger ihr neuer Status als Tante, der ihr die kessen Bemerkungen verschlug, als vielmehr der Wunsch, nichts von dem, was da gesagt wurde, zu versäumen, denn sie war dem Gedanken, eines Tages Ähnliches zu erleben, nähergerückt.

Ob sie dem Heiraten immer noch so abweisend gegenüberstehe, fragte Martha.

Dem Heiraten schon, meinte Anna, aber ein Kind wolle sie trotzdem haben. »Deshalb braucht man doch nicht gleich zu heiraten!«

»Warts nur ab!« sagte Robert.

»Du meinst, wenn ich sone Perle wie dich ergattere, kann ich nicht widerstehen?!« erwiderte Anna und tippte dabei ihren Zeigefinger an die Schläfe. Derartiges Gefrozzel schien zwischen ihnen üblich zu sein, Robert lachte bloß darüber.

Wider Erwarten minderte keine rotleuchtende Ampel ihre Fahrt, und so parkte Herr Cortus schon vor der angegebenen Zeit bei der Klinik. Fröstelnd standen sie im Aprilwind und warteten mit anderen Besuchern darauf, eingelassen zu werden. Nach und nach wurden Fenster geöffnet, und Frauen in Morgen- oder Bademänteln hielten Ausschau nach ihren Angehörigen. Plötzlich rief und gestikulierte Robert: »Steffi!«

Martha suchte vergebens die geöffneten Fenster ab.

»Im dritten Stock!«

Anna und ihre Mutter hatten Stefanie ebenfalls entdeckt, und Robert zählte ab, aus dem wievielten Fenster sie heraussah, um seiner Mutter zu helfen. Ich brauche unbedingt eine Brille, dachte Martha. Schon öfter hatte sie bemerkt, daß ihre Augen sich nicht mehr rasch genug auf die unterschiedlichen Entfernungen einstellen konnten. Die Augenärztin stand neben ihr, aber es war Sonntag, und sie hatte keinen Dienst, also auch nicht die Hilfsmittel, die sie für eine Untersuchung benötigte.

Jetzt hatte Martha Steffi auch entdeckt und konnte ihr zuwinken. Ihre Schwiegertochter rief etwas, was eindeutig für sie bestimmt war, in dem allgemeinen Gerufe aber niemand verstand. Martha legte ihre Hand deutlich um die Ohrmuschel, Steffi damit um eine Wiederholung bittend.

»Bei mir ist es schneller gegangen als bei dir!«

Lächelnd nickte Martha. Ihre Erzählung, wie Robert geboren wurde, mußte Stefanie doch sehr beeindruckt haben.

Robert bemerkte als erster, daß die Kliniktür geöffnet wurde. Sie legten ihm die Blumen für Steffi in den Arm, und Herr Cortus gab ihm den Beutel mit Saftflaschen und Obst, denn Robert ging als einziger auf die Frauenstation, während die anderen im ersten Stock darauf warteten, daß man ihnen das Kind zeige.

Im Treppenflur hingen Fotos von Neugeborenen und der Hinweis, daß alle Kinder in der Klinik fotografiert würden und man Bestellungen für die Bilder aufgeben könne. Eine hübsche Sitte, dachte Martha; Martin hatte Robert selbst fotografieren müssen, bei ungeeigneter Beleuchtung, durch eine Glasscheibe hindurch, es sah recht verschwommen aus. Trotzdem war sie froh, daß sie das kleine Bild besaß.

Auf einem Hocker vorm Eingang stand eine mit stark riechender milchiger Flüssigkeit gefüllte Schüssel, darüber hingen ein Handtuch und ein Schild: Aus Gründen der Hygiene bitte man, die Hände zu desinfizieren, bevor man die Säuglingsstation betrete.

Der schmale Gang war nur schwach erleuchtet. Um so deutlicher hob sich die große, vom Innenraum her erhellte Glasscheibe ab. Frau Cortus übernahm es, der Schwester zu sagen, welches Kind sie zu sehen wünschten.

Marthas Herz schlug, daß es ihr weh tat. Das tuckert ja wie ein Traktor, dachte sie. Nur die anderen kamen ihr ruhig vor. Anna sagte: »Na, mal sehn, was die zwei da verzapft haben!«

Vor dem Fenster stand ein Ehepaar und sah aufmerksam durch die Scheibe. Dem Alter nach schienen es ebenfalls Großeltern zu sein; er hatte die Hände auf dem Rükken zusammengelegt und ein schwaches Lächeln um den Mund, das man zwischen Rührung und Geniertheit deuten konnte, während die Frau das Kind eher kenntnisreich freundlich betrachtete. Martha sah, es hatte rötliches Haar und die blauschimmernde, beinahe durchsichtige Haut der Rothaarigen.

»Da ist sie!« sagte Frau Cortus, als jetzt ein anderes Kind gebracht wurde.

Es lag nicht, wie Robert damals, in einem Kissen, sondern hier wurden die Säuglinge so gezeigt, daß man auch die kleinen dünnen Beine sehen konnte. In Windeln, Hemd und Jüpchen gekleidet, hielt es die Schwester so, daß Kopf und Po zwar sicher in ihren Händen lagen, die Kleine aber gut von den Neugierigen betrachtet werden konnte. Das Gesicht war noch etwas flachgedrückt von der Geburt, die dunklen Haare hatte man ihr, wie üblich, zu einer Tolle hochgebürstet, die Augen sahen ein wenig verquollen aus, das breitgedrückte Näschen zeigte, wie bei Robert damals, zwei Öffnungen, die an eine Steckdose erinnerten. Der Kleinen schien dieses In-der-Luft-Gehaltenwerden gar nicht zu behagen, es sah eher aus, als wollte sie gleich weinen. Aber sie erschien Martha nicht fremd; sie hatte schon etliche Neugeborene gesehen, und sie glaubte, daß bereits zu diesem Zeitpunkt so etwas wie eine Familienähnlichkeit bestand, wenn auch noch keineswegs deutlich zu erkennen war, wessen Erbteile sich stärker behaupteten.

Jetzt hatte Philine aber genug. Jetzt weinte sie, meckerte, und das klang schon recht energisch: Sie öffnete ihren kleinen zahnlosen Mund weit und stieß Fäuste und Beinchen von sich. Martha schwankte zwischen dem Wunsch, man möge das Kind wieder in seine warme Betthülle legen, und dem, es noch eine Weile betrachten zu dürfen. Das ist nun mein Enkelkind, dachte sie, die nächste Generation. Philine. Ein Mädchen. Wie wird die Erde aussehen, wenn aus dem Kind weiblichen Geschlechts eine Frau geworden ist? Wird sie Kinder haben wollen? Haben können? Oder wird man sie wieder zwingen, Kinder zu bekommen? Scheinbar absurde Fragen angesichts dieses schreienden Wesens, das die Schwester nun wieder davontrug. Und doch: Wie kurz war es her, daß man Robert so seinem Vater gezeigt hatte.

Kunst entsteht immer – gleichgültig in welcher Form – durch Wirklichkeit. Das sollte bedacht werden, wenn man diese in jener zu erkennen glaubt; viele sind gemeint, aber niemand wurde porträtiert.

Ich danke allen, die zur Entstehung des Buches beigetragen haben.